P.G.Wodehouse

ウッドハウス・コレクション

でかした、ジーヴス！

Very Good, Jeeves!

P・G・ウッドハウス 著

森村たまき 訳

国書刊行会

目次

でかした、ジーヴス！

E・フィリップス・オッペンハイムへ

序　文

作家にはどの程度長く、ある一人ないし複数のキャラクターの冒険譚を記録し続けることが許されるのかという問題は、良識人たちの関心をしばしば捉えてきた。本書の刊行によりこの問題は再び国民的関心事として脚光を浴びることとなろう。

　野心に満ちた三十代はじめの私がジーヴスの物語を書き始めてから、十四度目の夏が早めぐりきた。こういう迷惑行為はいい加減しまいにすべきだと考える人々は多い。ケチツケ屋はもう十分だと語り、ナンクセ屋も同様である。彼らは行く方を眺めやり、この年代記がウサギみたいに倍々に増加する様を見やり、その展望に愕然とするのである。しかしながら本問題においては、ジーヴス物語の執筆は私にたいそうな喜びをもたらし、お陰でパブに入り浸らずに済ませてもらっているという事実をこれと比較考量しなければならない。

　すると我々はいかなる結論に到達すべきであろうか？　疑いなく、きわめて議論の錯綜しうる難問である。

　非難と論争のうねりの中から、ひとつの事実がたち現れてくる——すなわち、今ここに我々はシリーズ第三冊目を前にしているという事実である。私がはなはだ強く考えるのは、もしあることにそもそもやるだけの価値があるなら、上手く徹底してやる価値がある、ということである。むろん、『でかした、ジーヴス！』を一個の独立した作品として読むことも完全に可能である――あるいは全然読まないでいることだって可能だ。しかし、古い樫(かし)木のたんすの奥に手を突っ込んで本書の二冊の先行書、すなわち『比類なきジーヴス』と『それゆけ、ジーヴス』を購入するに必要なだけの額を引っ張り出さずにはおられないという気概あふれる諸兄諸姉が、この国には必ずやおいでのはずだと私は信じたい。かくしてはじめて最善の結果が得られるのである。また、かくしてはじめて本書における既刊書所収の事件への言及が、不可解で不分明であることをやめ、理解可能となるのである。

我々は前巻二冊を二シリング六ペンスというばかばかしいばかりのお値段でご提供している。またその購入方法は単純そのものである。

あなたは最寄りの書店へ出かけていくだけでよろしい。そこでは以下のような対話が交わされるはずである。

あなた　おはよう、本屋さん。
書店員　おはようございます、エヴリマンさん。
あなた　『比類なきジーヴス』と『それゆけ、ジーヴス』が欲しいんだが。
書店員　かしこまりました、エヴリマンさん。お求めやすい五シリングのお支払いで小型トラックにてご自宅まで配送いたします。
あなた　じゃあごきげんよう、本屋さん。

書店員　ごきげんよう、エヴリマンさん。

　あるいはロンドン旅行中のフランス人を例にとろう。適当な名前を思いつかないから、彼のことはジュール・サン・グザヴィエ・ポピノーと呼ぶことにしよう。その場合、このささやかなシーンの台詞はこういうふうになる。

　　　オウ・コアン・ドゥ・リーヴル〔本売り場にて〕

ポピノー　ボン・ジュール、ムッシュー・マルシァント・ド・リーヴル〔こんにちは、本屋さん〕
書店員　ボン・ジュール、ムッシュー。ケル・ボー・タン・オジュルデュイ、ネスパ？〔こんにちは、いいお天気ですね〕。
ポピノー　アブソリュマン。エスクヴーザヴェ・ル・ジーヴス・イニミターブル・エ・ル・コンティニュエ・ジーヴス・デュ・メートル・ヴォドゥズ？〔まったくですね。ウッドハウス大先生の『ヒルイナキじーぢす』と『ソレユケ、じーぢす』はありますか？〕
書店員　メ・セルテヌマン、ムッシュー〔ございますとも〕
ポピノー　ドネ・モア・レ・ドゥ、シル・ヴ・プレ〔両方下さい〕
書店員　ウイ・パール・エグザンプル・モルブル。エ・オッシ・ラ・プリュム、ランクル、エ・ラ・タントゥ・デュ・ジャルディニエール〔承知いたしました、コン畜生。それとご一緒にペン、インク、それに園芸家の伯母さんはいかがですか？〕

ポピノー　ジュ・マン・フィシュ・ドゥ・スラ。ジュ・デジール・スルマン・ル・ヴォドゥズ〔そんなものはどうでもいいんです、ウッドハウスだけが欲しいんです〕
書店員　パ・ドゥ・シュミーズ、ドゥ・クラヴァット、ウ・ル・トニク・プール・レ・シュヴゥ〔シャツやネクタイ、ヘアトニックはいりません?〕
ポピノー　スルマン・ル・ヴォドゥズ、ジュ・ヴ・ザシュール〔はっきり言ったろうが。ウッドハウスだけだ〕
書店員　パルフェトマン、ムッシュー。ドゥ・エ・シス・プール・シャック・ビブロ――エグザクトマン・サンク・ロベール〔かしこまりました。小物各々二シリング六ペンス。ちょうど五シリングになります〕
ポピノー　ボンジュール、ムッシュー〔ごきげんよう本屋さん〕
書店員　ボンジュール、ムッシュー〔ごきげんよう〕

とまあ、これぐらいに簡単である。
ラベルに「ウッドハウス」の名があることをご確認されたい。

P・G・W

〔『でかした、ジーヴス!』初版（一九三〇年）への序文〕

1．ジーヴスと迫りくる運命

　それはハートフォードシャーにあるウーラム・チャーシーのアガサ伯母さんの邸宅に、たっぷり三週間滞在する予定で出かけようという、その日の朝のことだった。朝食の席に着く僕の心はただひたすら重かったと告白するに、僕は少しもやぶさかでない。我々ウースター家の者は鉄の男である。しかし、恐れを知らぬがごとき我が外貌（がいぼう）のその下には、名状しがたい恐怖が宿っていた。

「ジーヴス」僕は言った。「今朝の僕はいつもの陽気な僕じゃないんだ」

「さようでございますか、ご主人様？」

「そうなんだ、ジーヴス。全然まったく陽気な僕じゃない」

「さようにお伺いいたしましてたいそう遺憾と存じます、ご主人様」

　彼は薫り高きエッグス・アンド・ベーコンの蓋（ふた）を外し、僕はもの憂（う）げにフォークを一刺し突き立てた。

「どうして——僕が自問せずにいられないのはこれなんだ、ジーヴス——どうしてアガサ伯母さんは僕を田舎の邸宅に招待なんかしてくれたんだろう？」

「お答え申し上げかねます、ご主人様」

「僕のことが好きだからじゃあるまい」

「おおせのとおりと存じます、ご主人様」

「僕が彼女の頭痛の種だってことは証明済みの事実なんだ。どういうわけでそうなるのか僕には説明できない。だがいわゆるだ、僕らの人生行路が交差するたびに、僕が何か途轍もないヘマをしでかしてそれで伯母さんが手斧を持って僕を追いかけて跳んでまわるって次第になるのはいつだって時間の問題なんだ。その結果彼女は僕のことをイモムシでアウトカーストだと見なすに至っている。僕の言うことは正当だろうか、それとも間違っているかな、ジーヴス?」

「完璧に正当と存じます、ご主人様」

「ところがいまや彼女は僕に、約束は全部キャンセルしてウーラム・チャーシーに急ぎ駆けつけろって是非にと強要してよこすんだ。僕には計り知れない何やら恐るべき理由があるにちがいない。僕の心が重くふさいでいると言ったら、君は僕を責めるか、ジーヴス?」

「いいえ、ご主人様。失礼をいたします、玄関の呼び鈴が鳴ったようでございます」

彼はゆらめき消え去った。それで僕はエッグス・アンド・ベーコンにもう一刺し、気のない突きを入れた。

「電報でございます、ご主人様」戻ってきたジーヴスが言った。

「開けてくれ、ジーヴス。それで中身を読んでくれ。誰からだ?」

「署名がございません」

「末尾に名前が書いてないってことか?」

「わたくしが申し上げようといたしておりましたのは、まさしくそのことでございます、ご主人様」

「ちょっと見せてくれ」

僕はそいつにざっと目を走らせた。変な通信だった。変だ。他に言葉はない。こうだ。

《ここに来たら見知らぬ他人会うこと絶対に重要と心せよ》

我々ウースター家の者は頭があまり強い方ではない。とりわけ朝食時にはそうだ。僕は眉間に鈍い痛みを覚えていた。

「これはどういう意味だ、ジーヴス？」

「申し上げかねます、ご主人様」

「〈ここへ来たら〉と書いてある。ここっていうのはどこだ？」

「本電報はウーラム・チャーシーより発信されておりますことにお気づきでございましょうか、ご主人様」

「まったく君の言うとおりだ。君が賢明にも指摘してくれたとおり、ウーラム・チャーシーだ。これで何かわかるな、ジーヴス」

「何が、でございましょうか、ご主人様？」

「わからない。アガサ伯母さんから来たはずはない。君はどう思う？」

「さようなことは決してございますまいと存じます、ご主人様」

「うむ、またもや君の言うとおりだ。となると僕らに言えることは、誰かは知れない誰かがウーラム・チャーシーに住んでいて、僕が見知らぬ他人と会うのが絶対に重要だって考えてるってことだ。だがどうして僕が見知らぬ他人と会わなきゃならないんだ、ジーヴス？」

「申し上げかねます、ご主人様」

「それでまただ、別の角度から見るならば、どうして会っちゃいけないんだ？」

「まさしくさようと存じます」

「それじゃあこの件はいずれ時間だけが解決してくれる謎ということになるな。待て、そして見よだ［イギリスの元首相アスキス卿の言葉］、ジーヴス」

「ほかならぬそのご表現をわたくしもただいま用いんといたしておりましたところでございます、ご主人様」

ウーラム・チャーシーに着いたのはだいたい午後四時ぐらいだった。アガサ伯母さんは巣窟（そうくつ）で手紙を書いていた。また彼女に関する僕の知識から言わせてもらうと、おそらくは侮辱的な手紙で、不快な追伸がついているのだろう。彼女が僕を見て恐ろしく喜んだりするようなことはなかった。

「ああ、到着したのかい、バーティー」

「はい、到着しました」

「鼻の頭が汚れてるよ」

僕はせっせとハンカチを使った。

「お前がこんなに早く着いていて嬉しいよ。フィルマー氏に会ってもらう前にちょっと話がしておきたかったからね」

「誰ですって？」

「フィルマー氏だよ。大臣の。うちにご滞在でおいでなんだよ。いくらお前だってフィルマー氏の名前くらいは聞いたことがあるだろうが？」

「ええ、知ってますとも」僕は言った。とはいえ実を言うと僕はそんな親爺のことはまるで聞いたことがなかった。まあ、何と言うか、僕は政界の人事には明るい方ではないのだ。

「お前にはね、フィルマー氏にいい印象を持っていただけるようにしてもらいたいって私は特にと願っているんだよ」

「よしきた、ホーさ」

「そういうくだけた物の言い方をしちゃいけないよ。まるで自分がいい印象を持ってもらえて当然だと思ってでもいるみたいじゃないか。フィルマー氏は高潔なお人柄と高邁な目的をお持ちのごくごく真面目なお方で、お前みたいのはまさしくあの方がご偏見をお持ちでおいでの、軽薄でへらへらしたろくでなしそのまんまなんだからね」

無論、辛辣だ。己が肉親から発される言葉としてはだ。だがじゅうぶん過去の実績の範囲内ではある。

「だからね、お前にはここにいる間は軽薄でへらへらしたろくでなしの役は演じないようにって頑張ってもらわなきゃいけないんだよ。まず第一に、滞在中は禁煙してもらうよ」

「ええっ、そんな！」

「フィルマー氏は反タバコ連盟の会長をされてるんだよ。それと刺激性のアルコール飲料は控えてもらうからね」

「ええっ、なんてこった！」

「それと悪いけどお前の会話から、バー、ビリヤード場、ステージ・ドアを連想させるような言葉は一切合切排除してもらうよ。フィルマー氏はもっぱらお前の話からお前って人間をご判断されるだろうからね」

僕は議事進行上の問題点を指摘しようと立ち上がった。

「うん、だけどどうして僕はいい印象を与えなきゃならないのさ、この——フィルマー氏って人に？」

「なぜならね」年老いたこの親類は僕をにらみつけながら言った。「私が特にとそう願うからだよ」

おそらく、切り返しとしては、たいしてうまいやつではない。しかし僕に多かれ少なかれそれはそういうことなのだと理解させるには十分だった。そして僕は痛むハートを抱えてブンブン退出したのだった。

僕は庭を目指した。それでなんと驚いたことにそこで最初に出くわしたのは誰あろう、ビンゴ・リトルその人であった。

ビンゴ・リトルと僕はほとんど生まれて以来の友達だ。おんなじ村で数日違いで生まれ、幼稚園、イートン校、オックスフォードにいっしょに行った。それで長じて後は懐かしき帝都でいっしょに楽しくやっていた。第一級のどんちゃん騒ぎを共に経験してきたものだ。もしもこの世界にこのクソいまいましい滞在の恐怖を多少なりとも軽減してくれる男が一人いるとしたら、それこそまさしくこのビンゴ・リトルにほかならない。

だが奴がどういうわけでここにいるのかは僕の理解を超えていた。つまりだ、ちょっと前に奴は高名な女流作家のロージー・M・バンクスと結婚した。それで最後に会ったとき、奴は彼女の講演旅行に随いて、いっしょにアメリカに出かける寸前だったのだ。奴がこの件のことでひどく悪態をついていたのを僕は特別よく憶えている。つまりこの旅行にでかけると、アスコット競馬を見逃すことになるからだ。

しかし、変であれ何であれ、ともかく奴はここにいるわけだ。それで見知った顔を見て懐かしさ募るのあまり、僕はブラッドハウンド犬みたいに吠え立てたのだった。

「ビンゴ！」

奴は勢いよく振り返った。それで、なんと、奴の顔は友好的ではなかったのだった。そいつはいわゆる、ゆがんだ表情だった。奴はまるで手旗信号みたいに腕を振りたててよこした。

「シーッ！」奴は言った。「俺を破滅させる気か？」

「へえっ？」

「俺の電報を受け取らなかったのか？」

「あれはお前の電報だったのか？」

「もちろん俺の電報だ」

「じゃあ、どうして署名しなかったんだ？」

「署名したさ」

「いや、してなかった。いったい何のことだか僕には全然わからなかったんだ」

「ふん。お前、俺の手紙は受け取ったか？」

「何の手紙だ？」

「俺の手紙さ」

「手紙なんかもらっちゃいない」

「じゃあ投函し忘れたんだな。俺がここにいてお前の従兄弟(いとこ)のトーマスの家庭教師をやってるって話だ。それで俺たちが会ったら、お前が俺をまったく見知らぬ他人として扱うってことが肝心だってことだったんだ」

「だけど、どうしてさ?」

「なぜって、もし俺がお前の友達だなんてお前の伯母さんに思われたら、当然彼女は俺をその場でクビにするだろう?」

「どうして?」

ビンゴは眉を上げた。

「どうしてだって? 理屈を考えろよ、バーティー。もしお前がお前の伯母さんで、お前がどういう種類の男かってお前が知ってたら、お前の親友だってお前が承知してる男にお前の息子の家庭教師をさせたりなんかするか?」

こいつは僕のオツムをちょいとばかりくらくらさせる問題だったが、しばらくして僕は奴の言わんとするところを理解した。また奴の言うことにはしっかりした分別がずいぶんあると、僕は認めねばならなかったものだ。とはいえ、奴はまだいわゆるこの謎の核心というか要諦については説明していない。

「お前はアメリカにいるものとばっかり思ってたんだ」僕は言った。

「うむ、いないんだ」

「どうして?」

「どうしてなんてことは気にするな。とにかくいないんだ」

「だけどどうして家庭教師の仕事なんかやってるんだ？」

「どうしてなんてことは気にするな。俺には俺の理由がある。それでお前の頭に入れといてもらいたいんだが、バーティー——そのコンクリート頭の中にちゃんと入れといて欲しいんだが——俺とお前は仲良く話してるところを見られちゃならないってことだ。お前のバカ従兄弟はおととい植え込みの中でタバコを吸ってるところを見つかって、おかげで俺の立場はひどい具合にぐらついてるんだ。つまりお前の伯母さんの言うことにゃ、俺があいつをきちんと監視してれば、こんなことは起こらなかったってことだな。そんなことの後でもし俺がお前の友達だなんて知られてみろ、どうしたって追い出される破目にならずにゃあいられない。俺は絶対にここを追い出されるわけにはいかないんだ」

「どうして？」

「どうしてなんてことは気にするな」

この時点で奴は誰かが来る物音がすると思ったようで、信じ難いほどの敏捷さで突如月桂樹の茂みに飛び込んだのだった。それで僕はこのおかしな出来事についてジーヴスと相談しにとっとこ戻ってきた。

「ジーヴス」寝室に行って僕は言った。彼はそこで僕の荷物を解いていた。「あの電報のことは憶えているか？」

「はい、ご主人様」

「あれはリトル氏からだったんだ。奴はここにいて、僕の従兄弟のトーマスの家庭教師をやってるんだ」

「さようでございますか？」

「わからないんだ。奴はフリー・エージェントみたいに見えた。と言ってわかってもらえればだが。だがしかしフリー・エージェントである男がだ、僕のアガサ伯母さん入りの屋敷に気まぐれにやって来たりなんかするもんだろうか？」

「不可思議と存じます、ご主人様」

「それだけじゃない。自由意志を持った人間が、単に快楽追求のためだけに僕の従兄弟のトーマスの家庭教師を引き受けるだろうか？　あいつは手ごわいガキで人間のかたちをした悪魔だってことはあまねく知れ渡ってるんだ」

「およそ蓋然性（がいぜんせい）なきことと存じます、ご主人様」

「水底は深いんだ、ジーヴス」

「言い得て妙かと存じます、ご主人様」

「それでこの件のおぞましいところは、奴はこの仕事を確保するために、僕のことを音信不通の伝染病患者みたいに扱う必要があるって考えてるらしいってことなんだ。そうやって僕がこの荒廃した住処（すみか）でまっとうなひとときを過ごせる唯一のチャンスを、奴は奪おうっていうんだ。だってわかるか、ジーヴス？　アガサ伯母さんはここにいる間、僕にタバコを吸っちゃいけないって言うんだぞ」

「さようでございますか、ご主人様？」

「酒もだめなんだ」

「なぜにでございましょうか、ご主人様？」

「なぜなら彼女は僕が――彼女が説明しようとしない、何らかの暗く、底知れない理由のせいでだ――フィルマーって名前の男にいい印象を与えるようにしたいからなんだ」

「おいたわしいことでございます、ご主人様。しかしながら、わたくしの理解いたしますところ、多くの医師がかような節制を健康の秘訣であると主張いたしております。彼らの申すところでは、血行を促進し、動脈硬化を予防するとの由にございます」

「ああそうか、彼らはそう言うのか？　うんわかった、次に彼らに会ったら、お前らはバカな間抜けだって言ってやってくれ」

「かしこまりました、ご主人様」

わが波乱万丈の来し方を顧みるとき、僕が生まれてからの人生で一番の恐怖に満ちた体験であったと自信を持って言い切れるこの滞在は、かくのごとく幕を開けたのだった。ディナー前の命の素のカクテルを喪失することの苦痛といったらどうだ。静かに一服したいときに、寝室の床に腹ばいになって煙突に向かって煙を吹き上げるを余儀なくされる、かくもつらき必要。予期せずアガサ伯母さんと鉢合わせすることとの恒常的不快。それとA・B・フィルマー閣下と仲良くせねばならないということの、わが士気に及ぼす恐るべき緊張。バートラム氏がいまだかつて夢想したこともないほどの窮境に陥るまで、たいして時間はかからなかった。

僕は毎日大臣閣下といっしょにゴルフをした。それでウースター唇を嚙みしめ、緊張のあまり指関節が白くなるほどに拳をぎゅっと握り締めることで、やっと僕はなんとか生き延びていた。閣下は、僕が今まで見た中で一番ものすごくひどいゴルフを時折中断しては、僕に関するかぎり完全に限界を超えていすぎる滔々たる弁舌を挟み入れてくれるのだった。それでどうにもこうにも、僕は自分のことがつくづく本当に可哀そうになってきていた。と、そんなある晩、僕が部屋で晩餐のため夜会用の正装にもの憂く着替えていると、ビンゴがやって来て僕の問題を心のうちから追い払ってくれたのだった。

友達がスープに浸かって困っているという時、我々ウースター家の者はもはや己が問題を顧みない。それで哀れなビンゴの奴がビスクにひざまで浸かっていることは外見上一見して明白だった——たった今堅いレンガにぶちあたったばかりのネコが、間もなくこれからもう一度そいつにぶちあたろうという時の顔だ。

「バーティー」ベッドに腰を掛け、打ち沈んだ陰気さをひとしきり発散した後、ビンゴは言った。「最近ジーヴスの脳みその調子はどうだ?」

「強力に活動してると思うぞ。灰色の脳細胞の調子はどうだ、ジーヴス? 怒濤の大波が思う存分にうねっていることかな?」

「はい、ご主人様」

「ありがたい」ビンゴが言った。「なぜなら俺はものすごく真っ当な助言を必要としてるんだからな。まともな考えを持った人間が正しい道筋をたどって強力な方策を講じないかぎり、俺の名は汚辱にまみれるんだ」

「どうしたんだ、わが友よ?」同情して僕は訊いた。

ビンゴはベッドカバーをグイッと引っ張った。

「話してやるさ」奴は言った。「俺がこんな疫病の館にいて、ギリシャ語やラテン語の教育なんかじゃなく、頭蓋骨底部を棍棒ですみやかにぶん殴られることこそまさしく必要なガキの家庭教師なんかをやってるのかはなぜかも、今こそ明かすことにしよう。俺がここに来たのはな、バーティー、それしか他にどうしようもなかったからだ。アメリカ行きの航海にこれから出発しようっていうそのどたんばで、ロージーは俺が残ってペキネーズ犬の世話をした方がいいって決めたんだ。彼女はこれでわたしが帰るまでを乗り切るようにって何百ポンドか置いていった。それだけの金があれば、彼女の帰還まで思慮深く消費するかぎり、ペケ犬と俺とでまあまあ裕福にやっていくには十分なはずだった。だが、そういうもんがどういうもんかはお前にもわかるだろう？」

「どういうもんだったんだ？」

「クラブで誰かがすり寄ってきて、ある駄馬が、たとえ腰部神経痛になってスタートで十メートル出遅れたとしたって勝たずにゃいられないって言ってよこしたんだ。つまり俺はそれを慎重かつ堅実な投資だと考えるに至ったってことだ」

「つまりお前、一頭の馬に全資本を投下したってことか？」

ビンゴは苦々しげに笑った。

「あんなシロモンを馬って呼べるならな。あれで直線で一瞬ちらりとスピードのあるところを見せなかったら、次レースの出走馬といっしょになって走ってるところだったんだぜ。そいつは最下位でゴールして、俺をとんでもなくデリケートな立場に置いてくれることになった。なんとかして俺はロージーが帰るまで、何が起こったか彼女に知らせないまま、なんとかしのいでいくだけの資金を見つけなきゃならない。ロージーは世界一かわいい子だ。だがもしお前が妻帯者だったらな、バーティー、最高の妻ってものはもし亭主が六週間分の家計費を一レースで使い果たしたなんて知ったら大荒れに荒れ狂うもんだってことに気がつくだろうさ。そうじゃないか、ジーヴス？」

「さようでございます。女性とはその点で不可解なるものでございます」

「敏速な思考が要求される時だった。ペケ犬に居心地のいい家を手配してやるだけの金はまだじゅうぶん残っていた。俺はあいつをケント州、ナイツブリッジ、コージー・コンフォート・ケンネルズに六週間預け、失意の人となってよろめき出てきて、家庭教師の口を探したんだ。俺はトーマスのガキを捕まえた。それでここにこうしているってわけだ」

　無論悲しい話だった。とはいえ僕のアガサ伯母さんとトーマスのガキとの恒常的接触に置かれるってのは確かに恐ろしい話だが、奴は窮地をなかなかうまいこと脱出したってことじゃないか。

「お前はあと二、三週間ここで頑張るだけでいいんだ。そうすりゃすべてはなんとかかんとかうまい具合になるだろうさ」

　ビンゴはもの悲しげに吠え立てた。

「あと二、三週間だって！　あと二日いられりゃめっけもんだ。お前の伯母さんが自分のクソいまいましいバカ息子の後見人として俺に対して持ってる信頼は、数日前に奴がタバコを吸ってるところを見つかったっていう事実によって揺らいだって話はした。いまやあいつがタバコを吸ってるところを見つけたのは、フィルマーって男だってことを俺は知った。それで十分前、トーマスのガキが俺に、自分のことを母親に告げ口した件でフィルマーに何らかのおぞましい復讐をしてやろうと考えてるんだって話してよこした。奴が何をする気かはわからない。だがそいつをやったら最後、俺が左耳をつかんで放り出されるのは必定だ。お前の伯母さんはフィルマーのことを世界で一番だいじにしてるからな、その場で俺は即刻クビだ。それでロージーが戻ってくるまでにはまだ三週間あるときてる！」

僕はすべてを理解した。

「ジーヴス」僕は言った。

「はい、ご主人様？」

「僕はすべてを理解した。君はすべてを理解したか？」

「はい、ご主人様」

「それじゃあ全員集合だ」

「おそれながら、ご主人様——」

ビンゴが低いうめき声を発した。

「言わないでくれよ、ジーヴス」衰弱しきったふうに奴は言った。「何も思い浮かばないだなんてさ」

「今現在は何もなしでございます、申し訳ございません」

ビンゴはケーキをもらい損ねたブルドッグみたいに、悲しみに打ちひしがれたうなり声を発した。

「うーん、となると唯一俺にできることは」奴は陰鬱(いんうつ)に言った。「あのパイ顔のガキを一瞬たりとも視界から出さないでいるってことだけだな」

「その通りだ」僕は言った。「不断の監視だ、な、ジーヴス？」

「おおせのとおりでございます、ご主人様」

「だがそれはそれとして、ジーヴス」ビンゴは低い、真剣な声で言った。「君はこの件に最大限の思考を傾注してくれるんだろう、そうだな？」

「もちろんでございます」

「ありがとう、ジーヴス」

「滅相もないことでございます」


僕がビンゴのために言ってやりたいことは、いったん行動の必要が起これば、奴は精力と決意をもって行動する男で、その点には敬服せずにはいられないということだ。続く二日というもの、トーマスのガキが「やっと一人きりになれた！」と言えるような時は一分だってなかったと思う。だが二日目の晩、アガサ伯母さんが明日誰かがちょっとテニスをしに来ると宣言し、それで僕は今こそ最悪の事態が襲いかかるにちがいないと恐れたのだった。

おわかりいただけよう。ビンゴの奴は、テニスラケットのハンドルに指を近づけたらば最後、一種のトランス状態に陥ってテニスコートの外側には何も存在しないみたいになってしまう連中の一人なのだ。ゲームの最中にビンゴに近寄っていって、ヒョウが菜園で親友をむさぼり食っていると告げたとしたって、ビンゴの奴は振り向いて「ああ、そう？」とかそんなふうなことを何か言うだけだろう。最後のボールがバウンドするその時まで、奴がトーマスのガキと大臣閣下のことなんか何にも考えられないことが僕にはわかっていた。そして、その晩ディナーのために着替えながら、僕は迫りくる運命を明瞭に意識していた。


「ジーヴス」僕は言った。「君は人生について考えたことがあるか？」

「折にふれ、たまさかに、手のすいた間に考えることがございます、ご主人様」

「残酷じゃないか、どうだ？」

「残酷、でございますか？」

「つまりだ、物事の見えようと、物事のありようの違いってことだ」

「おズボンがおそらくは一センチ少々短かすぎるようでございます、ご主人様。サスペンダーをごく少々調整いたしますれば、必要な修正が達成され得ようかと存じます。何とおおせであられましたでしょうか、ご主人様？」

「つまりだ、ここウーラム・チャーシーの地にあって、僕たちは一見幸福で気楽な田舎の邸宅の仲間たちだ。だが、きらびやかな表層のその下には、ジーヴス、暗流がひた走っているんだ。昼食にサーモン・マヨネーズをがっついていた大臣閣下を一見したって、この世になんの思いわずらいもない人物に見えるじゃないか。だが、終始彼の頭上には恐るべき運命の暗雲がたれ込めていて、一刻一刻そうっと近づいてきてるんだ。トーマスのガキは具体的にどういう方法をとろうとしていると、君は思うか？」

「本日の午後、当の若紳士様と非公式の会談をいたしました折、あの方は『宝島』なる冒険小説を現在お読みの最中で、フリント船長なる人物の性格と行動にいたく感銘を受けたとの由、わたくしにお聞かせくださいました。あの方は船長の行動をご自身の行動のモデルとなされることの妥当性につき、ご検討中でおいでのものとわたくしは理解いたしております」

「だけどなんてこった、ジーヴス！　もし僕の記憶が正しいとすると、『宝島』のフリント船長ってのは海賊刀で人をかっさばいて歩いてる男じゃないか。トーマスの奴はフィルマー氏の首を海賊刀で切り払おうとしてるなんて、君は思ってるわけじゃあるまい？」

「おそらくあの方は海賊刀をご所有ではあられまいと存じます、ご主人様」

「うむ、別の何だっていいんだ」

「我々は待ち、そして見るよりほかはございません、ご主人様。ご提案をお許しいただけますならば、そちらのタイはごくわずかに結び目がきつ過ぎますように拝見いたされます。完璧なバタフライ・ノットを目指さねばなりません。お許しをいただけますれば、わたくしが――」

「こんな時にタイが何の問題だって言うんだ、ジーヴス？　君にはリトル氏の家庭内の幸福がどうなるかって瀬戸際だってことがわからないのか？」

「ご主人様、タイが問題でない時などはございません」

この男が傷ついていることは見てとれた。だが僕はその傷を慰撫してやろうとはしなかった。どういう言葉だったか？　没頭、そうだ。僕はあまりにもこの問題に没頭していた。それと放心、だ。心労、は言うまでもなくだ。


翌日二時半にテニスコートでお祭り騒ぎが始まった時、僕はまだ悩みやつれていた。それはむうっとした、焼けつくように暑い日のことで、雷がすぐそばまで接近しており、陰々滅々たる脅威が漂っているようだと僕には思われた。

「ビンゴ」僕たちの最初のダブルスの番が来て、コートに向かい歩を進めながら僕は言った。「トーマスの奴はこの午後何をしようとしてるんだろうなあ。権威の目はもはやないわけだからさ」

「へぇ？」心ここにあらずの体でビンゴが言った。すでに奴はテニス顔になっており、目はどんよりと生気を失っていた。奴はラケットを一振りし、ちょっと鼻を鳴らした。

「あいつの姿がどこにも見えないな」僕は言った。

「何がないって？」

「あいつが見えない」

「誰が？」

「トーマスのガキだ」

「奴がどうした？」

もういいことにした。

トーナメント開始期の暗黒時代にあって、僕の心の唯一の慰めは、大臣閣下が観客の間に着席し、パラソルをさした何人かの女性たちの間にぎゅうぎゅう挟まれていたという事実であった。いくらトーマスのガキほどに罪に染まりきったガキだとしても、あれほど強力な戦略的位置を占めている男によもや非道は働けまい。少なからぬ安堵を得、僕はゲームに専念した。それで地元の副牧師を力いっぱいやっつけている真っ最中に、雷鳴がとどろき、バケツで振りまいたような雨が激しく降りだしたのだった。

我々は皆、屋内目指してどっと駆け出した。そして居間に集まり、お茶をいただいたのだった。と、突然、キュウリのサンドウィッチを食べていたアガサ伯母さんが顔を上げ、こう言ったのだ。

「誰かフィルマーさんを見た方はいらっしゃらないかしらねえ？」

これは今まで僕が経験した中でも一番のいやらしい衝撃だった。僕のサーヴがあざやかにネットを越えてビュンと決まり、神のしもべの副牧師の奴は僕の打ち返しがセンターライン付近でゆったり曲がったのにまるきり手も足も出せずにいたあの時以来、僕はしばしの間、いわば別世界の住人になっていたのだった。僕は今や俗界にドスンと立ち戻った。それで僕の持っていたケーキ一切れは、無感覚な僕の指からはらりと床に落ち、アガサ伯母さんのスパニエル犬、ロバートのむさぼり食らうところとなった。いまひとたび、僕は迫りくる運命を明瞭に意識させられているようだった。

このフィルマーなる人物については、お茶の時間のテーブルからやすやすと遠ざけておけるような男たちの一人ではないということをご了解いただかねばならない。食欲旺盛（おうせい）な大食家で、五時のお茶の数杯とマフィンのひとかじりとをことのほか愛好している。この午後まで彼はいつだって飼い葉おけを目指して疾走するレースの先頭集団の中にいた。もし確かなことがひとつあるとすれば、彼がいまこのとき居間にあって飼い葉袋に顔を埋めることを阻止するものは、何らかの敵の陰謀の他にはありえないということだ。

「あの方は雨に降られて庭のどこかで雨宿りしてらっしゃるにちがいないわ」アガサ伯母さんが言った。「バーティー、行ってあの方をお探し申し上げなさい。あの方にレインコートを持っていって差し上げるのよ」

「よしきた、ホーさ！」僕は言った。今や我が人生の欲望はただひとつ、大臣閣下を探すことだ。そして見つかるのが彼の肉体だけでないようにと僕は祈った。

僕はレインコートを着、もう一着を脇に抱え、出撃した。と、玄関ホールで僕はジーヴスに出くわした。

「ジーヴス」僕は言った。「最悪の事態が起こりそうなんだ。フィルマー氏がいない」

「はい、ご主人様」

「僕はこれから庭じゅうを捜索して閣下を探すところなんだ」

「そのお手間は省けようかと存じます、ご主人様。フィルマー様は湖上の小島においでいらっしゃいます」

「この雨の中でか？　あのバカはどうして漕ぎ戻ってこないんだ？」

「ボートがないのでございます、ご主人様」

「じゃあどうやって島に行ったんだ？」

「あの方がご自分で漕いでお渡りあそばされました。しかしながらトーマス坊ちゃまがあの方の後ろから漕いでおいでになられ、ボートを漂流させたのでございます。今しがた坊ちゃまが現状況についてお報せくださいました。フリント船長には小島に人々を置き去りにする性癖があり、トーマス坊ちゃまにおかれましては、その前例にならう以上に賢明な方途はとり得ないと思われた由に存じます」

「だが、なんてこった、ジーヴス！　奴さんはびしょ濡れにちがいないぞ」

「はい、ご主人様。トーマス坊ちゃまがその側面についてもお話しくださいました」

行動が必要なときだ。

「いっしょに来るんだ、ジーヴス！」

「かしこまりました、ご主人様」

僕はボートハウスに急いだ。

アガサ伯母さんの亭主のスペンサー・グレッグソン氏は株式取引をやっている人で、最近スマトラ島のゴムで驚くほどしこたま大儲けしたばかりだ。それでアガサ伯母さんは田舎の邸宅を選ぶにあたってたいしたスケールで大枚を支払った。いわゆるなだらかに起伏した丘陵が何キロも続き、木々は盛大に繁茂してハトやらなにやらがきっぱりクークーと声をあげ、バラ満載の庭、家畜小屋に納屋に家屋敷が渾然一体となって、なかなかに味わい豊かなトゥ・アンサンブルを織りなしていた。とはいえこの庭園の白眉たるは湖だった。

　そいつは屋敷の東側のバラ園の向こうにあって、何千坪もの面積を覆っていた。そのまんなかには小島があった。小島のまんなかには八角館として知られる建物があった。それで八角館のまんなか、屋根のてっぺんに座り、公園の噴水みたいに水を噴き上げているのがA・B・フィルマー大臣閣下だった。僕がオールを握り、ジーヴスが舵を握って猛烈な速さで接近するにつれ、我々は次第にボリュームを上げてゆく――この表現で正しければだが――叫び声を聴き取ったのだった。そして今、遠き方より眺むれば低木の茂みの上にとまっているように見えた大臣閣下は、いと高きところにおわしまされた。いくら大臣閣僚だからといったって、雨宿りできる木がいくらだってある時にむき出しの戸外にいるより他に、もっと分別が働きそうなものではないか。

「もうちょっと右だ、ジーヴス」

「かしこまりました、ご主人様」

　僕は巧みに上陸を決めた。

「ここで待つんだ、ジーヴス」

「かしこまりました、ご主人様。庭師頭が今朝方申しておりましたが、白鳥が一羽、ちかごろ本島に営巣いたしたとの由でございます」

「どうぶつ最新ニュースを聞いてやってる暇はないんだ、ジーヴス」いささか手厳しく僕は言った。つまり雨はこれまでに増して激しさを強め、ウースター氏のズボンはすでにだいぶ濡れそぼるところとなっていたからだ。

「かしこまりました、ご主人様」

僕は藪を抜けて前進した。道行きはドロドロベチャベチャして、最初の二メートルで僕の「しっかりすべらんテニス・シューズ」の値打ちは八シリング一一ペンス下がった。だが僕は辛抱し、目的を貫徹した。そしていまや僕は広々とした場所に出、八角館を正面に臨む一種の空き地にたたずんでいたのであった。

この建物は前世紀のどこかに建てられたもので、前所有者のお祖父さんに、本館の喧騒を離れた静かな場所でヴァイオリンの練習をさせてやるためにつくられたと聞いている。ヴァイオリン奏者について僕が知るかぎりの知識からすると、おそらく生前ここでそのお祖父さんはおそろしく物凄い音をたてていたに相違ないのだが、今この建物の屋根上から聞こえてくる騒ぎに比べたら、そんなのはものの数ではなかったはずだ。大臣閣下は救助隊の到着を知らぬまま、明らかに湖上を越えた向こうの本館に助けを求めるべく叫んでいる模様だった。またそいつが勝ち目の薄い大勝負であったと僕は言うものではないのだ。彼はいわゆる、ハイ・テノールの持ち主で、その悲痛な声は砲弾が炸裂するみたいに僕の頭上でキンキン鳴り響いていた。

救援到着とのよろこばしい報せを、声帯を痛める前に知らせてやるべき時だろうと僕は思った。

「オーイ!」僕は叫び、騒ぎがおさまるのを待った。

大臣閣下は頭を屋根の縁から突き出した。

「オーイ!」彼は怒鳴った。ありとあらゆる方向を見渡しながらだ。だがもちろん肝心の方向だけは見逃していた。

「オーイ!」

「オーイ！」

「オーイ！」

「オーイ！」

「おお！」彼は言った。ようやく僕を見つけたのだ。

「ヤッホー！」僕は応えた。ある意味この応答に決着をつけたわけだ。

思うに、この時点でこの会話が恐ろしく高レベルに達していたとは言い得まい。だがおそらく今すぐに、もっとずっと気の利いた会話が始まるのだ——僕が何か洒落(しゃれ)たことを言おうとしたまさしくその瞬間、コブラの巣の中でタイヤがパンクしたみたいなシューシュー音がして、僕の左側の茂みの中から何だかすごく大きくて白くて活動的なものが飛び出してきて、それで生まれてこの方こんなにオツムをすばやく動かしたことはない、みたいな早業で僕は考え、ロケット発射するキジみたいに飛び上がって、何が何だかわけがわからないうちに命からがら壁を登っていたのだった。僕の右足首の二・五センチ下の壁を何かがビシャリと打ち、地上に留まることについて僕が持っていた迷いは雲散霧消した。雪氷を押し分け、「より高く！」と書かれた見慣れぬ図案の旗印を掲げて進んだ男こそ［ロングフェローの詩「エクセルシア」］、バートラムの模範だ。

「気をつけろ！」大臣閣下がキャンキャン言った。

僕はそうした。

八角館を建てたのが誰であれ、そいつはこういう種類の危機がため特にとここをこしらえたにちがいない。その壁には規則的な間隔をあけて窪(くぼ)みがあり、手と足を置くのにちょうどいい具合だった。それで遠からずして僕は屋根上に大臣閣下と並んで座り、僕が今日まで見た中で最も巨大かつ最も短気な白鳥を見下ろすに至ったのであった。そいつは我らが眼下に立って、ホースみたいに首を伸ばしていたから、レンガがあって、慎重に放ってやったらば身体中央部に上手いことぶつけてやれそうだった。

僕はレンガを放り投げ、そいつはみごと命中した。

大臣閣下はあんまり喜んでいない様子だった。

「そいつをいじめるんじゃない！」彼は言った。

「こいつは僕をいじめたんです」僕は言った。

白鳥はもう二メートル半ばかり首を伸ばし、漏（も）れのするパイプからシューシュー湯気の噴き出すまねをやって見せた。雨は相変わらず、いわゆる言語に絶する猛烈さとやらで土砂降（どしゃぶ）りに降り続けており、ほぼ一秒の事前通告で石壁をよじ登るときに付き物の動揺のあまり、ここにとまり木を同じくするこの仲間がため持参したレインコートを落としてきてしまったことを僕は悔やんだ。一瞬僕のを貸そうかとも思ったが、賢慮の徳がそれを止めた。

「あいつの首はどこまで届くんです？」僕は訊いた。

「あやうく捕まるところじゃった」いちじるしい嫌悪の表情で見下ろしながら、お仲間が言った。「吾輩はきわめて敏速に飛び上がらねばならなかった」

大臣閣下はずんぐりと小柄な人物で、洋服の中に注水して放置されたまま、「ストップ！」を言い忘れたみたいに膨満して見えたから、彼が僕の心に想起させた絵柄は——と言っておわかりいただければだが——なかなかに愉快だった。

「笑いごとではない」嫌悪の表情を僕に向けて彼は言った。

「すみません」

「吾輩は大怪我をするところじゃったのだぞ」

「あの鳥にもうひとつレンガを投げてやったらどうでしょう?」

「そんなことはしちゃならん。あいつを怒らせるだけじゃ」

「どうしてあいつを怒らせちゃいけないんですか? 向こうだって我々の感情を尊重してくれてる様子はありませんよ」

大臣閣下は本件の別の側面に話題を転じた。

「吾輩には理解できんのじゃが、柳の木の切り株にしっかり縛りつけてきたはずのボートが、どうして流されようがあったのじゃろうか」

「まったく不可解ですね」

「誰かいたずらな人物が意図的に縄を解いたものと、吾輩は疑い始めているところなのじゃ」

「えっ、そんなことはないでしょう。その現場をご覧になったんですか?」

「いや、ウースター君。茂みが効果的な目隠しになっておったからの。それだけではない。この午後のただならぬ暑さに眠気を誘われ、この島に到着後ほぼたちどころに、吾輩はとろとろと眠りこけてしまっておったのじゃ」

これは閣下にいつまでもじっくり考えていてもらいたい類いの問題ではなかったもので、僕は話題を変えた。

「雨降りですね、どうです?」僕は言った。

「その点にはとうに気がついておる」大臣閣下はいやな、苦々しい口調で言った。「しかしながら、その問題に注意を喚起(かんき)していただいたことに感謝しよう」

お天気に関するおしゃべりは大当たりを取れなかったようだと僕は理解し、今度はわが国の鳥類学の話題をぶつけてみることにした。

「お気づきですか?」僕は言った。「白鳥の眉毛はまん中でくっついてるみたいですね」

「白鳥に関して観察し得ることは、すべてことごとく観察する機会を吾輩は得ておる」

「そのせいで何だか不機嫌そうな顔になってますよね、どうです?」

「君が指摘している表情は吾輩の見逃すところではない」

「おかしいですよね」この問題にだいぶ熱を入れながら僕は言った。「白鳥の気質に家庭生活の及ぼす影響がどれほどに悪いものかってことですが」

「君には白鳥以外の話題を選んでもらいたいものじゃ」

「はい、わかりました。でも興味深いですよね。つまり、そこにいる奴さんはおそらく普通の状況ならきっと気のいい人気者なんですよ。ごく家庭的なペットなんでしょうね。だけどひとえにただ、細君(さいくん)がたまたま抱卵中だっていうそれだけの理由で――」

僕は言葉を止めた。ご信用いただけまいが、今この瞬間まで、近時の大騒動と大活躍がため僕はきれいさっぱり忘れていたのだが、僕らがこうして屋根の上に追い立てられている間じゅう、ずっとずっと僕らの背後には、危急を知らされ馳せ参ぜよと求められるならば、我々の小さな困難を解決する方策の半ダースやそこらなど数分のうちに案出できる巨大な脳みその持ち主が控えていたのである。

「ジーヴス!」僕は叫んだ。

「ご主人様」広大な空間からかすかならやらやしい声がした。

「僕の執事です」僕は大臣閣下に説明してやった。「はかり知れない能力と聡明さをそなえた男なんです。彼なら僕らをものの一分でここから救出してくれるはずです。ジーヴス！」

「ご主人様？」

「僕は屋根の上に座っているんだ」

「かしこまりました、ご主人様」

「〈かしこまりました〉なんて言うんじゃない。こっちに来て我々を助けてくれ。フィルマー氏と僕はここに追い上げられてるんだ、ジーヴス」

「かしこまりました、ご主人様」

「〈かしこまりました〉はやめろ。かしこまってもらうようなことじゃない。この界隈(かいわい)は白鳥まみれで大騒ぎなんだ」

「すみやかにその問題に対処させていただきます、ご主人様」

僕は大臣閣下に向き直った。僕は彼の肩をポンとたたきすらした。濡れたスポンジをベシャンとはたくような感触がした。

「全部大丈夫です」僕は言った。「ジーヴスが来てくれます」

「その者に何ができるのかね？」

僕はちょっと眉をひそめた。この人物の口調は不機嫌で、僕の気に入らなかった。

「それは」僕は少しだけよそよそしさを込めて応えた。「彼が実際に手を下すのを見るまでは言えないことです。ある途(みち)をとるかもしれないし、別の途をとるかもしれない。だが絶対の確信をもって信頼していいことがひとつあります――ジーヴスは方途を見つけるのです。いいですか、いま彼が低木の茂みをこっそり移動して近づいていますね。彼の顔は純粋な知性の光に輝いています。ジーヴスの頭脳の力に限界はないのです。彼はほとんど魚だけを常食として暮らしているんですよ」

僕は屋根の縁に身をかがめ、目を凝らして奈落の底をのぞき込んだ。

「白鳥に気をつけるんだ、ジーヴス」

「同鳥につきましては厳重な監視に付しております、ご主人様」

白鳥はまたもやシュルシュルと巻きを解いて我々の方向にさらに首を伸ばしてきた。しかし、今、彼は急に振り向いた。背後からした話し声が彼を強烈に動揺させたようだ。彼はジーヴスを短く、鋭い精査に付した。そしてそれからシューシュー音をたてる目的でいくらか息を吸い込んだ後、一種のジャンプをして突撃を加えた。

「気をつけろ、ジーヴス！」

「かしこまりました、ご主人様」

ふむ、僕は白鳥の奴にそんなのはやるだけ無駄だよと言ってやることだってできた。白鳥界にあっては、彼はじゅうぶんインテリゲンチアに格付けされるべき生き物であろうが、いかんせんジーヴス相手に脳みそで張り合おうというのでは、時間の浪費というものだ。今すぐ家に帰ってもらったほうがまだましであろう。

人生行路に乗りだしたばかりの若者は皆、怒れる白鳥にどう対処すべきかを心得ておくべきである。そういうわけだから僕は適切な手順を手短かに述べておくこととしよう。まず誰かが落としていったレインコートを拾い上げるところから始めねばならない。然(しか)る後に、正確に距離を目測した上でレインコートを白鳥の頭部に押しつけ、賢明にも携行していたボート用かぎ竿（ざお）を取り出してそれを白鳥の下部に挿入し、持ち上げる。白鳥は茂みに駆け入り原状回復を試み始める。そこでボートにのんびり歩き戻り、周辺地域の屋根上にたまたま座っていた友人がいれば共に連れ帰る。これがジーヴスの方式だった。またここにこれ以上改良の余地があり得ようとは僕には思えない。

　大臣閣下は彼にそんなのが可能だとはとても信じられないくらいのスピードのひらめきを見せ、僕らは二秒以内にボートに乗船していた。

「君は実に賢明に振る舞った」岸辺を離れて漕ぎ出すと、大臣閣下が言った。

「ご満足をいただけますよう、あい努めております」

　大臣閣下はこれで当面言いたいだけのことは言い終えたようだった。その時から彼は一種丸くなって身を固め、瞑想（めいそう）し始めたように見えた。ものすごく没頭している様子だった。僕がオールを反対向きに漕いでしまって首筋に半リットルも水を浴びせたときですら、彼はそれに気づかないでいたみたいだった。

　上陸という段階になってようやく大臣閣下は再び意識を取り戻した。

「ウースター君」

「えっ、はい？」

「吾輩は先ほど君に話した問題について考えておったのじゃが――いかにして吾輩のボートが漂流し去ったか、という問題じゃ」

　僕はこれが気に入らなかった。

「しょうがない問題ですよ」僕は言った。「これ以上お気になさらない方がいいですよ。わかるわけがないんですから」

「とんでもない。吾輩は解答にたどり着いておる。またそれが唯一可能な解答じゃと吾輩は考える。吾輩のボートは、我が招待主のご子息、トーマス少年によって流されたものと確信しておる」

「そんな、何ですって、そんなことはないでしょう！　どうしてです？」

「あの息子は吾輩に遺恨を抱いておる。またこんなことをしようなどとは、子供か痴愚者でもなければ考えもつかんことじゃ」

大臣閣下は屋敷へと足早に歩き去った。それで僕はジーヴスに向き直った。愕然(がくぜん)としながらだ。

「聞いたか、ジーヴス？」

「はい、ご主人様」

「どうしたらいい？」

「おそらくフィルマー様は、本件をさらに熟考された後、ご自身のお疑いは不当であったとご判断あそばされるものと思料いたします」

「だがそいつは不当じゃないんだぞ」

「はい、ご主人様」

「じゃあ、どうしたらいいんだ？」

「申し上げかねます、ご主人様」

僕は結構スマートに屋内に立ち戻り、アガサ伯母さんに大臣閣下無事救出との報告をした。そしてそれから僕は二階にトコトコ上がって熱い風呂を浴びた。近時の大冒険で全身くまなくずぶぬれになっていたのだ。至福の温もりを享楽していると、ドアをノックする音が聞こえた。

パーヴィスだった。アガサ伯母さんの執事だ。

「グレッグソン夫人がわたくしに、あなた様にできる限り早急にお目にかかりたい旨お伝えいたすようにとご要望であそばされました」

「だけど伯母さんは僕に会ったばかりだぞ」

「わたくしが理解いたしますところ、もう一度あなた様にお目にかかりたいとご要望でおいであそばされるものと存じます」

「ああ、よしきた、ホーだ」

僕はさらに数分ほど水面下に横たわり、それから身体各部を乾かした後、廊下を歩き自室に戻った。ジーヴスは下着をいじくりまわしていた。

「ああ、ジーヴス」僕は言った。「今思いついたんだ。誰か行ってフィルマー氏にちょっとキニーネか何かをやってくるべきなんじゃないか？　救難の使いだ、どうだ？」

「すでにさように取り計らってまいりました、ご主人様」

「よかった。僕はあの男がものすごく好きだとは言わないが、頭のてっぺんから風邪をひいてもらいたくはないからな」僕は靴下をはいた。「ジーヴス」僕は言った。「承知だとは思うが、僕らは何か急いで考えつかないといけない。つまり、君にはこの状況がわかっているのかな？　フィルマー氏はトーマスのガキがまさしくやったことを奴がやったと疑っている。それでももし彼がこれを告発すればアガサ伯母さんは間違いなくリトル氏をクビにする。するとリトル夫人はリトル氏がしでかしたことを知ることになって、あげくの果てはどういう結果になると思う、ジーヴス？　教えてやろう。すなわちリトル夫人はリトル氏の悪事の証拠を握るってことだ。僕はただの独身者に過ぎないが、結婚生活の適正なギヴ・アンド・テイク——君なら本質的均衡と言うところだ——を維持しようとするならば、細君は夫君の弱みを握るべきではないとは僕にだって言える。女性ってものはこういうことをいつまでも持ち出してくるんだ。彼女らは忘れもしなければ許しもしない」

「まさしくおおせのとおりと存じます、ご主人様」

「それじゃあどうしたらいい？」

「その件につきましては、すでに手配をいたしてございます、ご主人様」

「もうしたのか？」

「はい、ご主人様。あなた様とお別れいたしたのとほぼ同時に、本件解決策が思い浮かびました次第でございます。フィルマー様のご発言がわたくしにアイディアを授けてくれたのでございました」

「ジーヴス、君は驚異だ！」

「たいへん有難うございます、ご主人様」

「どういう解決策なんだ？」

「わたくしはフィルマー様の許に伺い、あの方のボートを盗んだのはあなた様であると申し上げようとの着想を得たのでございます」

この男は僕の前でチラチラ揺らいだ。僕は熱っぽく靴下を握りしめた。

「何て——言うんだって？」

「当初、フィルマー様はわたくしの申し上げたことをなかなかご信用あそばされずにおられました。しかしわたくしは閣下に、閣下が小島におられることをあなた様が熟知しておいでであられたことをご指摘申し上げました——この点はきわめて重大な事実であると閣下もご同意なされました。さらにわたくしは、あなた様が陽気な若紳士でおいであそばされ、あのようなことをプラクティカル・ジョークとしてされても不思議はないお方であると申し上げました。閣下はたいそう深くご得心されたご様子であそばされましたゆえ、閣下が今や当該行為をトーマス坊ちゃまの責めに帰する危険はもはやございません」

僕は魔法に掛けられたみたいにこの悪党を凝視した。

「それでそれが素敵な解決策だって君は思うのか？」僕は言った。

「はい、ご主人様。リトル様はお望みのお立場を維持なされましょう」

「それで僕はどうなるんだ？」

「あなた様にもご利益がございます、ご主人様」

「ああそうか、僕も得をするのか、そうなのか？」

「はい、ご主人様。グレッグソン夫人があなた様を当館にお招きあそばされたご動機は、あなた様をフィルマー様の私設秘書とせんとの意図をもってあなた様をご紹介される点にあったと、わたくしは究明をいたしたのでございます」

「なんと！」

「はい、ご主人様。グレッグソン夫人とフィルマー様が本件につきましてご会談あそばされておいでのところを、執事のパーヴィスがたまたま漏れ伺う機会がございました」

「あの超ド肥満退屈男の秘書だって！　ジーヴス、そんな目に遭ったら、僕は生きてゆけない」

「はい、ご主人様。あなた様はそれをご快適とは思し召しになられぬところと拝察いたします。フィルマー様は到底あなた様のお気のあったお仲間ではございません。しかしながら、グレッグソン夫人がそのお立場をあなた様のために確保なされたあかつきには、それをお断りあそばされることは憚られるところでございましょう」

「そのとおり、憚られることだろうな！」

「はい、ご主人様」

「だがなあ、ジーヴス、ひとつだけ君が見逃してるらしい点があるんだ。具体的に言って、僕はどこで逃げ出せばいいんだ？」

「ご主人様？」

「つまりだ、アガサ伯母さんはたった今パーヴィスをよこして僕に会いたいと言ってきたんだ。おそらく伯母さんは今この瞬間に手斧を研いでいるにちがいないんだ」

「伯母上様にはお目通りなさらぬが最も賢明な方策と存じます、ご主人様」

「だけどどうやったらそんなことができる？」

「こちらの窓のすぐ外の壁に、堅牢にして頑丈なる雨どいが走っております、ご主人様。またわたくしは二十分以内にあなた様の二人乗り自動車にて門扉外に待機いたせるものと存じます」

僕は畏敬の念をもって彼を見やった。

「ジーヴス」僕は言った。「いつだって君は正しいな。五分にしてもらえないか、どうだ？」

「十分ではいかがでございましょう、ご主人様」

「十分で決まりだ。旅行向きの衣服を出したら、あとは僕に任せてくれ。君がそんなにも褒めそやして言う、その雨どいというのは、いったいどこにあるのかな？」

2．シッピーの劣等コンプレックス

僕はこの男を一瞥でもって抑制した。驚き、またショックを受けていた。

「もう言うな、ジーヴス」僕は言った。「そこまでだ。帽子、いいだろう。靴下、いいだろう。コート、ズボン、シャツ、ネクタイ、スパッツ、もちろん構わない。これらすべてについて、僕は君の判断に従ってきた。だが花瓶となれば、話は別だ」

「かしこまりました、ご主人様」

「君はこの花瓶はこの部屋の調度品と調和しないと言う――それが何を意味するにせよだ、僕はその点をイン・トート、すなわち全面的に否定する、ジーヴス。僕はこの花瓶が好きだ。装飾的で、たいそう印象的で、総体的に言って、一五シリング以上の価値のあるものだ」

「かしこまりました、ご主人様」

「それじゃあその件についてはそういうことだ。もし誰かが電話を掛けてよこしたら、僕はこれから一時間ほどシッパリー氏と、『メイフェア・ガゼット』誌の編集室に詰めているからと言ってくれ」

僕は結構な量の抑制された尊大さを表しながら、ブンブン部屋を飛び出した。僕はこの男に落胆していたのだ。前日の午後、ストランド街をぶらぶら歩いていた際、気がつくと僕は霧笛みたいな野太い声をした男が一日中立ってせりで物を売っている、一種、奥まった場所に押し込まれていたのだった。それで、具体的にどういう経緯でそういうことになったのか、その点は定かではないのだが、どういうわけか僕は真紅のドラゴンが何匹も描かれた磁器製の大きな花瓶の所有者となっていたのだった。そこにはドラゴンたちだけでなく、小鳥たち、犬たち、ヘビたち、それとヒョウみたいに見える生きものたちも描かれていた。それでこのどうぶつ王国は、いまでは僕のうちの居間のドア上部の張出し棚上に配置される次第となったのであった。

僕はこいつが気に入っていた。華やかで陽気だ。目を惹（ひ）く。それでそれが、ジーヴスが少々表情を曇らせ、完全に無根拠な美術評論をしてよこしたとき、僕が少なからぬ力を込めて彼をしかりつけた理由なのだ。ネ・ストール・ウルトラなんとかかんとか〔ne sutor ultra crepidam. プリニウス『博物誌』。靴屋が絵画中の沓を評してその誤りを指摘し、更にその絵に論評を加えようとした故事に由来する。己が分を越えた発言を非難する謂い〕、と、僕は彼に言ったことだろう。あの時それが思い浮かんでいたらばの話だが。つまりだ、執事ふぜいが花瓶の検閲をしてよこすなど、どこまでつけ上がれば気がすむというのだ？　若主人の磁器をけなすことは彼の領分だろうか？　絶対にちがう。僕は彼にそう言ってやったのだ。

『メイフェア・ガゼット』の編集室に到着したとき、僕はまだ大分むしゃくしゃした気分でいた。僕の問題をシッピーの奴に皆ぶちまけられたら僕の心もきっと安らいだことであったろう。シッピーは僕のものすごく仲良しの旧友だから、奴ならきっと理解と同情を差し出してくれたにちがいないからだ。しかし事務所のボーイが僕を案内してシッピーが編集長として任務遂行している奥の気持ちのいい部屋に連れていってくれたとき、奴は何かで頭がいっぱいの様子だったから、僕はとてもそんな話をする気にはなれなかったのだった。

こういう編集者諸君というものは、僕が理解するところ、この仕事についてしばらくするとすっかり面やつれがしてくるものである。六カ月前、シッピーは陽気な男で、幸福な笑いに満ち満ちていた。だが当時奴はいわゆるフリーランスであり、こっちに短編をちょっと書いたら、あっちに詩をちょこっと発表して、と、だいたいのところ楽しくやっていたわけだ。しかしこの三文雑誌の編集長になってよりというもの、僕は奴の変化を感じ取っていた。まあ、いわゆるだが。

今日の奴は今までに増して編集者らしい風情(ふぜい)でいた。そういうわけで、僕は自分の心配事はさしあたり棚上げし、奴の雑誌の最新号をどれだけ楽しんだか告げてやって奴を元気づけてやろうとした。実を言うと僕はそいつをまだ読んではいない。だが我々ウースター家の者は、友達を励ますためならばちいさな嘘を用いることもいとわないのだ。

その治療法は効果をあげた。奴は生気と熱情を示してくれた。

「本当に気に入ったのか？」

「熱狂的にだ、我が友よ」

「いい作品満載だったろ、なっ？」

「ぎゅうぎゅう詰めだな」

「あの詩――『孤独』は？」

「珠玉の名作だ！」

「正真正銘の傑作なんだ」

「混じりけなしのタバスコだった。誰が書いたんだい？」

「署名がしてあった」シッピーが言った。ちょっと冷たくだ。

「僕はいつだってすぐ名前を忘れるんだ」

「あれを書いたのは」シッピーは言った。「グウェンドレン・ムーン女史だ。お前はムーン女史に会ったことはあるか、バーティー?」

「ないと思うな。素敵な子なのか?」

「ああ、神よ!」シッピーは言った。

　僕は奴を鋭い目で見た。もし僕のアガサ伯母さんに訊いていただれけば、彼女はこう言うことだろう――いや実際、わざわざ訊かなくたってこう言う可能性は大だが――僕はへらへらした思慮の浅いバカだ、と。知覚力ほぼなし、と彼女はかつて僕を語った。それで広い意味で、一般論として、彼女の言うことが誤りだと僕は主張するものではない。だが僕が探偵ホークショウ〔トム・テイラーの探偵小説中の名探偵。探偵の代名詞となった〕よりも早く、「愛の若き夢」〔アイルランドの国民詩人トマス・ムーアの『アイリッシュ・メロディーズ』所収の詩〕を認識できるのだ。ここ数年というもの僕の友達がどっさりその病に罹(かか)っているものだから、いまや僕は曇天下に一キロ半の距離をおいた所からだってそいつを見抜けるのだ。シッピーは消しゴムのかけらをくちゃくちゃ噛(か)みながら、はるか彼方(かなた)を望むがごときまなざしをして、椅子の背に身をもたれていた。それで僕は即座に診断を下したのだった。

「全部話してくれ、友達よ」僕は言った。

「バーティー、小生は彼女を愛してるんだ」

「彼女にはそう言ったのか?」

「どうしてそんなことができる?」

「どうしてできないのか理解できないな。普通の会話に投入するってだけの簡単な話じゃないか」

シッピーはうつろなうめき声を発した。

「どんなものかがお前にわかるか、バーティー？　虫けらの恥辱を思い知るってことがさ」

「わかるとも！　僕はよくジーヴスに思い知らされてるんだ。だが今日の彼はやりすぎなんだ。お前は信じちゃくれないだろうけど、なあ友よ、彼はずうずうしくも僕の花瓶を批判してよこしてそれで――」

「彼女は小生の、はるか高みにいるんだ」

「背の高い娘なのか？」

「スピリチュアルな意味だ。彼女は全身が魂なんだ。それで小生はどうだ？　卑俗だ」

「お前、そんなふうに言うのか？」

「言うんだ。一年前、ボートレースの晩に小生が警官の腹を殴って代替刑なしで三十日間服役したことをお前は忘れたのか？」

「だがあの時お前は酔っ払ってたんじゃないか」

「そのとおりさ。酔いどれの囚人の分際に、女神にあこがれるどんな権利がある？」

僕のハートは哀れなこの男のために血を流していた。

「お前ちょっと話を大げさに言ってやしないか、なあ？」僕は言った。「きちんとした育ちの連中は残らずみんなボートレースの晩には酔っ払うもんなんだ。それで心ある連中はほぼいつだってジャンダルムっていうか警官と、もめごとを起こすもんなんだ」

奴は首を振った。

「詮ないことだ、バーティー。お前がよかれと思って言ってくれてるのはわかる。言葉なぞされど空しきだ。だめだ。小生にできるのはただ、はるけき彼方（かなた）より崇拝を寄せることのみさ。彼女の前に出るとおかしな口の利けなさが小生を圧倒するんだ。舌が扁桃腺とこんがらがりだすみたいなんだ。彼女にプロポーズする勇気を奮い起こすなんて、とても——入ってくれ！」奴は怒鳴（どな）った。

奴がようやく話をはじめ、ちょっとは雄弁さを見せはじめたところで、ドアをノックする音がしたのだった。実際、コツコツというよりはバシン——いやむしろガシンと言うべきか。そして今、人を射抜くような目をしてローマ鼻で高い頬骨をした、大柄で重要人物らしげに見える人物が入ってきた。権威的。僕が言いたい言葉はそれだ。僕は彼のカラーがいやだった。またジーヴスだったら彼のズボンの座部について一言二言、言いたいことがあるはずだ。しかし、それにもかかわらず、彼は権威的だった。何か人を威圧するようなところがこの人物にはあった。彼は交通巡査みたいに見えた。

「ああ、シッパリー！」彼は言った。

シッピーの奴はものすごく動揺している様子だった。奴は椅子から飛び上がり、いまやしゃちほこばった姿勢で起立し、顔には目玉の飛び出たみたいな表情が浮かんでいた。

「どうぞお座りいただきたい、シッパリー」この親爺（おやじ）は言った。彼は僕のことなんかまるで眼中にないみたいだった。厳しい目で僕をちらりと見、僕の方向に鼻を揺すった後、彼は己（おの）が人生から完全にバートラムを放逐し去った。「またちょっと短いものを書いてきてやったぞ——ハッハッ！　暇があったら目を通しておいてくれたまえ」

「はい、先生」シッピーは言った。

「楽しんでもらえるものと思う。じゃが、ひとつ言っておかねばならんことがある。わしの『トスカナの名所旧跡』に、君があてがってくれた場所よりも、もそっと見栄えのするページをあてがってくれたならば喜ばしいのじゃがの。週刊誌においてスペースがごくごく貴重であるとはよくよく理解しておる。だが自分の汗した原稿が巻末の隅の注文服仕立て屋と歓楽場の広告の間に追いやられることを、人は快くは思わんものじゃ」彼は言葉を止めた。そして底意地の悪い光が彼の目にキラリと宿った。「このことは心に留めておいてもらえるかな、シッパリー？」

「はい、先生」シッピーは言った。

「それはたいへん有難い」ふたたび愛想よくなって親爺さんは言った。「かようなことを申し上げたるをお許し願いたい。わしは編集方針に指図しようなどという人間ではないのじゃが――ハッ！――しかし、の――さてと、それではごきげんようじゃ、シッパリー。明日三時にまた君の判断を伺いに参上するとしよう」

彼は去っていった。大気中に縦三メートル、横六十センチの裂け目を残しながらだ。そいつがふさがったところで、僕はしゃんと座りなおした。

「あれは何だ？」僕は言った。

僕は哀れなシッピーの奴の頭が変になったのだと思って仰天した。奴は両手を頭上に上げ、髪の毛をつかんでしばらくの間そいつをかきむしり、猛烈な勢いでテーブルを蹴りつけると、それから椅子に飛び上がった。

「あの親爺に呪いあれ！」シッピーは言った。「教会へ行く途中でバナナの皮に滑って転んで両の足首を捻挫せんことを！」

「あいつは誰だ?」

「あの親爺がガラガラ声になって学期末説教ができなくならんことを!」

「わかった。だからあいつは誰なんだ?」

「小生の昔の校長先生だ、バーティー」シッピーが言った。

「そうか、だがおい我が心の友よ――」

「小生が行った学校の校長だ」奴は僕を錯乱状態で見つめた。「なんてこった! この状況がお前にわかるか?」

「あんまりわからないな」

シッピーは椅子から飛び上がって敷物の上を一、二回でんぐり返しして行ったり来たりした。

「お前ならどんなふうに感じる?」奴は言った。「昔の学校の校長先生に会ったらさ」

「わからない。もう死んでるんだ」

「うーん、どう感じるもんか小生が教えてやる。また四年生に戻って学級担任に学校で騒ぎを起こした件で校長室に送りつけられるみたいな気がするんだ。一度そういうことがあった、バーティー。それでその思い出はいまだ我が脳裏を消え去らずだ。ウォーターベリーの部屋のドアをノックして、あいつがまるでライオンが初期キリスト教徒に吠(ほ)えかかるみたいな声で〈入りたまえ!〉って言うのを聞いて、それで部屋に入ってマットの上で足をもじもじさせて、それであいつが小生を見て小生は説明をして――そしてそれから、一生みたいに感じられる間があって、それから腰をかがめて、毒ヘビみたいに噛みついてくるステッキでものすごく痛いやつをその場で六発食らわされたことを、小生はまるで昨日のことのようにまざまざと思い起こせるんだ。それであいつが編集室に入ってくるたびに、その古傷が小生を悩ませだして、それで〈はい、先生〉と〈いいえ、先生〉って言ってるだけの十四歳の子供みたいな気分になっちゃうんだ」

　僕には状況がつかめてきた。シッピーみたいに物書きを生業(なりわい)とする男の問題は、芸術家気質を発達させるところで、またそれはいつ爆発するものかわからないのだ。

「奴はポケットいっぱいに『古き学び舎の回廊』とか『タキトゥスの知られざる側面』とか、そんなような原稿を詰め込んでここにやってきて、それで小生にはそいつをつき返すだけの、勇気がないんだ。うちの雑誌は社交界のお気楽な関心向けのはずなのにだ」

「お前は毅然(きぜん)としてなきゃいけない、シッピー。毅然とな」

「どうやったらそんなことができる？　あいつを一目見ただけで、小生はくちゃくちゃ噛まれた吸い取り紙になったみたいな気分になるっていうのにだ。あいつがあの鼻越しに小生を見てよこすとさ、小生の士気は根元から蒼(あお)ざめて、それで学校時代に逆戻りだ。執拗な迫害なんだ、バーティー。それで次にどうなるかっていうと、ここの経営者がその記事を見つけて、それで完全に正当にも、こんなものを印刷して載っけるからには小生の頭がおかしくなったにちがいないって考えて、それで小生をクビにするんだ」

　僕はじっくり考えた。これは厄介な問題だ。

「こうしたらどうだ、つまり――？」僕は言った。

「だめだ」

「たんなる提案さ」僕は言った。

「ジーヴス」家に戻ると僕は言った。「集合だ」

「ご主人様?」

「オツムを磨き上げるんだ。君の最善の努力が必要な事案を抱えてる。君はグウェンドレン・ムーン女史の名は聞いたことがあるか?」

「『秋の葉』、『そはイギリスの六月のこと』その他の作品の作者であられます。はい、ご主人様」

「すごいぞ、ジーヴス、君は何でも知ってるみたいだな」

「たいへん有難うございます、ご主人様」

「うむ、シッパリー氏がムーン女史に恋してるんだ」

「はい、ご主人様」

「だがそれが言えない」

「しばしばさようなものでございます、ご主人様」

「自分のことを彼女にふさわしくないって考えてるんだ」

「まさしくさようなものでございます、ご主人様」

「そうなんだ! だがそれだけじゃない。そのことはひとまず心の隅に置いて、残りの事実を聞いてくれ。知ってのとおり、シッパリー氏はお気楽な社交界の人々のための週刊誌の編集長だ。それで奴の昔行った学校の校長先生が編集室を訪れてはまるでお気楽な人向けじゃない腐れ原稿を荷降ろししてくんだ。ここまではいいか?」

「完全に理解いたしております、ご主人様」

「それでこのひ弱なシッパリー氏は自分の意志に反してこいつを掲載せざるを得ないでいる。それというのもこいつをつき返してこの男を烈火のごとく怒らせるだけの度胸がないからだ。ジーヴス、すべての問題は、奴がいわゆるその、あれを抱いてるせいだ——何と言ったかな、舌の先まで出かかってるんだが」

「インフェリオリティー、すなわち劣等コンプレックスでございますか、ご主人様?」

「それだ。劣等コンプレックスだ。僕もアガサ伯母さんに対してそいつを抱いている。僕のことはわかっているだろう、ジーヴス。救命ボート漕ぎに誰か志願する者はいないか、という時にその任務にとびつくのが僕だ。もし誰かが〈パパ、炭鉱の底に降りていったりしないで〉って言ったって、僕の決意はいささかも揺らぎはしない——」

「疑いをいれる余地のないところでございます、ご主人様」

「だがしかし——ここのところをよく聞いてもらいたいんだが、ジーヴス——アガサ伯母さんが手斧を持って僕の方向に出動開始したと聞いたならば、僕はウサギみたいに走り去るんだ。それはなぜか? なぜなら彼女は僕に劣等コンプレックスを抱かせるからだ。それでシッパリー氏もそうなんだ。奴だって、頼まれれば恐るべき大波に立ち向かうし、身震いひとつせずにそいつをやってのけるはずだ。だがムーン女史にプロポーズする勇気は奮い起こせないし、校長先生の腹に蹴りを入れて、いやらしい『古き学び舎の回廊』は他所(よそ)へ持っていけって言ってやることはできない。なぜなら奴は劣等コンプレックスを抱いているからだ。それで、どうしたらいいかな、ジーヴス?」

「おそれながら、今現在とっさにということであれば、わたくしが自信をもってご提案できる計画はございません、ご主人様」

「考える時間が欲しいってことだな?」

「はい、ご主人様」

「時間を掛けてくれ、ジーヴス。掛けてくれ。一夜の眠りの後ならば、君の頭ももっと働くことだろう。シェークスピアは眠りのことを、何と言っていたかな、ジーヴス？」

「疲れ倦んだ自然の甘美なる癒し手、でございます、ご主人様」

「そのとおりだ。さてと、それじゃあそれでいこう」


ご存じだろう。何事につけ眠りにしくはない。翌朝目覚めるのとほぼ同時に、僕は眠っている間にすべてのゴタゴタ騒ぎをきれいに片づけ、フォック［第一次大戦で活躍したフランス陸軍総司令官］だって誇りに思うようなひとつの計画を案出していたことに気づいたのだった。お茶を運ばせるべく、僕はジーヴスを呼ぶベルを押した。

僕はもう一度ベルを押した。だが、この男が湯気立つ朝の紅茶を運んで歩き入ってくるまでに、五分は過ぎていたにちがいない。

「ご寛恕を願います、ご主人様」僕が叱責すると彼は言った。「ベルの音が耳に入らずにおりました。わたくしは居間におりましたものでございますから」

「ああ？」紅茶をちょっとすすりながら僕は言った。「あれやこれやと用事をしていたわけだな、すると？」

「あなた様の新しい花瓶の埃を払っておりました、ご主人様」

この男に対する僕の感情はじわじわと温かくなった。僕の好きな人物がひとりあるとすれば、それは余計なプライドは捨てて間違ったときにはそれを認める男だ。無論そういう効果の言明が彼の唇から発せられたわけではないが、我々ウースター家の者には行間が読めるのである。彼があの花瓶を愛せるようになってきていることが、僕にはわかった。

「どんなふうに見えたかな?」

「はい、ご主人様」

ちょっともって回った言い方である。だがそれはそれでよしとすることにした。

「ジーヴス」僕は言った。

「ご主人様?」

「昨日話し合った問題についてだが」

「シッパリー様のご問題でございますか?」

「そのとおりだ。これ以上君を煩わす必要はなくなった。脳みそを動かすのはやめてくれ。君の尽力はもはや無用だ。僕は解決策を見つけたんだ。閃光のごとく、ひらめいたんだな」

「さようでございますか、ご主人様?」

「まさしく閃光のごとくだ。この種の問題においてはな、ジーヴス、まず研究すべきは——ああ、何と言ったかな?」

「わかりかねます、ご主人様」

「ごく普通の言葉だ——長いがな」

「サイコロジー、すなわち心理でございましょうか、ご主人様?」

「まさにその名詞だ。これは名詞でよかったな?」

「はい、ご主人様」

「そのとおりだ！　さてと、ジーヴス、シッピーの奴の心理に関心を向けるんだ。シッパリー氏は、もし君に僕の言うことが理解できればだが、その目からウロコが落ちていない状態にある人物だ。したがって僕の目下の任務とは、ジーヴス、ウロコをして落とさしむる計画を発見することだ。わかるかな？」

「完全には理解いたしかねます、ご主人様」

「ふむ、僕が言わんとしているのはこういうことだ。今現在、この校長先生はだ、このウォーターベリーだな、シッパリー氏のことをどすどす踏んづけている。それというのも奴は威厳に妨害されているからだ。まあ、君に僕の言う意味がわかればだが。歳月は流れた。シッパリー氏は毎日朝にはひげをあたり、いまや編集長の重責にある。だがこの親爺が昔ごくごく痛いやつを六発食らわせてくれたってことが、奴にはどうしても忘れられないんだ。結論、すなわち劣等コンプレックスだ。そのコンプレックスを解消させる唯一の方法は、シッパリー氏がこのウォーターベリーの親爺の完全に威厳を失ったみっともないザマを見るような段取りを整えることだ。これにより、奴の目からはウロコが剝がれ落ちることとなろう。君は自分のこととしてこいつを理解しないといけないぞ、ジーヴス。君自身を例にとろう。疑いもなく、君には君を尊敬し、崇拝してやまないご友人やご親戚が数多くあるにちがいない。だがある晩、過度の酩酊状態にある君が、ピカディリー・サーカスのど真ん中で下着姿でチャールストンを踊る姿を彼らが見たと考えてみよう」

「さような蓋然性はきわめて低いと存じます、ご主人様」

「ああ、だがそう考えてみようじゃないか。彼らの目からはウロコが落ちるだろう、どうだ？」

「その可能性は高いものと存じます、ご主人様」

「別の例をとろう。何年か前にアガサ伯母さんがフランスのホテルで彼女の真珠の首飾りをくすね取ったと言って女中を責めたことがあったのを君は憶えているか？　結局そいつは引出しの中にあるってわかったんだった」

「はい、ご主人様」

「それによって彼女はものすごくとんでもなくバカに見えたんだった。その点は君も認めるな」

「確かにあの折のスペンサー・グレッグソン夫人は最善のお姿ではおいであそばされなかったものと拝見いたしました、ご主人様」

「そのとおりだ。それじゃヒョウみたいに僕の話についてきてくれ。アガサ伯母さんの権威失墜を目の当たりにし、彼女の顔があえかな藤色に染まるのを見、彼女がひげのホテル経営者に流暢なフランス語でしかりつけられながら眉をひと上げして反撃するのだってできずにいるのを聞いて、僕は両の目からウロコが落ちるように感じたものだった。生まれてはじめて、ジーヴス、幼年期より僕の抱き続けてきた畏怖の念が僕の許を去ったんだ。その後そいつはまた戻ってきた。その点は認めよう。しかし、あの瞬間僕はアガサ伯母さんの真の姿を認めたんだ――僕が長いこと想像してきたような、その名を口にしただけで強靭な男たちがポプラのように震える人食い魚なんかじゃなく、たった今、とてつもないヘマをやらかしたばかりの哀れな間抜けにすぎないってことを。あの瞬間なら、ジーヴス、僕は彼女に正確にどこが降りどころかを言ってやることだってできた。だが異性に対する騎士道的尊敬を大切にするあまり、僕はそうしなかったんだ。この点に異論はないな？」

「はい、ご主人様」

「ふむ、それでだ、このウォーターベリーなる元学校長だな、彼が頭のてっぺんから足の先まで全身小麦粉で覆われた状態で編集室によろめき入ってきたならば、必ずやシッパリー氏の目からはウロコが落ちることになろうと僕は強く確信するんだ」

「小麦粉でございますか、ご主人様？」

「小麦粉だ、ジーヴス」

「しかしながらなぜにその方はさような経過をお取りあそばされねばならぬのでございましょうか、ご主人様？」

「なぜならそうならざるを得ないからだ。そいつはドアのてっぺんにバランスを取って置いてある。あとの仕事は重力がやってくれる。ジーヴス、僕はこのウォーターベリーに対して、ブービー爆弾を仕掛けてやるつもりなんだ」

「まことでございましょうか、ご主人様、わたくしにはとてもさような――」

　僕は片手を挙げた。

「静粛に、ジーヴス！　まだそれだけじゃないんだ。君はシッパリー氏がグウェンドレン・ムーン女史を愛しているが、しかしそれを言えずにいるということは忘れてはいないだろうな。君はきっと忘れているものと僕は確信するところだが」

「いいえ、ご主人様」

「ふむ、それではだ、僕の信じるところでは、自分がこのウォーターベリーに対する畏怖の念を克服していることに気づいたら、奴はこの上なく血気盛んになってもはや奴を引き止めるものは何もない。奴は突撃して彼女の足許にハートを投げ出すんだ、ジーヴス」

「しかしながら、ご主人様――」

「ジーヴス」僕はいくぶん手厳しく言った。「僕が計画とか構想とか行動方針とかを提案するたびに、いつだって君はいやらしい調子で〈しかしながら、ご主人様〉とか言ってよこす傾向が余りに強すぎるんだ。僕はそれが気に入らない。そういう性向は抑制してもらいたい。僕が概略述べた計画というか構想というか行動方針というかはだ、何らの欠陥もはらんではいない。もし欠陥があるというならば、僕はそれを聞きたいものだ」

「しかしながら、ご主人様――」

「ジーヴス！」

「ご寛恕を願います、ご主人様。わたくしがただいま申し上げようといたしておりましたのは、管見のところ、あなた様はシッパリー様のご問題に誤ったご順序にてご接近されておられるということでございました」

「どういう意味だ、誤った順序というのは？」

「はい、まず最初にシッパリー様をムーン様に対し結婚のお申し出をなさるべく誘導いたしますことにより、よりよき結果が招来しうるものと愚考いたすところでございます。ご令嬢様が肯定の意を表されましたあかつきには、シッパリー様はウォーターベリー様に対し堂々とご意見を主張なされるに何ら支障なき高揚したお心もちになられるものと思料いたします」

「ああ、だがしかしすると君は窮境に追い込まれることになるな。すなわちこの問題――いかにして奴をそうすべく誘導すべきか――という問題だ」

「わたくしの念頭に去来いたしましたのは、ご主人様、ムーン様は詩人であらせられロマンティックなご心性をお持ちの方であられますから、仮にシッパリー様が重篤なお怪我をなさってあの方のお名前を繰り返しお呼びでおいでだとお聞き及びになられたならば、何かしらお心に兆(きざ)すところありはいたすまいかとの思いでございます」

「彼女の名を狂おしく呼んでいるんだな、つまり?」

「あの方のお名を、あなた様のおおせのごとく、狂おしくでございます、ご主人様」

僕はベッドの上で座り直し、彼をスプーンで冷たく指弾した。

「ジーヴス」僕は言った。「僕は君のことを血迷っていると言って非難する、この世でいちばん最後の人間だ。だが今回は君らしくない。君のいつもの体調とはちがう。グリップをなくしているんだ。シッパリー氏が重篤な怪我をするまでには、何年かかるか知れないじゃないか」

「その点は考慮いたさねばなりません、ご主人様」

「ジーヴス、この先幾星霜(いくせいそう)の年月を、いつの日かシッパリー氏がトラックに轢(ひ)かれるかどうかする時が来るのを待ち焦がれつつ、すべての活動を休止したままでいようだなんて意気地のない提案をしているのが君だとは僕には信じられない。だめだ! 僕が概略述べた計画でいくぞ、ジーヴス。朝食の後、すまないが外出して最高級の小麦粉を一ポンド半購入してきてくれ。あとは僕にまかせてもらって構わない」

「かしこまりました、ご主人様」

この種の事態においてまず最初に必要となるのは、一般大衆が熟知しているように、当該地勢の完璧なる知識である。当該地勢の知識なしにやったら、どういうことになるか? ナポレオンと、かのウォータールーの断崖を見よだ［ナポレオン最後の戦いにおいて敗戦の決め手となった戦場］。バカな間抜けだ!

僕はシッピーの編集室に関する完璧な知識を持っており、それは以下のような具合だった。僕は平面図を描いたりはしない。なぜなら僕の経験上、ああいう探偵小説を読んでいて、作家が館の図面を描いて、死体の発見された部屋、廊下に至る階段その他を図示しようという時、読者はそいつをとばして読むのが常だからである。僕はいくつかの短い言葉で説明に代えることとする。

『メイフェア・ガゼット』誌の編集室はコヴェント・ガーデンのはずれにある古くてカビ臭いビルの二階にある。入り口のドアを入ると、前方に延びるのは各種種苗と園芸用品を商うベラミー・ブラザーズ商会のオフィスに至る廊下である。ベラミー兄弟には目もくれず階上に進むと、正面に二つドアがある。プライヴェートと記されている方のドアを開けると、まっすぐシッピーの聖域たる編集室に入れる。もう一方の、ご照会なる字幕の付されたドアを開けると、ターザンの冒険を読みながらペパーミントを齧り(かじ)つつ事務所のボーイが腰掛けている小部屋に入れる。このボーイの横を通り過ぎるともうひとつ別のドアがあって、そこを開けるとあたかもプライヴェートと書かれたドアを通ったみたいにシッピーの部屋に入れるのだ。実に単純である。

僕が小麦粉を設置しようと提案したのは、ご照会と書かれたドアの上だった。

さて、ブービー爆弾を校長先生のようなご立派な市民(たとえあなたの出身校よりは劣った学校の校長先生であるとはいえだ)に仕掛けるということは、お気軽に、入念な準備なしに取り掛かってよいものではない。その日僕が傾注したほどの思考をもって、念入りに昼食のメニューを選んだことがそれまであったとは思わない。また、何杯かのドライ・マティーニの後、バランスのよい食事が素敵な軽い辛口のシャンペンのハーフ・ボトルといっしょに流し込まれ、そこに少しばかりのブランデーが続いた後には、僕は主教様にだってブービー爆弾を仕掛けてやれるような心境に至っていた。

本作戦の唯一真に困難な点は、ボーイを追っ払うところにあった。当然ながら、人はドア上に小麦粉の袋を押し込んでいるとき、目撃証人にいてもらいたくはないものである。幸いまあ、結局のところ人は金で動くものだ。間もなく僕はうまいことこいつを説得し、家で急病人が出てクリックルウッドに行かなければならないことになってもらうことができた。これが済んだところで、僕は椅子に上り仕事に着手した。

僕がこの種の仕事に携わっていた時代からは、何年も何年もの歳月が過ぎていた。しかし往年の技能は少しも衰えず回復できたものだ。ドアにひと触れするだけで必要なことが全部済むよう小麦粉の袋をうまく配置し終えた後、僕は椅子から飛び降り、シッピーの部屋を経由してあわててその場を立ち去って街路に出た。シッピーはまだ現れなかった。それはまったく結構なことだ。だが僕は奴がだいたい三時五分前にはぼちぼちやって来るのがわかっていた。僕が路上で待機していると、さてさて角を曲がってウォーターベリーの親爺さんが登場した。彼は入り口のドアを入ってゆき、僕はちょいとぶらぶら歩きを開始した。事がこれから始まろうというときに、その場に居合わせないのは僕の信条に反する。

風雨を考慮に入れれば、グリニッジ標準時で三時十五分までにはシッピーの目からウロコが落ちるものと思われた。したがって、コヴェント・ガーデンのジャガイモやらキャベツやらの間を二十分かそこらうろついた後、僕は今きた道を引き返して階段を上った。僕はそこには当然シッピーの奴がいるものとばかり思ってプライヴェートと書かれたドアを通過したのだ。それで入室してウォーターベリーしかいないのを認めたときの、僕の驚愕（きょうがく）をご想像いただきたい。親爺さんはシッピーの机に着席し、新聞を読んでいた。まるでそこは自分の席だと言わんばかりにだ。

さらにその上、同人の身体上には小麦粉の痕跡など、影も形もなかった。

「なんてこった！」僕は言った。

結局、これはウォータールーの断崖のケースだったのだ。だがしかし、コン畜生だ。いくら校長先生だからといったって、この親爺が一般人向けのドアを通る正常できまり正しいやり方をせず、シッピーのプライヴェートな執務室に直接入ってくるほどに冷酷な度胸の持ち主だなんてことを、どうしたら考慮に入れようがあるというのだ？

親爺さんは鼻を上げ、そいつ越しに僕を見てよこした。

「何かね？」

「僕はシッピーを探しているんです」

「シッパリー君はまだ到着しておらん」

彼はだいぶ立腹した様子で話した。待たされることには慣れていない人物であるらしい。

「えー、調子はどうですか？」僕は言った。この場の空気を和らげるためにだ。

親爺さんはまた新聞を読み始めていた。彼は僕のことを余計者だとでも言うみたいに見上げてよこした。

「失礼、何かね？」

「いいえ、何でもありません」

「何か言ったろう」

「僕はただ〈調子はどうですか?〉って言っただけです」

「何がどうだって?」

「調子です」

「君の言うことがわからんが」

「聞き流してください」僕は言った。

僕はおしゃべりをにぎやかすのにいくらか困難を覚えていた。打てば響くというような人物ではないようだ。

「いい天気ですね」僕は言った。

「まったくの」

「だけど穀物が育つには雨が必要なんだそうですね」

親爺さんは再び新聞に身を埋めていた。それでそこから引っ張り出されてきて、ひどくイライラしている様子だった。

「何じゃと?」

「穀物です」

「穀物じゃと?」

「穀物です」

「どういう穀物かね?」

「えー、ただの穀物です」

彼は新聞を置いた。

「君はわしに穀物に関する何らかの情報を提供したいものと思われる。それは何かね？」

「穀物には雨が必要だって聞いたんです」

「さようか？」

これでおしゃべりは完了だ。親爺さんは新聞を読み続けた。それで僕は椅子を見つけてそれに腰掛け、ステッキの握りをちゅうちゅう吸っていた。かくして、長い一日が、ゆったりと流れ去っていった。

それから二時間ほどしてからのことかもしれないし、五分くらい後のことだったかもしれないのだが、外の廊下から、異様な泣き叫びの声が聞こえてきた。何らかの生き物が苦しんでいるみたいな声だ。ウォーターベリーの親爺は顔を上げた。僕も顔を上げた。

泣き叫びの声はだんだん近づいてきた。そいつは部屋の中に入ってきた。それでそいつはシッピーで、歌を歌っているところだった。

「――愛しーてーるー。それしかー言えなーいー。愛しーてーるー。あー愛しーてーるー。おんなーじー――」

奴は歌唱を中断した。早すぎたとは言わない。

「やあ、ハロー！」奴は言った。

僕はびっくり仰天していた。最後にシッピーに会ったときには、ご記憶と思うが奴は心の重荷をどうしていいかわからずにいる男の外観をすべてそなえていた。憔悴していた。やつれた顔をしていた。目の下には隈があった。そういうの全部だ。それでいまや、あれから二十四時間も経っていないというのに、奴は端的に燦然と光り輝いていた。奴の目はキラキラきらめきを放っていた。奴の移り気な唇は幸福な笑みのかたちに湾曲していた。奴はまるで長年毎朝朝食前に六ペンス分は一杯やっているみたいなふうに見えた。

「ハロー、バーティー！」奴は言った。「ハロー、ウォーターベリーの親爺！　遅れてすまん」

ウォーターベリーの親爺さんはこの心安い挨拶がまるで気に入らないようだった。彼は目に見えて冷淡になった。

「余りにも遅刻が過ぎるぞ。ほぼ半時間は待たされたと申しても過言であるまい。わしの時間は貴重でないわけではないのじゃ」

「すまん、すまん、すまん、すまん」シッピーが陽気に言った。「あんたは昨日置いてったエリザベス朝の劇作家に関するご論文のことで小生に会いたかったんだ、そうだったな？　うむ、読んだよ。それで残念ながら、なあウォーターベリー、あれはボツだ」

「なんと言われたかな？」

「あんなものうちじゃあなんの役にも立たない。うちにはまるで不向きなシロモンだ。うちの雑誌は社交界のお気楽な関心向けのはずなんだ。グッドウッドにデビュタントは何を着るかとかさ、昨日ハイドパークでレディー・ベティー・ブードルに会ったら——もちろん彼女はピーブルズ公爵夫人の義理の妹で親しい仲間うちじゃ〈カッコーちゃん〉って呼ばれてるんだ——何を着てたとか、そんなようなくだらん話さ。うちの読者はエリザベス朝の劇作家に関するヨタ話なんかを読みたがっちゃいないんだ」

「シッパリー——！」

シッピーの奴は親爺さんに近寄っていって父親めいた態度で背中をぽんと叩いた。

「いいか、聞くんだ、ウォーターベリー」奴は優しげに言った。「小生が旧い友達を拒絶できないってことは、あんたにも小生と同じくらいよくわかってるだろう。しかし小生には読者に対する義務ってもんがある。だがさ、気を落とすんじゃない。努力を続けるんだ。そうすれば今に上手くなるさ。あんたの書くもんには、ずいぶん見込みがありそうなんだ。だがマーケットを研究しなきゃだめだ。目をしっかり見開いて、編集者が何を求めているかを見きわめるんだ。それでまあ、たんなる提案なんだが、あんたペットの犬に関する、軽くて陽気な文章を書いてみる気はないかな。以前あれほどファッショナブルだったパグ犬が、ペケやらグリフォンやらシーリーハムやらに取って代わられてることに、おそらくあんたも気づいてるだろ。その線で書いてみたら――」

ウォーターベリーの親爺さんはドアの方向に航行開始していた。

「君の言い方を借りるなら、その線で書く気はわしには毛頭ない」こわばった態度で彼は言った。「もし君がわしのエリザベス朝の劇作家に関する論稿を必要とせんと言うならば、無論わしはわしの作品の方向性と志向を同じくする別の編集者を見つけるまでじゃ」

「よし、その意気だ、ウォーターベリー」真心込めてシッピーは言った。「けっして譲歩するんじゃないぞ。根気がいつか成功を勝ち取るんだ。もし採用されたら、その編集者にまた別の原稿を送るんだ。もし不採用だったら、そいつをまた別の編集者に送るんだ。それゆけ、ウォーターベリーだ。貴殿のますますのご発展を、多大なる興味を持って見守らせていただくこととといたしましょう」

「ありがとう」ウォーターベリーの親爺さんが苦々しげに言った。「専門家のご助言は、たいそう有益じゃった」

彼はドアをバシンと叩きつけて閉めると、出ていった。僕はシッピーに向き直った。奴は元気一杯のシギみたいに部屋中をジグザグ行ったり来たりしていた。

「シッピー――」

「ああ？　何だ？　話してる間はない、バーティー、時間がないんだ。お前に報せに寄っただけなんだ。小生はこれからグウェンドレンをカールトン・ホテルでお茶に招待する。小生は世界一の幸せ者さ、バーティー。結婚の約束をしたんだ。婚約だ、わかるな。全部片がついて全面的に合意成立だ。結婚式は六月一日、イートン・スクウェアの聖ピーターズ教会にて十一時ちょうどだ。結婚祝い品は五月末日までに配送してもらいたい」

「だけどシッピー！　ちょっと待てよ。一体どうしてそんなことになったんだ？　僕は――」

「うーん、長い話なんだ。長すぎて今話してるわけにはいかない。ジーヴスに訊いてくれ。小生といっしょに来てもらって、外で待ってもらってるところだ。それにしても彼女が小生の上に泣きながら身をかがめて取りすがってきてるのに気づいたとき、もう必要なのは小生の発する言葉だけだってことがわかったんだ。小生は彼女の小さな手をとってそれを――」

「お前に取りすがったってのはどういう意味だ？　どこの話だ？」

「お前の家の居間さ」

「どうして？」

「何がどうしてだ？」

「どうして彼女はお前に身をかがめて取りすがるんだ？」

「なぜなら小生は床に倒れていたからだ、バカ。床に倒れてる男の上には女の子は身をかがめて取りすがってくるもんだ。じゃあな、バーティー。いそがにゃならん」

奴は目にも留まらぬ速さで駆け出していった。僕も高速で後を追ったが、僕が廊下にたどり着く前に奴はもう階段を降り下っていた。僕は奴に追いつこうとしたが、通りに出たときにはもうそこは空っぽだった。

いや、まるきり空っぽだったわけではない。ジーヴスが舗道に立っていた。夢見るようなまなざしで、小路に置かれた芽キャベツをじっと見つめていた。

「シッパリー様はただ今お立ち去りになられたところでございます、ご主人様」僕が突進してとび出してくると、彼は言った。

僕は立ち止まって眉を拭(ぬぐ)った。

「ジーヴス」僕は言った。「何が起こってるんだ」

「シッパリー様のロマンスに関します限り、ご主人様、幸いすべてはよろしきはこびとあい成りましたことを謹んでご報告申し上げるものでございます。シッパリー様とムーン様の間には、満足のゆく合意が成立する次第となりましてございます」

「知っている。彼らは婚約したんだろ。だがどういう具合にそうなったんだ？」

「勝手ながらわたくしはあなた様のお名前にて、シッパリー様にすぐさまフラットにお越しいただけるようお頼みする電話を申し上げたのでございます、ご主人様」

「ああ、それで奴はうちのフラットに来てたのか。それで？」

「然(しか)る後にわたくしはさらに勝手ながらムーン様にお電話を申し上げ、シッパリー様が重大事故に遭遇なされた旨(むね)をお報せ申し上げたのでございます。わたくしの予想いたしましたとおり、ムーン様におかれましては激しくご動揺あそばされ、すぐさまシッパリー様にご面会にお越しになられる由ご宣言あそばされました。ムーン様ご到着の後は、事態の決着にはほんの数秒を要するのみでございました。ムーン様はシッパリー様を長らくご敬慕されておられたご様子にございます。それから――」

「彼女がやって来て奴が重大事故に遭ってなんかないってことがわかったら、だまされたって言ってものすごく怒るんじゃないかって僕は思ったんだが」

「シッパリー様は重大事故にご遭遇なされたのでございます、ご主人様」

「遭ったのか?」

「はい、ご主人様」

「おかしな偶然だな。つまりさ、けさ君がそういう話をしていたところで、ってことだが」

「必ずしもさようなことはございません、ご主人様。ムーン様にお電話を申し上げる前に、わたくしは重ねて勝手をいたしましてシッパリー様のご頭部を、たまたま幸運にも折よく部屋の隅に放置されておりましたあなた様のゴルフクラブをもちまして、鋭き一撃にて殴打申し上げたのでございます。あれはパターであったと、確信をいたすものでございます、ご主人様。ご想起をいただけましょうか、今朝方あなた様はおでかけ前にそれにてゴルフの練習をされておいでございました」

僕は呆然としてこの悪党を見つめた。僕はいつだってこのジーヴスが、はかり知れない聡明さを備え、タイやスパッツに関するいかなる問題についても疑問の余地なく健全な判断の示せる人物であることを熟知している。だが今の今までこういう手荒な真似のできる男だとは思ってもみなかった。この人物に関する、完全に新たな側面が明るみに出たかのごとしである。こう述べる以上に、これをうまく言い表すことはできないと思う。すなわち、彼を見つめる僕の目からは、ウロコが落ちた。

「なんてこった、ジーヴス！」

「たいへん遺憾ながら、かような振る舞いに及びましたものでございます、ご主人様。これが唯一の方途であると思いいたしましたゆえ」

「だがちょっと待て、ジーヴス。この点がわからないんだ。気がついて君がパターでぶん殴ったと知ったらシッパリー氏は、はなはだしく気分を害したりはしなかったのか？」

「あの方はわたくしがさようにいたしましたことをご存じではございません、ご主人様。わたくしはあの方が一瞬お背を向けになられるまで機を待つ予防措置をとっておりましたゆえ」

「だが、頭をぶん殴られたことについてはどう奴に説明したんだ？」

「わたくしはあの方に、あなた様の新しい花瓶がご頭上に落下いたした旨、ご説明を申し上げました、ご主人様」

「いったいぜんたいどうして奴がそんなことを信じる？　花瓶が粉々に壊れていなきゃならないはずだろうが？」

「花瓶は粉々に壊れておりました、ご主人様」

「なんと！」

「行為の信憑性を演出いたしますがため、不本意ながらわたくしは、あちらを破壊いたすを余儀なくされたのでございます、ご主人様。また、過度の興奮下にございましたため、ご主人様、まことに申し訳ございませんがわたくしは当該花瓶を修繕不可能なまでに破壊いたしてしまったものであると、ご報告を申し上げねばなりません」

僕はまっすぐに姿勢を正した。

「ジーヴス！」僕は言った。

「失礼をいたします、ご主人様。しかしながらお帽子をかぶられた方がご賢明ではございますまいか？　強風が吹いておりますゆえ」

僕は目をぱちくりさせた。

「僕は帽子をかぶってないのか？」

「おいでではございません、ご主人様」

僕は手を上げてオツムに触れてみた。まったく彼の言うとおりだった。

「本当だ。シッピーの編集室に置いてきちゃったにちがいない。ここで待っててくれ、ジーヴス。取ってくるから」

「かしこまりました、ご主人様」

「君に言いたいことは山ほどあるんだ」

「有難うございます、ご主人様」

僕は階段をギャロップして上り、ドアを押して駆け込んだ。すると何かがぐしゃんと僕の首許に落ちてきて、次の瞬間三千世界はことごとく小麦粉の塊（かたまり）と化した。一瞬の興奮のままに、僕は間違ったドアから入室してしまったのだった。それでつまり、こういうことだ。もしこれ以上誰か別の友達が劣等コンプレックスを抱くようなことになったら、連中には自力でそいつを克服してもらわないといけない。バートラムは終わった。

3．ジーヴスとクリスマス気分

その手紙は十六日の朝に到着した。僕はその時朝食をちょっとウースター顔にくっつけていたところで、コーヒーとキッパーにより肉体と精神の堅牢を得、遅滞なくこのニュースをジーヴスの知るところとすべく意を決した。シェークスピアも言ったように、物事を為すにあたっては、とっとやってさっさと終えたほうがいい。無論あの男は落胆するだろうし、立腹すらするかもしれない。しかし、コン畜生だ。ここそこでちょっぴりずつ落胆を重ねてゆくことで、人は成長を遂げるのだ。人をして、人生は厳しい、人生は真面目だ［ロングフェローの詩「人生賛歌」］、ということを理解せしめてくれるものなのだ。

「ああ、ジーヴス」僕は言った。

「はい？」

「この手紙はレディー・ウィッカムから届いたんだ。祭日期間中、スケルディングスに僕を招待すると書いてある。だから君には必要なものを荷づくりすべく意をつくしてもらいたい。向こうには二十三日に行く。ホワイト・タイがたくさんいる、ジーヴス。あと昼間用の暖かいカントリー・スーツを二、三着だな。しばらく滞在することになると思う」

しばしの沈黙があった。彼がひややかなまなざしを僕に向けているのが感じられた。だが僕はマーマレードにかぶりつき、それを直視することを拒んだ。

「わたくしの理解いたしておりましたところでは、ご主人様、あなた様はクリスマスの後すぐさまモンテ・カルロご訪問をご提案されておいでのことと存じておりました」

「わかってる。だがそれは中止だ。予定変更だ」

「かしこまりました、ご主人様」

この時電話のベルが鳴った。間の悪い瞬間となりそうなこの時を、実にうまいこと救ってくれるというものだ。ジーヴスが受話器を取った。

「はい？……はい、奥様……かしこまりました、奥様。ウースター様にお代わりいたします」彼は受話器を僕に手渡した。「スペンサー・グレッグソン夫人でございます、ご主人様」

どうしたものか、時折僕はジーヴスがグリップをなくしていると感じざるを得ない。全盛期の彼であれば、アガサ伯母さんに僕は不在だと告げるくらいのことは朝飯前のはずだ。僕は彼にいわゆる非難を込めた一瞥（いちべつ）をやって、受話器を取った。

「ハロー？」僕は言った。「ハロー？　ハロー？　バーティーです。ハロー？　ハロー？　ハロー？」

「ハローなんて繰り返すのはおよし」いつもながらの無愛想な調子で、この年老いた親戚はキンキン言った。「お前はオウムじゃないんだからね。そうだったらよかったのにって思う時もあるんだけど。だったらお前にも少しは正気があったってものじゃないかねえ」

朝早くに男に向けてよこすには、まことにもって不適切な態度である。もちろんんだ。だが僕にどうしようがあろうか？

「バーティー、レディー・ウィッカムがクリスマスにお前をスケルディングスに招待したっておっしゃってよこしたんだけどね、お前、行くのかい？」

「行くとも！」

「そうかい、気をつけて振る舞うんだよ。レディー・ウィッカムは私の昔からのお友達なんだからね」

僕はこういうことを電話で話したい気分ではなかった。差し向かいでとは言わない。だが電話線の端と端はだめだ。

「当然そう努めるつもりだよ、アガサ伯母さん」僕は厳しく言った。「招待に応えて滞在する英国紳士にふさわしいマナーで――」

「何て言ったんだい？　もっと大きな声で！　聞こえないよ」

「よしきたホーって言ったのさ」

「あらそうかい？　じゃあそうするんだよ。それとね、それとは別にスケルディングスにいる間、お前にはできる限り痴愚者に見えないように振る舞ってもらいたい特別な理由があるんだよ。サー・ロデリック・グロソップがご滞在されるんだからね」

「なんと！」

「そんなふうに吠えるんじゃないよ。耳が聞こえなくなるところだったじゃないの」

「サー・ロデリック・グロソップって言った？」

「言ったよ」

「タッピー・グロソップのことじゃなくて？」

「サー・ロデリック・グロソップだよ。だからサー・ロデリック・グロソップって言ったんじゃないの。さてと、バーティー、よおく聞いてもらいたいんだけれどね。お前、そこにいるのかい？」

「うん、いるよ」

「そうかい、じゃあ聞くんだよ。信じられないほどの困難を背に、ありとあらゆる証拠を目（ま）のあたりにした上でね、やっとのことで私は、サー・ロデリックを説得してお前が本当は気が狂っちゃいないってことを、ほぼ信じてもらえそうなところまで漕ぎつけたんだよ。お前にもう一度会うまで最終判断は保留にするっておっしゃってくださってるんだよ。だからね、スケルディングスでのお前の行動は――」

僕は受話器を置いた。震撼（しんかん）。それだ。僕は骨の髄まで震撼していた。

この話を前にしたことがあるようだったら、そう言っていただきたい。だが、もしご存じでないようなら、このグロソップに関する事実をちょっと説明させていただきたいのだ。彼は禿頭と特大サイズの眉毛を備えた恐るべきご老体で、職業はキチガイ医者だ。どういうわけでそういうことになったのか、今はもう詳しくは言えない。だが僕はかつて彼女の娘、オノリアと婚約していたことがある。ニーチェを読み、荒漠たる岩だらけの海岸に打ちつける高き波濤（はとう）［フェリシア・ヒーマンズの詩「ピルグリム・ファーザーズの上陸」］のごとき笑い声の持ち主たる、おぞましいばかりにダイナミックな物件である。この段取りが取り消されたのは、この親爺（おやじ）さんに僕がキ印だと確信させるにいたった出来事のゆえであった。以来、彼はいつだって僕の名前を「わたしが昼食をごいっしょしたキチガイたち」のリストのトップに挙げてくれているのだ。

いくらクリスマス時期で、地には平和、人には善意［『ルカによる福音書』十二・十四］が幅を利かせてる季節だからといったって、この親爺との再会は過酷なものとなるであろうと僕には思えた。スケルディングスに行きたい特別な理由がひとつならずあるのでなかったら、僕はすべてを取りやめにしてしまったことだろう。

「ジーヴス」狼狽して僕は言った。「今のが何の話だったかわかるか？　サー・ロデリック・グロソップがレディー・ウィッカムのところに滞在されるそうだ」

「かしこまりました、ご主人様。ご朝食がお済みでしたらば、お片づけ申し上げますが」

ひややかで尊大だ。同情はなし。僕が求めていた、危難とあらば馳せ参じの精神は絶無である。予想どおり、モンテ・カルロに行かないとの情報は彼の心のうちに杭を打ち込んだのだ。ジーヴスには強烈なスポーツの血が流れている。バカラ・テーブルでささやかな賭けにうち興ずる日を、彼が心待ちにしていたのが僕にはわかっていた。

我々ウースター家の者には仮面がかぶれる。彼の然るべき感情の欠如を、僕は無視した。

「そうしてくれ、ジーヴス」僕は誇り高く言った。「君の都合のいいようにやってくれ」

それから一週間というもの、我々の関係は終始緊張をはらんだものとなった。彼が毎朝僕の許にお茶を運んでくるやり方には、寒々とした無関心があった。二十三日の午後に車でスケルディングスに向かう道中も、彼はよそよそしく打ち解けなかった。訪問一日目の晩のディナーの前に、彼が僕のドレス・シャツの飾りボタンをつけるやり方といったら、はなはだしいとしか言いようのないありさまだった。全部が全部、ものすごく苦痛だった。二十四日の朝、ベッドに横たわりながら僕は、もはや唯一の手段は、本件事実をすべて彼の前に開示し、彼に本来備わった良識が理解を示してくれることを信じるしかないというふうに思ったのだった。

その朝、僕は少なからずうきうきした気分でいた。すべてはそよ風のごとく過ぎていた。僕の招待主たるレディー・ウィッカムは、わし鼻といい身体のつくりといい、僕の心安らげるにはアガサ伯母さんにあまりにも近すぎる線の女性だったが、僕が到着したときにはじゅうぶん愛想よく見えた。彼女の娘のロバータは温かく僕を歓迎してくれ、またそのことは我が心の琴線をちょっぴり震わせたと言わねばならない。それでサー・ロデリックはというと、我々があいまみえた短い瞬間においては、驚くほどにクリスマス気分を全身にみなぎらせているらしきご機嫌ぶりだった。この親爺さんと会ったとき、彼の唇の片端はちょっとピクピクッとひくついたが、僕はそれを彼なりの笑みと理解したし、彼は「ハッハッハッ、お若いの！」とも言った。格別親しげな調子というわけではなかったが、ともかくそう言った。すなわちこれは僕の考えるところ、ライオンが仔ヒツジと並んで寝そべるに等しい。

そういうわけで、総体的には、現時点で人生はごくごく陽気なカラシ色に見え、それで僕はジーヴスに現段階の問題状況をつまびらかに告げようと決意したのだった。

「ジーヴス」湯気立ちのぼる一杯を運んできた彼に、僕は言った。

「ご主人様？」

「我々がここにいることについてだが、いくらか説明をしておきたい。君にはこの件について知る権利があるからな」

「さて、ご主人様？」

「モンテ・カルロ行きを取りやめにしたのは、君にとってはいささか不快であったことだろうな、

「滅相もないことでございます、ご主人様」

「いや、そうに決まってるんだ。世界に冠たる悪徳の中心地において避寒をせんとの思いに、君の胸は高鳴っていた。彼の地に行くと君に告げたとき、君の目に明るいきらめきが宿るのを僕は見た。君は少々鼻息を荒げ、君の指はピクピクッと痙攣した。わかっている、わかっているんだ。それがいまやプログラム変更があって、君の胸には鉄が入り込んだような次第というわけだ」

「さようなことはございません、ご主人様」

「いや、そうなんだ。僕にはわかっている。それはそれでよしとしてだ、君に心に留めておいてもらいたいのは、ジーヴス、僕が事態をこんなふうに進めたのは単なる怠惰な気まぐれゆえではないってことなんだ。僕がレディー・ウィッカムの招待に応じたのは軽佻浮薄な移り気のせいじゃない。何週間もこの機をねらっていたんだ。さまざまな考慮にうながされながらだ。では訊く。まず第一に、モンテ・カルロみたいな場所で、人はクリスマス気分を味わえるものだろうか?」

「人はクリスマス気分を欲するものでございましょうや、ご主人様?」

「もちろん欲するさ。僕も大好きだ。まあ、それが第一点だ。さてと、もうひとつある。僕がクリスマスにスケルディングスに来ることは必要不可欠なんだ、ジーヴス。なぜなら、僕はタッピー・グロソップがここに来るってことを知っているからだ」

「サー・ロデリック・グロソップでございますか?」

「彼の甥だ。薄い髪の毛とチェシャ猫のにやにや笑いをしてここいらをうろつきまわっている男のことは君も目に留めているはずだ。あれがタッピーだ。こいつとはいつか正面からやりあわねばならないってうずうずしてたんだ。事実を聞いてくれ、ジーヴス。それで僕が恐るべき復讐(ふくしゅう)を計画していることが正当化できないと思うならば、そう言ってくれ」僕は紅茶を一口すすった。あの不面目の記憶だけで、震撼させられる思いがしたからだ。「タッピーの奴が、その手で僕を数々の痛い目に遭わせてきたサー・ロデリック・グロソップの甥だという事実にもかかわらずだ、僕はドローンズその他の場所において奴と兄弟のごとく親しく交わってきた。人はその親戚関係の故をもって非難されるべきではないと、僕は自分に言い聞かせてきたし、たとえば僕だって友人たちにアガサ伯母さんを引き合いに出して非難されたくはない。寛大な精神だと思うが、ジーヴス、どうだ?」

「きわめてご寛容であらせられます、ご主人様」

「うむ、それでだ、いま言ったように、僕はこのタッピーと出会い、親しく交際してきた。それで奴が僕に何をしたと思う?」

「申し上げかねます、ご主人様」

「話してやる、ジーヴス。ある晩ドローンズにてディナーの後、奴はプールの上に渡した吊り輪を伝って渡りきるのは僕にはできないって賭けてよこしたんだ。僕は奴の挑戦を受けて立ち、すいすい見事に渡り進んであとは最後の輪を残すばかりになった。そしてそこでだ、この人間のかたちをした悪魔はだ、その輪っかを引っぱって戻してしまい、かくして僕はなすすべもなく宙ぶらりんで、岸に渡って懐かしき我が家と愛する者たちの許に戻ることあたわざるって次第になった。水中に落下するより他に、どうしようもなくなっちゃったんだ。奴は僕に、自分はよくこうやって仲間を陥れるんだって話してよこした。それで僕が言いたいのはこれだ、ジーヴス、僕がここスケルディングスにおいてなんとかして奴に意趣返しをしてやることができないならば——田舎の邸宅が提供してくれる、かくも豊かな資源を好き放題に利用できる環境にあってだ――僕はかってそうであったような男ではない」

「承知いたしました、ご主人様」

それでもなお彼の態度には、今でもまだ完全な同情と理解とが欠けていると僕に告げる何かがあったから、ことは繊細微妙ではあるが、僕はすべてのカードをテーブルに広げ、手の内をさらす決心をした。

「それでもうひとつ、ジーヴス、僕がスケルディングスでクリスマスを過ごさなきゃならないことの一番大事な理由の話になるんだが」ちょっとの間、紅茶茶碗にもう一度突撃し、そのかんばせを朱に染めながら、僕は言った。「実は、僕は恋をしている」

「さようでございますか、ご主人様?」

「君はロバータ・ウィッカム嬢を見たか?」

「はい、ご主人様」

「それはよかった」

この点がじゅうぶんに理解されるのを待つ間、しばしの間があった。

「ここに滞在する間に、ジーヴス、間違いなく君にはウィッカム嬢のメイドといっしょになる機会がたくさんあることだろう。そういう場面では、どんどん吹かしておいてくれ」

「ご主人様?」

「どういう意味かはわかるだろう。僕がいい奴だってことを彼女に話すんだ。僕の人間性の隠れた深みを語るんだ。説き伏せてやるんだ。僕が優しいハートの持ち主で、今年のドローンズのスカッシュハンデで二位になったっていう事実を力説するんだ。宣伝は決して無駄にはならない、ジーヴス」

「かしこまりました、ご主人様。しかしながら――」

「しかし何だ？」

「さて、ご主人様――」

「君にはそんなじめじめした声で〈さて、ご主人様〉なんて言ってもらいたくはないな。この点については以前にも譴責（けんせき）する機会があったはずだ。この性癖はどんどんひどくなっていくようだな。注意してもらいたい。君が考えているのは何だ？」

「僭越（せんえつ）を申し上げることは、いたしかねます――」

「それゆけ、ジーヴスだ。我々はいつだって君の意見を喜んで拝聴しよう。いつだってだ」

「わたくしがただいま申し上げようといたしておりましたのは、もしかような申しようをお許しいただけますならば、管見によりますところ、ウィッカムお嬢様はあなた様とはまったくお似合いでない――」

「ジーヴス」僕は冷たく言った。「君がもしあの令嬢に関して何か批判めいたことを言いたいならば、僕の前では言わないほうがいいな」

「かしこまりました、ご主人様」

「またその件については他所（よそ）でも言わないでいてもらいたいものだ。君はウィッカム嬢のどこが気に入らないんだ？」

「いえ、滅相（めっそう）もないことでございます、ご主人様」

「ジーヴス。それでもあえて訊きたい。腹を割って話そうじゃないか。君はウィッカム嬢に不満があると言う。なぜかを僕は訊きたい」

「あなた様のようなお人柄の紳士様には、ウィッカムお嬢様はお似合いのご伴侶ではあられない、との思いがわたくしの脳裏をよぎったまででございます」

「僕のような人柄の紳士っていうのは、どういう意味だ？」

「さて、ご主人様——」

「ジーヴス！」

「ご寛恕(かんじょ)を願います、ご主人様。粗漏(そろう)な申しようでございました。わたくしが申し上げようといたしておりましたのは、わたくしはただかように確言いたし——」

「ただどうするだって？」

「わたくしがただ申し上げようといたしておりましたのは、あなた様がわたくしの意見をお求めであられるならば——」

「だが求めちゃいないんだ」

「わたくしはあなた様が、本件に関するわたくしの意見をお聞きあそばされたきものとの心証を得ておりましたところでございます、ご主人様」

「ああそうだったか？　それじゃああまあいい、聞かせてもらおうか」

「かしこまりました、ご主人様。それでは手短かに申し上げます。かような申しようをお許しいただけますならば、ウィッカムお嬢様は魅力的なご令嬢ではあらせられますものの——」

「そこだ、ジーヴス。ロイヤルストレートフラッシュで大当たりだ。なんという目だ！」

「はい、ご主人様」

「なんて髪なんだ！」

「おおせのとおりでございます、ご主人様」

「それとあのエスピエグルリはどうだ。いたずらっぽさという意味のはずだが」

「まさしくその語に相違ございません、ご主人様」

「よしわかった。続けてくれ」

「わたくしはウィッカムお嬢様がありとあらゆる望ましき美質の持ち主であられると、拝見いたすものでございます、ご主人様。それでもなお、あなた様のようなお人柄の紳士の奥方候補として考察いたしますならば、わたくしはあの方をお似合いのご伴侶と考えることはいたしかねます。愚見のところ、ウィッカムお嬢様には真面目さが欠けておいでであらせられます、ご主人様。あの方はあまりにも移り気で、軽薄でいらっしゃいます。ウィッカムお嬢様のご夫君となられるためには、威厳あるお人柄と、ご性格のかなりの程度の強靭さが必要でありましょう」

「まさしくそのとおりだ！」

「わたくしはかように明るい赤毛のご令嬢を、一生涯を連れ添う伴侶としてご推薦申し上げますことにはつねづね躊躇いたして参ったものでございます。赤毛は、ご主人様、管見によりますれば、危険でございます」

僕はこの悪党を正面からにらみつけてやった。

「ジーヴス」僕は言った。「バカを言うな」

「かしこまりました、ご主人様」

「まったくのたわ言だ」

「かしこまりました、ご主人様」

「混じりけなしのマッシュポテトだ」

「かしこまりました、ご主人様」

「よろしい、ご主人様――じゃなくて、よろしい、ジーヴス。これで全部だ」僕は言った。

そして僕はおおいに尊大な態度で、ちょっぴりお茶を飲んだのだった。


ジーヴスの誤りを後から証明してやれるのはそう滅多にはないことだ。だがその晩のディナーの時までに、僕はそうする立場に立ったわけだし、また遅滞なくそいつをやり遂げたのだった。

「先ほど話していた問題にもう一度触れるが、ジーヴス」浴室から帰って、シャツを検分している彼に立ち向かいながら僕は言った。「君に一瞬だけ注目してもらえたらば嬉しいんだが。僕がこれから言うことを口にした後では、君は自分のことがすごくバカみたいに思えることだろうと警告しておこう」

「さようでございますか、ご主人様？」

「そうだ、ジーヴス。ものすごくバカみたいに思えるようになるんだ。今後、君は人々の人間性を評価してまわるにあたっては、もっと慎重になることだろう。今朝、もし僕の記憶が正しければ、君はウィッカム嬢を移り気で軽薄で真面目さに欠けていると述べた。僕の言うとおりかな？」

「まさしくおおせのとおりでございます、ご主人様」

「すると僕がこれから君に言わねばならないことは、君に見解の変更をうながすやもしれない。今日の午後、僕はウィッカム嬢と散歩したんだ。それで、歩きながら、僕は彼女にタッピー・グロソップの奴がドローンズのプールで僕にした仕打ちを話した。彼女は僕の言葉を一生懸命聞いてくれた、ジーヴス。同情で一杯になりながらだ」

「さようでございますか、ご主人様？」

「同情があふれかえっていた。それでそれだけじゃない。僕が話し終える寸前に、彼女はタッピーの灰色の髪を悲しみに暮れさせたまま墓に送りつけてやるための、とびきり上等で興味津々で頭のいい、誰にも思いつかないような計画を提案してくれたんだ」

「それははなはだ喜ばしいことでございます、ご主人様」

「喜ばしいとは言い得て妙だ。ウィッカム嬢が教育を受けた女子校ではな、ジーヴス、当該共同体中の心ある人々が最低の連中に対し制裁を加える必要が、折に触れて起こることがあった。彼女たちがどうしたかわかるか、ジーヴス？」

「いいえ、ご主人様」

「彼女らは長い棒を持ってくるんだ、ジーヴス。それで――この点に注意して聞いてもらいたいんだが――彼女らはかがり針をその先っぽに縛りつける。やがて深夜になると、彼女らはひそかに相手方の部屋に忍び込み、掛け布団の上から針を突き刺して同人の湯たんぽに穴を開けるんだ。こういう問題に関しては女の子の方が男よりも芸が細かいな、ジーヴス。僕の母校では夜間巡回中に水差しの水を寝ている奴に掛けたもんだが、これほど巧妙かつ科学的な方法で同様の結果を達成しようだなんて考えたこともなかった。うむ、ジーヴス、これが僕がタッピーに仕掛けてやるようにってウィッカム嬢が提案してくれた計画だ。それでこれが君が移り気で真面目さに欠けると呼んだ女性なんだ。こんな絶妙の計画を思いつける女性こそ、僕の思い描く理想の伴侶だ。ジーヴス、今晩寝る前、頑丈な棒に鋭いかがり針をつけてこの部屋に用意しておいてくれたらば、嬉しく思う」

「さて、ご主人様――」

僕は片手を挙げた。

「ジーヴス」僕は言った。「もう言うな。棒だ。それとかがり針、しっかりした、鋭い奴だ。それを今夜十一時半にこの部屋に必ず用意しておくことだ」

「かしこまりました、ご主人様」

「タッピーが寝てる部屋はどこか、君は知っているかな?」

「確認いたしてまいります、ご主人様」

「そうしてくれ、ジーヴス」

数分後、彼は必要な情報を持って戻ってきた。

「グロソップ様は堀の間(ま)にご滞在でございます、ご主人様」

「どこだ、それは?」

「下の階の二番目のドアでございます、ご主人様」

「よしきた、ホーだ、ジーヴス。飾りボタンはシャツに付けてあるかな?」

「はい、ご主人様」

「カフスリンクもかな?」

「はい、ご主人様」

「それじゃあ着せてもらおうか」

義務の意識とよき市民精神とが僕に強要するこの計画について考えれば考えるほどに、そいつは素晴らしいものだというふうに僕には思えてきた。僕は執念深い人間ではない。だが僕の立場に置かれた者ならば誰だってそう感じるように、タッピーみたいな男が罰を逃れることがもし許されるなら、社会と文明の屋台骨は必然的に崩壊することになろう、と、僕は感じていた。僕が引き受けた任務は困難と不快を伴うものではある。つまりそれは深夜になるまで起きていることと、寒い廊下をそっと歩くことを意味するからだ。だが僕はひるまなかった。つまるところ、一族の伝統のお陰である。我々ウースター一族は十字軍にだって従軍し、微力をつくしたのだ。

クリスマス・イヴのこととて、予想どおり、たいそうなお祭り騒ぎやら何やらがあった。まず最初に村の聖歌隊が急襲を仕掛けてきて玄関前でクリスマス・キャロルを歌った。それから誰かが踊ろうと提案し、その後はあれこれおしゃべりしながら過ごしていたから、そんなわけで僕が部屋に戻ったのは一時過ぎになった。あらゆることを考慮するならば、僕のささやかな探検を開始するのは早くとも二時半になってからでないと安全とは言えないように思えた。それでそのままシーツの間に横たわって今日一日はこれでおしまいということにしなかったのは、ひとえに僕の最大級に強固な意志の賜物（たまもの）にほかならないと言わねばならない。今ではもう、僕は夜更かし好きな若者ではないのだ。

しかしながら、二時半にはすべては静まり返ったように思われた。僕はもやもやした眠気を振り払い、頼もしい針付き棒を握りしめ、廊下へと出た。かくして今、堀の間の前にたたずみ、ドアのハンドルを回し、ドアに鍵が掛かっていないのを見、僕は室内へと入ったのだった。

思うのだが、夜盗というものは——つまり、一年中一週間に六夜は出勤する本当の本職は、という意味だが——真っ暗な誰か他人の部屋で自分が一人で立っているのに気づいたとしたって全然何とも思わぬものだろう。だが、僕のように経験のない男には、すべてをお流れにしてドアを静かに閉め、とんで帰ってベッドに戻ることを賞賛して言うべきところはずいぶんと多いように思われた。ウースター家のブルドッグの勇気を振り絞り、この機を逃さば次の機はなしというふうに思い定めることでようやく、いわゆる大仕事の最初の魔の一分といわれる間を、僕はなんとかしのぎ切ったのだった。やがて弱気は去り、バートラムは彼本来の姿に立ち戻ったのであった。

　当初、飛び込んでいったばかりのとき、この部屋は地下の石炭庫みたいに真っ暗に見えた。しかし、しばらくすると辺りは明るく見えてきた。カーテンはすっかり閉め切られてはいなかったからここそこの景色がいくらか見えた。ベッドは窓の反対側にあり、壁側に頭部があって脚の側は僕が立っている方向に向かって突き出していたから、いったん種を蒔(ま)いたら、まあ、いわゆるだが、あとはすみやかな退却ができるような配置だった。残るは湯たんぽの位置はどこかを探し当てるという、なかなかに困難な問題のみである。つまりだ、こういう仕事を秘密裡(り)に素早く遂行したいと考えるなら、誰かのベッドの足許に立ち、かがり針で毛布にでたらめに突きを入れるなどはできない相談だ。確固たる歩を踏み出すというようなことを何かしらする前に、まずは湯たんぽの位置を発見することが必要不可欠なのである。

　この時点で枕の方向から盛大ないびきがしてくるのを聞き、僕はだいぶ心強く思った。あれほどのいびきがかける男の目が、ちょっとやそっとで覚めるわけがないと理性が僕に告げていた。僕は前方にじりじりと進み、掛け布団の上にきわめて慎重に手を走らせた。一瞬の後、僕はふくらみを見つけた。僕は頼みのかがり針をそいつにねらい定め、棒を握り、突いた。そして、武器を回収するとドアににじり寄り、次の瞬間には室外に出て自室に戻り、一夜の眠りに就いているはずだった。と、突然、僕の頭のてっぺんから脊椎の飛び出すような大音響がして、ベッドの内容物がびっくり箱みたいに起き上がってこう言ったのだった。

「誰だ？」

これは最も慎重をきわめた戦略的行動が、まさしく作戦をだいなしにする当の原因となりうるという好例である。整然たる撤収を図らんがため、僕はドアを開け放ったままにしていた。それでそのクソいまいましいドアのやつが、爆弾みたいな音をたててバタンと閉まったのだ。

しかし僕にこの破裂音の原因究明をしている暇などはなかった。僕の頭は別のことでいっぱいだったからだ。僕を動揺させたのは、ベッドの中にいるのが誰であれ、それはタッピーではないということだった。タッピーは村の聖歌隊のテノールが高音を出しそこねたみたいな高いキンキン声の持ち主である。だがこっちのは最後の審判を告げるラッパと、一日、二日ダイエットしていたトラが朝食を要求する吠え声を足して二で割ったみたいな勢いだった。ゴルフ場で四人でプレーしていて後ろにつかえてる退役大佐の二人組に「ボールが行くぞ！」と叫んでよこされるみたいな、一種不快なガーガー声だ。なかんずくそこに欠けていたのは、優しさ、丁重さ、そして人をして友達にめぐりあったと思わしむるがごとき、ハトみたいなクークー声であった。

僕はいつまでもぐずぐずしてはいなかった。すみやかにスタートを切ってドアのハンドルに飛びつき、とっとと室外に出て後ろ手にドアをバシンと叩きつけて僕は逃げた。アガサ伯母さんがいくらだって証言してくれるように、僕は多くの点でバカかもしれない。だが、在席すべき時と退出すべき時とを、ちゃんとわきまえているのだ。

それで階段に至る廊下の直線にコース・レコードを零コンマ何秒か切るタイムでこれから掛かろうというとき、何者かが突然僕をグイと引っ張って止めた。一瞬、僕は全身突進と炎とスピードの塊（かたまり）だった。それで次の瞬間、抗拒不能な威力に進行を阻害され、僕は束縛から逃れようともがいている、というふうになった。

おわかりいただけよう。運命の奴が常軌を逸してあんまりにもひどく人をバカにしてくれるものだから、これ以上奮闘努力したってどんなものかと思わされる時がある。その晩はかなり寒かったから、僕はこの冒険にガウンを着て来ていた。それでドアに引っかかって最後の最後の瞬間に僕を邪魔だてしたのが、このいまいましい衣服の裾であった。

次の瞬間ドアが開き、そこから明かりが漏（も）れ、件（くだん）の声の人物が僕の腕をつかんだ。

それはサー・ロデリック・グロソップだった。

次に起こったのは事態進行のちょっとした小休止だった。だいたい三と四分の一秒か、あるいはもっと長い間、僕たちはただそこに立っていた。お互いに見とれながらだ。まあ、いわゆるだが。親爺さんは貝みたいに食らいついてくる手を僕のひじから離さずにいた。もし僕がガウンを着ていて彼が青い縞（しま）の入ったピンクのパジャマを着ているのでなかったら、それでもし彼がいますぐ殺人を犯すんだというようなギラギラした目をしているのでなかったら、その場面は雑誌広告にある、経験を積んだ老人が若者の腕を軽く叩きながら、彼に向かって「なあ坊主、もしお前がわしがやったようにカンザス州オスウィーゴのマット・ジェフ通信教育学校に申し込めば、いつかわしのようにスケネクタディ爪やすり＝眉毛抜き合同会社の副社長第三補佐になれるんじゃ」と語りかけている絵柄みたいに見えたことだろう。

「お前か！」とうとうサー・ロデリックは言った。それでこれについては僕に言いたいことがあるのだが、Ｓの含まれない単語をシューシュー言わせて非難の意を表明するために用いることはできないなどと言うのはまったくのたわごとである。彼が「お前か！」と言ったその発声は、怒れるコブラみたいにシューシュー聞こえたし、そいつが僕にいい感じをさせなかったと述べても、何ら秘密の漏洩にはあたらない。

本来であれば、この時点で僕は何か言っていて然るべきだった。しかしながら僕に何とかできたのは、か細く弱々しいクンクン声を発することだけだった。通常の社交の場面においてすら、意識清明な状態でこの親爺さんと一対一で会うときには、僕の心は完全に平静ではいられない。そしていまや、彼のあの眉は僕をナイフのごとく刺し貫くかに思われた。

「入りたまえ」僕を強く引っ張りながら彼は言った。「館じゅうの目を覚ますわけにはいかん」じゅうたんの上に僕を置き、ドアを閉めてちょっと眉毛をひと働きさせて彼は言った。「さてと、この最新の精神異常の兆候は、いったいどういうことかを教えてはいただけまいかな？」

ここで役立つのは明るく陽気な笑いだと思われた。それで僕はそいつを投入した。

「わけのわからん声を出すんじゃない！」わが心優しきホスト殿が言った。またその明るく陽気な笑いのやつが思ったようにうまいこと出てきてはくれなかったことを、僕は認めねばならない。

僕は懸命な努力をして自制心を取り戻した。

「この件では本当にすみませんでした」僕は誠心誠意言った。「実は、僕はあなたのことをタッピーだって思ったんです」

「すまんがそういう馬鹿げた俗語表現をわしに向かって用いるのは控えていただけんかな。〈タッピー〉なる形容詞で、君は何を意味せんとしておるのかな？」

「形容詞じゃないんです。どちらかというと名詞だと思います。きちんとご検討いただければですが。つまり僕が言いたいのは、僕はあなたをあなたの甥御（おいご）さんだと思ったということなんです」

「君はわしをわしの甥だと思ったじゃと？　どうしてわしが甥でなければならんのじゃ？」

「つまり僕が言いたいのは、この部屋は彼の部屋だと思ったということなんです」

「甥とわしは部屋を交換したのじゃ。わしは階上で寝るのを好まん。火事の心配があるからの」

　この対話の開始以来はじめて、僕はちょっぴり元気になった。この件全部の不正さに対する義憤の思いが湧き上がってきて、僕はしばらくの間、今の今まで僕を束縛していた、砕土機の下のカエル［キプリングの詩「パジェット議員」］になったみたいな感覚を失った。ピンクのパジャマを着たこの臆病者を、たっぷり軽蔑と嫌悪の念を込めてにらみつけてやったくらいだ。こいつに意気地がなくて火事をこわがったばっかりに、それで緊急の際にこんがり焼かれるのは自分でなくてタッピーにしようと思ったこいつの自己中心性のおかげで、理路整然たる僕の計画は水泡に帰してしまったのだ。僕は彼をにらみつけた。またちょっと鼻を鳴らしすらしたようにも思う。

「君の従僕が伝えてくれているものと思ったが」サー・ロデリックは言った。「我々がこの変更を行なったことについてはじゃ。昼食の少し前に彼に会った際、君に話しておくようにと言っておいたはずだが」

　くらくらと目まいがした。そうだ、目まいがしたと言って過言でない。このとんでもない発言は何の準備用意なしに僕のど真ん中に命中し、僕はふらふらとよろめいたのだった。僕がかがり針で突こうと提案していたベッドの占有者がこの親爺さんだということを百も承知でいながら、ジーヴスが何の警告もなしに僕を破滅のうちに突進させたなんてことは、ほとんど信じがたかった。僕は愕然とした、と言ってもいい。そうだ、ほとんど愕然としていた。

「あなたはこの部屋でおやすみになられると、ジーヴスに話してらしたんですか？」

「そうじゃ。君と甥が親しいことは知っておったから、君に部屋に来られるのは避けたかった。だが早朝三時にこんな訪問を受けようとは思いもせなんだと告白しよう。一体全体君はどういうつもりじゃ？」突然温度を上げて、彼は吠えた。「こんな時間に邸内を徘徊しおって。君が手にしているそれは何じゃ？」

僕は下を見た。そして自分が例の棒をまだ握っているのに気がついた。彼がジーヴスについて語った驚くべき事実によってもたらされた感情の奔流のただ中にあって、その発見は完全なる驚異であったと率直に述べておこう。

「これですか？」僕は言った。「はい、そうですね」

「はい、そうですねというのはどういう意味じゃ？　それは何かね？」

「えー、話せば長い話なんです」

「夜道に日は暮れん」

「こういうことなんです。何週間か前、ドローンズでのディナーの後、完全に平和で無害な僕がもの思いにふけりながらタバコを吸っていたと思ってみてください。すると——」

僕は言葉を止めた。この男は聞いてはいなかった。彼は心奪われた様子で目をむいてベッドの端を見つめていた。今やそこからは盛大に水が滴り落ち始めていた。

「何たることじゃ！」

「もの思いにふけりながらタバコを吸い、あれこれ気持ちよくおしゃべりに興じて――」

僕はまた言葉を止めた。彼はシーツを持ち上げ、湯たんぽの死骸を見つめていた。

「これをやったのは君か？」彼は低く、押し殺した声で言った。

「えー――そうです。実を言うと、そうなんです。今お話ししようとしていたところなんですが――」

「それでこの上君の伯母上は、君が気違いではないとわしに強弁しようというのか！」

「ちがいます。僕はキチガイじゃありません。ですからちょっとご説明させていただければ――」

「そんな必要はない」

「そもそもの始まりは――」

「静粛に！」

「よしきた、ホーです」

彼は鼻で深呼吸体操をした。

「わしのベッドは水びたしではないか！」

「ですからそもそもこの話の始まりは――」

「黙れ！」親爺さんはしばし苦しげにあえいだ。「この惨めで哀れなバカめ」彼は言った。「すまんが君がいるはずの寝室はどこかを教えてはいただけんかな？」

「一階上の時計の間です」

「ありがとう。あとは自分で見つけよう」

「へぇ？」

彼は僕に眉毛を向けてよこした。

「今夜の残る時間は」彼は言った。「君の部屋で過ごさせてもらう。眠るべく整えられたベッドがあるはずじゃ。君にはここでできるかぎり快適に過ごしていただきたい。それではおやすみなさいじゃ」

僕をぺしゃんこにしたまま、さっさと彼は行ってしまった。

うむ、我々ウースター家の者は歴戦の勇士である。いつだって天下泰平というふうに構えていられる。とはいえいま僕の眼前にある展望を僕が好むと言ったらば、真実をゆがめることになろう。ベッドを見れば、そこで寝ようなんて考えは即アウトだと一目で知れるというものだ。金魚だったら大丈夫かもしれない。だがバートラムはだめだ。ひとしきりあたりを見渡した後、一夜の休息らしきものを得られる見込みが一番ありそうなのは、肘掛け椅子でできるかぎりうとうとしてみることだと思い定めた。僕はベッドからいくつか枕を取ってきて、暖炉の前の敷物をひざに掛け、それから座ってヒツジを数え始めた。

しかしだめだった。僕のオツムはあまりにもカンカンに加熱していて、うたた寝どころの話ではなかった。ジーヴスのどす黒い背信がこんなふうにおぞましいかたちで露見したことが、もう少しでうまくまどろみに落ちようというところで、いつだって思い出されてしまうのだ。それにそれだけではなかった。長い夜が更(ふ)けゆくにつれ、どんどんどん冷え込んできた。いったいこの世界で、僕がいまひとたび眠りに落ちうるときは来るのだろうかと思い始めていた、ちょうどその時、僕のひじの脇で「おはようございます、ご主人様」と、声がし、僕はがばっと跳ね起きたのだった。

僕は一分だってうつらうつらしてはいないと誓えたくらいなのだが、だが明らかに僕は眠っていたようだ。カーテンは引き寄せられ、陽の光が窓からさんさんと射し入り、ジーヴスがお茶を一杯トレイに載せて僕の横に立っていた。

「メリー・クリスマス、ご主人様！」

僕は癒しのお茶に弱々しく手を伸ばした。一口か二口飲み下し、少し気分がよくなった。手足はどこもかしこも痛かったし、オツムは鉛みたいに重く感じられた。だが僕はいくらかは明瞭に思考することができるようになっていた。それで僕は石のように冷たいまなざしでこの男をにらみつけ、彼に思い知らせてやるべく態勢を整えた。

「君はそう思うのか、そうか？」僕は言った。「言わせてもらう。それは君がメリーすなわち楽しいという形容詞で何を意味しようとしているかによるだろうな。それだけじゃない。もしこれから君にとって楽しいことが何か始まると思っているなら、その印象は訂正してもらおう、ジーヴス」もう半オンスのお茶を飲み、冷たく、慎重な声で僕は言った。「君はサー・ロデリック・グロソップが昨晩この部屋で眠っていたことを知っていたのか、それとも知ってはいなかったのか？」

「存じておりました、ご主人様」

「認めるのか！」

「はい、ご主人様」

「それでそれを君は僕に言わなかったな！」

「申しませんでした。申し上げない方がより賢明であると思料いたしましたからでございます」

「ジーヴス――」

「もしご説明をお許しいただけますならば、ご主人様」

「説明してくれ！」

「わたくしが沈黙を維持しておりましたならば、コントルタン、すなわちきまりの悪い、間の悪い瞬間と申しますような性格の事態を招来することとなろうと、わたくしは認識をいたしておりました、ご主人様」

「君はそう考えたのか、君は？」

「はい、ご主人様」

「君は察しがいいな」さらに紅茶を飲みこみながら僕は言った。

「しかしながらわたくしは、何であれ出来(しゅったい)いたすことはすべて、最善の結果に至らんがための行程と思いいたしておりましたのでございます、ご主人様」

ここで手厳しい言葉をひとつ、ふたつ挟みたいところだったのだが、彼は僕にその機を与えず言葉を続けた。

「わたくしは、おそらく、あなた様がご省察をあそばされた上ならば、あなた様のご見解がかくのごときものでございますからには、サー・ロデリック・グロソップならびにそのご家族の皆様方とのご関係は、ご親密であるよりはご疎遠(そえん)であることを望まれるものであろうと拝察いたしたのでございます」

「僕の見解だって？　僕の見解ってのはどういう意味だ？」

「オノリア・グロソップお嬢様とのご縁組に関するご見解でございます、ご主人様」

電気ショックみたいなものが僕の全身を走った気がした。この男は僕に新たな線の思考を切り拓(ひら)いて見せてくれた。突如僕には彼が何を言わんとしているかがわかった。そして突然閃光(せんこう)のごとく、この忠義者を僕が不当に扱っていたことが理解されてきたのだった。ずっとずっと僕は彼が僕のことをスープの中に着水させたものと思い込んでいた。だが本当は彼は僕がスープに浸かるのを回避するよう舵を切っていてくれたのだ。まるで子供のときに読んだ話にある、旅人が犬といっしょに暗い夜道を歩いていたらその犬がズボンの裾をくわえて放さないので旅人が「おすわり！　いったい何をしてるんだ、ローヴァー？」とか言って、それで旅人は腹を立ててちょっと悪態をついたけれどそれでも犬はそれを放さないでいて、そこで突然月が雲の中からきらめき現れ、それで気がつけば旅人は断崖絶壁の端に立っていてそれでもしあと一歩足を進めていたらば彼は――うむ、ともかくおおよそのところはおわかりいただけよう。それで僕が言いたいのは、まったく同じことが今起こっていたようだということなのだ。

人がいかにやすやすと警戒をおこたり、自分を取り巻く差し迫った危機を看過するものかということは、まさしく驚くほどである。率直に言う。この瞬間までアガサ伯母さんが僕とサー・ロデリックの関係を修復させてやがて僕が彼の仲間の群れに受け入れてもらえるように、と、こういう言い方をしておわかりいただければだが、そして然る後にオノリアに押しつけようと画策していたということが、僕には皆目わからないでいたのだった。

「なんてこった、ジーヴス！」蒼白になりながら僕は言った。

「おおせのとおりでございます、ご主人様」

「そういう危険があったと君は考えるんだな？」

「はい、ご主人様。きわめて重大な危険でございました」

不安が突然浮かんできた。

「だがさ、ジーヴス、落ち着いて反省してみたらば、サー・ロデリックは今頃もう僕の目標はタッピーで、湯たんぽを針で突いて穴を開けるなんてのはクリスマス気分があふれかえってるときにはありがちなことに過ぎないって思い直してるんじゃないか――つまり見逃してやって、寛大な笑顔と父親然とした首の一振りでもってやり過ごしてやらなきゃならないことだってさ？　つまり、若き血潮とかそんなようなやつさ。つまり僕が親爺さんをバカにしようとしてたわけじゃないって思われたら、これだけの見事な仕事もみんな無駄になるんじゃないかってことなんだ」

「いいえ、ご主人様。さようなことはあるまいと拝察いたします。サー・ロデリックの心理的反応がさようなものとなる可能性はございました。それも第二の事件なかりせば、でございますが」

「第二の事件だって？」

「夜半にサー・ロデリックがあなた様のご寝台にておやすみの最中、何者かが入室し、何らかの鋭利な器具にて湯たんぽを突き刺し穴を開けた後、夜陰に消え去ったのでございます」

僕には皆目(かいもく)わけがわからなかった。

「なんと！　僕が夢遊病になって歩いたんだって君は思うのか？」

「いいえ、ご主人様。それをなさいましたのはお若いグロソップ様でございます。わたくしは今朝、こちらに参ります直前にあの方にお目にかかりました。あの方は意気軒昂(けんこう)のお心もちにて、わたくしに当の出来事につきあなた様がどうお考えでおいでかとお訊ねになられました。被害者がサー・ロデリックであったとはお気づきでないご様子でございました」

「だがジーヴス、それにしたって驚いた偶然じゃないか？」

「さて、ご主人様？」

「だってタッピーの奴は僕とまったくおんなじアイディアを持ってたわけじゃないか。というか、ウィッカム嬢とおんなじってことだな。おかしくないとは言えないだろう。奇跡、と呼んでいい」

「必ずしもさようなことはございません、ご主人様。あの方もお嬢様より同じご提案を得られたものと拝察されるところでございます」

「ウィッカム嬢からか?」

「はい、ご主人様」

「つまり君は、彼女は僕にタッピーの湯たんぽを突き刺すように指示した後で、タッピーのところに行って奴に僕のを突き刺せと言ったと、そう言おうというわけか?」

「おおせのとおりでございます、ご主人様。お嬢様は尖鋭的なユーモアのセンスをお持ちのご令嬢であそばされますゆえ」

僕はそこに座っていた。度肝を抜かれて、と言うこともできよう。強い男の誠意ある求愛に対しそんなふうな裏切りのできる女性に、僕はあと少しでわが心と腕を差し出して求婚していたところだったとの思いに、僕は震えた。

「お寒いのでございましょうか、ご主人様?」

「いや、ジーヴス。身震えがしただけだ」

「かような申しようをお許し願えますならば、本事例はおそらくは昨日わたくしが申し上げました見解の信頼性を増すものと、すなわち、ウィッカムお嬢様は、多くの点で魅力あるご令嬢ではあらせられますものの——」

僕は手を上げた。

「それ以上は言うな、ジーヴス」僕は言った。「愛は死んだ」

「かしこまりました、ご主人様」

僕はしばらくの間じっと考えた。

「それで君はサー・ロデリックに今朝は会ったのか?」

「はい、ご主人様」

「どんな様子だった?」

「いささかご興奮の体(てい)であらせられました、ご主人様」

「興奮だって?」

「少々感情的であらせられました、ご主人様。あの方はあなた様にご面会されたいとの強いご要望をご表明であられました、ご主人様」

「君の助言はどんなだ?」

「もしあなた様がご着衣をすまされた後、すみやかに裏口ドアよりお忍びにてお出ましあそばされますならば、ご主人様、誰の目にも留まらず野原を抜けて村に到着することが可能でございましょう。村にて自動車を借り、ロンドンにお戻りあそばされることが可能と存じます。あなた様のお荷物は、後ほどわたくしがあなた様のお車にてお運び申し上げることができようかと思料いたします」

「だけどロンドンだって? ジーヴス。安全だろうか? アガサ伯母さんはロンドンにいるんだぞ」

「はい、ご主人様」

「それじゃあ、どうする?」

彼は一瞬、僕に底知れぬまなざしを投げてよこした。

「わたくしはあなた様がイギリスをお離れあそばされることが最善の策であろうと思料いたすものでございます。イギリスの気候はこの季節、快適ではございません。わたくしはあなた様のご行動に指図いたすような専横はあえていたさぬものでございますが、しかしながらあなた様におかれましてはすでに明後日のモンテ・カルロ行きブルー・トレインに客室をご予約あそばされておいでございますゆえ――」

「だが予約は君がキャンセルしたんだろう?」

「いいえ、ご主人様」

「したものと思っていたが」

「いいえ、ご主人様」

「しろと言ったはずだが」

「はい、ご主人様。わたくしの不注意でございました。しかしながらその件につきましては、つい失念をいたしておりました」

「そうか?」

「はい、ご主人様」

「よし、ジーヴス。それじゃあモンテ・カルロにホー、だ」

「かしこまりました、ご主人様」

「事態がこうなってみると、君が予約をキャンセルし忘れたのは運がよかったな」

「はなはだ幸運でございました、ご主人様。こちらでお待ちいただきますれば、ご主人様、あなた様のお部屋に戻りましてお召し物を調達いたしてまいります」

4. ジーヴスと歌また歌

今日一日の朝も潑剌（はつらつ）とさわやかに明け、当時の僕の揺るぎない方針を遂行して、僕は浴室で『サニーボーイ』〔ミュージカル映画『シンギング・フール』（一九二八）でアル・ジョルソンが歌った曲。レコードは世界初のミリオンセラーとなった〕を歌っていた。と、足音なきひそやかな足音がして、ジーヴスの声が扉の向こうから透過してきたのだった。

「失礼をいたします、ご主人様」

僕はちょうど天使たちは孤独だからという辺りに差し掛かっていたところだった。そこは華々しいフィニッシュに向けて全神経を集中させる必要がある箇所なのだが、僕は丁重に歌唱を中断した。

「何だ、ジーヴス？　続けてくれ」

「グロソップ様でございます」

「奴がどうした？」

「居間にてお待ちでおいでexcept".replace

「タッピー・グロソップだな？」

「はい、ご主人様」

「居間にいるのか？」

「はい、ご主人様」

「僕と話があるって言うのか？」

「はい、ご主人様」

「フン！」

「ご主人様？」

「フンと言っただけだ」

それではなぜ僕がフンと言ったかをお話ししよう。なぜならそれは、この男の話が僕の関心を奇妙にかき立てたからだ。タッピーが僕のフラットを訪問している、それも僕が入浴中で、したがって濡れたスポンジをぶつけてやりやすい強固な戦略的位置にあると承知していようときに、との報せは僕を少なからず驚かせたのである。

僕は爽快に風呂から上がり、四肢胴体にタオルをちょいと巻きつけると、居間に向かった。僕はタッピーがピアノのところに座り、一本指で『サニーボーイ』を弾いているのを認めた。

「ヤッホー！」僕はいささか尊大でなくはない態度で言った。

「ああ、ハロー、バーティー」タッピーが言った。「なあ、バーティー、ちょっと重要な問題があってお前に会いたかったんだ」

奴は照れくさそうに見えた。奴はマントルピースのところに移動し、そして今、ぎこちなげに花瓶を壊した。

「実はな、バーティー、俺は婚約したんだ」

「婚約だって？」

「婚約した」タッピーは言った。はにかんだ体で写真の額を炉格子の内側に落っことしながらだ。「実質上婚約した、ってことなんだが」

「実質上だって？」

「そうだ。お前もきっとあの人が気に入るさ、バーティー。その人の名前はコーラ・ベリンジャーだ。オペラを勉強してる。素晴らしい声の持ち主だ。それに漆黒にきらめく目と、偉大な魂の持ち主でもある」

「で、実質上ってのはどういう意味なんだ？」

「うん、こういうことだ。嫁入り道具を注文する前に、はっきりさせておきたい小さな点がひとつあるってことなんだ。わかるだろう、あの人はなにしろ偉大な魂の持ち主だから、人生に対して真剣なものの見方をしてるんだ。それで絶対に許せないことがひとつあって、何であれ腹の底からのユーモアのかたちをしたものは全部だめなんだ。プラクティカル・ジョークとかそういうやつだ。もし俺がプラクティカル・ジョーカーだってわかったら、もう絶対に口をきかないって言うんだ。それで運悪く、彼女はあのドローンズでのささいな出来事のことを耳にしたらしい――お前はもうあんなことはみんな忘れてるよな、バーティー？」

「忘れてないぞ！」

「いや、そうだ、そりゃあ完全には忘れちゃあいないだろ。つまりさ、あの時のことを思い出して、お前くらい腹の底から笑う奴はいないだろうさ。それで俺がお前に頼みたいのは、できるかぎり早い機会を捕まえてコーラを脇に連れ出して、その話にまるきり真実はないっていうふうに全面的に否定をしてもらいたいってことなんだ。俺の幸福は、バーティー、お前の双肩に掛かっている。こう言ってわかってもらえればだが」

うむ、無論、奴がそんなふうに言うなら、僕にどうしようがあろうかだ。我々ウースター家の者には掟がある。

「ああ、わかった」僕は言った。しかしおよそ明るいというにはほど遠い態度でだ。

「なんていい奴なんだ！」

「それで僕はそのクソいまいましい女性とは、いつ会えばいいんだ？」

「あの人のことを〈クソいまいましい女性〉なんて言うんじゃない、バーティー、心の友よ。俺が全部段どってある。今日あの人をここに軽い昼食をいただきに連れてくるからな」

「なんと！」

「一時半だ。よし。決まりだ。やった。ありがとうだ。お前は頼りになるってわかってたさ」

奴はとっとと行ってしまった。僕はジーヴスのほうに向き直った。彼はちょうど朝食を持ってゆらめき現れたところだったのだ。

「今日は昼食を三人分だ、ジーヴス」僕は言った。

「かしこまりました、ご主人様」

「わかるだろう、ジーヴス。ちょっとあんまりなんだ。僕がドローンズであの晩グロソップ氏にされた仕打ちについては、憶えているな？」

「はい、ご主人様」

「何カ月も何カ月も、僕は仕返ししてやろうとの夢を大切に抱えてきているんだ。それが今や、奴をゴミ箱の中に叩きつけてやるどころか、奴とそいつのフィアンセを上等な食べ物でお腹一杯にしてやって奴のためにがんばってやってやって天使役を買ってやろうって、そういうことをしてやらないといけないんだ」

「人生とは、さようなものにございます、ご主人様」

「そのとおりだ、ジーヴス。今日の朝食は何だ？」僕はトレイの上をあらためながら訊いた。

「キッパード・ヘリング〔燻製ニシン〕でございます、ご主人様」

「僕は思うんだが」僕は言った。思索的な心境でいたからだ。「ニシンたちにだってきっと悩みはあることだろうな」

「おそらくさようと存じます、ご主人様」

「つまり、燻製にされること以外にも、って意味だが」

「はい、ご主人様」

「それじゃあそういうことだ、ジーヴス。そういうことだな」


僕はベリンジャーなる女性を崇拝する点で、タッピーと見解を同じくするものだとは必ずしも言えない。一時二十五分に玄関マット上に配達されたそれは、がっしりした体格でライト・ヘビー級の、三十回かそこらは夏を通り経て来た年代物で、威圧的なまなざしと角ばったあごの持ち主で、個人的には僕が避けて通りたいようなシロモノだった。クレオパトラがでんぷん質と穀類をあまりにも野放図に思う存分食べ続けたらばかくやあらん、というふうに僕には見えた。なぜかはわからない。だが、何であれオペラと関わり合いになる女性というのは、たとえ勉強中というだけであっても、過分の余剰重量をたくわえるものであるらしい。

しかしながらタッピーは、明らかに彼女にぞっこんだった。奴の態度物腰は、昼食前も後も終始変わらず、高貴なる魂にふさわしき存在であろうと懸命に努力している人物のそれであった。ジーヴスが奴にカクテルを勧めたとき、奴の姿はほとんどまるでヘビから後ずさりしているみたいなていたらくだった。愛が人をかくも変えるとは見るだに恐怖である。この光景は僕の食欲をなえさせた。

二時半になると、このベリンジャーなる生き物は声楽のレッスンに行くからと辞去した。タッピーはドアのところまでとっとこ彼女を追い掛けてゆき、いい加減クンクン鳴いたり跳んだり跳ねたりした後、戻ってきてとんまな顔で僕を見つめた。

「さてと、バーティー?」

「さてとって、何がさ?」

「つまりあの人はどうかってことさ」

「ああ、まあまあかな」哀れなこの男に調子を合わせてやって、僕は言った。

「素晴らしい目だろう?」

「ああ、まあまあだな」

「素晴らしい体だろう?」

「ああ、まったくな」

「素晴らしい声だろう?」

ここでようやく僕は少しは実の込もった調子で返事することができた。このベリンジャー嬢は、食事に取りかかる前に、タッピーのリクエストで何曲か歌ってくれたのだ。それで彼女の配管がすごくうまい具合だってことは誰にも否定できまい。天井からはまだしっくいが降り落ち続けていた。

「最高だな」僕は言った。

タッピーはため息をつき、ウイスキーを十センチにソーダを二センチ半注ぎ入れると、深く、生き返るような一気飲みをやった。

「ああ!」奴は言った。「俺にはこれが必要だった」

「どうして昼食のときに飲まなかったんだ?」

「うむ、こういうわけなんだ」タッピーは言った。「たまたまほんのちょっぴり飲むって問題について、コーラがどういう意見を持っているかを俺はまだ実際に確かめてあったわけじゃなかったから、今回はやめておくのが無難だろうって思ったんだ。俺が取った見解は、酒をやめとくほうが俺の真面目な精神が示唆されるんじゃないかってことなんだ。いわば危機一髪の危険な綱渡りの時だから な、ほんの些細なことが、ことのなりゆきを決めるんだ」

「僕が思うのは、真面目な精神はもとよりさ、一体全体どうやったらそもそもお前に精神があるだなんて彼女に考えてもらえるかっていうことなんだ」

「俺には俺の方法がある」

「くだらない方法に決まってるな」

「そう思うか、そうか?」タッピーは温かく言った。「なあ友よ、それじゃあ話してやる。とにかく絶対くだらないなんてことだけはないんだ。俺は有能な将軍みたいな手腕でこの問題に取り組んでいる。オックスフォードで俺たちといっしょだったビーフィー・ビンガムを憶えてるか?」

「ついこないだ奴に会ったばかりだ。あいつは今牧師なんだぜ」

「そうだ。イースト・エンドでな。それでだ、奴は地元のタフな連中相手に青年クラブってのをやってるんだ――だいたいどんなもんかはわかるだろう――図書室でココアとバックギャモン、オッドフェローズ会館で時々、清潔で明るい娯楽。俺はこのところ奴の手伝いをしてるんだ。ここ何週間ほどは、バックギャモン盤から遠ざかって一夜だって過ごしたことがあったかどうかってくらいだ。コーラはものすごくよろこんでる。俺はあの人に、今度の火曜日にビーフィーのところの清潔で明るい娯楽のときに歌ってもらうようにって約束を取りつけてるんだ」

「そうなんだ？」

「絶対にそうなんだ。そこで俺の悪魔的なまでの狡猾さに注目してもらいたい、バーティー。俺も歌うことになってるんだ」

「どうしてそんなことしてどうにかなるだなんて思ってるんだ？」

「なぜならば、俺が歌おうと思っている歌を俺が歌う歌い方が、俺のうちには偉大な深みがあって、その存在にあの人は今まで気がついていなかったって思わせるような歌い方だからなんだ。あの人は粗野で無学な聴衆が、そのどうでもいいような目から流れ落ちる涙を拭うさまを見て、こうひとり言を言うんだ。〈なんてことでしょ、ホー！　この人ったらほんとに魂があるんだわ〉ってな。なぜならその曲はお前が歌うようなつまらんコミック・ソングじゃないんだ、バーティー。下品なおどけみたいなのは俺向きじゃあない。それは天使が寂しくてなんとかかっていう歌で――」

僕は鋭い叫び声を発した。

「お前、まさか『サニーボーイ』を歌うつもりじゃないだろうな？」

「いかにもそのつもりだ」

僕はショックを受けていた。そう、なんてこったただ。僕はショックを受けていた。つまりおわかりいただけよう。僕は『サニーボーイ』に対しては確たる見解を持っている。僕はこの曲はごくわずかの選良によってのみ、浴室のプライヴァシーの中に限って試みることを許される曲だというふうに考えている。その曲が、オッドフェローズ会館の公開の場において、友達に対してタッピーの奴があの晩ドローンズで僕にしたような仕打ちができるような男によって殺戮を加えられるとの思いは、僕の気分をうんざりさせた。そうだ、僕の気分はうんざりしていた。

しかしながら、僕に己が恐怖と不快の念を表明する時間はなかった。というのは、この時点でジーヴスが入ってきたからだ。

「トラヴァース夫人より、ただいまお電話がございました。奥様はわたくしに、数分内にこちらに向かわれる旨あなた様にお伝えいたすようにとのご要望でございました」

「了解、ジーヴス」僕は言った。「それで聞くんだ、タッピー――」

僕は言葉を止めた。奴はそこにはいなかった。

「君は奴にいったい何をしたんだ、ジーヴス」僕は訊ねた。

「グロソップ様はお立ち去りになられました、ご主人様」

「立ち去った？　どうして立ち去りようがある？　奴はそこに座ってたんだぞ――」

「ただいま玄関の扉の閉まる音がいたしております、ご主人様」

「だがどうして奴はあんなふうに大慌てでとんずらしなきゃならないんだ？」

「おそらくグロソップ様はトラヴァース夫人にお目にかかられたくはなきものと、拝察いたします、ご主人様」

「どうして?」

「申し上げかねます、ご主人様。しかしながら疑いもなく、トラヴァース夫人のお名前を告げたがために、あの方ははなはだ敏速に立ち上がられたのでございます」

「変だなあ、ジーヴス」

「はい、ご主人様」

僕はより重大な問題点に話題を移した。

「ジーヴス」僕は言った。「グロソップ氏は今度の火曜日にイースト・エンドの方の娯楽で『サニーボーイ』を歌おうって言ってるんだ」

「さようでございますか、ご主人様?」

「主に呼び売り商人からなっていて、あとはウェルク貝の屋台経営者とブラッド・オレンジ商人と二流のボクサーが各々少々っていうような聴衆に向かってだ」

「さようでございますか、ご主人様?」

「忘れずに行かれるよう、メモしておいてくれ。奴は絶対間違いなく野次を浴びるはずだからな、僕はあいつの破滅を見逃したくないんだ」

「かしこまりました、ご主人様」

「トラヴァース夫人が到着したら、僕は居間にいると伝えてくれ」

バートラム・ウースターを最もよく知る方々であれば、彼がその人生行路の折々に、いまだかつて前例のないほどに巨大なおばさんたちの一個連隊に邪魔をされ、つねづね馬鹿にされ続けていることにお気づきであろう。しかし、この全面的陰惨さには唯一の例外がある——すなわち、僕のダリア叔母さんである。彼女はブルーボトルがケンブリッジシャーを勝った年にトム・トラヴァース氏と結婚した。最高の叔母さんだ。彼女と語らうのはいつだって僕にはよろこびである。したがって二時五十五分に我が家の敷居をまたいで航行してきた彼女を迎えるにあたっては、僕は礼儀正しい温かさでもって立ち上がったのだった。

彼女はいささか狼狽（ろうばい）しているように見え、単刀直入に議題に入った。ダリア叔母さんは大柄で、愛情あふれる女性である。彼女は昔ずいぶんと狩猟に勤（いそ）しんでいたもので、いつだって一キロ先の丘の斜面にキツネを見つけたところだみたいな話し方をする。

「バーティー」彼女は叫んだ。猟犬たちの群れに向かって新たな努力を求めて激励してやるみたいな言い方でだ。「あんたの助けが必要なの」

「おやすいご用さ、ダリア叔母さん」僕は気持ちよく応えた。「正直言って貴女（あなた）ほど僕がよろこんで進んで力になりたい人はいないんだ。僕がこれほどよろこんでその人のために——」

「そこまで言わなくていいの」彼女は頼んだ。「もういいの。あんた、友達のグロソップのことは知ってるわね」

「奴はたった今ここで昼食を食べたところだ」

「そうなの、そう？　んまあ、スープに毒は仕込んどいてくれたでしょうね」

「スープは出さなかったんだ。それとね、貴女は奴のことを僕の友達って言ったけど、その言葉は事実と完全に一致するとは言い難いんだ。少し前に、ある晩僕らがドローンズでいっしょにディナーを食べたときのことなんだけど——」

この時点でダリア叔母さんは——少々ぶっきらぼうと僕には思われる言い方で——僕の生涯に関する話はそいつが本のかたちで刊行されてから読みたいわというようなことを言った。いまや僕には彼女がいつもの陽気な彼女では全然ないことがわかったので、それで自分の個人的な悲嘆は棚上げし、叔母の悩みは何かを訊くことにした。

「あの女たらしのグロソップのせいなの」ダリア叔母さんは言った。

「奴が何をしたんだい?」

「アンジェラのハートを壊したのよ」(アンジェラ。同人の息女。僕の従姉妹。とっても善良な娘)

「アンジェラのハートを壊しただって?」

「そう……壊したの……アンジェラの**ハート**をよ!」

「つまり、奴がアンジェラのハートを壊したってこと?」

彼女はだいぶ熱を帯びた調子で、ヴォードヴィルの掛け合い漫才みたいな真似はやめてくれないかと懇願した。

「奴はどういうふうにやったんだい?」僕は訊いた。

「無視よ。下品で無神経な二股掛けの二枚舌でもってよ」

「二枚舌ってのは言い得て妙だな、ダリア叔母さん」僕は言った。「タッピー・グロソップを語るとき、その言葉が自然に口を衝いて出るんだ。ある晩ドローンズで奴が僕にどんな仕打ちをしたか、ちょっと話をさせてくれないかな。僕らは夕食を終え——」

「この季節の始めからずっと、ほんの三週前まで、あの男はアンジェラに夢中だったの。あたしが若かった頃は、求愛、って呼ばれてた仕方でもって——」

「熱愛とも呼ばれてた？」

「熱愛でも求愛でもいいの、好きなほうにして」

「いや、貴女のお好きな呼び方になさってください、ダリア叔母さん」僕は丁重に言った。

「まあ、とにかくね、あの男は館にとり憑いたみたいにやってきては毎日昼食をガツガツむさぼり食い、夜中の半分はあの子とダンスして、とかそういうことよ。当然、可哀そうなあの子はあの男のことを思って飼い葉も食べられないようなありさまになっちゃってね、一生おんなじ飼い葉桶から餌を食べ続けようってあいつが提案するのは時間の問題だって当然に思っていたの。それがあの男は去り、あの子は熱いレンガみたいに捨てられて、それで訊いたところじゃあいつはチェルシーのお茶の会で会った何とかいう女にのぼせ上がってるっていう話じゃないの――なんて名前だったかしら――ねえ、なんていった？」

「コーラ・ベリンジャーだ」

「どうして知ってるのよ？」

「彼女は今日ここで昼食を食べたんだ」

「あの男が連れてきたの？」

「そうだ」

「どんな女だった？」

「だいぶ重厚だった。形状がさ。ちょっとアルバート・ホールの線かな」

「あいつはその女のことがすごく好きみたいだった？」

「彼女の胴体から目が離せないでいたな」

「いまどきの若い男ったら」ダリア叔母さんは言った。「生来性のバカで看護師に手をとってもらって、誰か強力な介添い人に十五分間隔でずっと蹴りを入れててもらってなきゃいけないんだわ」

僕はことのよい側面を指摘しようとした。

「僕に言わせればね、ダリア叔母さん」僕は言った。「アンジェラはあんなのとはつき合わないほうがいいんだ。このグロソップって奴はタフな男だよ。ロンドン一タフな男のひとりだな。だから僕がさっきから話そうとしてるんじゃないか。ある晩、奴がドローンズで僕にどんな仕打ちをしたかをさ。最初はキツイ酒を飲ませて僕のスポーツ心をあおっておいて、水泳プール上に渡した吊り輪を伝い渡るなんてのは僕には無理だって賭けてよこしたんだ。逆立ちしたってやれるってことはわかってたから、僕は奴の挑発に乗った。面白がって大喜びしながらさ、まあ、いわゆるだけどね。それで僕が半分以上を過ぎてまだまだ余裕しゃくしゃくでいたら、奴が最後の輪っかを引き戻すのが見えて、それで僕は深き水底に落っこちて夜会用の正装姿で陸に泳ぎ着くよりほか、なすすべがなくなっちゃったんだ」

「あいつ、そんなことをしたの？」

「確かにやった。もう何カ月も前のことだけど、僕はまだ完全に許しちゃいない。貴女は自分の娘に、そんなことのできるような男と結婚してもらいたくはないだろう？」

「その反対だわ。あんたのおかげであの女たらしに対する信頼が回復されたってもんじゃないの。結局あの男にもずいぶんいいところはあったってわけね。それであたしは、このベリンジャーとの関係をあんたにぶち壊してもらいたいの、バーティー」

「どうやって？」

「どうやってだっていいの。好きなやり方でやって」

「だけどどうして僕にそんなことができるのさ?」

「できるかですって? 何言ってるの。あんたのところのジーヴスにすべてを話せばいいことでしょ。ジーヴスが道を見つけてくれるわ。あたしが今まで出会った中で最も有能な人物の一人だわね。すべての事実をジーヴスの前にさらして、この問題の周辺に心遊ばせてくれって頼むのよ」

「貴女の言うことには大いに聞くべきところがあるよ、ダリア叔母さん」僕は思慮深げに言った。

「もちろんあるわよ」ダリア叔母さんが言った。「こんな小さいことなんか、ジーヴスにとってみれば児戯にも等しいってもんだわ。彼に考えてもらいなさい。あたしは明日結果を聞きにくるから」

そう言って彼女はとっとと行ってしまった。それで僕はジーヴスを面前に召喚したのだった。

「ジーヴス」僕は言った。「全部聞いたな?」

「はい、ご主人様」

「そうだろうと思った。ダリア叔母さんは、いわゆるよくとおる声をしているからな。もし他に収入の途がなくなったら、彼女はサンズ・オヴ・ディーで家畜を呼び戻して［キングズレーの詩「ディーの砂浜」］けっこう生計を立てていけるんじゃないかと、君は思ったことはないか?」

「その点につきましては考察いたしたことがございません、ご主人様。しかしながら疑いもなく、あなた様のおおせられようは正しいものと存じます」

「さてと、どうしたらいいかな? 君の反応は何だ? 我々は助力と援助に最善を尽くさなければならないと僕は思うんだ」

「はい、ご主人様」

「僕はダリア叔母さんが好きだし、従姉妹のアンジェラが好きだ。こう言ってわかってもらえるなら、僕は二人とも好きなんだ。見当はずれの女の子がタッピーなんかにいかなる魅力を見いだしているものか、それは僕にはわからない。ジーヴス、君にもわかるまい。だが明らかにあの子はあの男が好きだ――であるからには可能なことではあるんだろう、僕には信じられないことだが――そして憂いにやつれ――」

「石碑の上の忍耐の像のごとく〔シェークスピア『十二夜』二幕四場〕、でございます、ご主人様」

「そうだ、君がきわめて明敏にも言ってくれたように、石碑の上の忍耐の像のごとく、だ。そういうわけだから我々は力を合わせて結集しなければならない。この問題がため、脳みそをひねってくれ、ジーヴス。君にとって最大の試練となるであろう難問だ」

ダリア叔母さんは翌日ひょっくらやってきた。それで僕はジーヴスを呼ぶベルを鳴らした。現れた彼は、これ以上はあり得ないくらい頭がよさそうに見えた。まったき知性が彼の顔を隈なく照らし出していた――それですぐさま僕には、エンジンがどんどん回転しているのが見てとれたのだった。

「話してくれ、ジーヴス」僕は言った。

「かしこまりました、ご主人様」

「よくよく熟考はしたか？」

「はい、ご主人様」

「どういう成果があったのかな？」

「わたくしは満足のゆく結果をもたらしうる計画をご提案できるものと、思料いたします」

「話してちょうだいな」ダリア叔母さんが言った。

「本件のごとき種類の問題におきましては、奥様、個々人のサイコロジー、すなわち心理を研究いたすことが、まずは肝要でございます」

「個々人の何ですって？」

「心理でございます、奥様」

「彼は心理って言ってるんだよ」僕は言った。「それで心理っていう言葉で、ジーヴス、君が言ってるのは――」

「本件当事者の性格および性質でございます、ご主人様」

「つまり、奴らがどういうふうな連中かってことだな？」

「まさしくおおせのとおりでございます、ご主人様」

「この人はあんただけの時もこんなふうに話すの、バーティー？」ダリア叔母さんが訊いた。

「時々さ。折に触れてね。それでまた一方、時にはそうじゃない。続けてくれ、ジーヴス」

「さてと、ご主人様、もしかような申しようをお許しいただけますならば、ベリンジャー様を観察申し上げておりました際に最も強烈にわたくしの印象に残りました点は、あの方のいささかかたくなで、不寛容なご性格でございました。ベリンジャー様が成功に対して喝采(かっさい)なされる様を心に思い描くことは可能でございます。しかしながらあの方が失敗に対し、同情し、共感されるお姿を想像いたすことは容易ではございません。おそらくあなた様は、グロソップ様があの方のお煙草(たばこ)に自動ライターにて火をおつけあそばされようとなさった折のご態度をご記憶であられましょう？　グロソップ様がなかなかご点火できずにおられたのに対し、いささかご焦躁(しょうそう)あそばされておいでのご様子と、わたくしは見てとりましたものでございます」

「そのとおりだ、ジーヴス。彼女は奴を叱(しか)りつけたんだった」

「おおせのとおりでございます、ご主人様」

「ちょっとこの点をはっきりさせましょうね」やや当惑した様子でダリア叔母さんが言った。「あなたは、あの男があの女のタバコに自動ライターで火を点けようとじゅうぶん長いことやったら、やがてあの女は嫌気がさしてあの男におさらばするって、そう思ってるってことなの？　それがあなたのアイディア？」

「わたくしはベリンジャー様のいささか無慈悲なご性格を示すひとつのエピソードをお話し申し上げたまででございます、奥様」

「無慈悲ってのは」僕は言った。「そのとおりだ。あのベリンジャーはハードボイルドだぞ。あの目だ。あのあごだ。僕にはあれが読める。血と鉄の女性、もし仮にそんなもんがいるとしての話だが」

「おおせのとおりでございます、ご主人様。したがってわたくしは、グロソップ様が公衆の面前にて不面目なお姿をさらす場面を目撃されたあかつきには、ベリンジャー様はあの方にたいするご愛情を失われるものと思料いたすものでございます。たとえば、火曜の晩に、聴衆を歓喜させるに失敗された場合には――」

僕には日の光が見えた。

「そうか、ジーヴス！　つまり奴が野次を浴びれば、全部おしまいってことだな？」

「さようなこととなりませぬ場合には、わたくしははなはだ驚きいたすことでございましょう、ご主人様」

　僕は首を横に振った。

「こういうことを運まかせにするわけにはいかない、ジーヴス。タッピーが『サニーボーイ』を歌うなんてのは、思いつくかぎりでいかにも一番野次を浴びそうな気がするが――だが、だめだ――単に運を当て込むなんてのはできない相談だってことは、わかってもらわなきゃならない」

「好運を当てにいたす必要などはございません、ご主人様。わたくしは、あなた様がご友人のビンガム様にお申し出なさって、きたる娯楽の晩の出演を買って出られることをご提案申し上げるものでございます。あなた様がグロソップ様の直前に歌われるような段取りは容易に整えられましょう。あなた様が『サニーボーイ』を歌われた後、すぐさまグロソップ様も『サニーボーイ』をお歌いあそばされますならば、聴衆は満足のゆく反応を見せるものと拝察いたすところでございます。グロソップ様がお歌い始めるときまでに、聴衆らは当該歌曲に対する嗜好を失い、さような感情を熱心に表明いたすことでございましょう」

「ジーヴス」ダリア叔母さんは言った。「あなたって素晴らしいわ！」

「有難うございます、奥様」

「ジーヴス」僕は言った。「君はバカだ！」

「彼はバカだなんて、どういうつもり？」ダリア叔母さんが熱くなって言った。「あたしが今まで聞いた中で、最も偉大な計画だと思うわ」

「僕が『サニーボーイ』をビーフィー・ビンガムの清潔で明るい娯楽で歌うんだって？　僕には自分の姿が目に見えるんだ」

「あなた様は浴室にて毎日同曲をお歌いあそばされておいでではございませんか、ご主人様。ウースター様は」ダリア叔母さんに向き直ってジーヴスが言った。「心地よいライト・バリトンの持ち主でおいでででいらっしゃいます――」

「そうに決まってるわ」ダリア叔母さんが言った。

僕はこの男を目線で凍らせた。

「ジーヴス、自宅の浴室で『サニーボーイ』を歌うのと、ブラッド・オレンジ商人とその一党で満員の会館で歌うのには、本質的な違いがあるんだ」

「バーティー」ダリア叔母さんは言った。「あんたは歌うのよ。きっと気に入るわ！」

「いやだ」

「バーティー！」

「どうしたってだめだ――」

「バーティー」ダリア叔母さんは毅然として言った。「あんたは『サニーボーイ』を火曜日に歌うの。来月三日にね。それで日の出の時のヒバリみたいに歌うの。さもなくば叔母の呪いが――」

「いやだ」

「アンジェラのことを考えなさい！」

「アンジェラなんてコン畜生だ！」

「バーティー！」

「だめだ、絶対にだめだ！」

「やってくれないの？」

「うん、やらない」

「その言葉に間違いはないのね？」

「そうだ。一度だけ言う、ダリア叔母さん。何を持ってきたって僕に一声だって出させられやしないんだ」

それでそういうわけでその日の午後、僕はビーフィー・ビンガム宛に支払い済み電報を出し、大義のために奉仕したしと申し入れたのだった。それで黄昏時（たそがれどき）までにすべては段取り済みになっていた。僕の出番は休憩後二番目と決まった。僕の後には、タッピーが出る。そして奴のすぐ後に、高名なソプラノオペラ歌手、コーラ・ベリンジャー嬢が出演するのだ。

「ジーヴス」その晩僕は言った――冷たく僕は言った――「一番近くの音楽店に行って『サニーボーイ』の楽譜を買ってきてくれたら有難いんだが。歌詞と繰り返しのところを練習しておく必要があるだろう。それに伴う困難と神経の緊張に関しては、僕は何も言うまい」

「かしこまりました、ご主人様」

「だがこの点は是非とも言っておく――」

「急いで出かけてまいりませんと、店舗が閉まる恐れがあろうかと存じます」

「ハッ！」僕は言った。

突き刺してやる気で、僕は言ったつもりだ。

神判のごとき苦難を前に、僕は鋼鉄のごとく身を固め、無頓着な笑顔で絶望的な行為に向かう男の穏やかで静かな勇気満載で乗り出しはしたものの、バーモンジー・イーストのオッドフェローズ会館に入り、一堂に会した歓楽客らに目を走らせた直後には、本日はこれにておしまいにしてタクシーに乗って文明世界に戻らないでいるためには、ウースター家のブルドッグの胆力をすべてかき集める必要がいる瞬間があったものだと、僕は認めねばならない。清潔で明るい娯楽は、僕が到着したときにはすでに宴たけなわで、地元の葬儀屋みたいに見える誰だかが『グンガ・ディン』〔キプリングの詩〕を朗誦しているところだった。それで聴衆らはというと、語の完全に専門的な意味で実際に野次っていたというわけではないのだが、気味の悪い表情をしていて僕はそいつがまるきりいやだった。その光景を一目見ただけで、僕は、激しく燃えさかる炉の中に今まさに入らんとしているシャドラク、メシャク、アベドネゴの三人〔『ダニエル書』三〕になったみたいな感じがしたのだった。

大衆をざっと見渡したかぎりでは、彼らは当面のところは判断保留でいる模様だった。ニューヨークのもぐり酒場のドアをコツコツ叩いて、それで格子が上がって顔が現れる、というご経験はおありであろうか？　そいつの目線が自分にじっと注がれて、それで己が過去の人生が走馬灯のように眼前にたちあらわれてくるように感じられる、長い、無言の瞬間があるものだ。それから僕はジンジンハイマー氏の友人で、この名前を告げればしかるべく扱ってもらえると聞いてきたと言い、その緊張は解ける。うむ、ここにいる呼び売り商人とかウェルク貝屋台経営者らは、ちょうどそんなふうな顔に見えた。何かが始まれば自分たちにはそれをどうしたらいいかがわかる、と、彼らは言っているみたいだった。それで僕が歌う『サニーボーイ』が、彼らの意見では、活動開始、との見出しの下に来ることになるのではあるまいか、と、僕は感じずにはいられなかった。

「結構な、満員の聴衆でございますな」僕のひじの脇から声がして言った。ジーヴスだった。彼は温かな目でなりゆきを見守っていた。

「君も来ていたのか、ジーヴス？」僕は言った。冷たくだ。

「はい、ご主人様。開始時からこちらに参上いたしております」

「そうか？」僕は言った。「負傷者はまだ出ないか？」

「はて、ご主人様？」

「どういう意味かはわかるだろう、ジーヴス」僕は厳しく言った。「わからないようなふりはするな。まだ誰も野次り倒されてはいないのか？」

「ええ、まだでございます」

「僕が一人目かもしれないな、どうだ？」

「いいえ、ご主人様。さようなご不運を予想すべき理由は何らございません。あなた様はご好評のうちに歓迎されるものと予測いたしております」

突然思いついたことがあった。

「それで君はすべては予定通りにことが進むと思っているんだな？」

「はい、ご主人様」

「うむ、僕はそうは思わないんだ」僕は言った。「なぜそう思わないかを話してやろう。僕は君の恐ろしい計画に、欠陥を見いだしたんだ」

「欠陥でございますか？」

「そうだ。もし僕があのクソいまいましい歌を歌うのを聴いたら、グロソップ氏が僕のすぐ後におとなしく出てきてそいつをやっぱり歌うだなんて一瞬だって思ったのか？　知性を働かせたまえ、ジーヴス君。奴は己（おの）が行く手に陥穽（かんせい）を見つけ、そいつに落っこちる前に立ち止まるんだ。奴は後退し、前進を断固拒否するんだ」

「グロソップ様はあなた様の歌をお聴きにはなられません、ご主人様。わたくしの助言を容れ、あの方は道を渡った本会館向かいの『ジョッキと酒瓶亭』にお出かけになられ、舞台ご登場のその時までそちらに留まられるご所存でおいでいらっしゃいます」

「ああ?」僕は言った。

「わたくしにご提案をお許しいただけますならば、通り沿いのごく至近距離にもう一軒、『山羊と葡萄亭』なる酒場がございます。そちらにご移動なされるのがご賢明な——」

「それでもし特別醸造のやつをちょっと飲んだらばどうだろう?」

「待ち時間の神経の興奮が緩和されることでございましょう、ご主人様」

僕をこの恐ろしい騒ぎに巻き込んだ件につき、僕はこの男に対してすごくよろこばしい感情を抱いていたわけではない。しかし、この言葉を聞き、僕の厳しい目はいささか和らいだものだと言わねばならない。間違いなく、彼の言うとおりだった。彼は個々人の心理学を研究してきており、それは彼を誤り導いてはいない。『山羊と葡萄亭』における心静かな十分間こそ、まさしく僕の身体組織が必要としているものだ。そこにとっととでかけてすばやくウイスキー・アンド・ソーダを二、三杯摂取することは、バートラム・ウースターにとっては一瞬の早業であった。

この治療法は魔法のように効いた。連中がそいつの中に硫酸の他に何を入れているものか、それは僕にはわからない。だがそいつは僕の人生観を完全に変革した。あのいやらしい、息の詰まるような感じは消え去った。僕はもはやひざのがたがたするような感覚を意識してはいなかった。四肢は静かに振動を止め、舌は口の中でほぐれてきて、そして背骨は堅くしっかりした。同じものをもう一杯と注文して飲み干すために一息ついた後、僕はバーメイドに陽気なおやすみの言葉を告げ、バーにいた一、二人の好ましい顔つきの男たちに愛想よく会釈して、意気揚々と会館に戻った。もう何が来たって大丈夫だった。

それからすぐ、百万個の見開かれた目がぎょろぎょろにらみつけてよこす舞台に僕は立った。僕の耳にはなんだか変なブンブンいう音が聞こえていて、そのブンブンいう音の中からピアノの伴奏がポロロンと聞こえてきた。そしてわが霊を神に託し、僕はたっぷりと長い息をし、然(しか)る後に歌唱に突入したのだった。

うむ、なかなかいい線ではあった。すべてはいくらか曖昧(あいまい)なのだが、僕はくり返しに入ったところである種のざわめきがあったのを記憶しているように思う。その時僕はそれを大衆側のコーラスに加わらんとする試みと受け取り、その時にはたいそう心強く思ったのだった。僕は能(あた)うかぎり全精力を傾けて己(おの)が喉頭(こうとう)に声を通過させ、高音を叩き出し、そして優雅に舞台袖に退出した。僕はお辞儀をしに舞台に戻りはしなかった。僕はただ退出し、なめらかに客席後方の立ち見客の間で僕を待つジーヴスの許に向かったのだった。

「なあ、ジーヴス」彼の横に停泊し、ひたいから吹き出す汗を拭いながら僕は言った。「連中は舞台に突進しては来なかったな」

「はい、ご主人様」

「だが君にはこれが僕が浴室外で行なう、最後の公演だと思ってもらいたい。わが白鳥の歌だ、ジーヴス。今後僕の歌声を聞きたい者には、浴室のドアのところで鍵穴に耳をくっつけてもらわないといけない。僕の間違いかもしれないが、フィナーレが近づくにつれ聴衆がちょっと熱くなってきたように感じられたんだが。野次り鳥が宙を舞っていたようだった。僕にはそいつのはばたきが聞き取れたぞ」

「わたくしも聴衆内に一定の不穏な空気を感じ取りましてございます、ご主人様。彼らはこのメロディーに対する嗜好を失ったものと思料いたします」

「へぇ？」

「あなた様にあらかじめ申し上げておくべきでございましたが、同曲はあなた様ご到着前にすでに二度歌われておりましたのでございます」

「なんと！」

「はい、ご主人様。一度はご淑女によって、いま一度はご紳士によってでございます。たいそう人気の高い曲でございますゆえ」

僕はこの男を呆然と見つめた。つまり、この男は、いわゆるその、死の顎の中に、若主人がまっしぐらに足を踏み入れるを平然と見殺しにしたのだとの思いは、僕を麻痺させた。旧きよき封建精神は完全に死に果てたらしい。僕は断固たる態度でこの件に関する僕の見解を伝えようとしたのだが、と、その時、タッピーの奴が舞台によたよた現れ出でる光景を前に、言葉を止めたのだった。

タッピーはついさっきまで『ジョッキと酒瓶亭』にいた男の空気をまごうかたなく身にまとっていた。歓迎の陽気な叫び声が二、三あがった。おそらく奴のバックギャモン仲間がいく人か、血は水よりも濃しとかいうふうに感じてそうしたのだろう。お陰で奴の顔には朗らかな笑みが広がり、両側にどんどん広がって後ろで鉢合わせするくらいになった。奴は明らかにこのうえないほどに上機嫌で立ち続けていた。奴はサポーターらに向かって鷹揚に手を振り、東方の王侯が群集の拍手喝采に応えるがごとき威風堂々たる態度でお辞儀をしたのだった。

それからピアノ伴奏の女性が『サニーボーイ』の前奏を弾きはじめ、タッピーは風船みたいに膨らんで、両の手を組み合わせ、魂のこもったありさまで目を天井に向け、そして歌いだした。大衆はあっけにとられるがあまり、迅速な行動に移れずにいたのだと思う。信じがたいことだが、タッピーは最初の一節を、どよめきひとつないままに歌い終えたのだった。それから一同は皆、我に返った様子だった。

興奮した呼び売り商人というのは恐ろしいものだ。僕はこれまで、本当の意味で決起したプロレタリアートというものを見たことがなかった。それは僕をして畏敬の念を抱かしめたと言わねばならない。つまりだ、フランス革命のときはどんなふうな様子だったかがわかろうというものだ。イースト・エンドのボクシング場でレフリーがみんなの人気者を失格にして、命からがら逃げ出すときに聞かれるような騒音が、会館の隅々から一斉に沸き起こった。そしてそれから、彼らは単なる言語表現の段階を過ぎ、ここに野菜のモティーフを導入し始めたのだった。

なぜかはわからない。だがタッピーに最初に投げつけられるのはジャガイモであろうと、僕は思い込んでいた。そういう幻想を人は抱くものだ。しかしながら事実はバナナであった。そしてその選択が僕より頭脳優秀な人物によってなされたことを、僕は即座に了解した。こういう、彼らを面白がらせない劇的娯楽をどう取り扱うかに関する知識に幼少時より親しんで成長した連中は、何が最善かを一種の本能として知っているのだ。それでタッピーのシャツの正面にバナナが炸裂するのを見た瞬間、いかなるジャガイモをもってするより、それがどんなにかはかり知れないまでに効果的かつ芸術的かを僕は理解したのだった。

とはいえジャガイモ学派に信奉者がなかったわけではない。事態が加熱するにつれ、僕は何人かの知的な顔つきの男たちがそれのみに固執して投げつける様に気がついた。

タッピーに対するこの効果は目覚しかった。まなことび出し、怒髪(どはつ)天を衝(つ)き、それでもなお口は開いたり閉じたりを続けたままで、それで茫然自失の無意識のうちに、奴が『サニーボーイ』を歌っていることが見てとれた。その後トランス状態から回復し、奴は浜辺にあわてて漕ぎ寄ろうと開始した。最後に見た奴の姿は、出口前でクビ差でトマトをかわし切ったところだった。

いまや叫喚と怒号は収束した。僕はジーヴスのほうを向いた。

「痛ましいな、ジーヴス」僕は言った。「だがどうしようがある?」

「はい、ご主人様」

「外科医のメスだ、どうだ?」

「おおせのとおりでございます、ご主人様」

「うむ、こういうことが目の前で起こったとなれば、グロソップ＝ベリンジャーのロマンスは断然おしまいと考えていいと僕は思う」

「はい、ご主人様」

ここでビーフィー・ビンガムが舞台に登場した。

「レディース・アンド・ジェントルメン」ビーフィーの奴が言った。

僕は奴が先ほどの感情表現について会衆を譴責(けんせき)するのだとばかり思っていた。だがそうではなかった。間違いなく奴は今日までにこういう清潔で明るい娯楽の健全なギヴ・アンド・テイクの精神に慣れ親しんでおり、英気があふれかえっているときに何か意見をして得るところあると考えるのをやめてしまったのだ。

「レディース・アンド・ジェントルメン」ビーフィーが言った。「プログラムでは次の演目は有名なソプラノオペラ歌手、コーラ・ベリンジャー嬢による歌曲となっております。ただいまベリンジャー嬢より、車が故障したとの電話連絡がありました。しかしながら、ベリンジャー嬢はタクシーにてこちらに向かっており、間もなくご到着されるとのことです。それまでの間、我々の友人イノック・シンプソン氏が「危険なダン・マッグルー」［カナダの作家ロバート・ウィリアム・サーヴィスの詩］を朗読してくれます」

僕はジーヴスをひじで小突いた。

「ジーヴス！　聞いたか？」

「はい、ご主人様」

「彼女はここにいなかったんだ！」

「はい、ご主人様」

「彼女はタッピーのウォータールーの戦いを、全然見てないんだ」

「はい、ご主人様」

「それじゃああの計画はみんな水の泡ってことじゃないか」

「はい、ご主人様」

「来るんだ、ジーヴス」僕は言った。僕の周りの立ち見客たちは、疑いもなく、この人物が端正な顔立ちをかくも蒼白（そうはく）に、かくもこわばらせている原因はいったい何なのかと不思議に思ったにちがいない。「僕は初期殉教者の時代以来、比肩する者なきまでの神経的緊張にさらされた。僕の体重は何キロも減り、全身体組織は永久に傷ついてるんだ。僕は神判のごとき試練を通り経てきた。それを思い返すとき、僕はこの先何カ月も夜中に絶叫して目を覚ますことだろう。それでそいつは全部無駄になったわけだ。じゃあ帰るとしよう」

「もしご異論なくば、ご主人様、わたくしは残る娯楽に立ち会ってまいりたく存じます」

「好きにしてくれ、ジーヴス」むっつりと僕は言った。「個人的には、僕のハートは死んだ。僕はもう一度『山羊と葡萄亭』に行って、あそこのシアン化化合物スペシャルをもう一杯もらったらそれで帰ることにするよ」


十時半くらいのことだったと思う。僕は居間にいて、もうだいたい最後にしようと思いつつ、気つけの酒を陰気に飲みほしていた。と、玄関のベルが鳴り、マットの上にタッピーが立っていた。奴は何らかの途轍もない経験を通り過ぎ、魂と差し向かいで話し合いをしてきた男みたいに見えた。奴の目の周りは青あざになり始めていた。

「やあ、ハロー、バーティー」タッピーの奴が言った。

奴は入ってきて、何かもてあそんで壊してやるものを探してでもいるみたいにマントルピース周辺をさまよった。

「今ビーフィー・ビンガムの娯楽で歌ってきたところなんだ」ややあって奴は言った。

「そうか?」僕は言った。「どうだった?」

「大成功だ」タッピーは言った。「聴衆を魅了してやったさ」

「ノックアウトしてやったってわけか?」

「完全にな」タッピーは言った。「涙にうるまぬ目はなかった」

ご覧いただきたい。これがきちんとした教育を受け、間違いなく母親のひざの上で、真実を語るようにと教え込まれて幼少期を過ごしてきた男の言うことである。

「ベリンジャー嬢は喜んでくれたんだな？」

「ああ、そうさ。大喜びだった」

「それじゃあ、全部めでたしめでたしってことだな？」

「ああそうさ」

タッピーは言葉を止めた。

「ところで、バーティー――」

「なんだ？」

「うん、俺は考え直したんだ。なんていうか、結局、ベリンジャー嬢が俺の理想の伴侶とは思えなくなったってことだな」

「そうなのか？」

「ああ、そうなんだ」

「どうしてそんなふうに思ったんだ？」

「ううん、わからん。こういうことってのは何ていうか突然ひらめくんだ。俺はベリンジャー嬢を尊敬している、バーティー。俺は彼女を敬愛している。だが――あー――何て言うか、俺は今では、優しくってかわいらしい女の子――あー――たとえばお前の従姉妹（いとこ）のアンジェラみたいな子だな、バーティー――のほうが――あー――実のところ――うん、つまり俺が言いたいのは、お前がアンジェラに電話して、今夜俺といっしょにバークレー・ホテルで軽い夕食とちょっとダンスをしに出てこないかって言ったら、あの子がどう反応するかを見てもらえないかってことなんだ」

「どうぞやってくれ。電話はそこだ」

「だめだ。お前に訊いて欲しいんだ、バーティー。あれやこれやでお前が道を整えてくれれば――わかるだろ、もしかしてあの子が――つまりさ、誤解ってのがどんなふうに起こるもんかは知ってるだろう――それで――うん、俺が言ってるのは、なあバーティー、心の友よ、お前が一肌脱いでくれてちょっとだけ道ならしをやっちゃあくれないかってことだ、もし構わなけりゃだが」

　僕は電話のところに行ってダリア叔母さんのところに電話した。

「彼女はすぐ来いって言ってる」僕は言った。

「アンジェラにこう言ってくれ」敬虔な信徒のごとくタッピーが言った。「時計の針が二、三度カチコチいう間にそっちに行くからって」

　奴が行ってしまってすぐ、鍵穴のカチリという音と廊下をそっと歩く音なき足音が聞こえた。

「ジーヴス」僕は呼んだ。

「ご主人様？」ジーヴスがこう言いながら姿を現した。

「ジーヴス、途轍もなくおかしなことが起こった。グロソップ氏がたった今までここにいたんだ。奴は僕に奴とベリンジャー嬢とのことはみんな終わりだと告げていった」

「はい、ご主人様」

「驚いてはいないようだが」

「はい、ご主人様。さようなりゆきを予測しておりましたことを、ここに告白申し上げます」

「えっ？　どうしてそんなふうに思ったんだ？」

「ベリンジャー様がグロソップ様のお目をお殴りあそばされたとき、かように思いいたしたような次第でございます、ご主人様」

「奴を殴っただって！」

「はい、ご主人様」

「目をだって？」

「右目でございました、ご主人様」

　僕は頭を抱えた。

「いったいぜんたいどうして彼女はそんなことをしたんだ？」

「あの方はご自分のご歌唱に与えられたご反響に、いささかお気がご動転しておられたものと拝察申し上げます、ご主人様」

「なんてこった！　彼女も野次を浴びたなんて言ってくれるなよ？」

「はい、ご主人様」

「だけど、どうしてだ？　彼女は灼熱（しゃくねつ）の声の持ち主なんだぞ」

「はい、ご主人様。しかしながらわたくしは、聴衆はあの方の曲選択に憤慨をいたしたものと思料いたすところでございます」

「ジーヴス！」理性が玉座でちょっとよたよたよろめきだした。「君はそこに立って僕に向かって、ベリンジャー嬢も『サニーボーイ』を歌っただなんて言うんじゃないだろうな？」

「はい、ご主人様。さらにその上――わたくしの意見では無分別にも――大型の人形を舞台にお持ち出しになられまして、それに向かって歌い聞かされたのでございます。聴衆はそれを腹話術の人形と勘違いいたしたふりをいたしまして、いささか騒擾がございました」

「だがジーヴス、なんて偶然なんだ！」

「必ずしもさようなことはございません、ご主人様。わたくしは僭越をいたしまして会館にご到着されたベリンジャー様に近づき声をお掛け申し上げ、わたくしのことをご想起いただきました。それからわたくしはグロソップ様が、特別のご厚情の印として――あの方のとりわけお好きな曲である――『サニーボーイ』をお歌いいただけるよう、ベリンジャー様にお願いいたすようことづかっておる旨、お伝え申し上げたのでございます。そしてベリンジャー様は、あの方の直前にあなた様とグロソップ様が続けて同曲をお歌いあそばされたことをお知りになられました後、ご自分がグロソップ様のプラクティカル・ジョークの犠牲とされたものと、お考えになられたのでございます。この上何かご用はございましょうか、ご主人様？」

「いや、いい」

「おやすみなさいませ、ご主人様」

「おやすみ、ジーヴス」僕は畏敬の念を込め、そう言った。

5. 犬のマッキントッシュの事件

遠き方より聞こえくる雷鳴のごとき音により、僕は夢見ぬ睡眠から跳ね起きた。そして眠気の狭霧(さぎり)が晴れゆくにつれ、それが何か診断を下し、その原因究明ができるようになった。そいつはアガサ伯母さんの愛犬マッキントッシュがドアを引っ掻(か)く騒音であった。同犬はわが年老いた肉親がエクス・レ・バン［フランス南東部の温泉保養地］に保養に行っている間、僕の管理下に委ねられた知恵の足りないアバディーン・テリアで、早起きという問題に関してこいつと僕は一度たりとも見解を等しくしたことがない。時計をちらりと見たかぎりではまだ十時だというのに、ここにいるこの動物は完全に目覚めて全開でうろつきまわっているのだ。

僕はベルを押した。そして今、ジーヴスがたゆたい現れた。お茶のトレイを完全装備し、犬に先導されながらだ。それでそいつはベッドに飛び上がり、僕の右目を小賢しく舐(な)め、然(しか)る後にすみやかに丸くなって深い眠りに落ちた。最初の好機をとらえてすぐまた眠ろうというのであるならば、朝のとんでもない時間に起きてひと様のドアをかりかり引っ掻いた意味はどこにあるというのかと、僕は困惑した。それでまた、ここ五週間というもの毎日、このキチガイ犬は同一方針を貫き通しており、僕はちょっぴりうんざりしていたことを告白しよう。

トレイ上には一、二通手紙があった。胃の腑の底に半杯分を落とし込んで心身の爽快を得、僕はなんとかそれらに対処できる気分になった。一番上に載っていたのはアガサ伯母さんから来たものだった。

「ハッ！」僕は言った。

「ご主人様？」

「僕は〈ハッ！〉って言ったんだ、ジーヴス。それで〈ハッ！〉っと言おうとしていた。僕は安堵の念を表明していたんだ。アガサ伯母さんが今夜帰ってくる。ロンドンの住居に六時から七時の間に帰着だ。それで伯母さんはマッキントッシュに玄関マットの上で出迎えてもらいたいと言っている」

「さようでございますか、ご主人様？　この小さな友人がいなくなれば、わたくしは寂しく思うことでございましょう」

「僕もだ、ジーヴス。牛乳配達といっしょに目覚め、朝食前に腹を空かせる習性にもかかわらず、マッキントッシュには第一級のところがある。それでもなお、こいつを懐かしき我が家に送り返してやるにあたっては、僕は安堵の念を禁じえないんだ。こいつの保護責任者たることには苦痛が伴った。僕のアガサ伯母さんがどんなかは知っているだろう。甥に注ぐべき愛情を、あの犬にふんだんに降り注いでやってるんだ。それで僕がイン・ロコ・パレンティス、すなわち親代わりをしてやってる間に、こいつにもしどんなちょっとした間違いでもあろうものなら、もし、僕の管理下にある間に、こいつが狂犬病か腰くだけかボツリヌス中毒症でも発症しようもんなら、僕が責められなけりゃならないんだ」

「まことにおおせのとおりでございます、ご主人様」

「それで、君も承知のとおり、アガサ伯母さんと、誰であれ彼女がたまたま責めている人物が並び立つには、ロンドンは狭すぎるんだな」

僕は二通目の手紙を開封し、そいつに目をやった。

「ハッ！」

「ご主人様？」

「またもや〈ハッ！〉だ、ジーヴス。だが今度は軽い驚きを表現しているんだ。この手紙はウィッカム嬢から来た」

「さようでございますか、ご主人様？」

僕はこの男の声のうちに――もしこの言葉で正しければだが――憂慮の色を感じ取った。また僕には彼が、「若主人様はスリップあそばされておしまいであろうか？」と自問しているのがわかった。つまりだ、このウースター氏のハートが、このロバータ・ウィッカムによってある程度、いわゆる誘惑をされていたときがあったのだ。それでジーヴスは彼女のことを絶対に認めなかった。彼は彼女を軽佻浮薄で、多かれ少なかれ人と獣の双方にとっての脅威であるとみなしていた。そして事態のなりゆきは、彼の見解の正しさを証明するものであったと、僕は言わねばならない。

「彼女は僕に今日の昼食をご馳走しろと言ってきている」

「さようでございますか、ご主人様？」

「あと彼女の友人が二人だ」

「さようでございますか、ご主人様？」

「ここでだ。一時半にだ」

「さようでございますか、ご主人様？」

僕は不興を示した。

「そのオウム・コンプレックスは是正してくれないか、ジーヴス」僕は言った。この男に向かってバターつきトーストを一枚、かなり毅然とした態度で振り立てながらだ。「そこに立って〈さようでございますか、ご主人様？〉なんて言い続けてる必要は全然ないんだ。僕には君が何を考えているかがわかっている。そして君は間違っているんだ。ウィッカム嬢に関するかぎり、バートラム・ウースターは冷硬鋼だ。この要望に応じない俗っぽい理由は僕にはない。ウースターは愛することはやめたかもしれない。しかしそれでもなお、礼儀正しくはあれるんだ」

「かしこまりました、ご主人様」

「となると、午前中の残る時間はあちこち行ったり来たりブンブン飛んで回って食料を買い集めてもらわないといけないな。ウェンセスラス王［クリスマス・キャロルで歌われる善王］のひそみに倣ってもらいたい、ジーヴス。憶えているかな？　魚をもて鳥をもて――」

「肉をもて、ぶどう酒をもて、でございます、ご主人様」

「君の言うとおりだ。君は何でも知ってるんだな。ああ、それとローリーポーリー・プディングだ、ジーヴス」

「ご主人様？」

「ジャムがどっさり入ったローリーポーリー・プディングだ。ウィッカム嬢は特にとこれを指定してきてる。謎だな、どうだ？」

「はなはださようと存じます、ご主人様」

「それと牡蠣、アイスクリーム、それとベタベタねとねとしたシロモノが中に入っているチョコレートをたくさんだ。考えただけで気分が悪くなるな、どうだ？」

「はい、ご主人様」

「僕もだ。だがともかく彼女はそう言ってる。彼女は何らかの食餌療法中にちがいないように思うんだ。さてと、そんなところだ。わかったか、ジーヴス？」

「はい、ご主人様」

「一時三十分だ」

「かしこまりました、ご主人様」

「たのむぞ、ジーヴス」


十二時半に僕は犬のマッキントッシュを公園の朝の散歩に連れ出した。それで一時十分頃戻ってくると、ボビー・ウィッカムが居間にいて、タバコを吸いながらジーヴスとおしゃべりしているのを視認したのだった。ジーヴスはちょっとよそよそしい態度でいるようだと僕は思った。

このボビー・ウィッカムについては前にお話ししたことがあったと思う。彼女はタッピー・グロソップと湯たんぽの悲惨な事件のとき、僕を不名誉に辱めてよこした赤毛の女の子である。そのクリスマスのとき、ハートフォードシャーにある彼女の母親の邸宅、スケルディングス・ホールに僕は出かけていったのだった。彼女の母親はレディー・ウィッカムで、小説家である。彼女の作品は文学にお涙頂戴を求める人々の間で大好評を博している。外見は僕のアガサ伯母さん似の、恐るべき老婦人である。ボビーは母親に似てはおらず、もっとクララ・ボウ寄りの線で構成されている。彼女は僕が入っていくと丁重に挨拶した——実を言うと、あまりにも真心込めて挨拶したもので、カクテルを調整しに退室する前にドアのところでジーヴスが立ち止まり、熱くなりやすい息子が地元の妖婦に強気で当たるのを目にした賢明な老父が投げかけるみたいな、一種の厳しい、警告するがごとき表情を向けるのを僕は見たくらいだ。「冷硬鋼！」と言うみたいに僕はうなずき返し、彼はにじみ去り、僕は快活なホストを演ずるべく残された。

「今日は昼食をご馳走してくださって、ほんとにあなたって正々堂々たるスポーツマンだわ、バーティー」ボビーが言った。

「何も言わないで、愛する人」僕は言った。「いつだって僕のよろこびだよ」

「あたしが言ったモノは全部そろえてくれた？」

「ご指定の生ゴミは台所にあるよ。だけどいつから君はローリーポーリー・プディング依存症になったんだい？」

「あれはあたし用じゃないの。小さい男の子が来るのよ」

「なんと！」

「本当にごめんなさいね」僕の動揺に気づいて彼女は言った。「あなたがどんなふうに感じていらっしゃるかはわかってるのよ。それでこのガキが限界ギリギリじゃないなんてふりを、あたしはする気はないの。実を言うと、これがまた百聞は一見にしかずみたいな物凄いガキなのね。でもあのガキを甘やかしてゴマをすって取り入ってやって、とにかく名誉客人ですみたいなおもてなしをしてやることがどうしても必要なの。なぜなら、すべてはあのガキにかかっているんだから」

「どういうこと?」

「説明するわ。ママのことは知ってるでしょ?」

「誰のママさ?」

「あたしのママよ」

「ああ、知ってる。そのガキのママのことかと思ったんだ」

「あのガキにママはいないの。父親だけよ。その人はアメリカの大物劇場経営者なの。ちょっと前の晩にパーティーで会ったの」

「父親に?」

「そうよ、父親によ」

「そのガキじゃなくて?」

「そう、そのガキじゃなくてよ」

「わかった。今のところ全部大丈夫。次に進んで」

「それでね、ママ――あたしのママよ――は、小説をひとつ脚本化してあるの。それであたしがこの父親、というかこの劇場経営者の父親ね、に会って、それであたしたちとっても話が合ったんで、あたし〈やっちゃえ〉って思ったの」

「何をやっちゃえだって?」

「ママの脚本をその人に売り込んでやれ、って」

「君のママの脚本?」

「そうよ、その人のママの脚本じゃなくてね。彼も息子と同じで、お母さんがいないの」

「そういうのは遺伝するんだ、そうじゃない？」

「それでね、バーティー、いろいろあって、ママのところであたしの株はあんまり高くないの。あたしが車をぶつけちゃった件があるし――ああ、他にもいくつかあるの。それで思ったのね。今こそあたしが正当に評価されるべき時だわ、って。あたし、ブルーメンフィールドさんにクークー言って――」

「聞いたことのある名前だなあ」

「そりゃそうよ。彼ってアメリカじゃとってもビッグなのよ。ロンドンに来たのは、買うに値する劇があるかどうか見にってことなの。それであたしは彼に盛大にクークー言って、ママの脚本を読むのを聞いてくれないかって頼んだの。彼はいいよって言って、それであたしは彼に昼食に来てくれたらあたしが脚本を朗読するからって頼んだの」

「君は君のお母上の脚本を朗読するんだって――ここで？」僕は蒼白になって言った。

「そうよ」

「なんてこった！」

「何が言いたいかはわかってるわ」彼女は言った。「あれがものすごくべたべたしたシロモノだってことは認めるわ。でもあたしは食い込んでやれるって思うの。すべてはそのガキがそれを気に入るかどうかにかかってるのよ。わかるかしら、ブルーメンフィールドは何らかの理由で、そのガキの評決を頼りにしているの。彼はあのガキの知性は平均的観客とまったくおんなじっていうふうに考えてるんだと思うわ。それで――」

僕はかすかな悲鳴を洩らした。そのためカクテルを持って入ってきたジーヴスは、悲嘆の表情で僕を見たのだった。僕は思いだしたのだ。

「ジーヴス！」

「ご主人様？」

「僕らがニューヨークにいたときに、ブルーメンフィールドって名前の皿みたいにまん丸顔のガキが、シリル・バジントン＝バジントンが舞台に上がろうとしたときに奴を馬鹿にした、あの忘れがたい出来事を、君は憶えているか？」

「きわめて鮮明に記憶いたしております、ご主人様」

「うむ、ショックだろうから覚悟していてくれ。あいつが昼食に来る」

「さようでございますか、ご主人様？」

「君がそんな、明るい、気楽な調子で言ってくれるんで僕は嬉しいぞ。僕はあの砒素製の聖水盆みたいなガキとはほんの数分会ったことがあるだけだ。だが、再びあいつと仲良くあいまみえるとの思いに、僕は木の葉のごとく戦慄するんだ」

「さようでございますか、ご主人様？」

「〈さようでございますか、ご主人様？〉なんて言い続けるのはやめるんだ。君は活動中のあのガキと会ってるんだし、奴がどんなかは知っているだろう。あいつは正式に紹介を受けたこともないシリル・バジントン＝バジントンに向かって、お前の顔はさかなに似ているって言ったんだぞ。それも会って三十秒としないうちにだ。もしあいつが僕に向かってさかなに似ているって言ってよこしたら、僕はあいつの頭をバラバラにしてやるものだと、僕は君にあらかじめ警告しておこう」

「バーティー！」ウィッカムが叫んだ。苦痛とか不安とかで身をよじりながらだ。

「いや、僕はやる」

「そんなことしたら、全部めちゃくちゃだわ」

「僕は構わない。我々ウースター家の者には誇りがある」

「おそらくお若い紳士様は、あなた様がさかなに似たお顔をお持ちでおいでとは思し召しになられぬことでございましょう、ご主人様」ジーヴスが示唆した。

「ああ！　それもそうだ。もちろんだ」

「だけどことを運まかせにするわけにはいかないわ」ボビーが言った。「きっと一番最初に、さかな顔だって気がつくはずだわ」

「さようなことでしたらば、お嬢様」ジーヴスが言った。「ウースター様が昼食にご同席なされぬが一番と拝察申し上げます」

　僕はこの男に笑みを向けた。いつものことながら、彼は道を見つけてくれる。

「だけどブルーメンフィールド氏は変に思うわ」

「僕は変わり者だって言ってくれ。突然憂鬱に襲われると他人の姿に我慢がならなくなるんだ。好きなように言っといてくれ」

「あの人、気を悪くするわ」

「僕が息子の上顎骨を殴打する半分も気を悪くしやしないさ」

「それが最善の方策であると強く思料いたすものでございます、お嬢様」

「いいわ、わかった」ボビーは言った。「それじゃ行っちゃって。でもあたし、あなたにここにいていっしょに台本を読むのを聞いてもらって、それで適当な箇所で笑いを入れてもらいたかったんだけどな」

「適当な箇所なんてのがあるとは思えないんだ」僕は言った。それでそう言いながら、僕は玄関ホールに二跳びで向かい、帽子をつかんで通りに出た。出る時ちょうどドアのところにタクシーが横付けされ、乗っていたのはパパブルーメンフィールドとそのバカ息子だった。で、わが心は沈む思いだったのだが、僕はそのガキが僕を認めるのを目にしたのだった。

「ハロー!」ガキは言った。

「ハロー!」僕は言った。

「どこへ行くの?」ガキが言った。

「ハッハハッ!」僕は言い、偉大なる大地平目指して駆け出したのだった。

僕はドローンズで昼食にした。結構なご馳走にしてコーヒーとタバコでだらだらといつまでもねばった。四時になってそろそろ戻っても安全かとは思ったが、リスクを冒(おか)すのはいやだったので僕は電話のところへ行ってフラットに掛けてみた。

「敵機去れりか、ジーヴス?」

「はい、ご主人様」

「ブルーメンフィールド・ジュニアの姿はないな?」

「はい、ご主人様」

「どこかの隅(すみ)か裂け目にひそんではいないか、どうだ?」

「おりません、ご主人様」

「ことのなりゆきはどういう具合だった？」

「きわめて満足のゆく次第であったものと、拝察申し上げます、ご主人様」

「僕がいなくてみんな残念がったかな？」

「ブルーメンフィールド様とブルーメンフィールド坊ちゃまはあなた様のご不在にいささか驚かれたご様子と思料いたすところでございます、ご主人様。どうやらお二方はあなた様がお発ちのお姿をご覧になられたものと拝察いたします」

「そうなんだ。間の悪い瞬間だった、ジーヴス。あのガキは僕と話したい様子だったが、僕はうつろな笑いを放ちながら立ち去ったんだ。連中はその件について何かコメントしていたか？」

「はい、ご主人様。実を申しますとブルーメンフィールドお坊ちゃまはいささかご忌憚のない物言いをされておいででございました」

「なんて言ったんだ？」

「正確な文言は思い起こせませんが、ご主人様、しかしながらあの方はあなた様のご知性とカッコーのそれとをご比較なさいました」

「えっ、カッコーだって？」

「はい、ご主人様。同鳥の勝ちとの由にございました」

「そうか、そう言ったのか。そこにいなくて本当に正解だったことがこれでわかるな。面と向かってそんな言い草をされたら、僕は間違いなくあいつの上顎骨にいけないことをしていたところだ。昼食を外でするようにと君が言ってくれたのは実に賢明だった」

「有難うございます、ご主人様」

「さてと、警戒警報解除だ。それじゃあ帰宅するとしよう」

「それに先だちまして、ご主人様、おそらくウィッカムお嬢様にお電話あそばされるがよろしいと存じます。あの方はわたくしにあなた様がさようにあそばされるようご要望申し上げるようにとご指示をなされました」

「つまり僕にそう頼めと君に頼んだと、そういうわけか？」

「まさしくおおせのとおりでございます、ご主人様」

「よしきた、ホーだ。それで番号は？」

「スローン八〇九〇でございます。イートン・スクゥエアにございますウィッカムお嬢様の叔母上様のお住まいと、拝察いたします」

僕はその番号に掛けてみた。それでただいまボビーの声が電話線の向こうから浮かび流れてきた。タンブル、すなわちその音色から、僕には彼女がものすごく上機嫌でいることがわかった。

「ハロー？　バーティーなの？」

「本人じきじきさ。どうだった？」

「すばらしかったわ。全部素敵にうまくいったの。昼食はあれでぴったりだったわ。あのガキったら眉毛の上までお腹一杯にして、どんどんどんどん気立てのいい子供になっていったの。それで三杯目のアイスクリームをおかわりするころには、どんな脚本だって――あたしのママのでさえよ――いい出来だって言える態勢になってたの。まだ酩酊（めいてい）状態から醒（さ）めないうちにって、あたしあれを発射したの。それであのガキはそこに座ってガツガツむさぼるみたいにそいつを吸収して、それでおしまいにブルーメンフィールドが〈さてと、坊や、どうだったかい？〉って言うと、ガキはちょっと弱々しく笑って、ローリーポーリー・プディングのこと考えてるみたいによ、それで〈OK、パパ〉って言ったの。それで完了よ。ブルーメンフィールドはあの子を連れて映画に出かけたわ。あたしは五時半にサヴォイ・ホテルにちょっと行って契約するの。今ママに電話したところなんだけど、ほんとにすごく大喜びしてたわ」

「素晴らしい！」

「あなたが喜んでくれるって思ってたわ。そうそう、バーティー、もうひとつだけあるのよ。あなた前にあたしに、あなたがあたしのためにしてくれないことは、この世の中に何もないって言ってくださったの憶えてる？」

僕はちょっと用心して身構えた。彼女が示唆したようなそんなふうな言い方をしたことがあるのは確かだ。だがあれはタッピーと湯たんぽ事件の前の話で、同事件によってもたらされるところとなった、より平静な精神状態において、僕はそれほど心寛大ではなくなっていた。どういうものかはおわかりいただけよう。愛の炎はゆらめき、消える。理性が玉座に回帰し、神輿（しんよ）の情熱の最初の無垢（むく）の輝きにおいて見られたように、人は跳ね回って火の輪くぐりをしたりはしなくなるものだ。

「僕にどうしろって言うのさ？」

「うーん、あなたに何かしてもらいたいってことじゃ、ちょっとないの。あたしがしちゃったことについて気を悪くしてもらいたくないってことなの。脚本を読み始める直前にね、あなたのあの犬、アバディーン・テリアよ、あれが部屋に入ってきたの。そしたらブルーメンフィールドのガキがあれに夢中になって、こういう犬を僕も欲しかったんだって言ったの。あたしのことを意味ありげに見つめながらよ。それで当然あたしとしては〈いいわよ、あなたにあげる！〉って言わざるを得なくなったってことなの」

　僕はいささかぐらついた。

「君は……君……なんだって?」

「あたし、あの犬をあげちゃったの。あなたが気にしないってことはわかってたわ。わかるでしょ、あのガキをいい気にさせとくことが決定的に重要だったの。もしあたしが拒めば、あのガキはきっと大荒れに荒れ狂ってあのローリーポーリー・プディングとか何かは全部無駄になっちゃうところだったのよ、わかるでしょ――」

　僕は電話を切った。あごは落っこち、目は飛び出していた。僕は電話ブースからふらふらとよろめき出で、よろよろとクラブを後にし、タクシーを拾った。フラットに着いた僕はジーヴスを呼んで叫んだ。

「ジーヴス!」

「ご主人様?」

「どうしたかわかるか?」

「いいえ、ご主人様」

「僕の犬……僕のアガサ伯母さんの犬……マッキントッシュが……」

「ここしばらく目にいたしておりません、ご主人様。昼食終了後わたくしの許を離れております。おそらくはあなた様のご寝室におるものと存じますが」

「そうか、それでおそらくものすごく確かなことにそいつはそこにいないんだ。どこに行ったか知りたければ教えてやろう。あいつは今、サヴォイのスイートにいる」

「ご主人様？」

「ウィッカム嬢があれをブルーメンフィールド・ジュニアにくれてやったと、いま僕に話してくれたところだ」

「ご主人様？」

「ジューメンフィールド・ブルーニアにくれてやっちゃったんだ。プレゼントとして。贈り物として。暖かいまごころを込めてだ」

「いかなる動機に基づいてでございましょうか、ご主人様？」

僕は事情を説明した。ジーヴスは丁重に舌を鳴らした。

「わたくしはつねづね申し上げてまいりました、もしご記憶であられますならば、ご主人様」僕が話し終えると彼は言った。「ウィッカム様は魅力的なご令嬢ではあられますものの——」

「わかった、わかった。その点は心配しなくていい。さあどうしたらいい？　肝心なのはその点だ。アガサ伯母さんは六時と七時の間に戻ってくる。彼女は一頭アバディーン・テリア不足であることに気づく。それでおそらく帰り道で船酔いで少なからず気分が悪くなってることだろうから、君には容易に察知できるところだろうが、ジーヴス、僕が愛犬を赤の他人にくれてやっちゃったなんて報せを告げたらば、彼女が優しき慈悲の心でいてくれるはずは絶対にないんだ」

「はい、ご主人様。はなはだ不快でございます」

「君は何て言った？」

「はなはだ不快と申し上げました、ご主人様」

僕はちょっと鼻を鳴らした。

「そうか？」僕は言った。「すると君は、サンフランシスコにいて大地震が起こったとしたって〔一九〇六年サンフランシスコに壊滅的被害を与えたマグニチュード七・六の大地震〕、指をちょっと上げて〈チッチッチッ！　シッシッシッ！　さてさて！　来た来た！〉って言うだけなんだろうな。学校時代にこう聞かされたものだ。英語とは世界一豊饒な言語で、端から端まで灼熱の形容詞がごまんとひしめき合ってるってな。だのに君がこの恐ろしい状況を描写するのに用いうる形容詞は不快なだけなのか。不快なんかじゃ言葉が足りない、ジーヴス。この状況は……何と言ったらいいのかな？」

「驚天動地の大異変である、でございます、ご主人様」

「と言っても過言ではないな。よし、ではどうしたらいいか？」

「ウイスキー・アンド・ソーダをお持ちいたします、ご主人様」

「そんなことをして何になる？」

「ご気分が晴れましょう。また、その間に、お望みとあらば本件につきましてわたくしが考察を加えることといたしましょう」

「やってくれ」

「かしこまりました、ご主人様。わたくしが拝察申し上げますところでは、ウィッカムお嬢様、ならびにブルーメンフィールド様およびブルーメンフィールド坊ちゃまとの間に現在成立中の親善関係を危機に陥れる可能性のあることをなされることは、あなた様の何らご希望されるところではないと理解いたしてよろしゅうございましょうか？」

「へぇ？」

「たとえば、サヴォイ・ホテルに向かわれて、同犬の返還をご要求なされるといったことはあなた様の意図されるところではない、と?」

　これは魅力的な考えだった。だが僕はオツムをきっぱりと横に振った。ウースター家の者にはできることと、ご理解いただけるかどうか、できないことがある。彼が示唆した手続きは疑問の余地なく所期の成果を収めようが、しかし、あの邪魔っけなガキが必ずやヘソを曲げて件（くだん）の脚本に関する考えを改めるに決まっているのだ。それで、ボビーの母親の書いた脚本なんかが演劇愛好家らをいくらかでも喜ばせようとは到底思えないが、あのいまいましい女の子の唇から、いわゆる幸福の杯を粉々に打ち砕くことは僕にはできなかった。約言すればノブレス・オブリージュ［高い身分に伴う徳義上の義務］ということだ。

「だめだ、ジーヴス」僕は言った。だが何らの悪感情を残すことなくスィートにひそかに潜入してあの生き物をこっそりくすねとってくる方法を君が何か考えついてくれるなら、それでいいんだ」

「さようにいたすべくあい努めさせていただきます、ご主人様」

「急いでやってくれ、遅滞なくだ。さかなは脳みそにいいそうだ。サーディンをどんどん食べて、それで戻ってきて報告してくれ」

「かしこまりました、ご主人様」

　それから十分後、彼は再びわが面前にたち現れた。

「おそれながら、ご主人様――」

「何だ、ジーヴス?」

「わたくしは一個の活動計画を発見いたしたと思料いたすところでございます、ご主人様」

「あるいは構想だな」

「あるいは構想でございます、ご主人様。本状況に適合する一個の活動計画ないし構想でございます。もしわたくしがあなた様のお話を正しく理解しておりますならば、ブルーメンフィールドご父子は映画のご鑑賞にお出かけあそばされたということでよろしゅうございましょうか？」

「正解だ」

「さようといたしますと、お二方は五時十五分前まではホテルにお戻りになられないということでよろしゅうございましょうか？」

「またもや正解だ。ウィッカム嬢は五時半に契約書に署名しにやってくることになっている」

「したがって、スィートは今現在無人である、と」

「マッキントッシュ以外にはだ」

「マッキントッシュ以外にはでございます、ご主人様。となりますと、すべてはブルーメンフィールド様がウィッカムお嬢様に、もしお二方にお嬢様がご先着された場合、直接スィートに上がってご両名のお帰りを待つようにとのご指示をお残しか否かにかかってまいります」

「どうしてすべてがそこにかかるんだ？」

「もしさような場合には問題はきわめて簡単容易でございます。必要なのはウィッカムお嬢様が五時にホテルにご到着なされることのみとなります。然る後にお嬢様はスィートに上がられます。あなた様も五時にホテルにご到着になられまして、スィート外の廊下にお進みあそばされます。もしブルーメンフィールドご父子がいまだお戻りでなくば、ウィッカムお嬢様がドアを開けてお出ましになられ、あなた様はご入室され、同犬を確保し、その後ご退却あそばされることとなります」

僕はこの男をじっと見つめた。

「いったい何缶のサーディンを食べてきたんだ、ジーヴス?」

「一缶も食してはおりません、ご主人様。わたくしはサーディンが好きではございませぬゆえ」

「つまり君は、この偉大な、この素晴らしい、この驚くべき構想を、さかなによって脳にもたらされる刺激まったくなしで考えついたと、そういうことか?」

「はい、ご主人様」

「君は唯一無類だ、ジーヴス」

「有難うございます、ご主人様」

「だがしかしだ!」

「ご主人様?」

「もしあの犬が僕と来るのを嫌がったらどうする? あの犬の知性がどんなに貧弱かは知っているだろう。今この時までに、新しい場所に落ち着いてしまえばなおさら、あいつは僕のことを完全に忘れて、赤の他人扱いするかもしれないぞ」

「その点につきましては考慮済みでございます、ご主人様。あなた様のおズボンにアニス油をふりかけるのが最もご賢明なお手立てと拝察いたすところでございます」

「アニス油だって?」

「はい、ご主人様。犬窃盗（せっとう）犯業界におきまして広範に利用されておりますものでございます」

「だけど、ジーヴス……なんだって……アニス油?」

「それが必要不可欠と思料いたすものでございます、ご主人様」

「だがそいつはどこで手に入るんだ?」

「いずれの薬局にても入手可能でございます、ご主人様。あなた様がただいまお出かけあそばされて小瓶をご入手なされますならば、その間にわたくしはウィッカムお嬢様にお電話を申し上げまして立案に係る手筈につきご通知申し上げ、お嬢様がスィートへのご入室をご許可いただいているか否かをご確認申し上げようと存じます」

とっととすっ飛んでいってアニス油を買う記録がどれくらいのものか僕は知らないが、そのレコード保持者はこの僕であると、僕は思うものだ。アガサ伯母さんが毎分毎秒いよいよ帝都に接近しているとの思いは、類い稀なスピードの炸裂を喚起した。あんまり早くフラットに戻ったもので、僕はもうちょっとで出かけていく僕と衝突するところだったくらいだ。

ジーヴスはよい報せを持ってきた。

「すべて完全に満足ゆく次第となっております、ご主人様。ブルーメンフィールド様はウィッカムお嬢様にスィートに入室しておられるようにとのご指示をお残しでございました。お嬢様はただいまホテルに向かわれておいでの途中でございます。あなた様がご到着されるお時間には、お嬢様にあちらでお目にかかれるものと拝察申し上げます」

おわかりいただけよう。ジーヴスの奴について口さがないことを色々言うとしてもだ――また、僕自身だって夜会用のシャツに関する彼の見解は偏狭で反動的だとの意見をいささかも揺るがせにするものではないが――しかしこの男が作戦行動を策定できる人物だということは認めねばならない。ナポレオンだって彼の通信教育課程で勉強できたはずだ。彼が計画を立案するとき、我々がすべきことはごくごく細部までそれに従うこと、ただそれのみである。それでもう大丈夫だ。

現今の問題状況下においては、すべては絶対的に計画通りにいった。僕はこれまで犬泥棒というものがこれほど簡単な仕事だとはつゆ知らず、氷のごとく冷静な頭脳と鋼鉄の神経の要求されるものだと思い込んでいた。現在の僕にはこんなのはガキにもできる仕事だとわかっている。ジーヴスの指揮の下でなら、ということだが。僕はホテルに到着し、階段をこっそり上り、誰かが通りかかったら鉢植えのシュロの木に見えるように心掛けながら廊下をぶらつき、そしたらいまやスィートのドアが開いてボビーが顔を出し、それで僕が近づいてゆくと突如マッキントッシュがとび出してきて情熱的に鼻をくんくんやって、次の瞬間奴は鼻を僕の春用のズボンにくっつけ、明らかに大喜びしながら僕でくんくん一杯機嫌になっていた。僕が死後五日を経た死体だったとしても、これほど奴が心を込めて僕にすり寄ることはあり得なかったろう。アニス油の香りを、僕は個人的にはさして愛好するものではないが、マッキントッシュの魂の深淵には直接語りかけるものであるらしい。

かくして我々両名の関係が揺るぎなく確立したところで、あとは単純だった。僕はただ撤収するのみで、同動物がつき従った。我々は階段を快調に降り下った。僕は天にも届く悪臭をふんぷんと放ち、動物はそのブーケを深呼吸し、数分間不安な時をすごした後、無事タクシーに乗り込んで家路についた。その日ロンドンじゅうで働かれた仕事のうちで、最も洗練された手並みであったことと思われる。

フラットに着くと、僕はマッキントッシュをジーヴスに渡し、僕のズボンがかけた魔法がその作用をやめるまでこの動物を浴室かどこかに軟禁しておくようにと指示した。その後、僕はいまひとたびこの男に盛大な賛辞を捧げた。

「ジーヴス」僕は言った。「この見解については以前に表明する機会があった、そして僕は今それを何ものも恐れることなく表明させてもらう――君は唯一無類だ」

「たいへん有難うございます、ご主人様。すべてご満足ゆく次第となり深甚と存じます」

「例の大騒ぎは最初から最後までいとも簡単至極に進行した。話してくれないか、君はずっとこうなのか、それとも突然こういうふうになったのか？」

「ご主人様？」

「脳みそのことだ。灰色の脳細胞のことだ。君は抜群に頭脳明晰な子供だったのかい？」

「わたくしの母はわたくしのことを利口だと考えておりました、ご主人様」

「そんなのはあてにならない。僕の母親だって僕のことを利口だと考えてた。まあいい、その点はひとまずおくとしてだ、五ポンドあれば何か君の役に立つかな？」

「たいへん有難うございます、ご主人様」

「五ポンドで済ませようっていうんじゃないんだ。考えてみてくれ、ジーヴス――想像をめぐらすんだ、と言ってわかってもらえればだが、六時から七時の間にアガサ伯母さんのところへ行ってマッキントッシュはいなくなりましたって言ったとき彼女に予想される行動はどんなかってことだ。僕はロンドンを去ってあごひげを生やさなきゃならなくなる」

「伯母上様がなにがしかご動転あそばされようとは、容易に予想されるところでございます、ご主人様」

「そうだ。それでアガサ伯母さんがご動転あそばされたあかつきには、彼女の行く手から逃げ出そうと勇者たちも排水管に飛び込むんだ。しかしながら、このとおり、すべてはめでたしめでたしで収まったわけだから……ああ、なんてこった！」

「ご主人様？」

僕は躊躇（ちゅうちょ）した。この人物がこの大義がため、かくも目覚しき手並みで全力をつくして頑張ってくれたことに、水を差すのはひどいことだと思われた。だが、なさねばならぬだ。

「君は何かを見逃している、ジーヴス」

「さようなことは決してあるまいと存じますが、ご主人様？」

「いや、ジーヴス、先ほどの構想というか活動計画だが、あれは僕に関するかぎり超優良ではあったものの、ウィッカム嬢を困った立場に置くことになったと、残念ながら言わねばならない」

「いかようにでございましょうか、ご主人様？」

「なぜって、この暴挙の際に彼女がスィートにいたってことを連中が知っているんであれば、ブルーメンフィールド父子は即座に彼女がマッキントッシュの失踪に一枚嚙（か）んでるって思うはずだ。その結果、憤慨と立腹の挙げ句に連中は脚本に関する件は白紙撤回ってことにするんじゃないのか？君がこんなことに気づかなかったとは驚いたぞ、ジーヴス。僕が助言したとおりに、サーディンを食べておけばよかったんだ」

僕は悲しげに首を振った、と、その瞬間、玄関ドアのベルが鳴った。でまたそれが普通の鳴りかたではなかったのだ。血圧を上げて腹を立てた誰かがひとり立っていることを示唆するがごとき、とどろきわたるベルの音であった。僕はただちに跳びあがった。この忙しい午後の日は、僕の神経系をシーズン真っ只中の絶好調にしておいてはくれなかった。

「なんてこった、ジーヴス！」

「どなた様かがドアのところにおいでであそばされます、ご主人様」

「そうだ」

「おそらくはブルーメンフィールド・シニア様であろうかと拝察申し上げるところでございます、ご主人様」

「なんと！」

「あなた様がお戻りあそばされる直前にあの方よりお電話がございまして、これよりご訪問なされるとの由にございました」

「ウソだろう？」

「いいえ、ご主人様」

「助言を頼む、ジーヴス」

「最も賢明なご方策は、長椅子の後ろにお隠れあそばされることと拝察申し上げます、ご主人様」

彼の助言は有効であると僕は理解した。僕はこのブルーメンフィールドなる人物に正式な社交の席で会ったことはないが、彼とシリル・バジントン＝バジントンが不幸な衝突をした場面で彼のことを遠目に見る機会はあった。それでその時彼は、感情的になっているときに狭い部屋にいっしょに閉じ込められるには不適な人物、との印象を僕に与えた。大型で円形かつ扁平、中身があふれださんばかりの大人物で、もし興奮したらば相手の上にのしかかってそいつをカーペットの上にぺたんこにのしてしまうことはいとも容易であろう。

したがって僕は長椅子の後ろにもぐり込み、それからほぼ五秒後に全能の突風のごとき音がして、途轍もなく実質的なシロモノが居間の中に弾み入ってきた。

「この野郎、ウースターめ」その一生涯をドレス・リハーサルの場で劇場の後部座席より俳優たちを怒鳴りつけて過ごし鍛え上げてきた声がとどろいた。

「奴はどこだ?」

ジーヴスは丁重な物腰を崩さなかった。

「申し上げかねます」

「あいつはわしの息子の犬をくすね取りおった」

「さようでございますか?」

「わしのスイートに涼しい顔で入ってきて、犬を連れ去りおった」

「それはたいそうご不快なことでございます」

「それで君は奴の居所を知らんというのか?」

「ウースター様はいずかたにもおいであそばされ得ることでございましょう。あの方の動きには定まりがございません」

ブルーメンフィールドの親爺は盛大に鼻をクンクンやった。

「変なにおいがするな!」

「はい、さようでございます」

「何だこれは?」

「アニス油でございます」

「アニス油?」

「はい、ウースター様がおズボンにお振りかけあそばされたものでございます」

「ズボンに振りかけただって?」

「はい」

「いったいぜんたい何のためにそんなことをしたんだ？」

「申し上げかねます。ウースター様のご動機はつねづねいささか理解困難でございますゆえ。風変わりな方でおいであそばされます」

「風変わりだと？　あいつはキチガイにちがいないんだ」

「はい」

「奴はキチガイだと言うのか？」

「はい、さようでございます！」

一時停止があった。長いやつだ。

「ああ？」ブルーメンフィールドの親爺が言った。また僕には、彼の声からいわゆる活力が、だいぶ消えうせたように感じられた。

彼はまた押し黙った。

「危険ではあるまい、な？」

「いえ、ご興奮された折には」

「あー――――主として何に興奮するのかな？」

「ウースター様の一風変わった点のひとつは、豊満なご体型寄りの紳士様をご覧になられることがお好きであそばされないところでございます。さような方々はあの方をはなはだ強く激昂（げっこう）させるように拝見いたされます」

「つまり、太った男ということか？」

「はい、さようでございます」

「なぜだ?」

「申し上げかねます」

またもや一時停止があった。

「わしは太っておる!」ブルーメンフィールドの親爺はやや悲痛な声で言った。

「かようなことをわたくしはあえてご指摘申し上げる立場にはございませんが、しかしながらあなた様がさようにおおせられるわけでございますから……ご想起をいただけましょうか、あなた様がご昼食の席にごいっしょなされるとの報に接し、ウースター様はご自身のセルフ・コントロールの能力を疑問視され、ご同席を拒否なされましたことを」

「そのとおりだ。わしの到着と同時にあわてて出かけていきおった。あの時は変だと思ったのじゃ。息子も変だと考えておった。わしら二人ともあれを変だと思った」

「はい。ウースター様は以前にございましたような不快事を回避されたいとご希望なされたものと拝察いたすところでございます……アニス油の香りにつきましては、わたくしはその発生源をただいまつきとめたものと愚考いたします。わたくしに誤りなくば、長椅子の背後よりいたしてまいっております。間違いなくウースター様はそちらにてお寝みあそばされておいでと拝察を申し上げます」

「何をしているだと?」

「お寝みでございます」

「あいつはよく床で寝るのか?」

「午後はほぼ毎日でございます。お起こし申し上げたほうがよろしゅうございますか？」

「やめろ！」

「ウースター様に何事かお話しなされたきことがおありと存じておりましたが」

ブルーメンフィールドの親爺は深く息を吸った。「そうだった」彼は言った。「だがもうない。ここから生きて帰してくれ、願いはそれだけだ」

ドアが閉まる音が聞こえ、それからしばらくして玄関ドアがバシンと閉まった。僕は這（は）い出した。長椅子の後ろはすごく快適というわけではなかったから、そこから出られて嬉しかった。ジーヴスがしたたり戻ってきた。

「行ったか、ジーヴス？」

「はい、ご主人様」

僕は彼に是認（ぜにん）の表情を向けてやった。

「君の最善の尽力のひとつだな、ジーヴス」

「有難うございます、ご主人様」

「だが、僕にわからないのは、そもそもどうして奴がここに来たかということだ。僕がマッキントッシュをくすね取ったことが、どうしてあいつにわかったんだろうか？」

「僭越（せんえつ）ながらわたくしがウィッカムお嬢様に、あなた様が同犬をブルーメンフィールド様のスイートより奪い去られたとあの方にお話しあそばされるよう、ご提言申し上げておいたものでございます。本件共犯者であるとの疑いがウィッカム様に及ぼされる可能性に係るあなた様ご指摘の点につきましては、失念いたしておりましたわけではございません。それにより、お嬢様はブルーメンフィールド様に対し御身のご潔白をはっきりとご証明なされることとなろうと存じておりました」

「わかった。無論危険だが、正当化はされよう。そうだな、総合的に見れば正当だ。君がそこに持っているのは何かな?」

「五ポンド札でございます、ご主人様」

「ああ、僕が君にやったやつだな?」

「いいえ、ご主人様。ブルーメンフィールド様より頂戴いたしたものでございます」

「へぇ? どうしてあいつが君に五ポンドくれるんだ?」

「わたくしが犬をお引き渡し申し上げた件につき、たいへんご親切にもわたくしにご進呈くださったのでございます、ご主人様」

僕はこの男を呆然(ぼうぜん)と見つめた。

「まさか君は――?」

「マッキントッシュではございません、ご主人様。マッキントッシュはただいまわたくしの寝室におります。あなた様のお留守の間にボンド街の愛玩犬商にて購入いたしました同種の別犬でございます。愛のまなざしもて見るにあらざれば、アバディーン・テリアと別のアバディーン・テリアはたいそう似通ったものでございます。幸いなことに、ブルーメンフィールド様は罪なきこの嘘にお気づきにはなられませんでした」

「ジーヴス」僕は言った――またそのときの僕の声に、嗚咽(おえつ)のごとき調子があったと告白することを、僕は恥とは思わない――「君ほどの男はいない。いるもんか」

「たいへん有難うございます、ご主人様」

「君の頭が思わぬところで出っ張っていて、それゆえ所定時間内に通常人の二倍冴え渡った思考が可能だという事実、それだけのお陰で、至上の幸福が君臨しているんだ。アガサ伯母さんは安泰だ。僕も安泰だ。ウィッカム母娘も安泰だ。ブルーメンフィールド父子も安泰だ。視界の及ぶかぎり、君のお陰で大量の人類が安泰に納まってるんだ。五ポンドじゃ足りないな、ジーヴス。バートラム・ウースターが君のこれほどの尽力の報酬をたったの五ポンドでじゅうぶんと考えたなんて世間で通ると思ったら、僕はもう顔を上げて歩けなくなる。もう一枚どうだ？」

「有難うございます、ご主人様」

「おまけにもう一枚だ」

「たいへん有難うございます、ご主人様」

「三枚目は幸運を祈ってだ」

「まことに、ご主人様、たいそう深甚（しんじん）に存じます。失礼をいたします、ただいま電話が鳴っておりますようでございます」

彼は玄関ホールのほうへ出ていった。それで僕には彼が「はい、奥様」「承知いたしました、奥様」をどっさりやってるのが聞こえた。それから彼は戻ってきた。

「スペンサー・グレッグソン夫人よりお電話でございます」

「アガサ伯母さんか？」

「はい、ご主人様。ヴィクトリア駅よりのお電話でございます。伯母上様はあなた様と犬のマッキントッシュについてお話がなされたいとの由にございます。あの小さな友人につき、あなた様ご自身の口よりお話を伺うことをご希望でおいでと理解いたしましてございます」

僕はネクタイをまっすぐにした。ウエストコートの裾(すそ)を引っぱり、袖口(そでぐち)を素早く整えた。絶対的に、よしきた全部大丈夫の気分だった。

「電話口まで案内してもらおうか」僕は言った。

6. ちょっぴりの芸術

僕はダリア叔母さんのところで昼食をいただいていた。それで叔母さんの誇る唯一無比の名コック、かのアナトールが献立に関して常の卓越ぶりをさらにしのぐ仕事をしてくれたという事実にもかかわらず、その料理は僕の口中でおおよそ灰に変わったと言わねばならない。おわかりいただけよう。僕は彼女に悪い報せを告げねばならなかった——こういうことがあるといつだって食欲は減退するものだ。彼女に喜んではもらえまいと、僕にはわかっていた。それで喜んでいないときのダリア叔母さんというのは、青春時代をほとんど狩場で過ごした人物であるからして、きびきび冴(さ)え渡ったやり方で自己表現をしてくれるのが常なのだ。

しかしながら、こういうことはとっととやってさっさと済ませたほうがいい、と、僕は思った。

「ダリア叔母さん」僕は言った。この問題と正面から取り組む覚悟を固めながらだ。

「ハロー?」

「あの、例のクルーズ旅行のことなんだけど」

「ええ」

「叔母さんが計画してる、あのヨット・クルーズのことなんだけど」

「ええ」

「地中海を叔母さんのヨットで陽気に航海しようって、それで貴女が僕のことをご親切にも招待してくださって、それで僕もずっとわくわく心待ちにしてたあのクルーズのことなんだけど」

「早いこと言いなさい、この間抜けったら。それがどうしたのよ？」

僕はコートレット・シュープレーム・オー・シュ・フルールの一片を嚥下し、彼女に心ふさぐ報せを告げた。

「ものすごく申し訳ない、ダリア叔母さん」僕は言った。「だけど行かれないんだ」

予想通り、彼女は目をむいた。

「なんですって！」

「残念だけど僕は行かれないんだ」

「この惨めで哀れな地獄の番犬ったら。いったいどういう意味よ、来られないなんて言うわけは？」

「うーん、だめなんだ」

「どうしてよ？」

「きわめて緊急性の高い事情のため、この帝都に僕がいることが絶対に必要なんだ」

彼女は鼻を鳴らした。

「つまりは実のところ、あんたはまた誰か気の毒な女の子につきまとってるって、そういうことなのかしら？」

そういう言い方は僕の気に入らなかったが、彼女の洞察力——という言葉で正しければだが——つまり探偵とかが持っているような、そういう眼力のことであるが、そいつの鋭敏さには恐れ入ったと認めるものだ。

「そうなんだよ、ダリア叔母さん」僕は言った。「僕の秘密を当ててくれたね。そうさ、僕は恋をしているんだ」

「なんていう娘さん?」

「ペンドルベリー嬢だ。クリスチャンネームはグラディス。綴りの中にwが入るんだ」

「gって意味でしょう」

「wとg、両方入るんだ」

「G-w-l-a-d-y-s じゃないわよね?」

「そうなんだ」

この肉親は悲痛な声を発した。

「あんた、自分にはグラディスなんていう名の娘を身辺に寄せつけないだけの正気がないだなんて、そこに座ってあたしに言ってきかせるつもり? ねえよくお聞きなさいな、バーティー」ダリア叔母さんは真剣に言った。「あたしはあんたより齢を重ねてるわけだから——うーん、あたしの言いたいことはわかるわね——あんたにひとつやふたつはものを言ってあげられる身の上なの。それでそのうちのひとつがwの入るグラディスとかYで始まるイゾベルとかエセルじゃなくてエスィルとかフランス風に綴るメイベルとか仰々しくキャスリィンとかってラベルのついてる生き物と接触したところで何ら得るところはないってことなのよ。なかでも特にグwラディスがだめね。で、どういう子なの?」

「やや神々しいほどなんだ」

「こないだハイドパークであんたを乗せて時速一〇〇キロで突っ走ってた女じゃないでしょうね？　赤いツーシーターで？」

「確かにこの前ハイドパークで車に乗せてもらったよ。脈ありってことだと僕は思ってるんだ。それに彼女のウィジョン・セヴンは赤だけど」

ダリア叔母さんはほっとした様子だった。

「ああそう、それじゃあその娘はあんたといっしょに祭壇に向かう前に、あんたのその間抜けな首をポキンって折っちゃうことでしょうよ。そう思えば少しは心も慰められるってもんだわ。どこでその娘と逢ったのよ？」

「チェルシーのパーティーでさ。彼女は芸術家なんだ」

「んまあ、大変！」

「素敵に流麗な筆遣いをするんだ、聞いてよ。僕の肖像画を描いてくれたんだ。ジーヴスと二人で今朝フラットの壁に掛けてきたんだよ。ジーヴスは気に入らなかったみたいだけど」

「まあ、あんたにちょっとでも似てるんじゃ、彼の気に入るわけがないでしょうよ。芸術家ですって！　名前はグラディスですって！　それでシーグレイヴ［サー・ヘンリー・シーグレイヴ、一九二七年に自動車で時速三二七・九〇キロの世界記録を樹立した］が時間に追われてるみたいな運転をして」彼女はしばらくじっと考えていた。「そうね、それはまったく悲しい話だけど、だからってあんたがヨットに乗りに来られないわけがわからないわ」

僕は説明した。

「今この時点でロンドンを離れるなんてのは狂気の沙汰(さた)なんだ」僕は言った。「女の子ってものがどんなふうかはわかるだろ。去る者は日々に疎(うと)しなんだ。それでまあ、ルーシャス・ピムって名前の男がいて、僕としては心安らかならざるところでいるってわけなんだ。奴も芸術家でそのことがすでにして二人の絆（きずな）になりかねないっていう事実を別にしても、奴の髪にはウェーヴがかかっている。ウェーヴのかかった髪に油断は禁物なんだ、ダリア叔母さん。それだけじゃない。こいつはいわゆるたくましくて主人顔して主導権を握るタイプの男なんだ。奴はグラディスのことを、まるでタクシーの車輪の下の塵（ちり）だっていうみたいに扱うんだ。彼女の帽子を批判して、彼女の明暗法について意地の悪いことを言う。それでそういうのはどういうわけだか、女の子を夢中にさせるもんなんだな。それで僕はというとパルフェ・ジャンティーユの騎士、と言ってわかればだけど、そっちのほうの男だから、貧乏くじを引く重大な危険にさらされてるっていう気がするんだ。これだけのことをぜんぶ考量すると、僕は地中海にでかけたりなんかして、このピムの奴を野放しにしとくわけにはいかないんだ。そこのところはわかるだろ？」

ダリア叔母さんは笑った。どちらかというと意地の悪い笑いだった。そのタンブルというか響きには軽蔑（けいべつ）が感じられた。とまあ、そういうふうに僕には思われたわけだ。

「心配することはないわね」彼女は言った。「あんたジーヴスがこの縁談を認めるだなんて、一瞬だって思っちゃいないでしょ？」

僕は胸を衝（つ）かれる思いがした。

「つまり、ダリア叔母さん、貴女は」僕は言った——それでまたそのとき僕がフォークの柄でテーブルを叩いたかどうか、僕には定かには思い出せないのだが、おそらくそうしたように思う——「僕がジーヴスをのさばらせて、僕が結婚したい相手と結婚するのを止めさせるほどに主人づらをさせてるって、そう言いたいの？」

「だってジーヴスはあんたが口ひげを生やすのを止めさせたでしょ、そうじゃなかった？　紫色の靴下もよ。それと正装用の胸元の柔らかいシャツのことだって」

「そんなのはぜんぜん違う問題だ」

「あらそう。あたしあんたとちょっと賭けをしてもいいのよ、バーティー。ジーヴスはこの縁談を阻止するわ」

「なんという完全なたわ言を！」

「それでその肖像画が彼の気に入らないんだったら、そいつを片づけちゃうでしょうね」

「僕は生まれてこの方そんなナンセンスは聞いたことがない」

「それでとどめによ、可哀そうなパイ顔のムカムカ面のバーティーちゃん、彼はあんたを約束の時間にあたしのヨットにきちんと乗せてよこすでしょうよ。どうやってそうするものか、あたしにはわからない。だけどあんたはヨット帽をかぶって、替えの靴下をきまり正しく持って、その場所に来ることでしょうよ」

「話題を変えようか、ダリア叔母さん」僕はひややかに言った。


昼食の席での血を分けた肉親の態度にだいぶ動揺させられたため、僕は叔母の許を辞去した後、神経系を鎮静させるためハイドパークをちょっと散歩せねばならなかった。四時半になる前には、神経節は振動をやめ、僕はフラットに戻った。ジーヴスは居間にいて、肖像画を見つめていた。

この男がいて、僕はちょっと間（ま）の悪い思いがした。というのは出かける直前に例のヨット旅行は中止だと知らせたところで、それは彼には大打撃であったようだからだ。おわかりいただけよう。

彼はこの旅行をとっても楽しみにしていたのだ。僕が招待を快諾したその瞬間から、彼のまなざしには一種船乗りめいた輝きが宿るようになった。台所で水夫の舟歌を口ずさむ声を聞かなかったかどうか、僕に確信はない。彼の先祖の誰かが、ネルソン提督のところの船員か何かだったにちがいない。彼の血の中にはいつだって海を恋こがれる渇望が潜んでいるようなのだ。アメリカに行くとき、旅客船の上で気づいたのだが、彼は甲板上を船員風に大股で歩き、今これから主帆を上げるところだとか、羅針儀の架台を組み継ぎするところだ、みたいな独特の雰囲気を発散させていた。

そういうわけで、彼には何事も包み隠さず事情を説明したのだが、彼が明らかに怒っていることが僕にはわかっていた。だから部屋に入って僕がした最初の行動は、ちょいと彼のご機嫌を取ってやることだった。僕は肖像画の前に立つ彼の横に並んだ。

「なかなかいいな、ジーヴス。どうだ？」

「はい、ご主人様」

「家庭内を明るくするのに、ちょっぴりの芸術にしくはないいな」

「はい、ご主人様」

「室内に、ある種の効果——何と言ったか——」

「はい、ご主人様」

返事はきちんとしていたが、彼の態度は真心のこもったものとは到底言い難かった。それで僕は彼と正面から立ち向かおうと意を決した。つまり、何てこったただ。つまりだ、肖像画を描いてもらったご経験がおありかどうかわからないが、もしおありなら僕の気持ちがご理解いただけようと思う。自分の肖像画が壁に掛かっている光景は、その者のうちに一種、父親的な愛着とでもいうべきものを喚起するのである。それで外部の一般観衆に対しては、是認と熱狂を要求するようになる——唇をひん曲げたり、小鼻をひくつかせたり、死んだサバの目の中に見いだされるがごとき人を見下すような目つきではなくてだ。またそれを描いた画家が女の子で、その女性に対して自分が通常の友情よりも深く、暖かい感情を抱いているという場合には、とりわけそうである。

「ジーヴス」僕は言った。「君はこのちょっぴりの芸術が気に入らないようだな」

「いいえ、滅相もないことでございます」

「いやちがう。言いつくろったってだめだ。君の気持ちが僕には書物を読むようにわかるんだ。何らかの理由で、このちょっぴりの芸術は君の意に沿わない。反論する点はあるか？」

「色彩がいささか明るすぎはいたしますまいか、ご主人様？」

「僕はそうは思わない、ジーヴス。その他の点は？」

「さて、管見いたしますところ、ペンドルベリー様はあなた様にいささか空腹げなご表情をお与えなさいました」

「空腹だって？」

「遠き方にある骨を眺めやる犬のごとき表情でございます、ご主人様」

僕はこの人物を抑制した。

「遠くの骨を見てる犬と似たところなんかなんにもありやしない、ジーヴス。君が暗に示唆する表情は、切なくもの思う魂のありかを示してるんだ」

「かしこまりました、ご主人様」

僕は別件に話題を進めた。

「ペンドルベリー嬢は今日の午後肖像画を検分に来ると言っていた。彼女は来たのかな？」

「はい、ご主人様」

「だがもういない、と？」

「はい、ご主人様」

「彼女は行ってしまったと、そういうことか？」

「おおせのとおりでございます、ご主人様」

「戻ってくるとかどうとかは言っていなかったかな？」

「はい、ご主人様。わたくしの印象ではペンドルベリー様におかれましてはお戻りになられるご所存はおありでないご様子と了解をいたしました。あの方はいささかお気がご動転であられ、アトリエに戻ってご休息なさりたいとのご希望をご表明でおいでになられました」

「動転だって？　何にそんなに動転してたんだ？」

「事故でございます、ご主人様」

僕は実際にひたいを押さえたわけではないが、心のうちではちょいとばかりひたいを押さえていたものだと言わねばならない。

「彼女は事故に遭ったんじゃないだろうな！」

「さようでございます、ご主人様」

「どういう種類の事故だ？」

「自動車事故でございます」

「彼女は怪我をしたのか？」

「いいえ、ご主人様。紳士様のほうのみでございました」

「どういう紳士だって？」

「ペンドルベリー様はご不運にも本建物のほぼ真正面にて、お車でとある紳士をお轢きになられたのでございます。その方は脚を軽く骨折なさいました」

「そりゃあ気の毒だ！　だがペンドルベリー嬢は大丈夫なんだな？」

「身体的には、あの方のご状態は十全でございます。しかしながら一定の心理的苦痛にお悩みでおいでいらっしゃいます」

「彼女の美しき、思いやりあふれる天性からすれば、もちろんのことだ。当然だろう。男たちが長く果てなき奔流のごとくその車の車輪の下に列なして飛び込んでくるとは、女性にとってはつらい世界であることだなあ、ジーヴス。彼女にはさぞや大ショックだったにちがいない。で、その男はどうなったんだ？」

「紳士様でございますか？」

「そうだ」

「あなた様の予備のご寝室においでございます」

「なんと！」

「はい、ご主人様」

「僕の予備寝室だって？」

「はい、ご主人様。そちらにお連れ申し上げるようにというのがペンドルベリー様のご要望でございました。またあの方はわたくしに、パリご滞在中の紳士様のお姉上様に電報をお送りし、この事故についてご報告申し上げるようにとご指示あそばされました。またわたくしが医師を召喚いたしましたところ、その者の意見では、当分の間イン・スタトゥ・クゥオ、すなわち現状況のまま いるようにとのことでございました」

「つまり、当該轢死体は当家屋内に無期限で駐留すると、そういうことか?」

「はい、ご主人様」

「ジーヴス、それはちょっとあんまりじゃないか!」

「はい、ご主人様」

それでその言葉に嘘はなかった。コン畜生だ。つまりだ、女の子というものはものすごくたっぷり神々しくあってもらって構わないし、ハートを誘惑したりとかそういうことをどんどんやってもらって結構なのだが、しかし他人のうちのフラットを死体置き場にする権利はない。しばらくの間、情熱はいささか潮のように引いたものだと、僕は言わねばならない。

「うむ、僕はその悪党に会って自己紹介をしなきゃならないだろうな。結局のところ、僕がホストなわけだから。そいつに名前はあるのか?」

「ピム様でございます、ご主人様」

「ピムだって!」

「はい、ご主人様。ご令嬢はその方のことをルーシャスとお呼びでおいででございました。ペンドルベリー様のお描きになったご肖像画をご検分においであそばされる途中、お嬢様が角をお曲がりになったちょうどその瞬間に、たまたま道路におられた由にございます」

僕は予備寝室に向かった。僕はおおいに心かき乱されていた。恋をし、求愛の最中に髪にウェーヴのかかったライヴァルにハンデを負わされたご経験がおありかどうかはわからないが、そういう状況でそのライヴァルに折れた脚を抱えて家屋内に駐在されることを人は望まぬものだ。他のすべては措くとしても、この状況が彼に与える優位性は明らかに恐ろしいばかりである。そいつはそこに座って葡萄（ぶどう）の房をもてあそびながら蒼白（そうはく）な顔をして、いかにも興味津々（しんしん）たる風情（ふぜい）でいる。女の子の哀れみと心配の対象である。それで僕のほうはというとモーニングコートを着てスパッツをはき、下品な健康に頬を紅潮させて辺りを跳んで回っているのだ。勝ち目はない。事態はだいぶ困った様相を呈してきたようだと僕には思われた。

　ルーシャス・ピムはベッドに寝ていた。僕のパジャマを身にまとい、僕のタバコを吸いながら、探偵小説を読んでいた。僕にはすごくいまいましく恩着せがましく思えるような具合に、奴は僕に向けてタバコを振ってよこした。

「ああ、ウースター！」奴は言った。

「〈ああ、ウースター！〉は結構」僕は無愛想に応えた。「君はいつここから出ていけるんだ？」

「一週間かそこらだと思う」

「一週間だって！」

「かそこらだ。当面、医者は絶対安静を要求している。そういうわけだから、なあ、あんまり声を張り上げないでくれるよう頼むのを許してもらいたい。静かなささやき声で願いたいもんだ。さてとそれでだ、ウースター、この事故についてだが、了解しといてもらわないといけないことがある」

「君は本当に動かしちゃいけないのか？」

「本当だ。医者がそう言った」

「セカンド・オピニオンを得るべきじゃないかと思うが」

「無駄だ、親愛なる友よ。その点について医者の態度は断固たるもんだったし、明らかに彼は自分の仕事をよく心得ている人物だ。俺がここで快適に過ごせないんじゃないかなんて心配はしないでくれ。ごく大丈夫さ。このベッドは気に入ってる。それではさてと、この事故の話に戻るとしよう。俺の姉貴が明日到着する。彼女はだいぶ動転してることだろう。俺はお気に入りの弟だからな」

「君がか?」

「俺がだ」

「兄弟は全部で何人いるんだ?」

「六人だ?」

「それで君がお気に入りなのか?」

「そうだ」

あとの五人はよほど人間以下の連中なのにちがいないと僕には思われたが、僕はそうは言わなかった。我々ウースター家の者は言葉を慎むことができる。

「姉貴はスリングズビーって名の男と結婚している。スリングズビーのスパーブ・スープだ。金ならうなるほど持ってる。ところがそいつが困窮にあえぐ義理の弟に、ときどきわずかばかりの金を融通してくれると思うか?」ルーシャス・ピムは苦々しげに言った。「だめなこった、旦那! とはいえ、この点はさしあたって問題じゃあない。肝心なのは姉貴は俺のことを深く愛してるってことだ。それでまあ、そういうわけだから、俺を轢いた車を運転してたのがあの可哀そうなかわいいグラディスだって知ったら、姉貴は彼女のことを告訴して責め立てて嚙み千切っちまうかもしれない。

姉貴にゃあ絶対に知らせちゃならないんだ、ウースター。俺はお前に名誉を重んずる人間として、口をつぐんでいてくれるようにと要請したい」

「当然だ」

「お前が要点をすぐに理解してくれて俺は嬉しいよ、ウースター。お前はみんなが思ってるようなバカじゃないんだな」

「誰が僕のことをバカだと思ってるんだ？」

ピムは眉毛をわずかに上げた。

「みんなそう思ってるんじゃないのか？」奴は言った。「まあいい。さてと、だ。とにかくこの件は落着だ。何かもっといい策を考えつかないかぎり、俺は姉貴に、一時停止しないで飛び出してきた車にはねられてナンバーは読み取れなかったって言うことにする。それじゃあさてと、俺を一人にしてくれないかな。医者が絶対安静って念を押してるんだ。それだけじゃない、この小説の先を読みたいんだ。悪党がヒロインの部屋の煙突にコブラを落としこんだところなんだぜ。俺は彼女についててやらないといけない。エドガー・ウォーレス［英国のスリラー作家］にはゾクゾクさせられっぱなしだよな。用があったらベルを鳴らすから」

僕は居間へ向かった。ジーヴスがそこにいて、例の肖像画を、まるでそいつが彼の心を傷つけるとでも言いたげに、見つめていた。

「ジーヴス」僕は言った。「ピム氏は居座るようだな」

「はい、ご主人様」

「ともかく当面はだ。それで明日はあいつの姉上のスリングズビー夫人、スリングズビーのスパーブ・スープのだ、を、我々の許にお迎えする次第となる」

「はい、ご主人様。四時少々前にわたくしはスリングズビー夫人に電報を申し上げました。電報配達時にご滞在中のパリのホテルにおいでであったと仮定いたしますと、明日の午後早く旅客船にてドーヴァーに――あるいは別ルートをお好みでしたらばフォークストーンに――ご到着され、七時頃ロンドン到着の列車へのご乗車に間に合われるに相違ございません。おそらくまずは最初にロンドンのお住まいに直行され――」

「わかった、ジーヴス」僕は言った。「わかった。人の心をとらえて離さない話だ。アクションとヒューマン・インタレストが満載だな。いつかそいつに曲をつけて歌わないといけない。で、それはそれとしてだ、この点を頭に入れておいてもらいたい。スリングズビー夫人に、彼女の弟をまっぷたつにしたのはペンドルベリー嬢だってことは知らせちゃならない。したがって僕は君に、彼女が到着する前にピム氏に接近し、彼がどういう話を話そうとしているかを確認した上で、ごくごく細部に至るまでそいつを裏付けてやってもらいたい」

「かしこまりました、ご主人様」

「それでそうだ、ジーヴス、ペンドルベリー嬢はどうしようか？」

「ご主人様？」

「彼女はきっと様子を見にやって来るだろう」

「はい、ご主人様」

「うむ、彼女に僕の姿を見られるのは困る。女性ってのがどんなものかはわかっているだろう、ジーヴス？」

「はい、ご主人様」

「つまりこういうことだ。ペンドルベリー嬢が病室に入って興味深い怪我人を見て、出てきてまだその面影も鮮やかなうちに僕が縞のズボンをはいてそこいら辺で憩う姿を目の当たりにする。彼女は僕に不利な比較をするだろうな？　僕が何を言いたいかはわかるだろう？　この絵とその絵を引き比べるってことだ――一方はロマンティックで、もう一方はそうじゃない……どうだ？」

「まことにおおせのとおりでございます、ご主人様。その点をわたくしもあなた様にご留意いただきたく存じております。疑いもなく怪我人と申しますものは、すべての女性の心のうちにあまねく存在する母性に強力に訴えかけるものでございます。怪我人は女性のはなはだ深い感情をかき乱すのでございます。詩人のスコットにこの点をうまく言い表した一節がございます――〈ああ、女性よ、我らが安らぎの時に安らがず、取り澄まして、喜ばせがたし……苦痛と怒りが我が額を打ちのめすとき――［「マーミオン」六］〉」

僕は片手を上げた。

「別の時に頼む、ジーヴス」僕は言った。「君の朗誦は喜んで聞こう、だが今現在はそういうムードじゃないんだ。概略述べたような状況なわけだから、明朝早くに逃げ出して、日暮れどきまで帰ってこないでいることを僕は提案しよう。僕は車に乗ってブライトンに一日出かけてくることにする」

「かしこまりました、ご主人様」

「その方がいいだろう、そうじゃないか、ジーヴス？」

「さように相違ございません、ご主人様」

「僕もそう思うんだ。海風が僕の身体組織の調子を活性化してくれることだろう。悲しいことだが僕の身体組織はちょっぴり調整が必要なところなんだ。家の留守は君に頼んだ」

「かしこまりました、ご主人様」

「ペンドルベリー嬢には僕から遺憾と同情の意を伝えておいてくれ、それで僕は仕事のことで呼び出されたと言っておいてくれ」

「はい、ご主人様」

「スリングズビーが飲み物を欲しがったら、適当にくれてやってくれ」

「かしこまりました、ご主人様」

「それで、ピム氏のスープに毒薬を入れる件についてだが、砒素(ひそ)はすぐにバレるから使用しないように。いい薬屋に行って、痕跡の残らないものを何か買ってくるんだ」

僕はため息をつき、上目遣いに肖像画を見た。

「みんながみんな、ひどくガタガタ不安定な具合だな、ジーヴス」

「はい、ご主人様」

「あの肖像画が描かれた時、僕は幸せな男だった」

「はい、ご主人様」

「ああ、それなのにだ、ジーヴス！」

「まことにさようと存じます、ご主人様」

それでその話はそこまでにした。


翌晩僕が戻った時には、だいぶ遅い時間になっていた。オゾンをちょいとくんくん吸い込み、おいしい晩ごはんをいただき、月光の中を愛車で素敵に駆け戻ってくることは木の実のように甘美で、僕はいまひとたび体調の回復を感じていた。実を言うと、パーレイを通り過ぎるところで、僕は歌を口ずさみすらしたのだった。ウースター家の精神は浮揚性で回復力に富んでいる。ウースター胸のそのうちには、楽観主義がふたたび君臨をはじめていた。

僕がその時考えたのは、そいつが脚を折ったというだけの理由で、女の子がその男を必然的に愛すると考えた点で僕は誤っていた、ということである。はじめのうちは、グラディス・ペンドルベリーはほぼ全損状態で横たわるピムの姿を見て、間違いなく不思議に心惹かれる思いのすることだろう。しかしながらそのうちに別の省察が入り込んでこようというものだ。彼女は己が生涯の幸福を、車が来るのを見て跳び上がってよけるだけの才覚もない男に託することは果たして賢明であろうか、と、自問するだろう。一度あったからには、こういうことは今後長い年月の間にまた何度も何度も起こらないとはかぎらないと、彼女は自分に言い聞かせることだろう。そして彼女は病院に通って夫に果物を持っていってやることのほかに何もない結婚生活の展望にたじろぎ、後じさるのである。彼女はバートラム・ウースターのような、色々問題はあるにせよ、少なくとも歩道を通行し、道路を渡るときには左右を確認する男とチームを組んだ方がよっぽど幸福だと理解することだろう。

そういうわけで、車庫に車を入れるときの僕の気持ちは素敵にご機嫌だった。それで僕は陽気なトゥラララを口ずさみながら、ビッグ・ベンの時計が十一時を打つときに、我がフラットへと入っていったのだった。僕はベルを鳴らし、そして今、あたかも僕の願いを感知したかのごとく、ジーヴスがサイフォンとデカンターを持って部屋に入ってきた。

「戻ったぞ、ジーヴス」飲み物をこしらえながら僕は言った。

「はい、ご主人様」

「留守中には何があったかな？　ペンドルベリー嬢は訪ねてきたのか？」

「はい、ご主人様。二時頃おいでになられました」

「それで帰ったのは？」

「六時頃でございます、ご主人様」

この話はあんまり気に入らなかった。四時間の滞在というのは不吉な兆候であるように思われた。しかしながら、だからと言ってどうしようもない。

「それでスリングズビー夫人は？」

「八時過ぎにお越しになり十時にお帰りになられました」

「で、興奮してたのか？」

「はい、ご主人様。とりわけお発ちの際のご興奮ぶりは激しゅうございました。あの方はあなた様とお会いになりたい旨、思し召しであられました」

「僕に会いたいだって？」

「はい、ご主人様」

「僕に会って滅茶苦茶に感謝したいと、そういうことだな。お気に入りの弟に脚置き場を提供してやってるわけだからな。どうだ？」

「あるいはさようなことであろうかとは存じます、ご主人様。また他方、あの方はあなた様のことをご非難の意を込めてお呼びでおいででございました」

「彼女が——何て言ったんだ?」

「〈無責任なバカ〉と申しますのがあの方の用いられたご表現のひとつでございます、ご主人様」

「無責任なバカ、だって?」

「はい、ご主人様」

僕には理解できなかった。この女性がいかなる根拠に基づいてそういう判断を下したものか、僕には皆目(かいもく)わからなかった。アガサ伯母さんは僕について頻繁にその種のことを言うが、彼女は僕のことを子供時代から知っているのだ。

「調査する必要があるな、ジーヴス。ピム氏はもう寝ているのか?」

「いいえ、ご主人様。つい先ほどベルを鳴らしてわたくしをお呼びになられ、このフラットにはもっとよい銘柄のタバコはないのかとお尋ねになられたところでございます」

「そうか、奴はそう言ったか?」

「はい、ご主人様」

「この事故でもあいつの図太い神経は損傷を負わなかったようだな」

「はい、ご主人様」

ルーシャス・ピムは枕に身体をもたれて座り、探偵小説を読んでいた。

「ああ、ウースター」奴は言った。「おかえり。さてと、心配していたようだったら言っておくが、コブラの件は大丈夫だった。悪党が知らない間に、主人公がそいつを捕まえて毒キバを抜いてあったんだ。その結果、そいつが煙突から落っこちてきてヒロインに嚙みつこうとしたとき、その努力は無意味かつ無効なものとなった。コブラの奴があれほど自分をバカみたいに思った時はないんじゃないかと俺は思うね」

「コブラのことはいいなんて言っちゃあだめだ」ルーシャス・ピムは穏やかな、叱責するがごとき口調で言った。「コブラのことは気にしたほうがいいな。もし連中が毒キバを抜かれずにいたらって考えたらどうだ。誰にでもいい、訊いてみろよ。で、それはそれとしてだ、俺の姉貴が訪ねてきた。姉貴はお前と話がしたいそうだ」

「僕も君の姉上と話がしたいんだ」

「〈心はふたつながら思いはひとつ〉ってわけか。姉貴がお前と話したいってのは例の事故の件についてだ。俺が姉貴に話そうとしてた作り話のことは憶えてるな？　俺を轢いて逃げたって車のことだ。それで思い出してもらえれば、我々の了解事項は、もっといい話が思いつかなかったらその話をするってことだった。幸運にも、俺はずっといい話を思いついたんだ。ベッドに寝転んで天井を見ていたら突然閃光のごとくひらめいた。つまり、轢き逃げの話には説得力がない。人は他人を轢いて脚を折ってそのまま逃げたりなんかはしないもんだ。一分だって到底信じちゃあもらえない。それで俺は姉貴に、お前がやったって言ったわけだ」

「なんと！」

「お前がお前の車でやったって話したんだ。その方がずっともっともらしいだろ。すべてがきれいに丸く収まる。お前がそれを認めてくれるのはわかってた。俺がグラディスに轢かれたってことだけは何としても姉貴に知らせちゃあならない。できるかぎりお前には悪くないように言っといてやったつもりだ。あの時お前はちょっと一杯飲んでできあがってたんで、しでかしたことについちゃ非難すべきじゃないって言ったんだ。誰にだって思いつくような話じゃないぜ。だがしかし」ため息をつきながらルーシャス・ピムは言った。「姉貴はお前のことをよくは思っていないようだ」

「思っていないか、そうか？」

「ああ、そうなんだ。それで俺はお前に強く勧めるんだが、もし明日の会見を少しでも快適なものにしたいと願うなら、今夜のうちに姉貴の機嫌をとっておかないといけない」

「どういう意味だ、機嫌をとるってのは？」

「花を贈るのがいいんじゃないかな。優雅な行為だろう。薔薇（ばら）が姉貴のお気に入りだ。姉貴に薔薇の花を贈るんだ――住所はヒル街三番地だ――それで全部まったくちがってくるはずだ。それでお前に言っといてやるのが俺の義務だと思うんだが、姉貴のビアトリスは興奮すると手がつけられなくなるんだな。義理の兄が今すぐにもニューヨークから帰ってくる。それで俺が見るところ危険なのは、もし機嫌をとらないでいたら、ビアトリスは義兄に頼んで、お前の不法行為だか違法行為だか何とかって言って訴訟を起こさせて損害賠償請求をしてくるだろうってことなんだ。義兄は俺のことをたいして好いちゃいないし、何も言われなきゃ俺の脚を折った連中の肩をもつような男だ。だが奴はビアトリスに夢中だから姉貴が頼んだことなら何でもするんだ。だから俺のアドヴァイスは、能（あた）うかぎり薔薇のつぼみを摘め［十七世紀の詩人ヘリックの詩「ヘスペリディーズ」］、それでもってそいつをヒル街三番地に送りつけろと、そういうことだ。さもなきゃお前がヤッホーとか言ってる暇もないうちにスリングズビー対ウースター訴訟が裁判所の予定表に載っちまうことになるぜ」

僕はこの男をにらみつけた。無論こいつにそんなのはぜんぜん無駄だった。

「そういうことをもっと先に考えてくれなかったのは残念だな」僕は言った。ここで重要なのは、こう言っておわかりいただければだが、実際に言った言葉ではなく、その言い方のほうだ。

「大丈夫だと思ったんだ」ルーシャス・ピムが言った。「俺たちは了解したじゃないか、どんな犠牲を払っても――」

「わかった」僕は言った。「ああわかった、わかった」

「まさか気を悪くしちゃあいないよな?」ルーシャス・ピムは言った。僕をちょっと驚いたふうに見ながらだ。

「いや、いない!」

「そりゃあよかった」安心したようにルーシャス・ピムは言った。「俺がとったのは唯一可能な方策だったんだってことを、お前ならわかってくれると思ってたさ。ビアトリスがグラディスのことを知ったら、たいへんなことになる。お前も気がついてると思うが、女性ってものは同性に対して飛び蹴りを入れられる立場に立ったときは、男性に対するときの二倍は荒っぽいことをやるんだ。さてとそれでお前は男の仲間に入るわけだから、すべてはうまくスムースにいくことだろう。薔薇の花をよりどりで一リットルと少しばかりの笑顔、気の利いた言葉をひとつふたつ、それで姉貴の心はあっという間にとろけるはずだ。手札をうまいこと使うんだ。そしたら五分以内に、お前とビアトリスは陽気に笑いあいながら桑の木のまわりをまわってまわって遊びをいっしょにやってるはずだ。とはいえスリングズビー・スープ親爺に気づかれちゃいけない。あいつはビアトリスのこととなると、とんでもなく焼きもちやきになるんだ。さてと、それじゃあこの辺りでお引取りを願うのをお許しいただこうかな。医者の言うことじゃ、俺は一日かそこらはあんまり話をしちゃいけないんだそうだ。それにもう、おやすみなさいを言う時間だしな」

考えれば考えるほどに、その薔薇を贈るというアイディアは優れものだと思われてきた。ルーシャス・ピムのことを僕は好きではない——実際、徒歩旅行の道連れとして奴とゴキブリのどっちかを選べと迫られたら、クビ差でゴキブリの勝利だ——だが、奴が正しい方針を指し示してくれたことに間違いはなかった。奴の助言は有益だし、僕はそれに従うことに決めた。翌朝十時十五分に起床した僕は、滋養のつく朝食を呑みこむとピカディリーにある花屋に出かけた。僕はこういうことをジーヴスに任せてはおけなかった。こういう任務には本質的に人間的タッチというものが求められる。僕は何ポンドか投資してかなりな大きさの花束をこしらえ、僕のカードを添えてヒル街に送らせた。然る後にドローンズにちょっと立ち寄って軽く飲み物をとった。午前中からそういうことは滅多にはやらないのだが、今朝はちょっぴり特別の朝になりそうな雲行きだったからである。

フラットに戻ったときには正午頃になっていた。僕は居間に入って来るべき会談に向けて心の準備をしていた。無論、僕はこれに立ち向かわねばならない。しかし、それが老いて後、座って暖炉の火に脚を焙りながら居るときに、その陽気なシーンを思い出すにつけよろこばしく感じられるようなひとときになるであろうと自分に言い聞かせたってぜんぜん無駄だった。すべては薔薇にかかっていた。もしあれがスリングズビー夫人の心を和らげてくれるならば、すべてよしだ。もしあれが彼女の心を和らげてくれなければ、疑いなく、バートラムは窮地に立つことになる。

時計はチクタク時を刻んでいた。だが彼女は現れない。朝寝坊なのだろう、と、僕は解釈し、そう思ったことでちょっぴり勇気づけられた。僕の経験からすると、女性にはねぐらを離れる時間が早ければ早いほど、性格の悪質化する傾向がある。たとえば僕のアガサ伯母などは、いつだってヒバリといっしょに目覚めるのだ。それで彼女を見よ、だ。

とはいえ、この法則が常に妥当であるかどうか確信はできない。それでしばらくすると僕の心のうちの不安感は少しばかりふくらみ始めてきた。気分転換に僕はゴルフバッグからお気に入りのパターを取り出し、ガラスコップにパットを入れる練習を始めた。スリングズビー夫人がやってきて、それで結局のところ僕が陰気でいたときに想像したような心理状態をすべて備えてきたとしたって、それでも僕はグリーン上でのホール際の詰めの技術を向上させたことにはなるだろうし、であればそれはそれで結構ではないか。

ちょっとトリッキーなショットを決めようと構えていたとき、玄関ドアのベルが鳴った。

僕はコップを拾い上げ、パターを長いすの後ろに放り投げた。いわゆる浮わついた研究なんぞに勤（いそ）しんでいるところをこの女性に見つかったら、自責の念とか然るべき感情の欠如とかを意味するものととられないともかぎらない。僕はカラーをまっすぐに整え、ウエストコートの裾（すそ）を引っぱり、顔には陽気というのではないが歓迎の意を表す一種悲しげで中途半端な笑みを装着した。鏡に映った姿は大丈夫に見えたので、ドアが開いたとき僕はその顔でいた。

「スリングズビー氏」ジーヴスが宣言した。

そしてそれだけ言うと彼はドアを閉め、我々を二人きりにしていってしまった。

ずいぶんしばらくの間、おしゃべりみたいなものは何事も起こらなかった。スリングズビー夫人の登場を予想していて、それとはまったく違うもの――実際、全然まるきり別物であった――と直面している自分に気づいたことは、僕の声帯に影響を及ぼしていた。それでまたこの訪問者のほうも、気楽なおしゃべりなどをしに来ているようには見えなかった。彼はそこに、強く、寡黙な様で佇立していた。思うに、本当に人を納得させるスープを製造しようと思ったら、そんなふうでいないといけないものであろう。

　スリングズビーのスパーブ・スープはローマ皇帝みたいに見える種類の男で、鋭く人を射るがごとき双眸と、いわゆる突き出たあごの持ち主だった。その目は、何だかものすごくいやな具合に僕をにらみつけて動かなかったし、僕が間違っていなければ、彼は少し歯軋りもしていた。何らかの理由で一目見て彼は僕のことを激しく嫌悪するにいたったものと思われ、それは僕を困惑させたと言わねばならない。僕は自分のことを、雑誌の後ろのほうのページで広告されている小冊子を研究すると身につけられるような、人を惹きつける魅力とかいうものの持ち主だと思っているふりをする気は毛頭ないが、とはいえ僕は全生涯を通じ、一目見ただけで口から泡を吹かずにはいられないといわんばかりの目で見られた記憶はない。通常、僕とはじめて会った人は、僕がそこにいるのに気がつかないみたいにするのが普通だ。

　しかしながら、僕はホスト役を果たさねばと努力した。

「スリングズビーさんでいらっしゃいますか?」

「それがわしの名前だが」

「たった今アメリカからお戻りになられたんですか?」

「今朝着いた」

「予定よりも早くご到着されたんですね、どうです?」

「そう思うが」

「お目にかかれてたいへん嬉しく存じます」

「すぐそうは思わなくなるだろうな」

僕はひと休みしてちょっとごくんと息を呑（の）んだ。いまや僕には何が起きたのかがわかってきた。この男は帰宅して、細君（さいくん）に会い、事故の話を聞いてあわててこのフラットに駆けつけて僕に飛びかかろうというのだ。明らかにあの薔薇はあの女性の心を和らげなかったようだ。となるといまや唯一なすべきは、男性のほうの心を和らげることしかないと僕には思われた。

「一杯お飲みになりますか？」僕は言った。

「いらん！」

「タバコはいかがです？」

「いらん！」

「椅子にお掛けには？」

「無用！」

僕はふたたび沈黙した。こういう、酒も飲まない、タバコも吸わない、椅子にも掛けないという連中は御（ぎょ）し難いものだ。

「わしに向かってにやにや笑うのはやめてもらおうか！」

僕は鏡に映った自分の姿にすばやく目をやり、彼の意味するところを理解した。悲しげで中途半端な笑みはちょいとばかり度を過ごしていた。僕はそいつに修正を加え、またいまひとたびの沈黙があった。

「さてと」スパーブ・スープ屋氏が言った。「用件に入ろう。なぜわしがここに来たかを、説明する必要はあるまいと思うが」

「ええ、もちろんです。おっしゃるとおりです。あのちょっとした問題についてですね――」

彼はマントルピース上の花瓶をひっくり返さんばかりの勢いで鼻を鳴らした。

「ちょっとした問題だと？　すると貴様はあれをちょっとした問題だと思うのか？」

「え――」

「言わせてもらおうか。わしがこの国を留守にしていた間に、男がわしの家内をしつこく悩ませていると知ったとき、わしはそれをちょっとした問題だとは感じなかった。それでわしは」スープ屋氏は言った。彼が両手をひどく恐ろしげにこすり合わせるにつけ、その目の輝きはまたもう少し明るさを増した。「貴様にもこの件に対し、わしと同様の見方をしてもらうべく努力させていただく」

僕には何が何だか皆目わからなかった。ひたすらこの人物の言うことが理解できなかった。オツムが何だかくらくらし始めた。

「へぇ？」僕は言った。「あなたの奥さんですか？」

「そう聞こえたはずだ」

「何かの間違いにちがいありません」

「そうだ。貴様の犯した間違いだ」

「だけど僕はあなたの奥さんを知らないんです」

「ハッ！」

「一度も会ったことだってないんです」

「チッ！」

「本当です、会ったことはありません」

「フン！」

彼はしばらく僕をにらみつけた。

「貴様は妻に花を贈ったことを認めんつもりか？」

僕は心臓が二回転宙返りをするのを感じた。彼の言うところの趣旨が理解され始めてきた。

「花だ！」彼は続けた。「薔薇だ。上等の、汚らわしい薔薇だ。船が一艘沈没するくらい大量の薔薇だ。そいつに貴様のカードが小さなピンで留められておった――」

彼の声は次第に消え、一種のうなり声になった。そして僕は彼が僕の背後の何かを見つめていることに気づいた。僕は踵（きびす）を返した、と、ドアのところには――僕はそれが開いたのが見えなかった、というのは、先ほどの痙攣（けいれん）的な会話の間じゅう、僕は慎重にそこに向けて後ずさりしていたからである――一人の女性が立っていたのだった。そいつが誰かは一目でわかった。ルーシャス・ピムにこれほど似た顔の女性は、不幸にも血縁でつながっているのでないかぎり、いるものではないからだ。それは姉のビアトリス、かの手ごわき女傑である。僕はすべてを理解した。彼女は花が到着する前に家を出たのだ。僕がドローンズで身体組織を堅牢化させている間に、彼女は心和らげられないまま、フラットにこっそり入りこんでいたのだ。それで今ここにいる、というわけだ。

「あ――――」僕は言った。

「アレクサンダー！」その女性は言った。

「グー！」スープ屋氏は言った。あるいは「クー！」だったかもしれない。

いずれにせよ、そいつは戦場の雄叫（おたけ）びとか戦争スローガンとかいった性格のものであった。明らかにスープ屋氏の最悪の疑念が確証されたわけだ。彼の目は異様な光に輝いていた。彼のあごはさらに数センチ、前方に押し出されていた。彼は手を握り締めたり開いたりを一、二度やった。まるでそいつがちゃんと機能しており、人を扼殺する仕事をきちんと手際よくし遂げてくれるものと頼みにしてよいかどうか確認するみたいにだ。そうして、ふたたび彼は「グー!」(あるいは「クー!」)との見解を表明すると前方に跳び上がり、僕がパットの練習をしていたゴルフボールを踏んづけ、僕がこれまで見た中で一番見事な宙返りをやってみせてくれたのだった。一世一代の、とびきりの逆さ落としだ。しばらくの間、空中には腕とか足とかが入り乱れていて、それから、フラットの位置を変えかねないほどの大音響でドシンという音がし、彼は壁に無理やり着地を余儀なくされたのだった。

そして僕はというと見るべきほどのものは見つ、といった心持ちで部屋をするりと去り、玄関のラックから帽子を取ろうとしていた。と、ジーヴスが姿を現した。

「物音を耳にいたしたように存じますが、ご主人様」ジーヴスは言った。

「きっとそうだろう」僕は言った。「スリングズビー氏だ」

「ご主人様?」

「スリングズビー氏がロシア風のダンスを練習されておいでだ」僕は説明した。「思うに、彼は腕とか足を盛り合わせで骨折してるんじゃないかな。行って見たほうがいいだろう」

「かしこまりました、ご主人様」

「もし彼が僕の想像通りの廃人になっていたらば、僕の部屋に寝かせて医者を呼んでやってくれ。このフラットは多彩なるピム家の一族とその係累とで順調に満員になってゆくようだな、どうだ、ジーヴス?」

「はい、ご主人様」

「供給はそろそろ尽きるはずだが、縁戚の叔母さんとか叔父さんとかが何かの加減でやって来て手足を折ったような場合には、寝台兼用ソファの方に寝かせておくよう」

「かしこまりました、ご主人様」

「では僕は、ジーヴス」ドアを開けながら敷居のところで立ち止まって僕は言った。「パリに行ってくる。住所は電報で教える。フラットからピム家の一族が一掃され、スリングズビー家の人々の駆除が済んだらば報せてくれ、そしたら僕は戻るから。ああ、そうだ、ジーヴス」

「ご主人様？」

「あの連中をなだめるのに、努力を惜しむんじゃないぞ。連中はピム氏を轢いたのは僕だと思ってるんだ——少なくともスリングズビー（女性）はそう思っているし、彼女が今日思ってることは夫君が明日思うことなんだ。連中の心を和らげるため、一意専心努力してもらいたい」

「かしこまりました、ご主人様」

「それじゃあそろそろ君は中に入って遺体の検視をしたほうがいい。僕はこれからドローンズに進攻し、同地にて昼食、然(しか)る後にチャリング・クロス駅にて二時の汽車に乗る。荷物を用意してもらって同駅にてあいまみえよう」

ジーヴスが「敵機去レリ」の信号を送ってよこすまでには三週間かそこらかかった。その間僕はパリ及びその周辺地域をきわめて不安な心持ちでぶらぶらして過ごした。この街を僕は大いに愛してやまないものだが、それでもなつかしの我が家に戻れて僕は嬉しかった。僕は通りすがりの飛行機にとび乗り、数時間後には都心に向けてクロイドンをばく進していた。僕が最初にそのポスターに気づいたのはスローン・スクゥエアの近くのどこいら辺かであった。

交通渋滞が発生していて、僕はもの憂げにあっちやこっちを見回していた。と、突然、何か見覚えのあるものが僕の目を捕えたのだった。次の瞬間、僕はそれが何かを理解した。

窓なしの壁に貼り付けられた、縦横各々およそ三十メートルはあろう巨大なポスター。配色は主として赤と青で、てっぺんにはこういう文字が書かれていた。

スリングズビーズ・スパーブ・スープ

それで一番下にはこうだ。

しっとりジューシー滋養充実

それで、そのまん中に、僕がいた。そうだ、コン畜生だ、バートラム・ウースターご本人だ。ペンドルベリー画伯の手になる肖像画が、細部まで完璧に再現されていた。

そいつは人の目をチカチカさせるようなシロモノであったし、僕の目はチカチカした。目の前に狭霧が捲き上がるようだったと言っても過言ではない。やがて霧は晴れ、渋滞が動き始めるまで僕はじっくりじゅうぶん事実を注視することができた。

僕が今まで見てきたバカバカしい光景の中で、こいつはバカバカしいばかり簡単に一等賞を獲得できる。こいつはウースター顔に対する恐ろしいばかりの侮辱である。それでまたそいつはその下に僕の名前が刻印されているくらいにまごうかたなき僕の顔なのだ。いまや僕は、この肖像画は空腹げな表情を与えられているとジーヴスが言ったとき、彼が何を言わんとしたかを理解した。このポスターにおいてその表情は、もはや獣欲的貪婪の域に達していた。そこで僕は椅子に掛けて円周十五センチのモノクル越しに一皿のスープを見つめ、よだれを滴らせている。まるで何週間も食事をしていなかったみたいにだ。全部が全部、人をして恐るべき異界にまっしぐらに連れ去るがごとき光景ではあった。

　僕は一種のトランス状態というか昏睡状態から、フラットの建物の入り口ドアのところで目覚めた。階上へとブンブン飛び上がって我が家に突入するのは、僕には一瞬の早業であった。

　ジーヴスは玄関ホールにゆらめき現れた。顔からはうやうやしげな歓迎の表情を放っていた。

「お戻りなされて深甚に存じます、ご主人様」

「そんなことはいいんだ」僕はキャンキャン言った。「いったいぜんたいあれは――?」

「ポスターでございますか、ご主人様?」もしやあれをご覧ではあそばされまいかと存じておりました」

「ご覧あそばされたぞ!」

「瞠目すべき作品でございましょう、ご主人様?」

「きわめて瞠目すべきだ。さてと、おそらく君は親切にも説明をしてくれ――」

「あなた様はわたくしにかようにご指示をあそばされましたことをご記憶であらせられましょうか。すなわちスリングズビー様をなだめるためには努力を惜しまぬよう、と」

「そうだ、だが――」

「いささか困難な仕事でございました、ご主人様。しばらくの間、スリングズビー様は、スリングズビー夫人よりのご助言及びご説得がため、あなた様に対する訴訟をご提起なされるべくご決意を固めておいでのご様子で――かようなお手続きをあなた様ははなはだ不快と思し召されるものと、わたくしは存じておりました」

「そうだ、だが――」

「そしてあの方がベッドから出てお歩きになられるようになった最初の日、あの方はあのご肖像画をご覧になられたのでございます。またその際あの方に、その広告媒体としての可能性をご指摘申し上げることが賢明であろうと、わたくしには思われたのでございました。あの方は容易にその提案にご同調なされ、あの方が訴訟提起をご断念なされるならば、あなた様はよろこんでご肖像画のご利用をご許可あそばされるであろうとのわたくしの確約に基づき、ペンドルベリーお嬢様との著作権取得の交渉に入られたのでございます」

「ああ？　となると、彼女はいくらかは手に入れられたんだな？」

「はい、ご主人様。ピム様がペンドルベリーお嬢様の代理人となられまして、きわめてご満足のゆくお取引をなされたものと理解いたしております」

「奴が彼女の代理人になっただって、えっ？」

「はい、ご主人様。ご令嬢の婚約者たるご資格におかれまして、でございます」

「婚約者だって？」

「はい、ご主人様」

あのポスターがどれほど僕の五臓六腑に衝撃を与えていたものか、こう述べたらばご理解いただけようというものだ。すなわちこの発表を聞いて冷たく横たわる代わりに、僕はただ、「ハッ！」とか「ホー！」とか言っただけだった、と。いや、あるいは「フーン」だったかもしれない。あのポスターの後では、何を持ってこられたってもはや問題とは思われなかった。

「あのポスターの後では、ジーヴス」僕は言った。「もはやなんにも問題じゃあない」

「さようでございますか、ご主人様？」

「そうだ、ジーヴス。女性が僕の心をいとも軽々と投げ捨てた、だが、それがどうした？だ」

「おおせのとおりでございます、ご主人様」

「愛の声が僕に電話を掛けてよこしたらしいんだが、あれは番号違いだったんだ。そんなことが僕をぺしゃんこにするだろうか？」

「いいえ、ご主人様」

「そのとおりだ、ジーヴス。ぺしゃんこになんかしない。とはいえ恐るべきはスリングズビーのスパーブ・スープにまなこ据えた僕の顔がこの帝都の端から端まで蔓延してるっていうこの事実だ。僕はロンドンを去らねばならない。ドローンズの連中が僕をのべつからかってよこすに決まってるんだ」

「はい、ご主人様。また、スペンサー・グレッグソン夫人におかれましては――」

僕は目に見えて蒼白になった。アガサ伯母さん、および僕が一族の威信に瑕をつけたことで彼女が何と言うかについて、考えが及んでいなかったのだ。

「伯母さんが電話をよこしてるなんて言うんじゃないだろうな？」

「連日数回掛けておいでございます、ご主人様」

「ジーヴス、逃げるが勝ちだな?」

「はい、ご主人様」

「パリに戻ろうか、どうだろう?」

「そのお手立てはお勧めいたしかねます、ご主人様。あのポスターは、遠からず彼(か)の地にもお目見えの予定と承っております。ブイヨン・シュプレームの宣伝との由に存じます。スリングズビー様のご製品はフランスにおきまして大量の販売数を誇っております。それをご覧あそばされるのは、さぞやおつらいことでございましょう」

「それじゃあ、どこに行ったらいい?」

「わたくしにご提案をお許しいただけますれば、トラヴァース夫人のヨットにて地中海をクルーズされるとの、そもそものご計画に従われてはいかがでございましょうか? ヨット上におかれましては、あなた様はかような広告陳列によるご不快とはご無縁にてお過ごしいただけることでございましょう」

この男はヨタ話をしているのだと僕には思われた。

「だがヨットは何週間も前に出帆(しゅっぱん)しているはずだ。今頃はどこにいるとも知れないさ」

「いいえ、ご主人様。同航海はトラヴァース夫人のシェフ、アナトールのインフルエンザ罹患(りかん)がため、一カ月の延期となりましてございます。トラヴァース夫人は同人なしで航海されることを拒否なさったのでございます」

「つまりまだ出発していないと、君はそう言うのか?」

「まだでございます、ご主人様。来週火曜日にサウサンプトンより出航の予定でございます」

「なんと、なんてこったことだ。そんな素敵な話はないな」

「はい、ご主人様」

「ダリア叔母さんに電話して僕らも行くって言ってくれ」

「僭越（せんえつ）ながら、あなた様ご到着にいささか先立ちまして、すでにさように取り計らってございます、ご主人様」

「言ってあるのか？」

「はい、ご主人様。本計画をあなた様がご了承あそばされるものと存じておりました」

「そのとおりだ。僕はずっと前からそのクルーズに行きたかったんだ」

「わたくしもでございます、ご主人様。たいそう愉快なことでございましょう」

「潮風の香かんばしだ、ジーヴス！」

「はい、ご主人様」

「水面に射す月光だ！」

「おおせのとおりでございます」

「優しき波のうねりだ！」

「まことにさようでございます」

僕は絶対的にご機嫌な気分だった。グラディス――けっ、だ！　ポスター――フンッ、だ！　そういうふうに僕は感じていた。

「ヨーホーホーだ、ジーヴス！」ズボンをちょいと引き上げながら僕は言った。

「はい、ご主人様」

「ところが僕はもっと行くんだ。ヨーホーホー、よっこらラム酒をひと瓶だ！〔『宝島』第一章〕」

「かしこまりました、ご主人様。ただいまお持ちいたします」

7. ジーヴスとクレメンティーナ嬢

バートラム・ウースターを最もよく知る人々の間にあっては、彼は他のいかなるスポーツ催事を見送ることをも甘受するが、年に一度のドローンズ・ゴルフトーナメント・十六ハンディキャップには何をおいても参加する男だとは、よく言われるところである。しかしながら、今年はそれがビングレイ・オン・シーで開催されると聞いたとき、参加を躊躇（ちゅうちょ）したと告白するに僕はやぶさかでない。開催初日の朝、スプレンディード・ホテルのスィートの窓から外を眺めやりつつたたずむ僕は、こう言っておわかりいただければだが、必ずしもピーチクおしゃべりする気分ではなかった。無分別な真似をしでかしたのではあるまいかと、思わずにはいられずいた。

「ジーヴス」僕は言った。「さてとここにこうして到着してみれば、僕はここに来たのは賢明であったか否かと不安の思いを禁じ得ないんだ」

「気持ちのよい場所でございますな、ご主人様」

「どこを見ても心楽しき光景だ」僕は同意した。「しかし、美しきこのビングレイ・オン・シーに馥（ふく）郁（いく）たる風そよぐ［ヒーバー牧師作の賛美歌「セイロン島に馥郁たる風そよぐ」］とはいえ、我々はここがアガサ伯母さんの親友、ミス・メイプルトンが女子校を経営している地であることを決して忘れてはならないんだ。それでもし僕がここにいるって伯母さんが知ったら、ミス・メイプルトンを訪問するよう言うに決まってるんだ」

「おおせのとおりでございます」

　僕の身はいささか震えた。

「僕は一度彼女に会ったことがある、ジーヴス。あれは我ネルヴィ族を制圧せし折の、ある夏の晩、我が天幕においてであった［『ジュリアス・シーザー』三幕二場］。というか、去年の収穫前夜祭にアガサ伯母さんのうちの昼食の席でだったかもしれない。あれは僕がよろこんで進んでふたたび耐え忍べるような経験じゃあなかった」

「さようでございますか、ご主人様？」

「それだけじゃない。僕が以前女子校に潜入したとき、どんな目に遭ったか、君は憶えているな？」

「はい、ご主人様」

「であるならば秘密と沈黙だ。この地の訪問は絶対にインコグニト、すなわちお忍びである。もしアガサ伯母さんが君に今週僕がどこで過ごしたかを訊くようなことがあったら、ハロゲートに療養に行っていたと言っておくように」

「かしこまりました、ご主人様。失礼ながら、あなた様はそのおいでたちにて人前にお出ましあそばされるご所存であられましょうや？」

　この時点まで我々の会話は友好的で心のこもったものであった。しかし、いまや僕は、耳障りな音の襲来を感知していた。僕はずっと、僕のこの新しいプラス・フォアーズ［ニッカー・ボッカーズより約十センチほど丈長のゴルフズボン。一九二〇年代半ばに大流行した］がいつ俎上に載せられるものかと考えていた。また僕にはこいつのために、仔トラを守る母トラのごとく戦ってやる用意があった。

「もちろんだとも、ジーヴス」僕は言った。「どうしてかな？　君はこれが気に入らないのか？」

「はい、ご主人様」

「派手目だと思うんだな？」

「はい、ご主人様」

「いささか彩り鮮明であると、君には思われるんだな？」

「はい、ご主人様」

「ふむ、僕はこれを高く評価しているんだ」毅然(きぜん)として僕は言い放った。

すでに大気中には一定量の冷気の充満するところであった。ここしばらく彼に秘していた情報を取り出すのにふさわしき時のいまや訪れり、と、僕には思われた。

「あー――ジーヴス」僕は言った。

「ご主人様？」

「先日ウィッカム嬢にたまたま会ったんだ。あれこれおしゃべりした後、彼女はこの夏アンティーブ［南仏、地中海岸のリゾート地］にでかける一行に加わらないかって、僕を招待してくれた」

「さようでございますか、ご主人様？」

いまや彼は俄然(がぜん)猜疑のまなざしになっていた。ジーヴスは、以前に述べたと思うが、ボビー・ウィッカムのことを是認してはいない。

いわゆる、緊迫の沈黙があった。僕は勇を奮って古きよきウースター家の決意を示した。つまりだ、時に人は断固たる態度をとらねばならない。ジーヴスの問題は、時折分をわきまえない真似をする傾向があることだ。彼が力を貸してくれてそれで――その点はおおいに認めるところだが――

若主人の一、二度の危難において少しばかり功績があったという、たったそれだけのために、彼はバートラム・ウースターのことをバカな子供か何かで、自分がいなければブーツの一撃で気を失ってしまうところだ、みたいな印象をいやらしい仕方で伝えてよこすのである。僕はこれに憤慨するものだ。

「僕は招待に応じておいた、ジーヴス」手首を無造作にはたきながらタバコに火をつけ、静かに淡々とした口調で僕は言った。

「さようでございますか、ご主人様？」

「君はアンティーブが気に入ることだろう」

「はい、ご主人様？」

「僕だってそうだ」

「はい、ご主人様？」

「それで決まりだな、じゃあ」

「はい、ご主人様」

僕は嬉しかった。毅然たる態度は、僕の見るところうまいこと効果を上げてくれた。こう言っておわかりいただければだが、彼が鉄のかかとの下で蹂躙（じゅうりん）されたのは明らかだった——彼は怖気（おじけ）づいているのだ。

「それじゃあ、よしきた、ホーだな、ジーヴス」

「かしこまりました、ご主人様」

競技場からは晩方遅くまで戻れないものと僕は予想していた。だがたまたま状況のめぐり合わせの具合で、三時にはもう帰ってくるようななりゆきになった。僕がもの憂げに栈橋付近を行ったりきたりしていると、ジーヴスが僕に向かってゆらめき近づいてくるのが見えた。

「こんにちは、ご主人様」彼は言った。「あなた様がこれほどお早くお戻りとは予想いたしておりませんでした。存じておりましたらばホテルに残っておりましたのですが」

「僕だってこんなに早く戻ることになろうとは思ってなかったんだ、ジーヴス」僕は言った。いささか嘆息しながらだ。「残念ながら僕は第一ラウンドでアウトになっちゃったんだ」

「さようでございましたか、ご主人様。さようにお伺いいたしまして遺憾と存じます」

「それでまたこの敗北の屈辱をいや増すことに、相手の奴は昼食の席で遠慮なく飲んで、すっかりできあがってたんだ。僕は全然いいとこなしだったみたいなんだ」

「おそらくあなた様はじゅうぶん勤勉にボールにまなこ据えるを怠られたのではございますまいか、ご主人様？」

「きっと何かそういうことなんだろう、間違いない。とにかく僕はこうしてここにいて、名高い負け犬ってわけだ……」僕は言葉を止めた。そしていささか興味津々たる思いで地平線に目を走らせた。「なんてこった、ジーヴス！　栈橋をこっちにやってくる女の子を見るんだ。あんなにとんでもなくウィッカム嬢に似た女性は見たことがないな。この類似を君ならどう説明する？」

「本件におきましては、ご主人様、わたくしはこの類似を、あちらのご令嬢がウィッカムお嬢様にほかならないという事実に帰するものでございます」

「へぇ？」

「はい、ご主人様。お気づきであそばされましょうか、ただいまお嬢様はあなた様にお手をお振りでおいでございます」

「だけどいったいぜんたい彼女はここで何をしてるんだ?」

「わたくしには何とも申し上げかねます」

彼の声はひややかで、ボビー・ウィッカムをビングレイ・オン・シーに連れてきたのが何であるにせよ、それが彼の意見からして何かしら善いものであるわけがない、ということを示唆しているようだった。彼は警戒と落胆を表明しながら、後景へとしりぞいていった。僕はホンブルグ帽を脱ぎ、にこやかにそいつを振った。

「ヤッホー!」僕は言った。

ボビーは僕と並んで錨(いかり)を下ろした。

「ハロー、バーティー」彼女は言った。「あなたがここに来てるなんて知らなかったわ」

「来てるんだ」僕は彼女に請け合ってやった。

「喪中なの?」ズボンを見ながら彼女は言った。

「ちょっとイカしてるだろ?」彼女の凝視の先を見て僕は言った。「ジーヴスはこいつが嫌いなんだ。だけど彼はズボンに関しては偏狭で悪名高いんだ。君はビングレイで何してるんだい?」

「あたしの従姉妹(いとこ)のクレメンティーナがここの学校にいるの。あの子の誕生日だから会いに行こうって思ったわけ。たった今行ってきたところよ。あなた今夜はこっちに泊まるの?」

「ああ、スプレンディードにいる」

「もしよろしかったらディナーをご馳走してくださらない?」

ジーヴスは僕の背後にいたから僕には彼が見えなかった。だがこの言葉を聞き、彼の目線が僕の首の後ろを警告するがごとくピシャリと打ちつけてくるのが僕には感じられた。彼が発信しようとしていることが何か僕にはわかっていた。——すなわち、たとえ一口食べ物をご馳走する程度であれ、ボビー・ウィッカムと交際することは神をも恐れぬ行為である、と。まったくバカバカしい、というのが僕の評決だった。混迷をきわめた田舎の邸宅でボビーと関わり合いになるとなれば何が起こったってしょうがないし、僕だってなんにも言いやしない。だが、いっしょにちょっとディナーを食べるくらいのことの背後にどんな悲運やら災難やらが待ち受けていられようというのか、僕にはわからない。僕はこの男を無視することにした。

「もちろんだとも。もちろんさ。いいとも。もちろんだよ」僕は言った。

「ああよかった。あたし今夜バークレー・ホテルでちょっと素敵なお祭り騒ぎがあるからロンドンに帰らなきゃならないの。でもちょっとくらい遅れても大丈夫よ。あたしたち七時半ごろ伺うわね、そしたらあたしたちのこと映画に連れてってくださるでしょ」

「あたしたち？　あたしたちだって？」

「クレメンティーナとあたしよ」

「まさか君は、君のおぞましい従姉妹を連れてくるつもりじゃないよね？」

「もちろん連れてくわ。あなたあの子に誕生日のちょっとしたお楽しみをプレゼントしてあげたくはなくて？　それにあの子はおぞましい子なんかじゃないわ。かわいい子よ。ぜんぜん迷惑なんか掛けなくてよ。あなたにお願いしたいのはあの子を学校に送り届けるってだけのことなの。そんなこと、あなたにはお茶の子さいさいでしょ？」

僕は厳しく彼女を見た。

「それだけかな？」

「それだけかなってのは、どういう意味よ？」

「前回僕が女子校に迷い込んじゃったときには、錐みたいに鋭い目をした女性校長が、僕があそこの在院者たちに向かって理想と来るべき人生について講演するようにって言い張ったんだ。今夜はそんなことはないだろうな？」

「もちろんないわ。あなたはただ正面玄関に行って、ベルを鳴らしてあの子を押し込めばいいだけよ」

僕はよくよく考えた。

「そういうことならゆうに我々の射程範囲内みたいだな。どうだ、ジーヴス？」

「わたくしもさようと拝察いたすところでございます、ご主人様」

この男の口調は冷たくじめじめしていた。それで、彼の顔にさっと目をやると、僕は「あなた様はわたくしの導きに従っておられればそれでよろしいのに」の表情を認め、またそれはものすごく僕の気に障った。ジーヴスにはまるで伯母さんみたいに見える時がある。

「そのとおりだ」僕は言った。再び彼のことを無視しながらだ――また言い方も辛辣だった。「それじゃあ七時半にお目にかかろう。遅れないでくれよ。それで気をつけてもらいたいんだが」僕は付け加えた。この女の子に、にこやかな外貌のその下の、僕が鉄の男であることを知らしめるためにだ。「その子供にはちゃんと手を洗ってきてもらって、洟をすすったりはしないでいてもらいたいものだな」

告白するが、僕はボビー・ウィッカムの従姉妹のクレメンティーナと親しく交際することを、おおいに熱望し楽しみに待ち構えていたというようなことはまるでない。だが彼女がもっと相当に悪質であったとしてもしょうがないところだったと、僕は認めねばならない。僕の見るところ、少女たちというものは、僕と対面するとたいそうな勢いでクスクス笑いをする傾向がある。連中はせせら笑いじろじろ見つめる。僕が顔を上げると連中の目はノリ付けしたみたいにぴたりと僕の顔を離れず、僕が本当に現実の存在なのか信じたくないとでもいうみたいな、不審げなまなざしで見つめてよこすのだ。おそらく連中は僕の態度物腰にあるいは存在するやもしれぬ、ささいな奇妙さをことさらに記憶しようとする過程の真っ只中にあるものと思われる。あとで仲間の在院者とのお楽しみに再生して見せるためにだ。

クレメンティーナ嬢に関しては、そういうことは全然なかった。彼女はもの静かで聖人みたいな子供で年の頃は十三歳ぐらいだ――実際、あの日が彼女の誕生日であったことを鑑(かんが)みれば、十三歳ちょうどであったわけだ――彼女の注視からは、ただ静かなる崇拝の念のみが感じられるだけだった。彼女の手に汚れはなく、ハナ風邪もひいてはおらず、またディナーの席での振る舞いは一点非の打ち所のないものであった。彼女は人の話を親身に聞ける女性で、僕がフォークとえんどう豆ふた粒を用いて今日の午後の対戦者が十番ホールで僕をどうやってスタイミー［妨害球。グリーン上で打者の球とホールの間に相手の球がある状態。一九五一年のルール改正で廃止された］に陥れたかを説明したとき、僕の話に一心に耳を傾けてくれた。

彼女の態度は映画のときも同様に批判の余地のないものだった。そして一連の予定がすべて終了したとき、感動もあらわに饗応に感謝を捧げてくれたのだった。僕はこの子が気に入った。それでボビーが自分のツーシーターに乗り込むのに手を貸しながら、彼女にその旨(むね)を告げた。

「でしょ、あの子はかわいい子だって言ったはずよ」ロンドンへの突撃に備えてセルフ・スターターに足を掛けながらボビーは言った。「あたしはいつも、あの学校であの子は誤解されてるって言ってるのよ。ああいうところはいつだって人を誤解するんだわ。あたしがあそこにいた時にもあそこの連中はあたしのことを誤解してたんだから」

「あの子のことを誤解するだって？　どんなふうにさ？」

「もう、いろんなふうによ。だけど、セント・モニカみたいなケチなゴミために、何が期待できるっていうの？」

僕は目をみはった。

「セント・モニカだって？」

「そういう名前よ」

「まさかあの子はミス・メイプルトンの学校にいるっていうんじゃないよね？」

「どうしていちゃいけないの？」

「だけどミス・メイプルトンは僕のアガサ伯母さんの一番の親友なんだ」

「知ってるわ。あたしが子供の頃、うちのママにあたしをあそこに送りつけさせたのは、あなたのアガサ伯母さんだもの」

「ねえ」僕は真剣に言った。「今日の午後そこに行ったとき、こっちで僕に会ったって話はしてないだろう？」

「してないわ」

「それはよかった」僕はほっとした。「もし僕がビングレイにいるってミス・メイプルトンが知ったら、訪ねてこいって言うに決まってるんだ。明日の朝にはここを発つんだから、そうしたらもう大丈夫だ。だけど、なんてこった」僕は言った。問題点を見つけだしてだ。「今夜はどうしよう?」

「今夜がどうしたの?」

「うーん、僕は彼女に会わなきゃならないんじゃないかなあ? ただ玄関のベルを鳴らしてあの子を放り入れて、とっとと逃げるってわけにはいかないじゃないか。この先アガサ伯母さんから延々繰り返しそのことを言われることになるぞ」

ボビーはおかしな、瞑想的な目で僕を見た。

「実はね、バーティー」彼女は言った。「その点についてお話ししなきゃって思ってたのよ。あたしがあなたなら、玄関のベルは鳴らさないと思うわ」

「えっ? どうしてさ?」

「うーん、こういうことなの。わかるかしら。クレメンティーナは今、ベッドで眠っていることになっているの。あたしが今日の午後あそこを出てきたとき、ちょうど連中はあの子をベッドに送ったところだったの。考えてもみて! あの子の誕生日によ――誕生日のどまんなか大当たり真っただ中なのによ――インクにシャーベットを入れてシュワシュワさせたって、たったそれだけの理由でなのよ!」

僕は頭がくらくらした。

「まさか君はこのバカなクソガキは外出許可証なしに出てきたって、そういうことを言ってるんじゃないだろうな?」

「そうよ、そう言ってるの。まさしくそういうことよ。あの子は起き上がって誰も見てないときにこっそり出てきたの。まともな食事をいただこうって固く心に決めてね。本当は最初からそのことをあなたにお話ししとかなきゃいけないなって思ってたんだけど、せっかくの夜をだいなしにしたくはなかったの」

手弱女（たおやめ）らに対するに際し、常の僕は騎士道精神の持ち主である——もの柔らかでにこやかで洗練された騎士だ。だが時には僕にだって辛辣で人を傷つけるような物言いができる。それで今、僕はそういうことを言った。

「ああ、そう？」僕は言った。

「でも大丈夫よ」

「そうだね」僕は言った。僕の記憶が正しければ、固く食いしばった歯の間からだ。「こんなに素敵な話はないよね、どうだい？　憂慮の目もてうち眺めずにはいられない状況じゃないか、そうだろ？　僕はあのガキを連れてのこのこでかけていって、メイプルトンの鋼鉄ブチのメガネ越しににらまれて、それで心地よい五分間を過ごしたところで退散し、それでメイプルトンは書き物机にご鎮座なってことの顛末（てんまつ）を委細洩（も）らさず手紙に書き上げてアガサ伯母さんに送りつけるんだ。その後はどういう次第となるか、想像力のほうでくらくらしちゃうってもんじゃないか。アガサ伯母さんは過去の全記録を塗り替える仕事ぶりを見せてくれるだろうと、僕は確信するものだ」

ボビーは僕をたしなめるように舌をチッと鳴らした。

「そんなに深刻に考えるようなことじゃないでしょう、バーティー。あなた何でもそんなふうに大騒ぎしないでいられるようでなきゃいけないわ」

「ああそう、なきゃいけないんだ？」

「ぜんぶ大丈夫だから。クレムを寮に帰してやるのに少々戦略を弄する必要がないとは言わないわ。だけどあたしがこれから話すことをきちんと聞いてくれさえすれば、全部が全部、完全に簡単だから。まず最初にね、とっても長い糸がいるの」

「糸だって？」

「糸よ。いくらあなただって糸が何かくらいは知ってるわよね？」

僕はいくらか尊大に態度を硬化させた。

「もちろんさ」僕は答えた。「糸のことだろ」

「そうよ。糸のことなの。あなたはそれを持っていくの――」

「それで何か芸をやってメイプルトンのハートを和らげるって言うんだな？」

辛辣である。わかっている。だが僕は激しく心乱されていたのだ。

「あなたはその糸を持っていくの」ボビーは辛抱強く続けた。「それで庭に出たらそこを通り抜けて寮の近くの温室のところに行くの。その中にはたくさん植木鉢があるわ。植木鉢を見たらあなたにはそれがわかるかしら、バーティー？」

「植木鉢が何かくらいはよく知ってる。君が言ってるのが、植木を植える鉢の類いを指してるとしてだけどさ」

「あたしが言ってるのはまさしくそのことよ。それじゃあよかった。あなたは両手一杯に植木鉢を抱えて温室を出て木のところまで行くの。それに登って、植木鉢のひとつに糸を結びつけて、温室の上に掛かる手ごろな枝に載せて、そしたらクレムを玄関ドアの近くにひそませておいて、ちょっと離れたところまで退却したら糸を引っぱるの。植木鉢は落っこちてガラスが割れて、寮の中の誰かが物音を聞いて様子を見に出てくるわ。それでドアが開いたまま誰も近くにいない時に、クレムはそっと忍び込んでベッドにもぐりこむのよ」

「誰も出てこなかったらどうするんだい？」

「そしたらまた別の植木鉢で同じことを繰り返すの」

なかなか堅実な計画であるように思えた。

「絶対うまくいくと思う？」

「一度も失敗したことはないわ。あたしがセント・モニカにいたとき門限後にもぐり込むにはいつだってこの方法でやってたのよ。さてと、全部わかってもらえたかしら、パーティー？ それじゃ確認のためにおさらいするわよ。そしたらあたし、本当に行かなきゃならないの。まずは糸ね」

「糸と」

「温室」

「あるいはグリーン・ハウス」

「植木鉢ね」

「植木鉢だ」

「木。登る。枝。降りる。引っぱる。割る。そしたらおねむにさようなら、と。わかった？」

「わかった。だけどさ」僕は厳しく言った。「ひとつだけ言わせてもらえないか――」

「時間がないの。急がなきゃ。結果は報告してね。便箋は一枚、書くのは表だけにして。じゃ、さよなら」

彼女は行ってしまった。そしてしばらく彼女の姿を燃えるまなざしで追った後、僕はジーヴスのところへ戻った。彼は後ろのほうでクレメンティーナ嬢に、ハンカチでウサギをこしらえるやり方を教えてやっていたのだ。僕は彼を脇に引っぱってきた。いまや僕は少し気分がよくなってきていた。この男に分をわきまえさせ、我が家における知恵と力の持ち主は自分だけだという彼の見解を修正させる素晴らしい機会が訪れたことを、理解するに至ったからだ。

「ジーヴス」僕は言った。「困難な事態と呼ぶべき状況が発生したと聞いたらば、間違いなく君は驚くことだろう」

「さようなことはまったくございません」

「驚かないのか?」

「はい、ご主人様。ウィッカムお嬢様が関与なさる事柄におきましては、かように僭越(せんえつ)な申しようをお許しいただけますならば、常に困難なる事態発生の警報が発せられておるものでございます。ご想起をいただけましょうか、ご主人様、わたくしはしばしば、ウィッカムお嬢様は、魅力的なご令嬢ではあらせられますものの——」

「わかった、わかった、ジーヴス。わかっているとも」

「今回の問題は具体的にいかなるものでございましょうや?」

僕は状況を説明した。

「このガキは無断外出中なんだ。シャーベットをインクに入れた件でベッド送りになってて、今もそこにいるはずってことになってるんだ。だがその代わりに、彼女は僕と出かけて七時半に八コースのターブル・ドートをむさぼり食って、マリーン・プラザに出かけて銀幕のエンターテインメントをエンジョイしてるんだ。誰にも知られずにあのガキを寮に戻してやるのが我々の任務だ。それでジーヴス、この余計者が刑期を勤めあげてる学校というのが、アガサ伯母さんの親友のミス・メイプルトンの経営する学園にほかならないと、申し述べておくことにしよう」

「さようでございますか、ご主人様？」

「問題だ、ジーヴス。どうだ？」

「はい、ご主人様」

「実際、たいした難問だと言うこともできような？」

「まごうかたなく、さようでございます、ご主人様。もしわたくしがご提案を――」

　こうなることと予想していた。僕は片手を挙げた。

「僕はいかなる提案も必要とはしていない、ジーヴス。僕はこの難問を自分で処理することができるんだ」

「わたくしはたんにかようにご提案を申し上げようとしておりましたに過ぎませぬ、すなわち――」

　僕はまた手を挙げた。

「静粛に、ジーヴス。僕はこの状況を十分に掌握しているんだ。僕にはアイディアがある。僕の頭脳がどう働いたかを聞いたら君には興味深いんじゃないかな。この問題をよくよく考察したところ、セント・モニカみたいな建物の近くには温室があるものだし、その中には植木鉢があるはずだと、僕は思い至ったんだ。すると、閃光のごとく、すべてがわかった。僕は糸をいくらか調達し、それを植木鉢に結びつけ、然る後にそれを枝の上に据え――間違いなく温室のそばには木があって、その枝は温室の上に伸びているにちがいないんだ――そして糸を持って離れたところまで行くことを提案する。君はそのガキを連れて玄関ドアの近くに位置取り、慎重にうまく身を隠している。それから僕は糸を引っぱる。植木鉢はガラスを割り、物音で誰かが出てくる、それで玄関ドアが開いているうちに君はガキを押し込んで、あとは彼女個人の判断に任せるんだ。気がついていることだろうが、この手続き中の君の役割は単純そのものだ——たんなる日常業務に過ぎない——しかも君に必要以上の負担を掛けることはない。これでどうだ？」

「さて、ご主人様——」

「ジーヴス、僕が策略とか戦略といった性質のものを提案するといつだって〈さて、ご主人様〉と言う君の性癖については、以前にコメントしたことがあった。君がそう言うたびに、ますます僕はそいつが嫌いになるんだ。だが今回君にどんな批判ができるものか、僕はよろこんで拝聴したいところだ」

「わたくしはただ、本計画はやや手が込みすぎておりはいたしませぬかとの意見を表明いたそうとしておりましたに過ぎませぬ、ご主人様」

「今回ほどの逼迫（ひっぱく）した事態にあっては、手の込んだ仕事をする必要があるんだ」

「必ずしもさようなことはございません、ご主人様。わたくしがただいまご提案申し上げようといたしておりました代替策は——」

僕はこの男を沈黙させた。

「代替策の必要などない、ジーヴス。僕が示唆したような線に沿って我々は行動することにする。僕は君に開始まで十分やろう。それで君は玄関ドアの近くにうまく位置取れることだろうし、僕は糸を調達してこられる。十分経過後、僕は戻ってきて厄介な仕事は全部やってやる。さてと、議論は終了だ。急いで取り掛かろう、ジーヴス」

「かしこまりました、ご主人様」

セント・モニカに向かう丘を登る僕はすこぶる上機嫌だったし、表門を押し開け、暗い庭に足を踏み入れたときにも同じように上機嫌だった。だが、芝生を横断し始めたところで、突然、身体中の骨が全部スパゲッティと入れ替わったみたいなおかしな感覚がして、僕は立ち止まった。

こういう表現でよければだが、天に昇るがごとき高揚感に満ちた浮かれ騒ぎを始めて、それから、一秒の前触れもなしに、誰かがスウィッチを押したみたいにそいつが消え去ってしまうというご経験がおありかどうか、僕にはわからない。このとき僕に起こったのがそれだった。またそれはいちじるしく不快な感覚だった――ニューヨークの高層ビルのてっぺんで高速エレベーターに乗り、二十七階に近づくところで不覚にも自分の中身を丸ごと全部三十二階に置き忘れてきたことに気づいて、いまやもう止まってそいつを取り返すには遅すぎる、というような心もちだ。

首筋に氷のかけらを当てられたみたいに、僕はこの真理に思い至った。ちょっぴり僕は衝動的であり過ぎたように感じられてきた。ジーヴスの鼻をあかしてやろうというだけのために、己が生涯で一番あんまりすぎる試練にみずから身を投じるような始末になってしまった。それで寮に近づくにつれ、あの人物があの代替策をあらまし話してくれようとしたとき、彼に対してもうちょっとあれほどは尊大でない態度をとればよかったとの僕の思いはいよいよ深くなった。代替策こそがまさしく僕にやり遂げられると思われる計画であり、代替策であればあるほど、ますますそいつが好きになれるような気が僕はした。

この時点で僕は自分が温室ドアの前に到着しているのに気づいた。そして数秒の後、僕は中に入り、植木鉢をかき集めていた。
それから、木に向かってホー、雪氷のなか、見慣れぬ図柄の旗もちて「いや高く！」だ。

僕はこの木のために言ってやりたいのだが、この木はまさしくこの目的がため、この地に置かれたものに相違ない。アガサ伯母さんの一番の親友の所有に係る庭園で枝から枝へ飛び移るというこの広範かつ一般的な原理に関する僕の見解はいささかも揺らがぬものだが、しかし僕はこの点は認めねばならない。すなわち、もしこれをなすべしとするならば、間違いなくこの木こその樹上においてそれをなすべき樹木である、と。そいつはヒマラヤスギか何かの仲間で、どこにいるんだかわけがわからないでいるうちに、僕は世界のてっぺんで、キラキラ光る温室の屋根を眼下に睥睨しつつ座していたのだった。僕はひざの上に植木鉢を載せ、そいつをぐるぐる糸で縛りつけ始めた。

そして縛りつけるほどに、僕の思考は女性という主題に憂鬱な思いで振り向けられていた。

無論このとき僕は神経のかなりの緊張にさいなまれていた。また、今にして思えば、僕はいささか辛辣に失していたかもしれない。だが暗く、人みなねぐらに憩う時間に僕が感じたのは、人はそれぞれ好きなことを言って構わないが、男が女性に関して思いを馳せれば馳せるほどに、こんな性がこの地上にひしめき合っているを許されているのはとんでもない話であると、ますます思えてくるということである。

僕が見るところ、女性というものは端的にだめだ。今回の一件に関わった女性を例にとろう。まず最初にアガサ伯母さんから始めるなら、彼女はポント街の害獣と言ったほうが通りがいいスッポン人間だ。アガサ伯母さんの一番の親友、ミス・メイプルトンについては、一度だけ彼女と会ったその機会に、彼女はいかにもアガサ伯母さんの一番の親友らしき人物であると僕に感銘を与えたと言い得るのみである。ボビー・ウィッカムはというと、心清き者に、僕が今やっているようなことをやらせてのさばっている。それでボビー・ウィッカムの従姉妹のクレメンティーナときた日には、せっせと学業に精励して良妻賢母となるべく努力する代わりに、インク瓶にシャーベットを詰めて人生の春を浪費しているのだ――。

なんて連中だ！　なんて連中だ！

まったく本当に、なんて連中なんだ！

僕はいささか激しい義憤に燃え始めていて、それからますますさらに燃え進んでゆくところだったのだが、その時、突如明るい光線が僕に向けて発せられ、声がした。

「ホー！」その声は言った。

それは警官だった。彼がランタンを持っていたという事実とは別に、僕には彼が「ホー！」と言ったところから、そいつが警察官であることがわかった。ビンゴ・リトルの細君が書いたビンゴに関するベタベタした文章を記録した口述録音機の記録用蠟管をくすね取るために奴の家に侵入し、書斎の窓から飛び降りた末に警官の腕（かいな）のうちへと飛び込んでいってしまった物語を果たしてご記憶でおいでかどうか、僕にはわからない。あの折、法の守護者は「ホー！」と言い、またそう言い続けた。したがって警察官たちは明らかに職務訓練の一部としてこう教育されているのだ。それでまあ結局のところ、彼らがつねづね人々とおしゃべりするような状況で会話の口開けをするには、こいつは悪いやり方ではない。

「そこから降りるんだ」彼は言った。

僕は降りていった。ちょうど枝に植木鉢を結びつけ終えたところで、そいつをそのままに置いてきたもので、時限爆弾の導火線に点火してきてしまったみたいに僕は感じていた。かくしてすべてはその安定と平衡(へいこう)とにかかっているかに思われた。もしそいつが平衡を維持し続けてくれるようであれば、気楽でのほほんとした態度が僕をこのデリケートな立場から救ってくれるかもしれない。もしそいつが落っこちたらば、説明はちょっと難しいことになろう。実際、そいつが落っこちないでいたとしたって、僕は説得力のある説明を見つけられずにいたのだ。

しかしながら、僕はやってみた。

「ああ、お巡りさん」僕は言った。

その響きは弱々しかった。僕はもう一度言った。今度は「ああ！」のところに強調を置きながらだ。が、前よりもっと弱々しかった。バートラムはこれよりもう少しましなことをせねばならないと、僕は理解した。

「大丈夫なんです、お巡りさん」僕は言った。

「これが大丈夫だって？」

「ええそうです。そうですとも」

「この上で君は何をしていたんだ？」

「僕がですか、お巡りさん？」

「そうだ、君がだ」

「何でもありませんよ、お巡りさん」

「ホー！」

僕らは静かに沈黙に安んじていった。しかしながらそれは気心の知れた友達との会話において生じる安らかな沈黙ではなかった。気まずい、間の悪いやつだ。

「ご同行いただいた方がいいようだな」ジャンダルム、というか警官が言った。

一番最近に僕が同様の出所からこの言葉を聞いたのは、ボートレースの夜のレスター・スクウェアにおいてであって、その時には、僕の助言を容れて旧友のオリヴァー・ランドルフ・シッパリーが警官のヘルメットを盗もうとし、その中には警官がいたのだった。あの折この言葉はシッピーの奴に向けて発せられたのだが、それでもなお、その響きは耳ざわりのよいものではなかった。そして今、僕に向けられたこの言葉は、事実上僕の骨髄を凍りつかせたのだった。

「いえ、まったく、何てこった！」僕は言った。

この危機にあって、バートラムが率直に言って万策つき、途方に暮れていたとしか形容しようのなかったその時、もの柔らかな足音が我々の横でしてもの柔らかな声が沈黙を破った。

「悪漢を捕えましたか、巡査殿？　いえ、ちがいますな。そちらはウースター様でございます」

警官はランタンを声のほうに向けた。

「君は誰だ？」

「わたくしはウースター様にお仕えいたす紳士お側つきの紳士でございます」

「誰にだって？」

「ウースター様でございます」

「この男の名はウースターというのか？」

「こちらのご紳士のお名前はウースター様でございます。わたくしはこちらの御方の雇用に係る紳士お側つきの紳士でございます」

警官はこの人物の威風堂々たる様に恐れおののいたものと思う。しかしながら、彼は気丈にも再起を遂げた。

「ホー！」警官は言った。「ミス・メイプルトンの雇用下にあるわけではないんだな？」

「ミス・メイプルトンは紳士お側つきの紳士をお雇いではございません」

「それでは君は彼女の庭でいったい何をしているのかね？」

「わたくしは本館内にてただいまミス・メイプルトンと会談をいたしておりました。あの方はわたくしに、ウースター様が成功裡に侵入者を取り押さえられたか否かを確認するため外に出てみるようにとご希望になられました」

「どういう侵入者だ？」

「ウースター様とわたくしが庭に入りました折に、そこを横切りました不審な人影でございます」

「君たちはここに入り込んで何をしていたのかね？」

「ウースター様はミス・メイプルトンをご訪問においでになられました。ミス・メイプルトンはウースター様のご一族のお親しいご友人でいらっしゃいます。わたくしどもは芝生を横切る不審な人影に気づきました。この不審な人影を視認されると、ウースター様はわたくしをミス・メイプルトンの許へ警告と安全確認におつかわしになられ、ご自分は探査がためこの場にお留まりあそばされたのでございます」

「本官はこいつが木に登っているところを見つけたのだ」

「もしウースター様が樹上にお登りあそばされておいでであられたのであれば、疑いもなくこちらの御方は最善のご動機からそうされたのであり、ひとえにミス・メイプルトンの最善の利益をのみご念頭に置かれておられたに相違ございません」

警察官は考え込んでいた。

「ホー！」彼は言った。「ふむ、聞きたいようなら言っておくが、本官はそんな話なぞ一言だって信じてはおらん。ミス・メイプルトンの庭に何者かがひそんでいるという通報があった。そして本官はこいつを木の上で見つけたわけだ。君たちは二人とも共謀していると本官は信じるものだ。本官は君たちを人物確認のためミス・メイプルトンの許へ連れてゆく」

ジーヴスは優雅にうなずいた。

「お望みとあればわたくしどもは喜んでご同行させていただくものでございます、巡査。またこのことも、ウースター様の潔白を物語るものであると、わたくしは確信いたすところでございます。ウースター様も巡査のご計画に何らご異論なきものと存じます。もし本状況からいたしますとウースター様が疑わしい、あるいは不名誉な、という語を用いうるようなお立場におありだと巡査がお考えになられるならば、当然ながらウースター様におかれましては一刻も早く御身の潔白をご証明なさろうとされるが――」

「やめろ！」警官は言った。いささか狼狽（ろうばい）しながらだ。

「巡査殿？」

「もういい」

「お言葉のままに、巡査殿」

「話はやめてこっちに来るんだ」

「かしこまりました、巡査殿」

このとき玄関ドアの前まで歩いた時よりも楽しかったことはずいぶんあったと言わねばならない。呪(のろ)いがわが許に達し、まあ、いわゆるだが、理路整然、水も洩(も)らさぬジーヴスの勇敢な努力がうまくいかなかったことが僕にはこたえた。僕にすら彼の話はところどころ本当に聞こえたくらいだったから、ランタンを掲げたこの男がこいつを問答無用で鵜呑(うの)みにしなかったのは実に大きな痛手だった。警察官でいることはその者の精神をゆがめ、愛すべき人柄の基本であるところの、人間同朋に対する陽気な信頼を崩壊させるのである。これは避けようのない現象であるようだ。

この状況にまったく希望の曙光(しょこう)は見いだせなかった。確かにメイプルトンは僕を親友の甥(おい)だと認めてくれるだろうし、よって交番への散歩と留置場での一夜を回避させてはくれることだろう。だが、率直に言って、だからどうだというのだ。クレメンティーナのガキはおそらくまだどこかで夜陰にひそんでいることだろうし、彼女が引きずり出されてきてすべての事実が明るみにでたあかつきには、炎のごときまなざしと、ひややかな言葉が二つ、三つ、それからアガサ伯母さん宛の長文の手紙だ。長い長い懲役のほうがまだましなハッピーエンドでないかどうか確信はなかった。

そういうわけであれやこれやをつらつら考えつつ玄関ドアを通り抜けてとことこ歩く僕のハートは、苦悩の重圧にほとんど打ちひしがれていた。廊下を歩いて書斎に入るとそこには、机の向こう側に立ち、鋼鉄ブチのメガネは僕がアガサ伯母さんのうちの昼食の卓越しに見たあの日と変わらぬいやらしい輝きを発している、件の女校長おん自らがいた。僕は彼女にすばやく目をやり、そうして両目をつぶった。

「ああ!」ミス・メイプルトンが言った。

さてさて、一定の仕方で発声されると――こう言っておわかりいただければだが、長く引き伸ばされ、高音域で始まって下部に移行するという場合――「ああ！」という語は「ホー！」という語と同じくらいに邪悪で破壊的な響きを帯びうるものだ。どっちが悪質かはまったく未解決の問題である。だが僕を驚かせたのは、彼女がそれをそういうふうには発声しなかったという事実であった。僕の聞き違いでなければ、そいつは愛想のいい「ああ！」だった。親しみのこもった「ああ！」、仲間が他の仲間に向けて言う「ああ！」であった。これにはあんまりものすごくびっくり仰天したもので、僕は賢慮の命令を忘れ、彼女をもう一度見るという挙に出たくらいだ。そしてバートラムの唇からは、押し殺した驚嘆の叫びが発せられたのであった。

僕の眼前の、人をして息呑ましむるがごときこの人物はどちらかと言えばちょっと小柄だ。つまり、僕の身の丈を越えてそそり立つとかそういうことはまったくない。だが、背丈の不足を補って余りあるほどに、彼女は悪ふざけはぜったいに許しません、というふうな、学校経営にあたる女性が必ず持ち合わせている厳粛な雰囲気をめざましいまでに保有していた。僕のイン・スタトゥ・プピラーリというか学校時代に、僕の学校の校長先生にも同じ特徴が認められたものだ。彼のひとにらみは僕にすべてを告白させるにいつだって十分であった。特務曹長にも同様の特徴が認められる。交通巡査と、郵便局の窓口の女の子の一部にもだ。彼らが唇をすぼめ、こっちを見てよこすそのやり方に秘密があるのだ。

要するに、女子少年らに訓育を施しつづける年月を重ね来たことで――イザベルをしかりつけ、ガートルードに寡黙な厳格さをもって語りかけるとかそういうようなことだ――ミス・メイプルトンは時の経過と共に女ライオン遣いの雰囲気を身につけたのである。また、最初彼女を一瞥（いちべつ）した瞬間、僕をして目を閉ざせしめ、短い祈りの言葉を発せしめたのがこの雰囲気であった。しかし、依然ライオン遣いに似てはいるものの、きわめて驚嘆すべきことに、いまや彼女の態度は仲良しのライオン遣いのそれだった——すなわち、ライオンたちをねぐらに片づけ終えた後、仲間といっしょに憩うライオン遣いの姿にほかならない。

「じゃあ悪漢は見つからなかったんですのね、ウースターさん？」彼女は言った。「残念だわ。けれどもあなたのお骨折りにはなお感謝を捧げ、その勇気を高く賞賛するものですわ。あなたのお振舞いは実に立派だったと考えておりますのよ」

口が弱々しく開き、声帯がひきつるのを感じたものの、僕は何にも言えなかった。ただただ彼女の思考の脈絡についていけなかった。僕は仰天していた。びっくりしていた。あきれて物が言えなかったと述べたなら、それで言いつくせている。

法の地獄の番犬は、ある種のキャンキャン声を放った。獲物のロシア農民が逃げ出すのを見ているオオカミみたいにだ。

「マダム、あなたはこの男の身許をご確認なさるのですか？」

「彼の身許を確認するかですって？　この方の身許をどう確認するとおっしゃるのかしら？」

ジーヴスがこのシンポジウムに加わった。

「こちらの巡査殿は、ウースター様があなた様のご庭園に何らかの違法な目的をもって侵入されたとのご印象を抱いておいでなのでございます、奥様。わたくしはウースター様があなた様のご友人のスペンサー・グレッグソン夫人の甥御様であらせられる旨をお知らせ申し上げたのですが、ご信用をいただけませんでした」

沈黙があった。一瞬、ミス・メイプルトンは巡査を、まるで彼が聖書の授業中に甘酸っぱいドロップをなめているところを見つけたとでもいうみたいににらんだ。

「巡査、あなたはあたくしにこうおっしゃるおつもり?」彼女は言った。制服の第三ボタンの下を通過して脊柱を直撃するような声でだ。「あなたはウースターさんを夜盗と間違えるような不始末をしでかすだけの、低脳でいらっしゃると?」

「彼は木に登っていたのです、マダム」

「どうして木に登ってはいけないんですの? もちろんあなたは辺りをよく見渡せるよう、木に登られたんですわね、ウースターさん?」

僕はこれには返事ができた。最初のショックが過ぎ、常の冷静沈着さが戻ってきていたのだ。

「ええ、そうですとも。そうですよ。もちろん。おっしゃるとおりです。絶対にですよ」僕は言った。「辺りをよく見渡すため、まさしくそのとおりです」

「わたくしは僭越ながら巡査にその旨をご示唆申し上げたのでございますが、奥様、しかしながら巡査は同説を支持しうるものとはお考えにならなかったのでございます」

「あの巡査はバカなんですの」ミス・メイプルトンが言った。一瞬、彼女が彼のことを定規でバシンとひっぱたきはしないかどうか、きわどいところだった。「このバカのせいで、今頃は間違いなく、悪漢たちはまんまと逃走してのけていることでしょうよ。それでこんな人たちのために」ミス・メイプルトンは言った。「あたくしたちは税金を支払っておりますのよ」

「恐ろしいことです!」僕は言った。

「不正ですわ」

「恥を知れですよ」

「たいへんな破廉恥（はれんち）だわ」ミス・メイプルトンが言った。

「ひどい話です」僕は同意した。

実際、我々二人はまるでアツアツの恋人同士みたいになってきていた。と、その時開いた窓から突然物音がそよぎ入ってきた。

僕は物語をするのがすごく得意であったためしがない。学校で、小論文や作文をやった頃の成績表は「能力はほぼないし全くないが、最善をつくす」とかまあ、そんなふうな文句だった。確かに、ここ何年もの付き合いのなかで僕はジーヴスからヴォキャブラリーというかそんなようなものを獲得しはしたが、それでもあの圧倒的な破壊音を正当に描き出すことは、僕の貧弱な筆力に余る。アルバート・ホール［一八七一年建造のアルバート公に捧げられた円型の大劇場。収容人数八千名］が水晶宮［一八五一年ロンドン万博の会場としてパクストンによって建てられた巨大なガラスの建造物。一九三六年焼失］の上に崩れ落ちる様をご想像いただきたい。そうすれば大体のところはご理解いただけるのではあるまいか。

我々四人とも、ジーヴスですらが、床から何センチか跳びあがった。警官は驚愕（きょうがく）の「ホー！」の声を発した。

ミス・メイプルトンは瞬く間に常の冷静で尊大な姿に戻った。

「悪漢の一人が温室の天井から落ちたようですわね」彼女は言った。「ただちに向こうへ行って捜査をすることで、もしやご自分の存在を正当化できる瀬戸際かもしれませんことよ、巡査」

「はい、マダム」

「今度は失態を演じないように」

「それじゃあ急いでちょうだいな。一晩中そこに突っ立って口を開けているおつもり?」

「はい、マダム」

「はい、マダム。わかりました、マダム。はい、マダム」

彼の声は耳に心地よかった。

「不思議な偶然ですこと、ウースターさん」アウトカーストが姿を消すと、あっという間にまたもや親しげな態度になってミス・メイプルトンは言った。「あなたがいらしたとき、あたくしあなたの伯母上様にちょうど手紙を書き終えたところでしたのよ。開封して今夜のあなたがどれほど勇敢に振る舞われたかを伯母上様に申し上げなければなりませんわね。これまであたくしは今どきの青年をそれほど高く評価していたわけではないのですが、あなたのお陰で意見を変えましたわ。武器も持たず、暗い庭で悪漢を追いかけるなど、高次の勇気がいることですわ。それにあたくしを訪問しようとお考えくださるだなんて、なんて礼儀正しくていらっしゃるのかしら。感謝をいたしますわ。ビングレイには長く御逗留なされるの?」

この質問にも返事ができた。

「いいえ」僕は言った。「残念ですが長くはいられません。明日ロンドンに戻らなければならないんです」

「ご出発の前にごいっしょに昼食はいかがかしら?」

「すみませんがだめなんです。本当に有難うございます。とても大事な約束があって断れないのです。そうだったな、ジーヴス?」

「はい、ご主人様」

「十時半の列車は予約したな、どうだ?」

「もちろんでございます、ご主人様」

「残念ですわ」ミス・メイプルトンが言った。「うちの女子学生たちに何かお話をしていただきたく存じておりましたのに。それではいつか、また、よろしくて?」

「もちろんですとも!」

「またビングレイにおいでのときは、報せて下さらないといけませんよ」

「またビングレイに来るときには」僕は言った。「必ずお報せします」

「わたくしがご予定を正しく理解いたしておるといたしますならば、ご主人様、当分ビングレイにお越しのご用事はございませぬものと存じます」

「当分当分ずっとずっとだ、ジーヴス」僕は言った。


玄関ドアが閉まり、僕はひたいに手をやった。

「話してくれ、ジーヴス」僕は言った。

「ご主人様?」

「全部話してくれ。まるでわからない」

「ことはきわめて単純でございます、ご主人様。わたくしは、わたくし個人の責任におきまして、勝手ながら代替策なる計画を実行に移したのでございます。ご記憶であられましょうか、わたくしがあなた様にご説明申し上げようといたしておりました計画でございます」

「どういう計画だったんだ?」

「裏口扉より案内を求め、ミス・メイプルトンとのご会見をご要望いたすのが、最も賢明と思料いたしたのでございます。それにより、メイドがわたくしの用件をミス・メイプルトンに取り次ぐ間に、誰の目にも留まることなくご令嬢を館内にご誘導申し上げることができようかと愚考をいたしましたものでございます」

「それでそうしたのか?」

「はい、ご主人様。お嬢様は裏手の階段をお上りになられ、ただいまは無事ベッドにご到着でおいでであそばされます」

僕は眉をしかめた。クレメンティーナのガキのことを考えるだけで気分が悪かった。

「そうか、そうなのか?」僕は言った。「あのガキが伝染病にかかりますようにだ、ジーヴス。今度の日曜日には祈禱文がわからなくて角っこに立たされんことを。それで君はミス・メイプルトンに会ったんだな?」

「はい、ご主人様」

「そして彼女に、僕が庭にいて、徒手空拳で夜盗を追いかけてるって言ったんだな?」

「はい、ご主人様」

「それで僕は彼女を訪問する途中だったんだ」

「はい、ご主人様」

「そしていまや彼女はアガサ伯母さん宛の手紙に、僕に手放しの賞賛を捧げる追伸を添えるのに大忙しってわけだ」

「はい、ご主人様」

僕は深く息を吸い込んだ。この男の全身の表面じゅうでタプタプと波打っているにちがいない超人的知能を、この目で見るには辺りは暗すぎた。僕はやってみたが、うまくはいかなかった。

「ジーヴス」僕は言った。「僕は最初から君の導きに従っているべきだった」

「さようにあそばされておられれば、一時的なご不快はいくらか回避できたやもしれませぬ、ご主人様」

「不快と言えば、そのとおりだ。あのランタンが静けき宵闇に僕を照らし出したときは、ジーヴス、僕はちょうどあの植木鉢を据え付け終えたところだったんだ。あのときには、あばら骨が一本なくなったかと思ったぞ。ああ、ジーヴス！」

「ご主人様？」

「例のアンティーブ旅行はやめにした」

「さようにお伺いいたしまして深甚（しんじん）に存じます、ご主人様」

「ボビー・ウィッカムがビングレイ・オン・シーみたいな静かな場所で僕をこれほどの狂騒に落とし込めるのであれば、アンティーブみたいな本当ににぎにぎしいリゾート地でしでかせないことは何もあるまい？」

「まさしくさようでございます、ご主人様。ウィッカムお嬢様は、わたくしがしばしば申し上げておりますように、魅力的なご令嬢ではあられますものの――」

「わかった、わかった、ジーヴス。その点は強調してもらうまでもない。ウースターの目は完全に覚めている」

僕は躊躇（ちゅうちょ）した。

「ジーヴス」

「ご主人様?」

「このプラス・フォアーズだが」

「はい、ご主人様?」

「貧民に与えてやってくれ」

「たいへん有難うございます、ご主人様」

僕は嘆息した。

「僕の命の次に大切なものだ」

「ご犠牲の尊さは身にしみております、ご主人様。しかしながら、別離の痛みがお癒えのあかつきには、あなた様はかようなものなしでおられたほうがよほどお気楽と思し召しになられることでございましょう」

「そう思うのか?」

「さようと確信をいたしております、ご主人様」

「それじゃあそういうことだ、ジーヴス」僕は言った。「それでよしだ」

8．愛はこれを浄化す

一年のうちにはひどくいやなときがあって、だいたいは八月の初めなのだが、ジーヴスが休暇というか兵役忌避を要求してどこぞの海辺のリゾート地に何週間か行ってしまい、僕を途方に暮れさせるのである。この時のいまや訪れりで、我々二人は若主人様をどうしたらよいものかと相談していた。

「わたくしの拝察申し上げますところでは」ジーヴスが言った。「あなた様はシッパリー様のご招待をお受けあそばされ、あの方のハンプシャーのご邸宅にてごいっしょにお過ごしあそばされようとご計画でおいでと存じておりますが」

僕は笑った。苦々しい、耳障りなやつだ。

「そのとおりだ、ジーヴス。そう思っていた。だが幸いにも僕はシッピーの奴の汚らわしい陰謀に気づいてしまったんだ。どういうことか君にわかるか？」

「いいえ、ご主人様」

「僕のスパイの報告によると、シッピーの婚約者のムーン嬢があすこに滞在するんだそうだ。あいつの婚約者の母親のムーン夫人と、あいつの婚約者の弟のムーン坊ちゃんも同様だ。だったらこの招待の背後にひそむ恐るべき背信に気がつくだろう？　あの男のいやらしい策謀が見えてこようってもんじゃないか？　明らかに僕の任務は、シッピーとあいつのいまいましい恋人が一日お出かけして気持ちのいい森を逍遥（しょうよう）したりあれこれおしゃべりしている間、ムーン夫人とセバスチャン・ムーン坊やのご機嫌をとってやることだ。まったく、こんなきわどいところで危うく命拾いした奴もないんじゃないか。君はセバスチャンのガキを憶（おぼ）えているか？」

「はい、ご主人様」

「あのくりくりした目を？　あの金色の巻き毛をか？」

「はい、ご主人様」

「どういうわけかはわからないんだが、僕はいまだかつて金色の巻き毛のガキってものには、どうにもこうにも我慢ができたためしがないんだ。あいつらを前にすると、踏んづけてやろうとか、高いところから何か物を落としてやろうとかいった衝動を感じずにはいられないんだな」

「ご気性の激しい方々の多くが、同様にお感じあそばされておいでと存じます」

「そういうわけでシッピー家での滞在はなしだ。玄関のベルが鳴っているようだが？」

「はい、ご主人様」

「誰かひとりたたずんでいるようだ」

「はい、ご主人様」

「行って誰だか見たほうがいいいな」

「はい、ご主人様」

彼はにじみ去りゆき、一瞬の後、電報をもって帰ってきた。僕はそれを開け、と、柔らかい笑みが僕の口許に遊んだ。

「いかにキューの合図が出たみたいに物事が動き出すものかってのはまったく驚異なんだ、ジーヴス。これは僕のダリア叔母さんから来たものだ。叔母さんのウースターシャーの邸宅に招待してくれている」

「それはたいそう深甚（しんじん）に存じます、ご主人様」

「そうなんだ。安息の地を求めつつも、どういうわけで叔母さんのところを見逃す次第となったものかは思いもつかない。理想的な第二の我が家だ。絵のごとく美しい風景。水のごとき交わり。そしてイングランド最高のコックだ。君はアナトールのことを忘れてはいないな？」

「はい、ご主人様」

「それで何よりだ、ジーヴス、ダリア叔母さんのところじゃいまいましいガキは完全に品切れなんだ。確かに、ダリア叔母さんの息子のボンゾはいる。おそらく夏休みで家に帰ってきているはずだ。だが僕はボンゾのことはいやじゃないんだ。すぐ行って電報を打ってくれ。よろこんで招待に応じるとな」

「はい、ご主人様」

「それと必要なものをいくつか揃えておいてくれ、ゴルフクラブとかテニスラケットとかもだ」

「かしこまりました、ご主人様。すべて好ましき次第となりよろこばしく存じます」

以前にお話ししたと思うのだが、ダリア叔母さんは恐るべき僕のおばさん一個連隊のうちにあって、唯一無比のよい叔母さん、そして快活なスポーツマンとして、ひときわ群を抜いている。ご記憶でおいでかどうか、彼女はトム・トラヴァース氏と結婚し、ジーヴスの助力を得てビンゴ・リトル夫人のフランス人コック、アナトールをたぶらかし、ビンゴ夫人の許からその雇用下へと彼をくすね取った。彼女を訪問することはいつだって喜びである。いつも彼女は誰か陽気な仲間を滞在客としており、また不幸にも田舎の邸宅にとかくありがちな、朝食のために早起きしないといけないとかいったふざけたまねは全然なしですむ。

したがって、混じり気なしの陽気な心で僕はツーシーターをブリンクレイ・コートの車庫に止め、到着を告げるため、低木の植え込みやテニスコートを抜けて本館に向かった。芝生を横断したところで喫煙室の窓からひょいと顔がのぞき、僕に愛想よく微笑みかけてきた。

「やあ、ウースターさん」その顔は言った。「ハッ、ハー！」

「ホッ、ホー！」僕は返事をした。礼儀正しさで負けないようにだ。

この顔が誰の顔かを思い出すには数秒かかった。いまや僕は、それがいささか虫食い気味の七十歳代、名前はアンストルーサー氏、ダリア叔母さんの今は亡き父親の旧友であることを理解した。彼にはダリア叔母さんのロンドンの家で一度か二度、会ったことがある。感じのよい人物だがいささか神経衰弱の気味がある。

「ただいまご到着かな？」彼は訊ねた。さっきのように微笑(ほほえ)みながらだ。

「たった今着いたところです」僕は言った。やっぱり微笑みながらだ。

「われらが愛すべき女主人は居間にましまされるところと思いますぞ」

「わかりました」僕は言った。そしてまたちょっと微笑みのやり取りをした後、僕はさらに前進した。

ダリア叔母さんは居間にいて、僕を喜びの熱狂で歓迎してくれた。彼女も微笑みかけてくれた。今日は微笑みの行ったり来たりが大はやりみたいだ。

「ハロー、ブサイクちゃん」叔母は言った。「着いたのね。来てもらえて本当によかったわ」

かくあるべしと言うべき口調であるし、他の一族にもこういう口のきき方をしてもらいたいものだ、とりわけアガサ伯母さんにそう言いたい。

「貴女（あなた）のおもてなしに与かるのはいつだって喜びですよ、ダリア叔母さん」僕は心を込めて言った。「楽しく安らぎに満ちた滞在になると思うよ。アンストルーサーさんがおいでなのを見かけたけど、他には誰がいるの？」

「ロード・スネッティシャムは知ってる？」

「競馬場で会ったことがある」

「彼もいるわ。あと、レディー・スネッティシャムも」

「それともちろんボンゾもだよね？」

「そうよ。それとトーマスもね？」

「トーマス叔父さんのこと？」

「ちがうわ。あの人はスコットランドにいるの。あんたの従兄弟（いとこ）のトーマスよ」

「まさかアガサ伯母さんの嫌ったらしい息子のことを言ってるんじゃないよね？」

「もちろんあの子のことを言ってるのよ。あんた、自分にいったい何人従兄弟のトーマスがいると思ってるのよ？　この間抜けったら。アガサはホンブルク［ドイツの鉱泉リゾート地］に行ってて息子をうちに押し付けてよこしたの」

僕は目に見えて動揺していた。

「だけど、ダリア叔母さん！　自分が何を引き受けたかわかってるの？　貴女が自邸に招き入れてしまった惨劇の予兆がわからないの？　トーマスのガキとの交際にあっては、どんなに強靭な男だって怖気（おじけ）づくんだ。あいつは英国随一の人間のかたちをした悪魔なんだよ。あいつの悪魔性には果てしがないんだ」

「予想紙の言うところじゃそうみたいね」この親類は同意した。「だけど今のところはね、まったくいまいましいったらないんだけど、あの子は日曜学校の講話から抜け出してきたみたいにいい子なの。わかって、お気の毒なアンストルーサー老人はこの頃はだいぶお弱くなっていらしてね、それで自分が二人の男の子を含む家に滞在してるってわかった瞬間にすばやい行動をお取りになったの。ご自分の滞在中にお行儀のよかったほうに五ポンドの賞金を出すっておっしゃってね。それ以来というもの、トーマスったらその双肩から大きな白い翼を生やかし放題なんだわ」叔母の顔に、影がよぎったみたいだった。彼女は苦々しく感じているようだ。「欲深なケダモノったら！」叔母は言った。「あんなムカムカするくらいお行儀のいいクソガキは、生まれてこの方見たことがないわ。人をして全人類に絶望せしむるに足る光景だわね」

彼女の言うことがわからなかった。

「だけどそれで結構じゃない？」

「だめ、ちがうの」

「どういうわけかわからないなあ。気取り屋で愛想のいいトーマスのいる家のほうが、あちこちで猛威をふるって社会にとっての脅威でいるトーマスよりいいに決まってるじゃないか？　当然だろう」

「そんなことはどうだっていいの。だからねバーティー、このよい子のお行儀大賞のせいで問題はちょっと複雑になってきてるの。複雑な事情があるのよ。こいつのせいでジェーン・スネッティシャムのスポーツの血がかき立てられて、それで彼女はその結果について賭けをしようって言い出したの」

強烈な光が僕の頭上に輝いた。彼女の言わんとするところが呑みこめたのだ。

「ははーん！」僕は言った。「それでわかった。もうわかった。もう理解した。彼女はトーマスに賭けてるってことなんだね？」

「そう。それであたしは当然あの子のことを知ってるわけだから、ちょろい勝負だって思ったわけ」

「もちろんだよ」

「負けようがないって思ったの。あたしがうちのかわいいボンゾちゃんに何の幻想も抱いちゃいないってことは神も知るところよ。ボンゾは、ゆりかご時代からの困り者だわ。だけどあの子がよい子のお行儀競争でトーマスに勝つ方に賭けるのは、ただもう濡れ手で粟の大儲けだって思えたの」

「そうだとも」

「悪魔性ってことに関しちゃあ、ボンゾはごく普通の、凡庸な二級品よ。だけどトーマスはクラシック狙いの当歳馬だわ」

「そのとおりだ。心配する理由はまったくないと思うな、ダリア叔母さん。トーマスはもちやしない。絶対つぶれるさ」

「そう。でもね、その前に不正が働かれるかもしれないの」

「不正だって？」

「そうなの。汚い仕事が進行中なのよ、バーティー」ダリア叔母さんはおごそかに言った。「この賭けをしたときには、あたしはスネッティシャム夫妻の恐るべき魂のどす黒さを勘定に入れてなかったのね。つい昨日のことなんだけど、ジャック・スネッティシャムが、屋根に上ってアンストルーサーさんの部屋の煙突を下りてバアってやれってボンゾをけしかけてたことが発覚したの」

「ひどい！」

「そうなの。アンストルーサーさんはとってもお弱くていらっしゃるお気の毒なご老人よ。そんなことしたらびっくりしてひきつけを起こしちゃうわよ。それで回復したら、最初にするのはボンゾを失格にしてトーマスの不戦勝を宣言することだわ」

「だけどボンゾはバアってやらなかったんだね？」

「そうよ」ダリア叔母さんは言った。彼女の声からは母親の誇りが響きわたっていた。「あの子はバアってやるのをきっぱり断ったの。幸いあの子はその時恋をしていて、それがためにすっかり人が変わってたのね。あの子は誘惑に目もくれやしなかったわ」

「恋しただって？　誰にさ？」

「リリアン・ギッシュ〔初期サイレント時代を代表する名女優。D・W・グリフィス監督の『イントレランス』（一九一五）他、多くの芸術映画に出演した〕よ。先週、村のビジュー・ドリームで彼女の出る古い映画が掛かったの。それでボンゾは生まれてはじめて彼女を見たのね。出てきたときあの子の顔は蒼白（そうはく）でこわばっていたわ。それからというものあの子はより高潔で、より優れた人生を送ろうと努力してるの。そういうわけで危機は回避されたのよ」

「そりゃあよかった」

「そうなの。だけど今度はあたしの番だわ。あたしがこんなことをほっとくとは思わないでしょ、どう？　正当に扱われたらば、あたしは公正そのものよ。だけど出走馬にこういう不正工作を仕掛けてこられるとなったら、あたしだって受けて立つわ。このよい子のお行儀競争を手荒いやり方で戦おうっていうなら、あたしは誰よりうまくそいつを戦ってみせる。お母様のおひざの上で教わったことを思い出して自分で自分にハンデを負わせているには、多くが掛かりすぎている問題なの」

「莫大な金額が掛かってるの？」

「お金で済むような問題じゃないの。あたしはアナトールを、ジェーン・スネッティシャムは台所メイドを賭けたのよ」

「なんてこった！　トーマス叔父さんが帰ってきてアナトールがいなくなってるのを知ったら、ずいぶんと言いたいことがあるんじゃないかな」

「どうかあの人がそんなことを言わなくて済みますように！」

「ずいぶんと不均衡な賭けなんじゃない？　つまりさ、比肩する者なきハッシュの作り手としてアナトールの名声は、あまねく広くとどろいてるのにさ」

「うーん、ジェーン・スネッティシャムの台所メイドもバカにしたもんじゃないのよ。ずば抜けて有能だってことだわ。今日びよくできた台所メイドはホルバインの本物くらいめずらしいんだから。それはそれとして、あたしとしては彼女に最高の賭け率をやらなきゃならなかったの。彼女が頑強に要求したのよ。まあとにかく、あたしの言わんとするところに戻るなら、もし敵側がボンゾの進路に障害物を仕掛けてくるのであれば、トーマスの進路にも仕掛けてあげようじゃないのってことなの。それもどっさりとよ。そういうわけだからジーヴスを呼んで彼の脳みそに働いてもらいましょうね」

「でも僕はジーヴスを連れてきてないんだ」

「あんたジーヴスを連れてきてないですって？」

「うん。毎年今頃休暇を取るんだ。彼はバンガー［北アイルランドのリゾート地］にエビ獲りにでかけてるところさ」

ダリア叔母さんは深い憂慮の念を表明した。

「それじゃあすぐに彼を呼び戻しなさい！　ジーヴスなしのあんたが何の役に立つと思ってるのよ？　この可哀そうなオロオロ屋さんたら」

僕は背筋をまっすぐにすっくりと立った——実際、伸ばせる限り背を伸ばしつつだ。ジーヴスを尊敬する点にかけて僕は人後に落ちるものではない。しかし、ウースター家の誇りが傷つけられたのである。

「脳みそがあるのはジーヴスだけってわけじゃない」僕は冷たく言った。「僕にまかせてよ、ダリア叔母さん。今夜の晩餐(ばんさん)時までに、貴女の承認を得られるような十分に成熟した計画を提出させてもらうよ。トーマスを完全に包囲してやれなかったら、僕は自分で自分の帽子を食べてやるさ」

「もしアナトールがいなくなったら、ほんとにそんな物しか食べられなくなるわ」ダリア叔母さんは悲観的な態度でそう言い、その様は見るに忍びなかった。

その場を離れてから僕はきわめて緊迫した思いで熟考にふけっていた。かねがね僕は疑っているのだが、ダリア叔母さんは常に変わらず仲良しだし快活で、僕といっしょにいるのを楽しんでいるように見えるけれども、僕が思って欲しいよりもずっと僕の知能を低く評価していはしないだろうか。あまりにしばしば彼女は僕のことを「まぬけ」呼ばわりするし、僕がささやかな考えなりアイディアなり思いつきなりを聞いてもらおうとすると、愛情にあふれてはいるが耳障りなバカ笑いでそいつを笑い飛ばすのが常である。先の会見で彼女は、今回のような主導力と機知とが必要とされる危機にあって、僕のことを取るに足らないと考えていることをあまりにもあからさまにほのめかした。彼女がどれほど恐ろしいまでに僕を過小評価していたかを証明することが、今回僕の意図するところである。

僕が本当はどれほどの人間かをご理解いただくには、僕が階段を半分下る前に、最高に熟した素晴らしいアイディアを思いついたとお知らせするのがよろしかろう。僕はタバコ一本半ぶんの時間を掛けてそいつを精査検討した。そして何らの欠陥もそこに見いだせなかった。もし仮に——仮にだ——アンストルーサー老人の考える悪しき振る舞いが、僕の考えるそれと一致するとしての話であればだが。

こういう場合に重要なのは、ジーヴスならこう言うところだろうが、個々人の心理を足がかりにすることである。個々人の心理を研究すれば、それで大成功間違いなしだ。さてと、僕はトーマスのガキを何年にも渡って研究してきており、奴の心理のことならキャビアからナッツに至るまで熟知している。奴は、こう言っておわかりいただければだが、決して日を怒りのうちに沈ませない［『エフェソの信徒への手紙』四・二六、日が暮れるまで怒ったままではいない、怒りをいつまでも根に持たないの意だが、ここでは曲解］類いのガキである。つまり、このガキ暴漢の気に障るようなことやら怒りに触れるようなことやら動揺させるようなことを何かするならば、奴は可能なかぎり最も早い機会を捉えて恐るべき復讐を加えずにはおかないのだ。たとえば、ほんの去年の夏の話になるが、大臣閣下が奴の喫煙を言いつけたことを知るに及び、奴はハートフォードシャーのアガサ伯母さんの邸宅の湖に浮かぶ小島に当該個人を置き去りにした——それもお聞きいただきたい、雨の中、僕が生まれてこの方出会った中で一番根性の曲がった白鳥の他には一人の仲間もなしにだ。まったく、まったく、まったくだ！

そういうわけで、トーマスの敏感な部位に選り抜きの愚弄と嘲笑を向けることで、奴が僕に何らかのセンセーショナルな暴力を仕掛けてくるような心のありように間違いなく持ち込めるものと思われた。それでももし、ダリア叔母さんにちょっと親切をしてやるだけのために、どうしてかくも恐ろしき自己犠牲が払えるのかと当惑される向きがおありなら、我々ウースター家の者はそんなふうなんだと僕には言い得るのみである。

一点だけ明らかにしておきたいと思われたのはこの点である。すなわち、アンストルーサー老人はバートラム・ウースターの人身に対して働かれた悪行を、トーマスをレースで失格にするほどに不正な犯罪とみなすだろうか？　それとも耄碌した含み笑いをして、男の子はどこまでも男の子だとか何とかモグモグつぶやくだけだろうか？　もし後者であれば、ことはおしまいだ。僕は老人と言葉を交わし、この点を確認しようと思った。

ご老体はまだ喫煙室にいて、タイムズの朝刊を読みながら、ものすごく弱々しく見えた。僕はすぐさま核心に切り込んだ。

「ああ、アンストルーサーさん」僕は言った。「ヤッホー！」

「アメリカ市場の具合がどうも気に食わんな」彼は言った。「強い売り崩しの動きというのが気に入らん」

「そうなんですか？」僕は言った。「それはそれとして、あなたの、よい子のお行儀大賞のことなんですが」

「ああ、貴君もお聞き及びかね？」

「判定基準がいまひとつよくわからないんです」

「そうかの？　ごく単純じゃ。わしは日毎指標のシステムを用いておる。毎日二人の息子たちにはおのおの二十点の持ち点をやるのじゃ。それぞれ悪行の重大さに基づき減点の対象となる。簡単な例をとれば、早朝にわしの寝室の外で叫ぶことは三点の減点にあたる――口笛は二点じゃな。さらに重大な過失に対するペナルティはそれ相応に大きくなる。毎夜、就寝前にわしは手帖に一日の得点を記録しておる。単純じゃが、わしの思うところ、よくできておる、のうウースターさん？」

「そうですとも」

「現在までのところ、結果はきわめて満足のゆくものじゃ。どちらの息子も一点たりとも減点になってはおらんし、年端(としは)も行かぬ息子が二人わしの滞在中にこの館におると聞いたとき、あえて予想し得なかったほどにわしの神経系は好調でおる」

「わかりました」僕は言った。「素晴らしいお手並みです。それでは、いわゆる一般的な道徳的退廃に対してはどのようにご対応されるのですか？」

「さてと、どういう意味かのう？」

「えー、つまりあなたに直接影響しない事柄についてはどうかってことなんです。たとえばどちらか一方が僕に何かをしたとしますね？　落とし穴を仕掛けるとかそういうことです。あるいは、僕のベッドにヒキガエルを入れるとか、そういうことはどうですか？」

彼はその発想にショックを受けたようだった。

「そのような場合には、犯人の持ち点を十点減点せねばなるまいな」

「たったの十点ですか？」

「では十五点」

「二十というのはきりのよい、いい数字ですよ」

「うむ、あるいは二十点やもしれん。わしはプラクティカル・ジョークが大嫌いでしてな」

「僕もなんです」

「さような悪行が働かれた場合には、必ずご報告をいただけましょうな、ウースターさん？」

「誰より先にお知らせしますよ」僕は請け合ってやった。


それから庭に出て、あちこちさまよいながら僕はトーマスのガキを探した。僕は自分が今どこにいるかがわかっていた。バートラムの両足は堅い大地を踏みしめている。

探し始めていくらもしないうちに、サマーハウスに憩う奴の姿を僕は見つけた。ためになる良書を読んでいる。

「ハロー」奴は言った。聖人みたいに微笑みながらだ。

この人のかたちをした天災はずんぐりしたガキで、あまりにも寛容すぎる公衆は十四年の長きにわたり、こいつがこの国内にのさばるのをほしいままにさせてきた。こいつの鼻は低くて上向きで、瞳の色は緑、全体的な印象はこれからギャングになるべく勉強中というものだ。僕はこの顔が好きであったためしがないが、聖人づらの微笑が加わってそいつはまた大いにいまいましさを増していた。

僕は心の中でこいつを愚弄する言葉をいくつかリハーサルしてみた。

「やあ、トーマス君」僕は言った。「そこにいたのか。君はブタみたいに太ってきたな」

口開けとしてはかなりいいようだった。奴が愉快な寛容の精神で受け入れそうにない事柄がもしあるとしたら、それは奴の膨満する腹の問題であるとは経験の教えるところである。こういう趣旨の発言を前回したとき、奴は子供ながら、僕が語彙の中に持っていたらば誇りに思うであろうような言葉でもって僕に返事をした。しかし今回は、奴の双眸に一瞬もの言いたげな閃光が宿ったとはいえ、奴はただ、いよいよ聖人づらを増しながら微笑んだに過ぎなかった。

「うん、ちょっぴり太ってきちゃったみたいなんだ」奴は穏やかに言った。「ここにいる間にいっぱい運動するようにしなきゃ。座ったらどう、バーティー？」立ち上がりながら奴は言った。「長旅の後で疲れてるでしょ。クッションを持ってきてあげるよ。タバコはある？　マッチは？　喫煙室から持ってきてあげられるよ。何か飲み物をとってこようか？」

僕は当惑したと言って過言でない。ダリア叔母さんが話してくれたことにも関わらず、この瞬間まで、この若きならず者の同胞に対する態度に、真正のセンセーショナルな変化なんてものが起こり得ようなどと僕は本当に信じてはいなかったのだ。しかしいまや、まるでボーイスカウトと配送車の盛り合わせみたいに奴が話すのを聞いて、僕は断然当惑した。しかしながら、僕は古えのブルドッグのやり方で頑張った。

「君はまだあのクサレ学校に行ってるのかい？」僕は訊ねた。

奴は自分のアンボンポアンというか肥満に対するからかいには耐えられるかもしれない。だが自分の母校に向けられた愚弄を黙って看過するほど完全に、金に心を売り渡すことが可能だなんて僕には信じられなかった。僕は間違っていた。明らかに金銭欲は奴を支配しきっていた。奴はただ首を横に振っただけだった。

「あそこは今学期でやめた。次学期からピヴンハーストに行くんだ」

「あすこの連中は角帽を頭に載っけるんじゃなかったっけ?」

「そうだよ」

「ピンクの房飾りのついたやつだろう?」

「そうさ」

「どんなとんでもないマヌケに見えることだろうな!」僕は言った。とはいえあまり希望は持てずにいた。そうして心の底から僕は笑った。

「きっとそうだと思うよ」奴は言った。そしてもっと心の底から大笑いして見せた。

「角帽だってさ!」

「ハッハッハッ!」

「ピンクの房飾りか!」

「ハッハッハッ!」

僕はあきらめた。

「ふん、本日はこれまで」僕はむっつりして言い、引き上げた。

数日後、このウィルスは考えていたよりはるかに大量に増殖を進めていることを僕は理解した。このガキは救い難いほど浅ましい姿に成り果てていたのだ。

この悪い報せを運んできたのはアンストルーサー老人だった。

「やあ、ウースターさん」おいしい朝食の後で階段を降りてゆく途中の僕と出会った彼は言った。「貴君はご親切にもわしのよい子のお行儀競争に関心を持っておいででしたな」

「えっ、はい？」

「わしは採点システムについて説明して差し上げたと記憶しておるが。さあて、今朝になってそれをいささか変更する必要に迫られましてな。この状況ではその必要があると思われますのじゃ。この女主人の甥御（おいご）さんのトーマス君が家に戻ってくるところと、たまたま顔を合わせましてな、彼の顔つきはいくぶん疲れたふうで、旅の汚れが付着しているように見受けられましたのじゃ。こんな早い時間にどこに行っていたのかとわしが訊ねると──まだ朝食の時間にもなっていなかったわけですからな──すると彼の言うことには、貴君が昨晩、ロンドンを発つ前にスポーティング・タイムズをこっちに送らせるよう頼んでおくのを忘れたと残念がっているのを聞いたので、わざわざはるばる鉄道の駅まで歩いていって、五キロ近くある距離ですぞ、それを貴君のために調達してきたというのです」

　この老人は僕の目の前で浮遊していた。僕にはアンストルーサー老人が二人いるみたいに見えた。それで二人とも端っこがチラチラちらついているのだ。

「なんと！」

「貴君が感動されるのも無理はない、ウースターさん。わかりますとも。あの年齢の子供のうちにかくも無私の親切を見いだそうとは、まったく稀有（けう）なることですからの。正真正銘の感動をいたしましてな、わしは当初の採点システムから逸脱してあの息子に十五点のボーナスをやりましたのじゃ」

「十五点！」

「それから考え直して二十点にしましたのじゃ。貴君が示唆されたとおり、きりのよい、いい数字ですからの」

　彼はよろよろと歩き去った。そして僕は跳び上がってダリア叔母さんの許に向かった。

「ダリア叔母さん」僕は言った。「大変な事態になってきちゃったんだ」

「あんたの日曜日用のスパッツにかけて、そうに決まってるわ」ダリア叔母さんは力強く同意した。

「たった今、何が起こったかあんたにわかって？　あのイカサマ師のスネッティシャムが、馬場に出入り禁止処分になって、クラブから追放されていて然(しか)るべきあの男が、朝食のときにアンストルーサーさんの椅子の後ろで紙袋を破裂させたら一〇シリングやるってボンゾにもちかけたの。よき女性への愛が勝利を収めて、神に感謝だわ。あたしのかわいいボンゾちゃんは、ただあの男をツイと見やっただけでこれ見よがしに歩き去ったのよ。だけどこれだけでもあたしたちがどんなモノと戦ってるかがわかるってもんじゃないの」

「我々が戦ってる相手はもっと恐ろしいんだ、ダリア叔母さん」僕は言った。そして僕は彼女に何が起こったかを語った。

　彼女は驚愕(きょうがく)していた。愕然とした、と言ってよい。

「トーマスがそんなことをしたの？」

「トーマスおん自らがだ」

「あんたに競馬新聞を買うために十キロ歩いたですって？」

「ほぼ十キロをだ」

「あのクソガキったら！　なんてことかしら！　バーティー、わかってるの？　あのガキがこういう小さな親切を毎日一回やり続けたらどういうことになるか――それとも一日二回かしら？　あのガキを止める手立ては何かないの？」

「何も思いつかない。だめだ、ダリア叔母さん。僕は告白しなきゃならない。途方に暮れてるんだ。なすべきことはただひとつだ。ジーヴスを呼ぶしかない」

「とっくにそうしてるべきだったわね」やさぐれた態度で親類が言った。「最初からここに来てもらってるべきだったのよ。朝のうちに電報を打ちなさい」


ジーヴスにはいいところがある。彼の心臓はちゃんと正しい位置にあるのだ。厳密な検査の結果彼に欠けた所は認められなかった。彼の立場にある人物の多くが、年に一度の休暇の真ん中に電報で呼び出されたら、ちょっとは怒り狂ったりしてなんかいたことだろう。だがジーヴスはちがう。翌日の午後に彼はそよぎ入ってきた。ブロンズ色に日焼けして健康に輝いていた。そして僕は遅滞なく事のシナリオを提示した。

「これでわかったろう、ジーヴス」事実をかいつまんで述べたところで僕は言った。「これは君の知性を最大限に活用してもらうべき問題だ。今と今夜は休息をとって、軽い食事の後、どこか一人になれる場所に行ってじっくりこの問題を考えてくれ。何か晩ごはんに食べたい、特別刺激になる食べ物とか飲み物はあるかな？　君の脳みそを余計に奮起させると思われるものはないかな？　あるようだったら言ってくれ」

「有難うございます、ご主人様。しかしながらわたくしはすでに有効と思われる計画を案出いたしております」

僕はいささか畏怖(いふ)の念を覚えながらこの男をじっと見つめた。

「もうすでにか？」

「はい、ご主人様」

「もう、ってことじゃないだろう？」

「いいえ、ご主人様」

「何か個々人の心理に関係することか？」

「まさしくさようでございます、ご主人様」

僕は首を横に振った。ちょっと落胆しながらだ。疑念がそっと忍び入ってきた。

「じゃあ話してくれ、ジーヴス」僕は言った。「だが僕はたいして期待はしていない。たった今着いたばかりじゃあ、トーマスのガキに起こった恐るべき変化のことは君にわかりようがない。おそらく君は最後に会ったときの奴に関する知識をもとにアイディアを構築しているんだろう。無駄だ、ジーヴス。五ポンドゲットできる見通しにすっかり煽(あお)られたもんで、あのいまいましいガキは恐ろしく高徳になっちゃって、あいつの鎧(よろい)には全然裂け目なんかないみたいなんだ。僕はあいつの胴回りをくさしてあいつの学校を嘲笑してやった。それでも奴は蒼白(そうはく)な、瀕死のアヒルみたいな笑みを浮かべただけだったんだ。うん、それでわかるだろう。だがしかし、君がどういう提案をしてくれるものかは聞かせてくれ」

「本状況におきまして最も賢明なご計画は、トラヴァース夫人にセバスチャン・ムーンお坊ちゃまに短期間ご滞在いただくべくご招待をいただきますよう、あなた様よりご要望なされることであろうと拝察申し上げます」

僕はふたたびオツムを横に振った。そんな計画は子供だましだと僕には思えた。それも第一級の子供だました。

「そんなことをしていったい何になるんだ?」僕は訊いた。ややとげとげしい口調でなかったとは言わない。「どうしてセバスチャン・ムーンなんだ?」

「あの方は金色の巻き毛をお持ちでございます、ご主人様」

「それがどうした?」

「きわめて激しいご気性の方は、しばしば長い金色の巻き毛には抵抗力をお持ちでないものでございます」

ふむ、確かに一理ある。だが僕がものすごく跳んだりはねたりしたとは言えない。セバスチャン・ムーンを一目見ればトーマスの鉄の自制心も崩壊し、彼の人身に暴力を加えるに至るやもしれない。だが僕はそれほどの希望的観測はしていなかった。

「そうかもしれないな、ジーヴス」

「わたくしは自分が楽観的に過ぎるとは存じておりません、ご主人様。ムーン坊ちゃまは巻き毛を別にいたしましても、一概に好ましいとは申し難いご性格の持ち主でおいでございます。あの方はすがすがしいご率直さをもってご自分の思われるところを表現されがちでございますが、その点をトーマス坊ちゃまは、数年ご年少の方におかれてはとご不快に思われるのではなかろうかと愚考いたすところでございます」

僕はずっとどこかに傷がありはしないかと感じていたのだが、今やそいつを見つけたように思った。

「だがジーヴス、セバスチャンのガキが君の言うような毒薬の壺だとしてだ、どうして奴はトーマスに作用するように猛烈にボンゾには効かないって言えるんだ？　我々の被投票者が奴にいたずらを始めた日には、僕らはどんなにかバカみたいに見えることだろうよ。ボンゾはすでに二十点後れを取ってて、この賭けじゃ後手に出てるってことを決して忘れてもらっちゃあ困る」

「さような偶発事態はわたくしの予想いたすところではございません、ご主人様。トラヴァース坊ちゃまは恋をしておいでてございます。そして恋と申しますものは十三歳の方にとりましては、きわめて強力な抑制効果をもつものでございます」

「ふむ」僕は考えにふけった。「そうだな、やってみるしかないか、ジーヴス」

「はい、ご主人様」

「ダリア叔母さんに言って、今夜シッピー宛に手紙を書いてもらうとしよう」

二日後セバスチャンが到着する姿を見たことは、僕の前途の展望から悲観主義を取り除くに与かって大いに力あったと言わねばならない。その外観全体が、真っ当な心の少年らに、こいつを静かな場所に誘い込んで暴力を加えよと声高らかに叫んでいるみたいに見えるガキというものがもしいるとしたら、そのガキは紛れもなくセバスチャン・ムーンだ。奴は僕に激しくフォーントルロイ卿［バーネット『小公子』の主人公］を思わせた。僕は彼らの出会いの瞬間のトーマスの奴の態度によくよく注目していたのだが、僕が間違っていなければ、奴の目には、インディアンの酋長（しゅうちょう）――例えばチンギャクグックとかシッティング・ブルとかいうやつだ――が頭の皮剝（は）ぎナイフを手に取る直前にその目に宿るような表情が宿った。奴は今すぐにも始めようという雰囲気を身にまとっていた。

確かに、握手をする奴の態度は慎重だった。観察力の鋭い者でなければ、奴が心底動揺していることを看破するのは無理だったろう。だが僕は見た。そして直ちにジーヴスを呼んだ。

「ジーヴス」僕は言った。「もし僕が君の計画を高く買っていないように見えたなら、僕は今、発言を撤回させてもらう。君は方途を見いだしてくれたと信じるものだ。衝撃の瞬間のトーマスを僕は見ていた。奴の目は奇妙な輝きを宿していたぞ」

「さようでございますか、ご主人様？」

「奴は落ち着かぬげに足を動かしていたし、奴の耳は小刻みに動いていた。要するに、奴はその虚弱な身体にはあまりに過大すぎる努力によって自己を抑制している少年の外観をすべて備えていた」

「さようでございますか、ご主人様？」

「そうだ、ジーヴス。僕は何かが破裂する寸前だという確たる印象を得ている。明日、僕はダリア叔母さんにこの二人のイボ息子を野辺の散策に連れて行ってもらって、どこか人里離れた場所で見失ってもらうよう頼むことにする。それで残りは大自然にまかせることにしよう」

「それはよいアイディアでございます、ご主人様」

「よいアイディアなんてもんじゃない、ジーヴス」僕は言った。「掛け値なしに最高なんだ」

おわかりいただけよう。齢を重ねれば重ねるほどに、掛け値なしに最高なんてものは存在しないということが、ますます強く確信されてこようというものだ。繰り返し繰り返し、絶対確実に見えるものがパンクする様を僕は目にしてきた。そして今日では僕が超然たる懐疑主義から解き放たれることはごく稀（まれ）である。ドローンズや他の場所で、仲間たちは僕にスタート地点で雷に打たれたって負けようのない馬がいるから投資しろとけしかけてくる。しかしバートラム・ウースターはその首を横に振るのだ。彼は何かを確信するには、あまりにも人生の多くを目にしすぎてきたのであった。

　もし僕の従兄弟のトーマスがセバスチャン・ムーンみたいな最高にいやらしいガキと長時間二人きりにされたら、巻き毛をナイフで切り取って野山を追いかけまわした挙げ句に泥沼に落とし込むのを我慢するのみならず、足に水ぶくれができたからといって、あのおぞましいガキをまさか本当に背中に背負って帰宅することになるだろうなんて誰かが僕に言ったら、僕はきっと軽蔑した笑いを放ったことだろう。僕にはトーマスのことがわかっている。奴の仕事ぶりを知っている。奴が行動する様を見てきている。そして、いかに五ポンドを獲得する見込みといえども、奴を引き止めるにはじゅうぶんでないということを僕は確信していたのだ。

　それで何が起こったか？　静けき夕暮れに、小鳥たちが美声のかぎりに歌い、大自然全体が希望と幸福について語りかけてくるがごとき時、その衝撃が僕を襲ったのだった。僕はテラスでアンストルーサー老人としゃべくっていた。と、突然私設車道を曲がって、二人のガキが姿を現した。セバスチャンはトーマスの肩に座り、帽子をとって金色の巻き毛をそよ風になびかせ、思い出せるかぎりのコミックソングを放歌していた。そしてトーマスは、重荷に頭を垂れつつも勇敢に歩を進め、重たい足取りで例のいやったらしい聖人然とした微笑をたたえていた。奴は正面の階段でセバスチャンを降ろすと、我々のところに近づいてきた。

「セバスチャンの靴にとげが入っちゃったんです」奴は低い、高潔げな声で言った。「痛くて歩けなくなって、それで僕が肩車をしてあげたんです」

　僕はアンストルーサー老人が鋭く息を吸い込む音を聞いた。

「ずっと家までかね？」

「はい、そうです」

「この暑い日差しの下をかね？」

「はい、そうです」

「だが彼はとても重いのではないかね？」

「彼は小さいんです」トーマスは言った。聖人めいた笑いをふたたび開栓しながらだ。「だけど歩いたらひどく痛いだろうと思って」

僕はその場を立ち去った。見るべきほどのものは見つだ。もしこれからまた余計にボーナスをくれてやろうという七十代男性がこの世にいるとしたら、その七十代男性はアンストルーサー老人である。まごうかたなきボーナスキラキラが彼の双眸にきらめいていた。僕は退散し、僕の寝室でタイやら何やらをいじくっているジーヴスを見つけた。

この報せを聞いて彼は少し唇をすぼめた。

「ただならぬ事態でございます、ご主人様」

「きわめてただならぬ事態だ、ジーヴス」

「こうなりはいたさぬかと危惧を申しておりました、ご主人様」

「そうなのか？　僕は危惧していなかった。トーマスがセバスチャンを虐殺するものと僕は確信していたんだ。そうなるのにすべてを賭けてたんだ。金銭欲にどれほどのことができようものか、これでわかろうってもんじゃないか。いまや商業主義の時代だ、ジーヴス。僕が子供の頃は、セバスチャンみたいなガキを正当に扱ってやるためなら、僕は喜んで五ポンドを犠牲にしたものだ。それで有意義な金の使い方をしたって思ったものなんだ」

「あなた様はトーマス坊ちゃまを衝き動かしているご動機を推測されるにあたり、誤ったご判断をされてておいででございます、ご主人様。あの方の自然の衝動を抑制せしめておりますのは、五ポンドを勝ちとらんとするたんなる欲求ではございません」

「へぇ？」

「わたくしはあの方のご心境の変化の真の理由を究明いたしました、ご主人様」

　僕には皆目わからなかった。

「信仰か、ジーヴス？」

「いいえ、ご主人様。愛でございます」

「愛だって？」

「はい、ご主人様。昼食の直後、ホールにて短い会話を交わした折に当の若紳士様がわたくしにお明かし下さったのでございます。わたくしども二人で当たり障りのない話題についてひとしきり話しておりますと、突然あの方は深いピンク色にお顔を染められまして、しばらくご躊躇された後、ミス・グレタ・ガルボ［初期ハリウッドの伝説的スター。「神聖ガルボ」「スウェーデンのスフィンクス」と謳われた神秘的な美貌で知られる］は現存する女性中、最も美しい女性だとは思わないかとわたくしにお訊ねになられました」

　僕はひたいを押さえた。

「ジーヴス！　トーマスがグレタ・ガルボに恋してるだなんて言わないでくれよ？」

「はい、ご主人様。不幸にも事実はそのとおりでございます。わたくしの理解いたしましたところ、しばらく以前よりその兆候はございましたのですが、最新の映画にてそれは決定的となったとの由にございます。あの方のお声は情熱に震えており、誤解の余地はございませんでした。あの方は残る人生を、あの女性にふさわしい人間となるべく努め試みることで費やさんとご計画でおいでのものと理解をいたしましたところでございます」

　これでノックアウトだ。おしまいだ。

「これで終わりだ、ジーヴス」僕は言った。「ボンゾの奴は今頃は四十点も後れを取ってるはずだ。公共の安寧（あんねい）秩序に対するセンセーショナルで目をみはるような悪行によらなけりゃ、トーマスの奴のリードは揺るがない。それでそんなチャンスは、いまや明らかに存在しないってわけだ」

「さような可能性はきわめて低いものと拝察いたします、ご主人様」

　僕は思いに沈んだ。

「トーマス叔父さんが帰ってきてアナトールがいないのを知ったら、ひきつけを起こすことだろうな」

「はい、ご主人様」

「ダリア叔母さんは苦い杯を出がらしまで飲み干しちゃうんだ」

「はい、ご主人様」

「それで純粋に利己的な観点から言わせてもらうと、僕が生まれてこの方食べた中で一番上等の料理が、我が人生から永遠に喪失されてしまうんだ。いつかスネッティシャムが僕を持ち寄りパーティーに招待してくれないかぎりな。それでその可能性もまた低いんだ」

「はい、ご主人様」

「となると僕に唯一できるのは、肩を怒らせて不可避の事態を直視するだけだ」

「はい、ご主人様」

「フランス革命期の貴族がギロチン台への移送車にひらりと飛び乗るみたいにさ、どうだ？　勇敢な微笑だ。上唇を固くして平気な顔だ」

「はい、ご主人様」

「それじゃあよしきた、ホーだ。シャツの飾りボタンは付けてあるかな？」

「はい、ご主人様」

「タイは選んだか？」

「はい、ご主人様」

「カラーと夜会服用下着は揃えてあるか？」

「はい、ご主人様」

「それじゃあ僕は風呂を浴びてすぐまた会うとしよう」


勇敢な微笑やら硬くした上唇やらについて語るのはまったく結構である。だが僕の経験上――また、あえて言うが他の人々についてだって同様の発見をしているところだが――語るだけならそいつを実際に自分の顔に装着するより、はるかにずっと易しである。それから数日というもの、ありとあらゆる努力にもかかわらず、僕は常に変わらず憂鬱を身にまとっていたと認めねばならない。というのは、ことをさらに困難にするみたいに、この時アナトールが料理の腕を突如向上させ、過去の栄光を見劣りさせるくらいの絶好調を見せたからだ。

連夜僕たちはディナーのテーブルにつき、料理は口中でとろけ、それでダリア叔母さんは僕を見つめ、僕はダリア叔母さんを見つめ、それでスネッティシャム（男）はスネッティシャム（女）に向かって恐ろしげにほくそ笑むみたいにこれほどの料理をこれまで味わったことがあるかいと訊ね、それでスネッティシャム（女）はスネッティシャム（男）に気取って笑いかけ、一度もいただいたことはありませんわとか言って、それで僕はダリア叔母さんを見つめ、ダリア叔母さんは僕を見つめ、そうして僕らの目には、こう言っておわかりいただければだが、流されざる涙がたたえられていたのだった。

そしてその間ずっとアンストルーサー老人の滞在は終わりに近づいていた。

時計の砂は落ちきる寸前だった。まあ、いわゆるだが。

そしてそれで、彼の滞在が終了しようという日のまさしくその午後、ことは起こったのだった。それはいわゆる暖かく、けだるい、平穏な午下（ひる）がりのことだった。僕は寝室にいて、この頃怠けがちになっていた手紙を書いたりなどしていた。それで僕が座っていた場所からは半日陰の芝生が見え、芝生の周りは陽気な花壇に縁取られていた。小鳥が一、二羽ちょんちょん跳び回っており、蝶々とかそんなようなものが行ったり来たりはためいていて、各種ハチの類いが色々あちこちブンブン飛んでいた。庭椅子にはアンストルーサー老人が腰かけていて八時間の睡眠をとっていた。それはかくも心に慮（おもんぱか）りのなかりせば、僕の心をちょっとは鎮めてくれていたに相違ない光景であった。この風景の唯一の汚点はレディー・スネッティシャムで、彼女は花壇の間をそぞろ歩きながら、おそらくは未来のメニューを練り上げているのであろう。コン畜生だ。

それでしばらくの間すべてはそのままだった。小鳥はちょんと跳び、蝶々はひらひらし、ハチはブンブン言って、アンストルーサー老人はいびきをたてていた——すべてが筋書き通りだ。それで僕はというと仕立て屋宛の手紙に、この間あつらえた上衣の右袖がだらんと垂れ下がる様についてすごく強いことを言ってやるところまで書き進んでいたところだった。

ドアをノックする音がしてジーヴスが入ってきた。今日二回目の郵便を運んできてくれたのだ。僕は脇のテーブルにもの憂げに手紙を並べた。

「さてと、ジーヴス」僕は陰気に言った。

「ご主人様?」

「アンストルーサー氏は明日ここを発つ」

「はい、ご主人様」

僕は眠れる七十代を見下ろした。

「我が若かりし日のみぎりは、ジーヴス」僕は言った。「たとえどれほど激しく恋に落ちていたとしたって、あんなふうにデッキチェアに寝そべる老紳士を見たら、どうにもこうにも我慢ができなかったものだ。何を犠牲にしたって、僕なら彼に何かしらしてやったことだろう」

「さようでございますか、ご主人様」

「そうだ。おそらくは豆鉄砲を用いたことだろう。だが、今どきの少年は堕落している。連中は英気を失くしてるんだ。おそらくトーマスはこんなに素敵な午後の日に、室内にいて、セバスチャンに切手アルバムか何かを見せてやっていることだろう。ハッ!」僕は言った。それも悪意をこめて言った。

「トーマス坊ちゃまとセバスチャン坊ちゃまは厩舎にて遊んでおいでのことと存じます。今しがたセバスチャン坊ちゃまとお目にかかりまして、そちらに向かわれる途中とお話しいただきました」

「映画というものは、ジーヴス」僕は言った。「現代の呪いだ。だが、少なくとも、トーマスがセバスチャンみたいなガキと厩舎の中で二人きりになっているのに気づいたら――」

僕は言葉を止めた。南西の方角のどこか、僕の視界の外のいずかたより、甲高い悲鳴が聞こえてきたのだ。

その声は大気中をナイフのように切り裂いて進み、アンストルーサー老人は、まるでそれが彼の脚肉の部位に突き刺さったとでもいうみたいに跳び上がった。そして次の瞬間、セバスチャンが姿を現し、快調にとばしながらも僅差でトーマスに追われていた。トーマスはもっと快調にとばしていた。右手に持った大型の厩舎バケツによって動きを妨げられているという事実にもかかわらず、トーマスは実にいい走りを見せていた。奴がほぼセバスチャンに追いつこうというところで、後者はきわめて冷静沈着にアンストルーサー氏の背後にすばやく身を隠し、そこで一瞬、事態は静止した。

だがほんの一瞬に過ぎなかった。トーマスは、何らかの理由で明らかにその存在のごく深みまで心かき乱されており、機敏に片側に移動すると、バケツを一瞬構えてその中身を放出した。そしてアンストルーサー氏はちょうど同じ側に移動したところで、僕が離れた距離から認識しえたかぎりでは、全内容物をその身に受けたのだった。一瞬のうちに、事前の訓練も教育もまったくなしに、彼はウースターシャーで一番の濡れた男になった。

「ジーヴス！」僕は叫んだ。

「はい。さようでございます、ご主人様」ジーヴスは言った。それが僕にはすべてを言いつくしたように思えた。

眼下では、事態はうまい具合に加熱していた。アンストルーサー老人は弱々しいかもしれないが、間違いなくやる時はやる男だった。僕はあの年齢の人物がかくも柔軟な自由奔放さで活動するのを見たことは、ほぼない。椅子の横にはステッキが立てかけてあり、そいつを手に、彼は二歳児みたいに大活躍したのだった。一瞬の後、彼とトーマスは館の横手の方に行ったため僕の視界から消えた。トーマスは類い稀な速度で大逃げを打ったが、激しい苦痛の叫び声から推（お）して判断するに、じゅうぶん相手を引き離すには至らなかったようだ。

わめき声と叫び声が消え、被投票者が賭けから見事に脱落する様を見て砂袋でぶん殴られたみたいな顔をしてその場にたたずむスネッティシャムを少なからぬ満足の念をもってじっと見つめた後、僕はジーヴスのほうに向いた。僕は穏やかに勝ち誇った気分でいた。僕が彼を非難することはそう滅多（めった）にはないが、いまや僕は断固たる態度で彼を非難していた。

「わかったろう、ジーヴス」僕は言った。「僕が正しく、君は間違っていた。血の命ずるところなんだ。一度トーマスに生まれ落ちたら、やっぱりトーマスはトーマスなんだ。ヒョウがブチ模様を変えられるか？　エチオピア人が何だったかを変えられるか？［『エレミア書』十三・二三］学校で教えてくれた、自然を追い払うとか何とかいうのは何だったかな？」

「熊手にて自然を追い払っても、ご主人様、自然はすぐまた戻ってくる［ホラティウス『書簡詩』一・四］、でございます。ラテン語の原文で申しますと――」

「ラテン語の原文のことは気にしなくていい。要するに、僕はトーマスはああいう巻き毛に我慢ができないはずだと君に言ったし、やはり奴にはできなかった、と、そういうことだ。君は奴に我慢ができると言っていただろう」

「この大変動の動因が巻き毛だとは、わたくしは思料いたすものではございません、ご主人様」

「そうにちがいないんだ」

「いいえ、ご主人様。わたくしはセバスチャン坊ちゃまがミス・ガルボのことを軽んじたご発言をなされたものと拝察いたすところでございます」

「えっ？　どうしてそんなことをするんだ？」

「さようになされるよう、わたくしがご提案を申し上げたからでございます、ご主人様。つい先ほど、厩舎に向かわれる途中でお目にかかりました折のことでございました。またその方針を、あの方はきわめて積極的におとりあそばされようとなされました。と申しますのは、あの方はわたくしに、あの方のご意見では、ミス・ガルボは美しさにおいても才能においてもミス・クララ・ボウ［一九二〇年代を席捲した映画女優。ハリウッド最初のセックス・シンボルと言われ奔放な私生活で知られる］に断然劣るものだとお話しくださったからでございます。セバスチャン坊ちゃまはミス・ボウに対し、長らく深いご尊敬の念を抱いておいでの由にございます。我々がただいま目撃したところから拝察いたしますと、セバスチャン坊ちゃまは早い時点で本トピックを会話にご導入されたに相違ございません」

僕は椅子に沈み込んだ。ウースター家の神経系が耐えられるのはここまでだ。

「ジーヴス！」

「ご主人様？」

「あのセバスチャン・ムーンが、年端もゆかぬ青二才が、集団暴行も起こさずに長い巻き毛でこのあたりを歩き回っていられるあのガキが、クララ・ボウに恋していると君は言うんだな？」

「先般来さようでおありの旨(むね)、あの方はわたくしにお話しくださいました」

「ジーヴス、若い世代ってやつは、熱いなあ」

「はい、ご主人様」

「君もあの年頃はあんなふうだったのかい?」

「いいえ、ご主人様」

「僕もだ、ジーヴス。齢十四のみぎり僕はマリー・ロイド［英国のミュージックホール歌手］にサインを下さいと手紙を書いたことがある。だがそれを除けば、僕の私生活をどんなに厳しく調査したって何も出てきやしない。しかしながら、そんなことは重要じゃない。重要なのは、ジーヴス、またもや僕は君におびただしい賛辞を贈らねばならないということだ」

「たいへん有難うございます、ご主人様」

「いまひとたび君は偉大な男として足を踏み出し、よろこびと光明を大盤振る舞いで広めてくれた」

「ご満足をいただけて深甚に存じます、ご主人様。このうえご用はおありでございましょうか?」

「君はまたバンガーにエビ獲りに戻ろうって言うのか? そうしてくれ、ジーヴス。そうしたければもう二週間向こうにいてもらって構わない。君の網に幸運の宿らんことを」

「たいへん有難うございます、ご主人様」

僕はこの男をまじまじと見た。彼の後頭部は突き出していて、彼の双眸は純粋に知性の輝きを放っていた。

「ヤワな狡猾さでもって君と張り合わなきゃならないエビのことを、僕は可哀そうに思う、ジーヴス」僕は言った。

それで僕は本当にそう思っていた。

9. ビンゴ夫人の学友

ヨークシャー・プディングがマンチェスター・ノーヴェンバー・ハンディキャップを勝った年の秋、僕の旧友のリチャード（ビンゴ）・リトルの幸福はその——なんと言ったっけ？——なんとかに達したのだった。奴は、どこから見たってビロードの上にのっかって天下泰平だった。奴はよく食べ、よく眠り、幸福な結婚をしていた。それで誰からも愛された奴のウィルバーフォース伯父さんがいよいよ彼岸に旅立たれたもので、莫大な収入とノリッジ〔イングランド東部、ノーフォーク州の州都〕から五十キロほど離れたところにある立派な田舎の邸宅を所有するところとなった。そこにブンブン飛んでいってしばらく滞在したところ、世界のてっぺんに鎮座ましましている奴がこの世に誰かいるとしたら、そいつはビンゴだと僕は確信するに至った次第だ。

またもや肝臓の具合が悪くなってハロゲートで療養せねばならなくなったジョージ伯父さんのお守り役にと親族らが僕に白羽の矢を立てたため、僕は奴の許を去らねばならなくなった。しかし、僕がそこを発つ日に二人して座って朝食を呑み込みながら、文明の地へと返り咲けるそのあかつきには、できるかぎり早く戻ってくるからと我々は誓い合ったのだった。

「ラーケンハム・レースまでには戻ってこいよ」ビンゴが強く勧めた。奴はソーセージとベーコンの二度目の積荷を積載中だった。奴はいつだって結構な大食家だが、田舎の空気は奴の食欲をさらに増進させたらしい。「ランチョン・バスケットを持って車で出かけようと思うんだ。ずいぶんな大騒ぎになるはずだぞ」

必ずそうするよと僕が言おうとしたところで、コーヒー器具の背後で手紙を開けていたビンゴ夫人が突然よろこびの快哉を放った。

「あらまあ、メーメー仔ヒツジちゃん！」彼女は叫んだ。

ご記憶だろうか。ビンゴ夫人は結婚前はロージー・M・バンクスなる著名な女流小説家で、常に変わらずこういう恐ろしい言い方で夫婦の片割れに呼びかけるのである。大衆のあこがれの的なる小説を書いてその生涯を費やしてきたがために、こういうふうになったんだろうと僕は思う。ビンゴは気にしていないようだ。思うに、細君が『クラブマン、マーヴィン・キーン』や『ただの女工』のごとき途方もないヨタ話の作者であることを鑑みれば、この程度で済んでくれてありがたいと考えているのであろう。

「あらまあ、メーメー仔ヒツジちゃん、ねえ素敵じゃないこと？」

「なんだい？」

「ローラ・パイクがこっちに来たいんですって」

「誰だって？」

「あたくしがローラ・パイクのことお話ししたの、あなた聞いてらしたはずよ。あたくしの学生時代の無二の友人なの。すごく素敵な人よ。一、二週間置いてもらえないかって言ってきてるわ」

「いいとも。呼んで構わないよ」

「本当に構わなくて？」

「もちろんだとも。君の大事な友達じゃないか――」

「ダーリン！」ビンゴ夫人は言った。奴にキスを浴びせながらだ。

「エンジェル！」ビンゴが言った。ソーセージを食べ進めながらだ。

実にまったく結構なことだ。つまり心温まる家庭内シーンだ。家庭における陽気なギヴ・アンド・テイクとかそういうやつだ。僕は帰り道の車内でジーヴスにそんなようなところを話してやった。

「こういう社会的動乱の時代にあって、ジーヴス」僕は言った。「つまり妻たちは自己実現を希求してやまず、夫らは街角をこっそり曲がってすべきでないことをしようとし、それで家庭は全般的に混沌の坩堝と化している、そういう時代にあってだ、完全に結びついたカップルを見るのは心地のよいものだなあ」

「まさしく意を同じくするところでございます、ご主人様」

「僕はビンゴ夫妻のことを言っている――ビンゴ氏とビンゴ夫人だ」

「まさしくさようでございます、ご主人様」

「ビンゴたちみたいなカップルのことを詩人は何と言っていたかな？」

「〈心はふたつながら思いはひとつ。心ふたつ、ひとつに鼓動す〉でございます、ご主人様」

「実に見事な描写だな、ジーヴス」

「人皆一様に満足せしめらるるところと、確信いたすものでございます、ご主人様」

しかし、誰か知らざらん。僕が耳にしたことは来るべき嵐の轟音の最初のかそけき兆しであったのだった。目に見えぬまま、背景のくらがりで、宿命はひそかにボクシンググローブに鉛を仕込んでいたのである。

僕は結構早いことジョージ伯父さんにおさらばし、伯父さんには鉱泉水をぞんぶんに堪能してもらっていることにして、ビンゴ家に電報を送り僕の帰還を報せた。長い長いドライブの末、目的の地に着いたときは、ディナーの着替えにやっと間に合うだけの時間があったきりだった。僕は夜会服に大急ぎで着替え、カクテルとおいしい料理をこれからいただくのを心待ちにしていた。と、ドアが開き、ビンゴが現れた。

「ハロー、バーティー」奴は言った。「やあ、ジーヴス」

奴はいわゆる抑揚のない声で言った。僕はネクタイを調整しながらジーヴスの目を捕えると、もの問うような一瞥(いちべつ)を交わした。彼の目つきから、彼も僕と同じ印象を受けていることを僕は理解した——すなわち、我らがホスト、若きご領主様は、あまり快活なお心持ちではおられないということだ。奴の眉間には深いしわがより、両の目は生き生きした輝きを失っていた。また奴の全般的な態度物腰は、数日間水中にあった後に発見された水死体のそれであった。

「何かあったのか、ビンゴ?」僕は訊いた。幼馴染に対する当然の気づかいからだ。「カビが生えたみたいな顔してるぞ。何かの疫病神(やくびょうがみ)にでもやられたのか?」

「そうだ」

「何がそうだって?」

「疫病神だ」

「どういうことだ?」

「疫病神がただいま我が家にご降臨中なんだ」ビンゴは言った。そして不快な、痰の絡んだような笑い声を上げげた。まるで扁桃腺をなくしでもしたみたいにだ。

僕は奴の言うことがわからなかった。なぞかけでもしているみたいな話し方だ。

「お前はなんだか」僕は言った。「なぞかけでもしてるみたいだな。君はリトル氏はなぞかけをしているみたいだとは思わないか、ジーヴス?」

「はい、ご主人様」

「俺はパイクの話をしてるんだ」ビンゴは言った。

「どういうパイクだ?」

「ローラ・パイクだ。憶えてないか――?」

「ああ、もちろん憶えてるさ。学校のときの友達だろ。ご学友だ。彼女はまだいるのか?」

「いる。それで永遠にここにこのまま居座りそうな勢いなんだ。ロージーはあいつに完全にイカれちまってる。あの女の話に夢中なんだ」

「青春の日の魅力いまだ衰えずってことか?」

「そういうことなんだろうな」ビンゴの奴が言った。「女学生時代の友情とかいうシロモノにはまったく参るぜ。催眠性としか言いようがない。俺には理解できん。男ってものはああじゃない。お前と俺はいっしょに学校に行った仲だ、バーティー。だが俺はお前のことを全能者みたいなもんだなんて見やしない」

「見ないのか?」

「俺はお前のほんの軽い言葉を、知恵の真珠だなんて思いやしない」

「どうして思わないんだ?」

「だがロージーはパイクに対してそうするんだ。彼女はパイクの言いなりだ。かつて第一級のエデンの園だった場所が、ヘビの奸佞邪智(かんねいじゃち)がためその居住性において完全なる廃墟と化している。この家を見てくれ」

「どうした、何が悪いんだ?」

「ローラ・パイクだ」強烈な苦々しさを込めてビンゴが言った。「あいつは食べ物に関しちゃ変人なんだ。俺たちがたくさん食べすぎだし、食べるのも早すぎで、カブとか何とかそんなようないやったらしいモノ以外は食べるべきじゃあないって言うんだ。それでロージーはあの女にバカ言うなって言ってやる代わりに、あの女のことをまん丸い崇拝の目でもって見つめて、言われたまんまを鵜(う)呑(の)みにしちゃうんだ。その結果、我が家の食卓はバラバラに粉砕されちまって、俺は足の先まで腹をへらしてる。そういうわけだから、うちにはビーフステーキ・プディングはもう何週間もお姿をお見せでないと言ったら、俺の言わんとするところがお前にだってわかるだろう」

と、そのとき銅鑼(どら)が鳴った。ビンゴはそいつを憂鬱(ゆううつ)なしかめっ面で聞いていた。

「連中がどうして今でもあんなクソいまいましいシロモンを鳴らすのか、わけがわからん」奴は言った。「あんなもんをゴーンって打ち鳴らす必要なんかまるでないんだ。ところでバーティー、カクテルはご所望かな?」

「ああ、いただこう」

「だめだ。ここにはもうカクテルなんてありゃあしない。ご学友が言うことにゃあ、カクテルは胃組織を侵食するんだそうだ」

僕は愕然とした。悪の手がそこまで伸びていようとは知らなかった。

「カクテルなしだって！」

「そうだ。今夜の食事がベジタリアン・ディナーでなかったら、お前は運がいいと思うことだな」

「ビンゴ」僕は叫んだ。心深くかき乱されながらだ。「お前は行動しなきゃならない。断固として自己を主張しなきゃだめだ。足を地面にしっかり付けなきゃいかん。強い態度を取るべきだ。お前はこの家の主でいなきゃならないんだ」

奴は僕を長いこと、おかしな目で見つめた。

「お前は結婚してないだろ、バーティー？」

「してないのはわかってるだろう」

「その点をわきまえてなきゃいけなかった。まあいい。来いよ」

さてと、晩餐は必ずしもベジタリアンというわけではなかった。だがそれ以上に言うべきところはなしだ。お粗末で貧弱でぜんぜんまったく素敵でない、ぱっとしない食事で、長いドライブのあと、僕の大事な胃の腑が立ち上がってやかましく要求した果てに得られたのがそれだ。それでまた、そこにあったたなけなしのものは、ローラ・パイク嬢との会話によってすべて口中で灰にと変わったのであった。

もっと幸せな状況にあったならば、また前もって彼女の魂のねじくれた性格について知らされていなかったならば、出会いの瞬間、この女性は僕の胸に好印象を残したかもしれない。彼女は実際なかなか見かけは魅力的な女性で、顔にはちょっと意志の強さが感じられるものの、それでもなおなかなかに魅力的だった。しかし、たとえ同人が燦然と光を放つ美女であったとしても、バートラム・ウースターをしてビビビッと感じさせることはなかったことだろう。彼女の会話は、まともな頭の男ならトロイのヘレンをすら深く嫌悪せしめずにはおかないほどのシロモノだったのだ。

ディナーの間じゅう、パイクは間断なく話し続けた。この女性の話すことはほぼすべて食べ物と、ビンゴがそれをうちに鋼鉄が入り込んだかを理解した。それですぐに僕は、どうしてビンゴの魂のを過剰に大量にかっ込みがちで、それにより胃組織に負担をかけていることについてだった。彼女は僕の胃組織には特にこれといって関心を寄せていないふうだった。もしバートラムがそいつを破裂させても、彼女は別に構わないのだという印象を僕は得た。改心し、救済さるべき者として彼女が関心を集中しているのはただひとりビンゴのことのみであった。女祭司長がお気に入りの無知蒙昧な弟子を見やるごとくに奴を見つめながら、奴が脂質溶解性ビタミンを含まぬモノを食べ続けようと強弁するが故に奴の身体内部で何が起こっているかを、彼女はすべて説き聞かせてくれた。彼女はたんぱく質、炭水化物、そして平均的成人の生理的必要摂取量について虚心坦懐に語った。彼女は言葉を控えめに語ることの意義に信を置いている女性ではなかった。また彼女が話してくれた、プルーンを食べるのを拒否した男に関するきわどい逸話は、僕をして最後の二品に手をつけぬ男にせしめたのであった。

「ジーヴス」その晩寝室に向かいながら僕は言った。「僕はこいつが気に入らないな」

「さようでございますか、ご主人様?」

「そうだ、ジーヴス。気に入らない。僕は本状況を憂慮の目もてうちながめている。僕が思っていたより事態は深刻だ。夕食前のリトル氏の発言は、このパイクが一般的な意味での食生活改善について講義しているに過ぎないとの印象を君に与えたかもしれない。僕はいまや理解したのだが、事実はそんなものではない。彼女の主張を例証するため、彼女はリトル氏を悪例として引き合いに出し続けている。彼女は奴を批判しているんだ、ジーヴス」

「さようでございますか、ご主人様？」

「そうなんだ。おおっぴらにだ。奴に向かって食べすぎだし飲みすぎだしガツガツむさぼりすぎだって言い続けている。彼女が行なった、反芻動物として見たときの、奴と故グラッドストン氏との比較を君にも聞いてもらいたかった。ビンゴの負けなんだそうだ。それでまた恐ろしいことに、そんなことをビンゴ夫人は是認してるんだ。細君というのはしばしばあんなふうなのか？　主人であり支配者たる夫に対する批判を歓迎するものなのかってことなんだが？」

「奥様方は一般に、旦那様の改善向上に関する外部観衆からの示唆に対し、ご寛容でおいであそばされるものでございます、ご主人様」

「それで既婚男性ってのは青白くて弱々しいんだな、どうだ？」

「さようでございます、ご主人様」

僕には前もってこの人物をビスケットを一皿取りに階下にやっておくだけの先見の明があった。僕は思索にふけりつつ、代表物をひとつ齧った。

「僕が何を考えているかわかるか、ジーヴス？」

「いいえ、ご主人様」

「僕はリトル氏は己が家庭内の幸福を脅かしている危機の真の脅威を理解していないように思うんだ。僕にはこの結婚というもののことがわかり始めてきた。物事がどういうふうに作用するものか、だんだんわかってきた。僕がどういう解答に行き着いたか、君は聞きたくはないか？」

「たいへんお伺いいたしたく存じます、ご主人様」

「うむ、こういうことなんだ。二人の男女を例にとろう。この二人は結婚した。それでしばらくの間はいやになっちゃうくらいうまいこといってるんだ。女の子は相手のことを、生まれてこの方出会った中で最高の男だと思っている。彼は彼女の王様だ。とまあ、こう言ってわかってもらえればだが。彼女は彼を尊敬し、崇拝している。至上の歓喜が君臨していると、君なら言うところだろう。どうだ？」

「おおせのとおりでございます、ご主人様」

「そしてやがて、だんだんと、徐々に――少しずつだ、この表現を用いてよければだが――幻滅が訪れるんだ。彼女は彼がポーチト・エッグを食べるところを見る。そして魅力が色あせ始めるんだ。彼女は彼がリブ付きチョップを食べるところを見る。魅力は色あせ続ける。そして以下同様、以下同文、と言って君にわかってもらえればだが、その他もろもろだ」

「おおせの趣旨は完全に理解いたしております、ご主人様」

「だがこの点に注意せよなんだ、ジーヴス。ここが重要な点だ。ここからが肝心なんだ。普通なら、それで大丈夫だ。なぜなら僕が言ったように、幻滅は徐々に進行するわけだし女性側にはそれに適応してゆくだけの時間があるんだ。だがビンゴの奴の場合、パイクの無作法であからさまな物言いのせいで、怒濤（どとう）のようにそいつが押し寄せたわけだ。まったく突然にだ。事前の準備も何もなく、だ。ビンゴ夫人はビンゴのことを内臓の中が不快なほどにぐっちゃぐちゃになってる人間ボア・コンストリクター［獲物を締めつける南米産の大蛇］として提示してみせられたんだ。パイクがビンゴ夫人のため、その心のうちにでっち上げようとしている絵柄は、君がレストランで見かける、三重あごに出っ張った目、それでひたいからは静脈が浮き出してるって男の姿だ。こんなことがもうちょっとだって続いたら、愛は死滅する」

「あなた様はさようにお思いでおられるのでございましょうか、ご主人様？」

「僕はそう確信している。こんな緊張に堪えられる愛なんてあり得ない。ディナーの間にパイクはビンゴの奴の腸管について、この風紀の弛緩した戦後の時代にあってすら男女同席の席で可能だとは思いもよらなかったようなことを二回も言ったんだぞ。さてと、僕の言いたいことはわかったろう。男性の腸管をいつまでもけなし続けて、それでそいつの細君が立ち止まって考え直さないでいられるなんてことはあり得ないんだ。僕の見るところ、危険なのは、こういうことがあと少しだって続いたら、リトル夫人はビンゴのことをちょっとやそっと修理したってどうにもならないから、こいつは廃車にして新車を買ったほうが得だって決心するに決まってるってことなんだ」

「きわめて不快でございます、ご主人様」

「何かしなけりゃならない、ジーヴス。行動しなきゃだめだ。このパイクの奴をこの家の垣根の外に追い出す算段をなんとか見つけないことには、それも今すぐすみやかにそうしないことには、この家の命運はつきたというものだ。それにわかるだろう、事態をますます面倒にすることに、ビンゴ夫人はロマンティックなんだ。彼女みたいな、脂肪分過多のこってりしたおとぎ話を毎日五千語は量産しないことには夜も日も暮れないって女性は、幸せの絶頂にある時ですら些細なものを恋い焦がれるんだ。連中の頭にはインクが染みついてるんだな。つまり、そもそもの最初から、ビンゴの奴が、ビンゴ夫人が自分の本に登場させてるみたいな強くて無愛想で帝国の建造者のごとくあって、それで悲しげな、底知れぬ目をしてほっそりと繊細な手をした、乗馬靴をはいた英国男子じゃないってことに、彼女がひそやかな後悔を抱いていたとしたって僕は驚きやしないんだ。僕の言いたいことはわかるな？」

「まさしく理解いたしましてございます、ご主人様。あなた様がおおせのご趣旨は、パイク様のご批判が、これまで定式化されておられなかった不満を潜在意識から顕在意識下に移行せしむるべく作用いたすということでございましょう」

「もう一度言ってくれないか、ジーヴス？」僕は言った。そいつがバットを放たれた瞬間に捕球しようとしたが、何メートルも外れてしまったといったような案配だった。

彼は同旨の発言を繰り返した。

「ふむ、君の言うとおりだと言うべきだろうな」僕は言った。「とはいえ、肝心なのはP・M・G・パイクには出ていってもらわなきゃならないってことだ。手始めにどうすべきだと君は提案してくれるかな？」

「おそれながら、今現在は何ら提案はございません、ご主人様」

「たのむ、たのむぞ、ジーヴス」

「おそれながら、ご主人様、おそらくそのご婦人にお目にかかった後であれば――」

「つまり君は、個々人の心理とか何とかを研究したいと、そう言うんだな？」

「おおせのとおりでございます、ご主人様」

「ふむ、どうやってそうするつもりか僕にはわからない。つまり、君はディナーテーブルに群れ集ってパイクの小噺（こばなし）に聞き入るわけにはいかないだろう」

「その点が困難なところでございます、ご主人様」

「君の最大のチャンスは、木曜日にラーケンハム・レースに出かけるときだと思われる。僕らは神様の大天井の下でランチョン・バスケットをいただくんだ。そのとき君がそこにいて、サンドウィッチを手渡してくれるのを阻止できるものは何もない。耳を突き出して鋭く観察すべく最善をつくしてもらうことが、僕のアドヴァイスだ」

「かしこまりました、ご主人様」

「よし、ジーヴス。それではその時その場にいて、目を見開いていてくれ。さてと、それではそれはそれとして、階下に行ってこのビスケットをもうひと盛り持って来れないものか見て来てくれないか。僕には切実にあれが必要なんだ」


ラーケンハム・レースの朝は明るく元気よく明けた。ちょっと見の傍観者ならば、神、そらに知ろしめしてすべて世は事も無し［ブラウニング「ピパの唄」］と言ったことだろう。その日は秋の終わりに時々あるような日で、太陽は輝き、小鳥は囀り（さえずり）、空気中には血液を元気いっぱいに血管中を駆けめぐらせるような、爽快（そうかい）な芳香（ほうこう）があった。


しかしながら、個人的には僕はこの爽快な芳香にそれほど心うきうきさせられるところではなかった。僕はあまりに途方もないほどに元気いっぱいな気分になっていたもので、朝食を終えたほぼその瞬間から、昼食は何だろうかと考え始めたのだ。それでパイクの影響下でおそらくどういうものが昼食に供されるかと考えるにつけ、僕の意気はいちじるしく沮喪（そそう）させられたのだった。

「僕は最悪の事態を恐れてるんだ、ジーヴス」僕は言った。「昨夜のディナーでパイク嬢は、ニンジンこそはあらゆる野菜中で最も優れた食べ物だとの見解を表明した。驚くべき血液改善効果を有し、美肌効果もあるそうだ。さてと、僕はウースター血液を改善するについては大賛成だし、バラ色に輝く僕の頬を見せてやって当地の人々の目を楽しませるにあたってはまったくやぶさかでない。しかし昼食に生のニンジンを食べてまでそんな真似をするのはいやなんだ。したがって不快を避けるためには、君が若主人様のために、自分用のサンドウィッチの包みに少しばかり余計に足し入れておいてくれるのが一番いいと思うんだ。用意がないと困るからな」

「かしこまりました、ご主人様」

この時点で、ビンゴの奴がやってきた。こんなにも意気揚々たる奴の姿を、ここしばらく僕は見ていなかった。

「ランチョン・バスケットの中身を監督してきたところなんだ、バーティー」奴は言った。「執事の横に立って監督して、ふざけた真似はなしってことを確認してきた」

「全部ちゃんとしてるのか?」僕は訊いた。ほっとしながらだ。

「全部間違いなくちゃんとしてる」

「ニンジンはなしだな?」

「ニンジンはなしだ」ビンゴの奴が言った。「ハム・サンドウィッチだろう」奴は続けた。不思議な、和な光が奴の目に宿っていた。「それと舌肉のサンドウィッチと瓶詰め肉のサンドウィッチと野禽(やきん)のサンドウィッチとかたゆで卵にロブスターにコールド・チキンにサーディンにケーキにボリンジャーのシャンパンを数本と年代物のブランデーをちょっと――」

「そうこなくちゃな」僕は言った。「その後でまだ口寂しけりゃ、もちろんそれからパブに行けばいいわけだ」

「どういうパブだ？」

「競馬場にパブはないのか？」

「何キロ先までパブはない。だからこそ俺はランチョン・バスケットにふざけた真似がないようにって、特にと気をつかってるんだ。レース会場になる広場ってのはオアシスなしの砂漠なんだ。ほぼ死の落とし穴だと言っていい。ちょっと前に会った奴が話してくれたんだが、そいつは去年そこに出かけてバスケットを開けてみたら、シャンパンが破裂してサラダドレッシングといっしょくたになってハムをびしょびしょに浸していて、それでそのハムはゴルゴンゾーラチーズと混ざり合って一種のペースト状をなしていたそうだ。越えゆくには険しき道だったそうだ」

「それでそいつはどうしたんだい？」

「ああ、その混合物を食べたんだ。他に道はなかった。だがそいつが言ってたが、時々その味が思い起こされてくるんだそうだ。今でもまだな」

普通の状況であれば、目的地まで我々が以下のような二隊に分かれて移動すると聞いたってたいして喜んだりはしなかったと思うのだ——すなわち、ビンゴとビンゴ夫人が彼らの車でゆき、パイクが僕の車に乗って、ジーヴスがその後部補助席に座る、と。しかし、事がこんな状況であったわけだからこの割り振りには一理あったわけだ。つまりこれによりジーヴスは彼女の背後で観察し推論を加えられるし、一方僕は彼女と会話をし、彼にこの女性がどういう種類の女性であるかを認識させてやれるということである。

　したがって、出発とほぼ同時に僕は会話をはじめ道中ずっと話し続けたわけで、コースに到着するまでに彼女は最高の姿を見せてくれていた。立ち木の横に駐車して車を降りた僕は、少なからぬ満足を覚えていた。

「聞いてくれたか、ジーヴス」僕は厳粛に言った。

「はい、ご主人様」

「タフなお嬢さんだろう？」

「否定の余地なくさようでございます、ご主人様」

　ビンゴとビンゴ夫人がやってきた。

「最初のレースまで三十分はある」ビンゴが言った。「今のうちに昼食にしとこう。バスケットを出してくれないか、ジーヴス？」

「さて？」

「ランチョン・バスケットだ」熱を込めた声でビンゴは言った。ちょっと口の端を舐めながらだ。

「バスケットはウースター様のお車内にはございません」

「なんだって！」

「あなた様がお車にて運んでおいであそばされたものと存じておりました」

　このときのビンゴの顔くらい、太陽の輝きがすばやく消えうせた顔を僕は見たことがない。奴は鋭い悲嘆の叫びを発した。

「ロージー！」

「なあに、素敵なダンナ様？」

「ビルメシ！　ラスケット！」

「どうしたの、ダーリン？」

「昼メシのバスケット！」

「それがどうしたの、愛しい人？」

「置いてきちゃったんだ！」

「あら、そう？」ビンゴ夫人は言った。

告白するが、このときほど僕の中で彼女の評価が下がったときはない。僕はいつだって彼女のことを、僕の知り合いみんなに負けず劣らず食事に対して健康で正しい評価を行なえる女性だというふうに考えてきた。何年か前、僕のダリア叔母さんがビンゴ夫人のフランス人コックのアナトールをくすね取ったとき、彼女はダリア叔母さんのことを僕の面前でひどく罵(ののし)って僕に深い感銘を与えたものだ。しかし、このいまいましい荒野にひと齧(かじ)りするものもひと啜(すす)りするものもなく置き去りにされたとの報に接したというのに、彼女に言えるのは「あら、そう？」だけときた。このときまで、彼女がどれほどまでにパイクの悪影響に支配されるままあるを許してきたかを、僕は完全に理解してはいなかったのだ。

で、パイクはどうかというと、もっと低レベルでしか心動かされていなかった。

「よろしいじゃない」彼女は言った。彼女の声はビンゴのことをナイフみたいに切りつけた様子だった。「昼食は抜いたほうがよろしいのよ。もしいただくとしてもマスカットを何粒かとバナナとすりおろしたニンジンだけで済ますべきなの。これはよく知られた事実なんだけれど――」

そして彼女は静脈中の胃液について長々とさらに続け、それは紳士同席の場においてはまことにふさわしからぬ話題であった。

「そういうことだから、わかったわね、ダーリン」ビンゴ夫人は言った。「消化の悪い食品をたくさん食べなくて済んで、あなた今までよりずっと体調も気分もいいって感じるはずよ。最善の事態だと思わなくちゃね」

ビンゴは彼女を長々と、未練がましい目で見つめた。

「わかった」奴は言った。「それじゃあ、ちょっとすまないんだが、俺はどこか刺激的なコメントなしに元気になれる場所に行かせてもらうよ」

僕はジーヴスが意味ありげに姿を消すのを認めた。それで僕は最善を期待しつつ彼の後を追った。僕の信頼は誤って置かれてはいなかった。彼は二人分のサンドウィッチを持ってきてくれていたのだ。実際、三人分はじゅうぶんあった。僕は口笛を吹いてビンゴを呼び、奴はこっそりやって来て、それで我々は生垣の後ろでやっつけ仕事で身体組織の回復に励んだのだった。それからビンゴは第一レースについて馬券屋に訊きに出かけてゆき、そしてジーヴスはひとつ咳払いをした。

「パンのかけらが気管に入っちゃったのか?」僕は言った。

「いいえ、ご主人様。とは申せお気遣い有難うございます。わたくしはただ、勝手な振る舞いをいたしておらねばよろしかったのですが、との希望を表明いたしたかっただけでございます」

「どういう勝手だ?」

「出発前にランチョン・バスケットをお車内より取り出しました件につきでございます、ご主人様」

僕はポプラのごとく震えた。僕はこの男をにらみつけた。愕然としながらだ。骨の髄までショックを受けていた。

「君がやったのか、ジーヴス?」僕は言った。それでブルータスが鋭い刃物で自分を刺しつらぬいているのに気づいたときのシーザーも、おんなじような種類の声で言ったのではなかろうかと思った。「君はつまり、故意に、この言葉で正しければだが、そうしたと言うの――」

「はい、ご主人様。それが最も賢明な方法と思料いたした故でございます。管見いたしますところ、現在の心理状態のままリトル夫人に、今朝方リトル様が概略お話しあそばされたような規模のお食事をご夫君が召し上がられる様をご覧いただくことは賢明ではございますまいと思料いたしました」

僕は彼の言わんとする点を理解した。

「そのとおりだ、ジーヴス」僕は思慮深く言った。「君の言いたいことはわかる。もしビンゴの奴に欠点があるとすれば、それはサンドウィッチを目の前にすると、ちょいと野蛮な態度に出る傾向があるってところだ。僕は奴と以前よく何度もピクニックに出かけたことがある。それで舌肉のサンドウィッチやハム・サンドウィッチに対する奴の接近方法というのは、百獣の王たるライオンがアンテロープをガツガツむさぼり食らうがごとしなんだ。そこにロブスターとコールド・チキンを付け加えてみろ。その光景は何かしら配偶者に不快を与えるものとなろうとは僕の認めるところだ……だが……それでもしかし……やはり――」

「また、別の側面もございます、ご主人様」

「それは何だ?」

「強烈な秋の空気の下、食物なしで一日過ごされた後には、リトル夫人のお心のありようは、パイク様の食習慣に関するご見解と必ずしも一致調和しないものとなる可能性がございましょう」

「つまり飢餓にさいなまれた挙げ句、胃液が一日休養できてどんなによかったことかとかパイクがまくし立てたとき、彼女がパイクに噛みつくような展開になりやしないかってことか？」

「まさしくおおせのとおりでございます、ご主人様」

僕は首を横に振った。この男のひたむきな熱意に水をさすのはいやだったが、しかし、なさねばならぬだ。

「そんな考えは捨てるんだ、ジーヴス」僕は言った。「残念ながら君は僕ほどには女性というものを研究していないようだな。昼食を抜くくらいのことは女性たちには何でもない。昼食に対する女性の態度が、軽薄で真剣さに欠けるってことは悪名高いんだ。君の誤りは昼食とお茶の時間を混同している点だ。お茶の時間にお茶をいただけない女性くらい恐ろしいものはない。そういうときは女性のうちで最も心優しき人物ですら、火花放つ爆弾と化すんだ。しかし昼食においては、ジーヴス、そうじゃないんだ。君ならそんなことはじゅうじゅう承知だと思っていた――君みたいに定評のある、高い知性を備えた人物ならばだ」

「疑問の余地なく、あなた様のおおせのとおりと存じます、ご主人様」

「どうにかしてリトル夫人がお茶をいただけないような段取りにできれば……だがそんなのは白日夢なんだ、ジーヴス。お茶の時間までに彼女らはなつかしき我が家に無事帰還なって飽食三昧だ。道中は一時間かそこらだ。最終レースは四時ちょっと過ぎには終わる。五時にはリトル夫人はテーブルの下に脚をしまい込んでバターつきトーストを享楽していることだろう。残念だがジーヴス、君の計画は最初から大失敗だ。役に立たない。だめだ」

「ご指摘の点、感謝申し上げます、ご主人様。おおせの点はじゅうじゅうごもっともと存じます」

「残念ながらそうなんだ。さてと、それではそれはそれとしてだ、今なすべきはただひとつ、コースに戻って馬券屋を一人二人丸裸にしてやって、そして忘れようとしてみることだな」

さてと長い一日はいわゆる、まあ、ゆっくりと過ぎた。大いに楽しんだと僕には言えない。僕は上の空だった、と言っておわかりいただければだが。放心していた。時々のろくさい田舎馬の一群が農民を背に乗せてコースを重ったるく移動していったが、僕はそれを気だるい目でながめやっていた。こういう田舎の集会の精神に熱中するには、当該主体が美味しくてたっぷりした昼食を体内に収納していることが必要不可欠である。そこから昼食を引き算したら、何が起ころうか？　倦怠である。午後の間じゅう一度ならず何度も、僕はジーヴスに対して厳しい思いでいる自分に気がついたのだった。僕にはこの男がグリップをなくしているように思えた。子供にだって彼のバカげた計画ではどうもなりはしないと教えてやれたはずだ。

つまり、平均的女性というものが、マカロンを二、三個とチョコレート・エクレアを半分とラズベリー・ヴィネガーを口にしたらばそれで昼食を豪華に済ませたと考えるものだということを想起するならば、昼日中にサンドウィッチを食べられなかったからといってその女性はイライラするだろうか？　もちろんしない。完全にバカげている。バカバカしすぎて言葉もない。ジーヴスが利口の真似をした末に成し遂げたことといえばただ、キツネにハラワタを齧られているみたいな気分に僕をさせ、帰宅したいとの強い欲望を覚えさせただけだ。

したがって、斜陽は落ちかげり、ビンゴ夫人が本日はこれでおしまいにして移動しましょうとの意向を表明したときには、僕はほっとした。

「最終レースがご覧になれなかったら、すごく残念だって思われるかしら、ウースターさん？」

「僕は大賛成ですよ」僕は心の底からそう答えた。「僕の人生において最終レースはほとんど、あるいはまったく意味を持ちません。それに僕は一シリング六ペンス浮いているんです。勝ってるうちが引きどきですよ」

「ローラとあたくしは家に戻りたいんですの。早めのお茶をいただきたいわ。ビンゴは残っていくって言うのよ。ですからあなたにうちの車を運転していただいて、それであの人が後であなたの車でジーヴスといっしょに帰ってくればいいと思いましたの」

「よしきたですよ」

「道はおわかり？」

「ええ。幹線道路を池のそばまで行って曲がって、それから野原を抜けてゆくんですよね」

「そこからはご案内して差し上げられるわ」

僕はジーヴスに車をとりに行かせ、それでいまや我々は快調に車を走らせていた。短い秋の日の午後は、冷たく霧の立ち込める夕べに変わっていた。男の思いを、ちょっぴりレモンを垂らしたスコッチのお湯割りの方向にさまよわせるような、そういう種類の夕べである。僕はアクセルにしっかり足を置き、幹線道路の八、九キロほどはすばやく走り過ぎた。

池のところで東に曲がると、僕はちょいとゆっくり走らねばならなくなった。あまり進行が容易でない荒れた田舎道を行かねばならなかったからだ。イギリス中でノーフォークのわき道くらい、地図にものらないとんでもない場所を走っていると人をして思わせるところを僕は知らない。時折、我々はウシ一、二頭に遭遇した。だがその他は、この世界はほとんど僕たちだけのものみたいだった。

僕はまた例の飲み物について考え始めた。それで考えれば考えるほどに、そいつは素晴らしいものだというふうに思えてきた。こういうときに有効な飲み物の選択という問題で、人々の意見が様々に分かれるのは奇妙なことである。これがジーヴスの言う個々人の心理というものであろう。僕の立場に置かれた別の男なら、ジョッキ一杯のエールに一票を投じるだろうし、パイクの考える心身を爽快（そうかい）にする飲み物とは、行きの車内で彼女が話してくれたところによれば、種と皮のぬるい煮出し汁をカップに一杯か、あるいはそれがないときは彼女がフルーツ・リキュールと呼ぶところのものであるという。そいつを作るには、干しブドウを冷水につけ、レモン汁を加えるのだ。思うに、然（しか）る後に何組かの旧友を招いて大騒ぎをやって、朝になったら死体を埋葬するんだろう。

　僕に関して言うなら、迷いはない。僕の信念は決して揺らがない。スコッチのお湯割りこそ僕の飲み物だ——スコッチを強調して、と言っておわかりいただければだが、それでH_2Oのほうはごく軽くいってもらいたい。霧にけぶる野原の向こうに、僕に微笑（ほほえ）みかけてくるビーカー瓶が見えたような気がした。そいつは僕に手招きをして、「走れ！　バートラム。あともう少しだ！」と語りかけてくれるのだ。そうして改めて活力を得て、僕はアクセルを力強く踏みしめ、速度計の針を百キロに近づけようとした。

　ところがそうなる代わりに、と言ってご理解いただけるかどうか、そのいまいましいシロモノは一瞬六十キロあたりをチラチラし、それでまるきりまずい具合に仕事を投げ出してくれたのだった。まったく突然、予期せずに、いったい僕が一番驚いたのだが、車は病気のヘラジカみたいな弱々しいゴボゴボ声を放つと、進行を止めたのだった。そして我々はノーフォークのいずかたかにあって、宵闇は迫り、グアーノ［鳥糞の化石、肥料に用いる］と死んだ飼料ビートの臭いのする冷たい風が、ただ脊柱（せきちゅう）のまわりを探るように吹き戯れるばかりだった。

後部座席の乗客たちはわめき立てた。

「いったいどうしたの？　何が起こったの？　どうして進まないの？　どうして車を止めたの？」

僕は説明した。

「僕が止めたんじゃない。車が止まったんです」

「どうして車が止まったの？」

「ええ！」僕にふさわしい男らしい率直さで僕は言った。「問題はそこなんですよ」

おわかりいただけよう。僕は、車はおおいに運転するが、その仕組みについては初歩的なことも知らないという連中のひとりである。僕のいつもの方針は、乗車してセルフ・スターターをつっつき、あとは大自然に任せることだ。もし何かうまくいかないときには、自動車協会の作業員を求めて大声で叫ぶ。このシステムは今日までいつだって立派に期待に応えてくれてきた。だが、現在置かれた状況にあっては、自動車協会の作業員は何キロ先までいやしないという事実のため、そんなのはヒューズが飛んで役に立たない。僕はまずまず適度な量の説明を加えたのだが、その返礼としてはパイクの口から「チッ！」との言葉を受け取っただけで、そのためもうちょっとで僕の頭のてっぺんは、蓋が外れて飛び上がりそうになった。幼少期より僕のことをまぬけと呼ぶにも十歩足りない人間とみなす女性の親戚たちの群れと共に過ごしきたがため、僕は「チッ」についてはちょいとした目利きになっている。それでパイクの「チッ」は、ゆうにAクラスに入るものだと僕には思われた。アガサ伯母さんに匹敵するタンブル、すなわち音色と、ブリオ、すなわち生き生きした躍動感とを持ち合わせている。

「あたくしが問題を見つけられるんじゃないかしら」少し落ち着いて彼女は言った。「車のことならわかりますのよ」

彼女は車を降り、そいつの内臓部をのぞき込み始めた。僕は一瞬、脂質溶解性ビタミンの欠乏によりこいつの胃液が間違った方向に向かったんじゃないかと示唆しようかと思ったが、色々考えやめておいた。僕はきわめて注意深い観察者だが、彼女がそういうムードでいるようには見えなかったからだ。

だがしかし、実のところ、僕はその点においてだいたい正しかったようだ。しばらくの間不満げにエンジンをいじりまわした末、この女性には突然アイディアがひらめいたのだった。彼女はそいつを検証し、然る後に確証を得た。給油タンクの中に一滴のガソリンも入っていなかったのだ。ガス欠だ。換言すれば、脂質溶解性ビタミンの完全なる欠乏である。要するに、今我々の眼前にある仕事とは、このオンボロ車を純粋に意志の力だけで館まで連れ戻すことだということだ。

どの角度から見てもこれは残念な出来事ということになり、彼女たちが僕を非難する余地はまるでないというふうに思ったら、僕はちょっと元気が出てきて、心の底から「さて、さて、さて！」と言ったのだった。

「燃料切れだ」僕は言った。「驚いたな」

「だけどビンゴは今朝満タンにしておくって言ってたわ」

「忘れたのね」パイクは言った。「いかにも忘れそうな人じゃない！」

「どういう意味かしら？」ビンゴ夫人は言った。また僕はその声のうちから、わずかにその何とか言ったものを感じとった。

「どういう意味かって、あの人はいかにもガソリンを満タンにしとくのを忘れるような人だってことだわよ」パイクは答えた。彼女もまたいささか動揺しているふうだった。

「ねえ、ローラ」忠実なる奥方然とした態度をたっぷり放ちながら、ビンゴ夫人が言った。「あたくしの夫を批判するのは、やめていただけるとたいへん有難いわ」

「チッ！」パイクが言った。

「それに〈チッ！〉って言うのもやめてちょうだいな」ビンゴ夫人は言った。

「あたくし、言いたいことは言わせてもらうわ」パイクが言った。

「レディース、レディース！」僕は言った。「レディース、レディース、レディース！」

これは軽率だった。振り返ってみると、僕にはわかる。人生が我々に教えたもうた教訓の最初歩は、手弱女(たおやめ)らの間に口論が生じた際には、男はその場を離れて丸くなり、オポッサムの賢明な戦術に倣(なら)うべしということだ。オポッサムというものは危険を感じると死んだフリをして、しばしば丸くなったまままるまる一日過ごし、友達たちにも背中を丸めるよう指導して、なんて惨めな話じゃないかとか言うのである。その場をとりなそうとの僕の性急な介入の帰結は、パイクが手負いのメスヒョウみたいに僕に跳びかかってくる結果を導いたに過ぎなかった。

「んまあ！」彼女は言った。「あなた何かご提案がおありでいらっしゃるの、ウースターさん？」

「僕に何ができるんです？」

「向こうに家があるわ。いくらあなただって、あそこに行ってガソリンを一缶借りてくるくらいのことはおできになるでしょう」

僕は見た。一軒の家があった。一階の窓のひとつに明かりがともっていた。訓練を積んだ頭脳の持ち主には、電気料金支払い者の存在が示唆されるところだ。

「まったく素晴らしい、賢明なご計画ですね」僕はご機嫌をとるみたいに言った。「僕たちがここにいるってことをクラクションをちょっと鳴らして知らせたら、迅速な行動に移るとしましょう」

僕はクラクションを鳴らした。と、きわめてよろこばしい結果が得られた。ほぼ直後に、窓辺に人影が現れた。そいつは愛想よく、歓迎するがごとくこちらに腕を振っているように見えた。それに励まされ促され、僕は大急ぎで玄関に向かい、ノッカーをさわやかに打ちつけた。僕は感じた。事態は動いている。

一撃目は何の結果ももたらさなかった。僕はアンコールにと、もう一度ノッカーを持ち上げた、と、そいつは僕の腕をねじり上げてきた。ドアが突然開き、メガネを掛けた男がそこにいたのだ。それでそのメガネの周りを張りつめた苦悩の表情が取り囲んでいた。秘密の悲しみを抱いた男だ。

彼が問題を抱えているのはもちろん残念なことだ。だが、僕のほうも問題を抱えていたわけだから、僕は遅滞なく予定の行動に出た。

「あのう……」僕は始めた。

この男の頭髪は、一種くしゃくしゃの塊（かたまり）になって立ち上がっており、そしてこの時点で、何らかの助けなしにはこの髪型は維持できないというみたいに、彼は片手を頭にやった。そしてそのときはじめて、僕はそのメガネに敵意に満ちた光がギラリと宿っていることに気がついたのだった。

「あのとんでもない音をたてたのはお前だな？」彼は訊いた。

「えー――はい、そうです」僕は言った。「僕がクラクションを鳴らしました」

「もう一遍鳴らしてみろ――一遍でもだ」男は言った。低く、押し殺した声でだ。「そしたら素手でお前の身体をズタズタに切り刻んでコマ切れにしてやる。うちの女房が今夜でかけていて、何時間も何時間も苦労した末に、やっとのことで赤ん坊を寝かしつけたところだったんだ。それでお前がやって来ていまいましいクラクションを鳴らしてあんなとんでもない騒音をたてやがって。いったいぜんたいどういう了見だ、この大馬鹿野郎が？」

「あ———」

「さてと、そういうわけだからな」男は言った。要旨をまとめながらだ。「もう一遍だって鳴らしてみろ——たった一回、クラクションの音に何かしらうっすら近いような影やら疑いが、ただひとつでもしたら——お前の魂に神のお慈悲のあらんことをだ」

「僕は」僕は言った。「ガソリンが欲しいんです」

「お前にやれるのは殴られてはれ上がった耳だけだ」

そして眠れるヴィーナスからハエをブラシで払い落とす細心の慎重さでもってドアを閉め、彼は僕の人生から姿を消した。

女性というものには常に、敗北した兵士をいくぶん見くだす傾向がある。車に戻ると、僕は温かく迎えいれられはしなかった。バートラムは十字軍に従軍したご先祖様にふさわしいようなかたちで、己が任務を果たさなかったとの心証を与えた模様だった。僕は状況を円滑にすべく最善をつくしたが、こういうことがどういうものかはおわかりいただけよう。肌寒い秋の夕べに、どこからも何キロも離れ、昼食を抜き、その上お茶も抜くことになりそうな雲行きだというとき、礼儀作法の魅力などというものは一缶のジュースに代わりうるものではない。

実際、事態は目に見えて不穏さを増し、しばらくして僕は助けを呼んでくるとか何とかブツブツ言いながら路上に降り立った。そして、神も照覧！　一キロも歩かないうちに遠くにライトの光が見え、そしてそこには、見捨てられた砂漠のただ中に、こちらに近づいてくる車があったのだった。

僕は路上に立ち、生まれてこの方ワーワー叫んだことがないみたいにワーワー叫んだ。

「おーい！」僕は叫んだ。「なあ！　おーい！　ちょっと！　おーい！　ホー！　やあ！　ホー！　おーい！　ちょっと待ってくれないかあー」

その車は僕に近づくと、速度を落とした。声がした。

「バーティー、お前か？」

「ハロー、ビンゴ！　お前だったのか。なあ、ビンゴ、車がいかれちまったんだ」

ビンゴはピョンと飛び降りてきた。

「五分くれないか、ジーヴス」奴は言った。「それからゆっくり運転を続けてくれ」

「かしこまりました」

ビンゴは僕と並んだ。

「歩いていこうってんじゃないだろう？」僕は訊ねた。「そんなことして何になるんだ？」

「いや、歩こう」ビンゴが言った。「用心にしくはない。はっきり確認したい点がある。バーティー、お前が歩き出したとき様子はどうだった？　熱くなってきてたか？」

「ちょいとな」

「お前はロージーとパイクの間の口論、けんか、仲たがいの兆候を確認してきたか？」

「ある程度の騒ぎはあったようだ」

「話してくれ」

僕は起こったことを伝えた。奴は熱心に聞いていた。

「バーティー」並んで歩きながら奴は言った。「お前は親友の人生の危機に居合わせてるんだ。このエンコ車での夜明かしがロージーに、何年も前に気づいていて然るべきだったことを気づかせてくれるかもしれない。つまり、パイクは人間の食用にゃあ完全に不向きだし、阿鼻叫喚の声と歯ぎしりの音の渦巻く大宇宙の暗闇に放り出されていなきゃならないってことをだ。確信はないんだが、大変なことが起こってるんだ。ロージーは世界一素敵な女の子だが、世の中のすべての女性とおんなじでお茶の時間前にはイラついてくる。それで今日は昼飯も食ってないわけだから……聞けよ！」

奴は僕の腕をつかみ、我々は言葉を止めた。緊迫。期待。道の向こうから声が聞こえてきた。そして一瞬で我々はそれがビンゴ夫人とパイクがあれこれ議論する声であることを認めたのだった。

僕はこれまで本当の女同士の口論というものを聞いたことがない。それでそいつはきわめて感銘の深いものであったと、僕は言わねばならない。僕のいない間に、事態ははなはだ雄大なスケールに展開を繰り広げていたようだ。戦闘士たちは今や、過去をほじくり返して互いの旧悪をあばきたてる段階にまで達していた。ビンゴ夫人は、パイクがセント・アデーラのホッケー・チームに入れたのは、あれから何年も経た今日ですら考えただけで気分が悪くなるような仕方でキャプテンにべっかを使って取り入ったからだと言っていた。パイクはこれに応え、済んだことは済んだことにするのがいいと思って今の今まで口にするのは控えてきたが、ビンゴ夫人が聖書の知識で賞を取れたのは、ユダの諸王のリストをセーラー服にたくし込んで試験室に持ち込んだからだと自分が気づいていないと思ったら、それは大間違いだとやり返した。

さらにパイクはこうも続けた。もし自分にビンゴ夫人と同じ屋根の下であと一日だって過ごす気があると考えるなら、それは無益な誤謬（ごびゅう）である。心が弱っていたとき、あやまった親切の念から、ビンゴ夫人が孤独であり、知的な友人が側にいることを必要としていると考えたから、そもそもパイクは彼女を訪問しようなどという気を起こしたのだ。パイクの意図するところは、もし天の摂理が助けたもうてこのいまいましい車から脱出することができ、トランクを手に取ったあかつきには、ただちに荷づくりして次の汽車に乗っておさらばすることである。たとえその汽車が各駅に停まる牛乳列車であったとしてもだ。実際、ビンゴ夫人の家でもう一晩我慢するくらいなら、自分は喜んでロンドンまで歩いて行くものだ、と。

これに対するビンゴ夫人の回答は長くてまた雄弁で、セント・アデーラで過ごした最終学期にシンプソンという名の女の子が彼女（ビンゴ夫人）に話してよこしたのだが、ワデズレイという名の女の子が彼女（シンプソン）に言ったことに、パイクは彼女（ビンゴ夫人）の友達ぶってはいるものの、彼女（ワデズレイ）に彼女（ビンゴ夫人）は見つからないでいちごクリームを食べることもできなかったと話してよこし、さらに彼女の鼻についてもひどく悪意あふれる言い方で語った、と。しかしながら、これら一切合切はこの言葉に約言されよう。すなわち「よしきた、ホー」、である。

ビンゴ夫人の最新作のヒロインの小さな息子がクループで死ぬ場面を読んだときくらい、生まれてこの方こんなに心の底から大笑いしたことはなかったとパイクが言い始めたとき、流血開始の前にこの会談に決着をつけたほうがいいと我々は感じたのだった。ジーヴスは車で接近していた。それでビンゴは座席から石油缶を取り出すと、そいつを道路わきの暗闇に置いた。そして我々は車に飛び乗り、華々しい入場を決めたのだった。

「ハロー、ハロー、ハロー」ビンゴが晴れやかに言った。「バーティーが君たちの車が動かないって話してくれたんだ」

「まあ、ビンゴ！」ビンゴ夫人が叫んだ。全音節に妻の情愛が震えみなぎっていた。「来てくださってほんとうに嬉しいわ」

「さてとこれで多分」パイクは言った。「あたくしは家に帰って荷づくりができるわね。もしウースターさんがお車を使わせてくださるなら、あの方の従僕に家まで乗せてもらって、六時十五分の列車に間に合う時間に帰れるわ」

「お帰りになるんですか？」ビンゴが言った。

「そうですの」パイクが言った。

「残念ですね」ビンゴが言った。

彼女はジーヴスの横に乗り込み、出発してしまった。彼らが去った後には、短い沈黙が残った。暗すぎて見えなかったが、ビンゴ夫人が夫への愛情と、今朝ガソリンを満タンにし忘れたことに関して何か歯切れのいいことを言ってやろうという自然の衝動の狭間で葛藤していることが僕には感じとれた。やがて自然がうち克った。

「あたくし言わなきゃ、ねえ素敵なアナタ様」彼女は言った。「今朝出発するときにタンクをほとんど空っぽにして出てきたのはちょっと不注意だったわね。あなた満タンにしとくって言ってらしたでしょ、ダーリン」

「だけど僕は満タンにしておいたよ、ダーリン」

「だけど、ダーリン、空っぽだったわ」

「そんなわけはないさ、ダーリン」

「ローラが空っぽだって言ったもの」

「あの女は馬鹿なんだよ」ビンゴは言った。「ガソリンはいっぱいあるさ。多分スプロケットが作動ギアとうまくかみ合ってなかったんだと思うよ。時々そういうことがあるんだ。僕が一秒で直してあげるよ。だけど僕が作業してる間、君がこんなところに座って凍えてるなんてのはいやだな。向こうの家に行ってあの家の人に中に入って十分だけ座らせてくれないかって頼んだらどうだい？お茶だって出してくれるかもしれないよ」

ビンゴ夫人の口から柔らかなうめき声があがった。

「お茶ですって！」僕は彼女のささやきを聞いた。

僕はビンゴの白日夢を追っ払わねばならなかった。

「残念だが、心の友よ」僕は言った。「残念ながら、お前が言った古きよき英国のもてなしの心は消えうせてるんだ。あの家の住人は一種の山賊だな。あんなに無愛想な男には会ったためしがない。奴の奥方が出かけてて赤ん坊を寝かせてるところなんだそうだ。そのお陰であいつの態度はどす黒くなり果ててる。玄関ドアをちょっと軽く叩くだけだって命がけなんだ」

「ナンセンスだ」ビンゴは言った。「こっちへおいで」

奴はノッカーを叩きつけ、即座の反応を得た。

「一体どうした？」山賊は言った。落とし穴から出てきたみたいに登場しながらだ。

「あのう」ビンゴが言った。「僕は外の車を修理しているんです。僕の妻が中に入って数分間だけ寒さをしのぐのをお許しいただけませんか？」

「いや」山賊は言った。「許さない」

「それで妻にお茶を一杯所望するわけにはいきませんか？」

「できるかもしれん」山賊は言った。「だがだめだ」

「だめなんですか？」

「だめだ。それで頼むからそんなでかい声でしゃべるのはやめにしてもらえないか。あの赤ん坊のことはわかってる。ささやき声でだって目を覚ます時があるんだ」

「ちょっとはっきりさせましょう」ビンゴが言った。「あなたは僕の妻にお茶を下さるのを拒否すると、そうおっしゃるんですか？」

「そうだ」

「あなたは女性が飢え死にするのを見殺しになさるんですか？」

「そうだ」

「よーし、それならそれで構わん」ビンゴの奴は言った。「お前が台所へ直行してヤカンを火にかけてバタートースト用のパンを切り始めないなら、俺は大声で叫んで赤ん坊の目を覚ましてやるぜ」

山賊は顔を蒼白（そうはく）にした。

「そんなことはしないだろう？」

「やってやる」

「お前にはハートがないのか？」

「ない」

「人間らしい感情はないのか？」

「ない」

山賊はビンゴ夫人の方を向いた。彼の気力が挫けたのが見てとれた。

「あなたの靴はキューキュー鳴りますか？」

「いいえ」

「それではお入りください」

「ありがとうございます」ビンゴ夫人は言った。そして彼女の目には、袖口からカフスを出して死んだドラゴンの許から帰ってくる騎士に、悲しみの乙女が向けるような表情が宿っていた。それは崇拝の、ほとんど敬虔とさえ言える尊敬の表情だった。実際、まさしくそれは世の夫が妻の目のうちに見いだしたいと願う表情にほかならなかった。

「ダーリン！」彼女は言った。

「ダーリン！」ビンゴが言った。

「エンジェル」ビンゴ夫人は言った。

「かわいこちゃん！」ビンゴが言った。「来いよ、バーティー。車に戻ろうぜ」

ガソリンの缶をとってタンクを一杯にして、缶の蓋を閉め終えるまで、奴は口をきかなかった。

それから奴は深く息を吸いこんだ。

「バーティー」奴は言った。「こう認めるのは恥ずべきことだ。だが長い付合いの間に時折、俺はジーヴスに対する信頼を一時的に失くしたことがある」

「何てことを言うんだ、心の友よ！」僕は言った。ショックを受けてだ。

「そうなんだ、バーティー。そういう時があった。ジーヴスを信じる俺の心がぐらついた時があった。俺は自分にこう言った。〈奴は昔のスピード、往年の活力を備えているだろうか？〉ってな。俺は二度と再びそんなことは言わない。これからずっと、子供みたいな信頼でいくんだ。お茶の時間を急ぎ目指していた二人の女性が、突然口許からカップをひったくられたら、まあ、いわゆるだが、彼女らはお互いをひっくり返してズタズタに引き裂き合うだろうってのが、彼のアイディアだったんだ。結果を照覧だ」

「だけどさ、なんてこった、車が動かなくなるなんてジーヴスにはわかりようがないじゃないか」

「ところがちがうんだ。お前が彼に車をとりに行かせたとき、彼はガソリンを全部抜いたんだ――救援の手を遠く離れた荒野の中にじゅうぶん入り込むに足りる分だけを残してな。彼は何が起こるかを予測していた。言わせてもらう、バーティー、彼は唯一無類だ」

「絶対そうさ」

「彼は驚異だ」

「驚きさ」

「魔術師だ」

「勇敢な男だ」僕は同意した。「脂質溶解性ビタミン満載だな」

「まさしくその表現だ」ビンゴの奴が言った。「さてと、行ってロージーに車の修理は済んだと言ってやろう。そしたら家に帰ってエールをひとジョッキ飲もうじゃないか」

「エールを一杯じゃない、心の友よ」僕はきっぱりと言った。「スコッチのお湯割りにレモンをちょっぴり垂らしたやつだ」

「お前の言うとおりだ」ビンゴは言った。「こういう件についちゃお前は天才だな、バーティー。スコッチのお湯割りで決まりだ」

10. ジョージ伯父さんの小春日和（びより）

ドローンズの誰でもいいから訊いていただきたい。バートラム・ウースターは恐ろしく欺き難い人物であると彼らは口を揃えて言うことであろう。すなわち、老獪（ろうかい）なる大ヤマネコの目と言ってよろしい。僕は観察し、推論する。僕は証拠を考量し、結論を導く。そういうわけだから、ジョージ伯父さんが僕の前に来てから二分もしないうちに、僕はいわゆる、すべてを理解した。訓練を積んだ僕の目には、そいつはまるきりあまりにも明々白々だったのだ。

とはいえそんなのはとんでもなくバカげた話だと僕には思われた。こう言っておわかりいただけるかどうか、諸事実を勘案すれば、であるが。

つまりだ、長年、僕が学校にはじめて行ったその頃から、この膨満した親類がロンドンの景観の汚点であるとは衆目の一致するところであった。伯父さんは当時も肥満していたが、その後も日毎にありとあらゆる方向に膨張を続け、いまや仕立て屋が彼のサイズを測るのは、ただたんに運動をこなすためだけに過ぎない。伯父さんはいわゆる名高いロンドンのクラブマンで――きつきつのモーニングコートを着て灰色のシルクハットをかぶり、晴れた日の午後にセント・ジェームズ街を、坂道にかかるとちょいと息を切らしながらとことこ歩いている姿をお見かけする、そういう御大（おんたい）の一人だ。どこでもいいからピカディリーとペル・メルの間の名門クラブにフェレットをこっそり放してやれば、ジョージ伯父さんみたいな親爺さんを半ダースはびっくりさせてやれるはずである。

伯父さんはバッファーズで昼食をとったり晩ごはんにしたりして日がな過ごしている。食事と食事の間は、喫煙室のどこかに腰を据え、誰でもいいから自分の胃の粘膜の話を聞いてくれる相手に話しかけるのだ。一年に二度ほど、伯父さんの肝臓は公式の抗議を申し立て、そうなると伯父さんはハロゲートかカールスバッドにでかけ、身体のかんな掛けをしてもらうのが常である。そうして戻ってくるとまた従前の行動様式を続けるのだ。要するに、恋の情熱のとりことなり得ようとは、およそこれっぽっちだって考えられない親爺さんであった。ところがしかし、ご信用いただけるかどうか、事実は断然そういうような具合であったのだ。

ある朝この年老いた疫病神は、朝食後のタバコの時間の頃にひょっこり現れた。

「ああ、バーティー」伯父さんは言った。

「ハロー？」

「お前がつけてるようなそういうタイじゃが、どこで買ったのかの？」

「ブラッチャーズです。バーリントン・アーケードの」

「有難う」

伯父さんは鏡のところに行ってその前に立ち、真剣な素振りで自分の姿を見つめている。

「鼻先にすすでもついてるんですか？」僕は礼儀正しく訊ねた。

そして突然、僕は彼が一種の恐るべきニタニタ笑いを浮かべるのを認めたのだった。告白するが、そいつは僕の血を少なからず凍りつかせた。平静でいるときだってジョージ伯父さんの顔は目にはずいぶんと酷な負担である。それがニタニタ笑いを発していたわけだから、その破壊力たるや途方もないまでに甚大であった。

「ハッ！」伯父さんは言った。

伯父さんは長いため息をつき、回れ右をした。それが早すぎたとは言えない。もうちょっとで鏡がたてにひび割れるところだった。

「わしはまだたいして年とっちゃあおらん」彼は言った。物思うような声でだ。

「何ほど年はとってないですって？」

「正確に言って、わしはまさに人生の盛りにある。それでまた、若くて経験を積んでおらん娘に必要なのは、どっしりと年輪を重ねた頼れる男じゃ。たくましい樫(かし)の木じゃな。苗木ではなくての」

この時点で、すでに述べたように、僕はすべてを理解したのだった。

「なんと、ジョージ伯父さん！」僕は言った。「まさか結婚しようだなんてお考えなんじゃないでしょうね？」

「誰が考えておらんじゃと？」彼は言った。

「伯父さんは考えてないでしょう？」僕は言った。

「考えておる。いかんか？」

「いえ、まあ――」

「結婚とは名誉ある状態じゃ」

「ええ、そうですとも」

「結婚すればお前だってもっとましになるぞ、バーティー」

「誰がそんなことを言ったんです？」

「わしが言った。結婚はお前を浮わついた若いごくつぶしから——あ——ごくつぶしじゃあないものにしてくれるやもしれん。さよう、わしは結婚を考えておる。もしそれでアガサが口を挟んできたら、わしは——うむ、わしにはどうしたらよいかわかることじゃろう」

伯父さんはすぐさま出ていった。そして僕はベルを鳴らしてジーヴスを呼んだ。これは心地よい会話を交わす必要のある状況だと思われたからだ。

「ジーヴス」僕は言った。

「ご主人様？」

「僕のジョージ伯父さんのことは知っているな？」

「はい、ご主人様。閣下とはご知遇をいただいて数年になります」

「君がジョージ伯父さんを知ってるかどうかを訊いているんじゃない。僕は君がジョージ伯父さんが何をするつもりかを知っているかどうかと訊いているんだ」

「ご婚姻のお約束をされておいでございます、ご主人様」

「なんと！　伯父さんが君にそう言ったのか？」

「いいえ、ご主人様。奇妙なことでございますが、たまたま本件の他方当事者と知り合いになる機会がございました」

「女の子か？」

「お若いご婦人でございます、はい、ご主人様。その方がごいっしょにお暮らしの叔母上から、閣下がご結婚をお考えでおいでの由を知らされたのでございます」

「どういう娘だ?」

「プラット様でございます、ご主人様。ローダ・プラット嬢と申されます。イースト・ダリッジ、キッチナー・ロード、ウィステリア荘にお住まいでおいでございます」

「若いのか?」

「はい、ご主人様」

「あのバカ親爺が!」

「はい、ご主人様。無論わたくしはあえてそのご表現を用いるものではございませんが、しかしながら閣下はいささか無分別でおいでと愚考するものと告白申し上げるものでございます。とは申せ、一定以上のご年齢の紳士様が、いわゆる感傷的衝動と呼ばれるものに屈服なされる様を拝見いたすのは稀有にはあらざることと、ご想起をいただかねばなりません。かような紳士様がたは、小春日和と名づけてよろしかろう、ある種、一時的な回春状態をご経験中でおいでなのでございます。わたくしの理解いたしますところ、この現象がとみに顕著なのはアメリカ合衆国ピッツバーグの富裕な住民層においてでございます。うけたまわりますところ、遅かれ早かれいずれ、抑制なくば、彼の地の紳士がたはつねにコーラス・ガールと結婚せんとこころみておいでとは、悪名の高きところでございます。かかる事態がなぜに出来いたしたかにつきましては、わたくしには理解のおよばぬところではございますが、しかしなが――」

こいつはだいぶ長くなりそうだと見てとり、僕は彼を黙らせた。

「ジーヴス、ジョージ伯父さんの態度から、つまりこのニュースをアガサ伯母さんがどう受け止めるかという点について伯父さんが語ったその様子からして、このプラット嬢はノブレスというか、高貴のご身分のお出ではないようだと僕は理解したが」

「はい、ご主人様。その方は閣下のクラブのウェイトレスでございます」

「なんと！　プロレタリアートじゃないか！」

「ロウアー・ミドル・クラスでございます、ご主人様」

「うむ、そうだな、ちょっと拡大解釈すればそうなるかな。それでもだ、僕の言わんとするところが君にはわかろう」

「はい、ご主人様」

「おかしなことだ、ジーヴス」僕は思慮深げに言った。「ウェイトレスと結婚しようという、こういう現代的傾向のことだ。君は憶えているかどうか、身を固める前、ビンゴの奴は繰り返し繰り返しそうしようとしたものだった」

「はい、ご主人様」

「変だ！」

「はい、ご主人様」

「とはいえ、無論それはそれとしてだ。いま考慮すべき点は、アガサ伯母さんがこの件をどうするかだ。彼女のことはわかっているだろう、ジーヴス。伯母さんは僕とはちがう。僕は心が広い。ジョージ伯父さんがウェイトレスと結婚したいなら、すればいいと僕は言うんだ。僕は階級なんてものは一ペニー切手に過ぎないと考えている――」

「ギニー切手でございます、ご主人様」

「そうだった、ギニー切手だった。とはいえそんなものがあろうとは僕は信じないが。五シリングより高いのはなかったんじゃなかったか。まあいい、さてと、言ったとおりだ。僕は階級なんてのはギニー切手に過ぎなくて、ともかくも女の子は女の子であると主張するものだ」

「〈とにかくも〉でございます、ご主人様。詩人のバーンズ［十八世紀末のスコットランドの国民詩人］は北部英国地方の方言を用いておりますゆえ」

「ふむ、それじゃあ〈とにかくも〉でいい。君がそれが好きならな」

「本件につきましては好きも嫌いもございません。ただたんに詩人のバーンズが――」

「詩人のバーンズのことはもういい」

「はい、ご主人様」

「詩人のバーンズのことは忘れてくれ」

「かしこまりました、ご主人様」

「詩人のバーンズのことは君の脳裏からぬぐい去るんだ」

「可及的速やかにさようにいたします、ご主人様」

「僕たちが考えなきゃならないのは詩人のバーンズじゃなくてアガサ伯母さんのことだ。伯母さんはけとばすぞ、ジーヴス」

「その蓋然性（がいぜんせい）はきわめて高いものと拝察いたします、ご主人様」

「そして、もっと悪いことに、伯母さんは僕のことをその騒動に引きずり込むんだ。なすべきことはただひとつだ。歯ブラシを荷物に詰め込んで可能なかぎり逃亡生活だ。住所も残すことなく、だ」

「かしこまりました、ご主人様」

　このときベルが鳴った。

「ハッ！」僕は言った。「誰かがドアのところにいる」

「はい、ご主人様」

「多分ジョージ伯父さんが戻ってきたんだろう。僕が出よう。君は行って荷づくりをはじめてくれ」

「かしこまりました、ご主人様」

僕は廊下をのんびり行き、つい口笛を放っていた。と、玄関マットの上に載っていたのはアガサ伯母さんだった。当のご本人だ。写真ではない。

不快な驚きだった。

「ああ、ハロー！」僕は言った。僕はこれからこの街を離れ、何週間も戻らないつもりだなんて言ったって、もうどうにかなるような雰囲気ではなかった。

「お前と話がしたかったんだよ、バーティー」一族の呪(のろ)いが言った。「ひどく気持ちが動転していてね」

伯母さんは居間に歩を進めると滑空して椅子に着地を決めた。僕はそれに続き、寝室で荷づくりしているジーヴスのことを切ない気持ちで焦がれ思った。もはやスーツケースは必要ではあるまい。僕には何のために彼女がここに来たかがわかっていた。

「僕はたった今ジョージ伯父さんに会ったところなんです」先手を打って僕は言った。

「私もなんだよ」アガサ伯母さんが言った。目に見えて身体うち震わせながらだ。「ジョージはね、私がまだベッドで寝(やす)んでいるときにうちに来て、サウス・ノーウッド出の信じられないような娘と結婚するって意向を告げてよこしたんだよ」

「イースト・ダリッジだって、専門家が言ってましたよ」

「じゃあイースト・ダリッジなんだろうよ。おんなじことだよ。だけどそんなこと、誰が教えてくれたんだい？」

「ジーヴスです」

「まったく、いったいジーヴスはどうやって何でもかんでも知ってるんだろうねえ」

「この世界にはね、アガサ伯母さん」僕はおごそかに言った。「ジーヴスが知らないことはほとんどないんですよ。彼はその娘に会ってるんです」

「どういう娘なんだい？」

「バッファーズのウェイトレスです」

こいつは堪（こた）えるだろうとは予期していたが、事実そのとおりだった。この親戚はコーンウォール行きの急行列車が線路の合流点を走り過ぎるがごとき金切り声を放った。

「ご様子を拝見していて思ったんだけど、アガサ伯母さん」僕は言った。「この件は阻止しなきゃならないって思ってらっしゃるでしょう？」

「もちろん阻止しなきゃいけないよ」

「それならとるべき道はただひとつですよ。ベルを鳴らしてジーヴスを呼び出して、彼の助言を聞かせてもらいましょう」

アガサ伯母さんは目に見えて態度を硬化させた。ものすごくアンシャンレジーム期の貴婦人風を吹かしながらだ。

「お前は一族のこれほどの秘密を召使いふぜいと話し合おうだなんて真面目に提案しているのかい？」

「断然そうさ。ジーヴスが道を見つけてくれますよ」

「お前が大馬鹿だってことはいつだってわきまえてるつもりだけどね、バーティー」我が肉親は言った。いまやほぼ絶対零度にまで温度を下げながらだ。「だけどお前にはちゃんとした感情が、矜持（きょうじ）ってものが、自分の身分に対する尊敬が、何かしらあるものだと思っていたよ」

「うーん、詩人のバーンズが言ったことをご存じでしょう」

伯母さんは一瞥（いちべつ）でもって僕を鎮圧した。

「明らかに、唯一なすべきは」彼女は言った。「その娘に金の支払いを申し入れることだね」

「金ですか？」

「そうだよ。お前の伯父さんのせいでそういう算段が必要になったのはこれがはじめてのことじゃないからね」

我々はしばらく座って、じっと思案に暮れていた。ジョージ伯父さんの若かりし頃のロマンスが話題になると、いつもこの一族は座ってじっと思案に暮れるのが常である。その当時その件に巻き込まれるには僕はあまりにも若過ぎたが、とはいえ事の詳細は、ジョージ伯父さんを含む数多くの情報源から頻繁に聞かされて承知している。伯父さんをほんのちょっとでも酔わせてやれば、すべてを丸ごと洗いざらい話してくれるのだ。時には一晩に二回なんてことだってあるくらいだ。それは伯父さんが称号を得るちょっと前のことで、相手はクリテリオンのバーメイドだった。彼女の名はモーディーで、彼は彼女のことを深く愛したが、一族がそれを許さなかった。連中は金蔵（かなぐら）をはたいて彼女に金を与えてお払い箱にしたのだ。よくあるヒューマン・インタレスト・ストーリーのひとつである、とまあ、こう言っておわかりいただければだが。

僕は金を出すというこの案にはあまり気乗りがしなかった。

「もちろんお好きになさればいいんだけどさ」僕は言った。「でも恐ろしく危険を冒すことになりやしませんか。つまりさ、小説とか劇とかでそういうことをすると、手ひどいしっぺ返しを受けるってのが常道でしょう。それでいつだって観客の同情を集めるのは女の子のほうなんです。彼女は申し出を拒絶して、連中を澄みきった、きっぱりした目で見つめて、それで見つめられた方は少なからず自分は俗物だって気がするんですね。僕が伯母さんのお立場なら、じっと座って大自然の運行に任せるけどなあ」

「お前の言うことがわからないね」

「うーん、ジョージ伯父さんの外見がどんなふうかをちょっと考えてくださいよ。グレタ・ガルボじゃないよね。僕ならその女の子に伯父さんの姿を見続けさせておくだけにしとくけどな。僕の言うことを信じていただきたいなあ、アガサ伯母さん。僕は人間ってものを研究してきてるけど、この世界にウエストコート姿のジョージ伯父さんを頻繁に見ながら、この人とお別れするのがわたしの良心のためだわって思わずにいられる女性が存在するなんて僕には信じられないですね。その上、この女の子は伯父さんを食事時に見るんですよ。ジョージ伯父さんが食べ物に顔を突っ込んでる姿なんてのは――」

「すまないけどね、バーティー、つまらないたわ言はよしてもらえるとたいへん有難いね」

「お言葉のままにいたしますよ。でもやっぱり、その娘に金銭の支払いを申し入れる時には、伯母さんすごくバツの悪い気がすると思うよ」

「私はそんなことを自分でしようだなんて言っちゃいないよ。お前が交渉を引き受けるんだよ」

「僕が？」

「そうだとも。百ポンドでじゅうぶんだろうと思うね。でも白紙小切手をあげるから、もし必要とあらばもっと高い金額を書き入れてもらってかまわないよ。肝心なのは、いくらかかろうと、伯父さんをこんなゴタゴタから解放しなきゃならないってことだからね」

「それじゃあ伯母さんはこの仕事を僕に押しつけようって言うんですか？」

「お前だってそろそろ一族のために何かしてくれていい頃だよ」

「それで彼女が顔を上げて、僕を澄みきった、きっぱりした目で見つめたときには、僕はアンコールに何をしてやればいいんです？」

「この件についてこれ以上話し合う必要はないよ。イースト・ダリッジには三十分もあれば着けるからね。列車は何本も出てるから。私はここにいてお前の報告を待つとしますよ」

「だけど、聞いてよ！」

「バーティー、お前は今すぐ行ってその女に会ってくるんだよ」

「うん、だけど、コン畜生だ！」

「バーティー！」

僕はタオルを投げ入れ、降参した。

「ああ、よしきた、ホーだ。伯母さんがそうおっしゃるならね」

「そう言いますとも」

「うーん、それじゃあ、よしきた、ホーです」

ジョージ伯父さんを解放してくれれば百ポンド支払うと申し入れるため見知らぬ女性に会いにイー

スト・ダリッジに行かれたご経験がおありかどうか、僕にはわからない。もしおありでなければ申し上げるが、この世の中にはもっと楽しいことがよほどたくさんある。駅まで車を運転しながらも、僕の気分はすぐれなかった。列車の中でも僕の気分はすぐれなかった。またキッチナー・ロードに歩いて向かう僕の気分はすぐれなかった。しかしほんとうに一番気分がすぐれなかったのは、実際に玄関のベルを押し、なんだか薄汚れた印象のメイドが僕を招じ入れ、廊下を通り抜けてピンクの壁紙が貼られ、隅にはピアノ、マントルピース上には写真がたくさん載った部屋に案内してくれたときのことだ。

歯医者の待合室を別とすれば、またそれとこれはよく似ているのでもあるが、郊外の家の応接間ほど人の精神を抑圧するものはない。そこにはガラスケースに入った鳥の剝製（はくせい）が小テーブルの上に立っているきわめて強い傾向が存在するが、感受性豊かな男を心沈む思いにさせるものがもしひとつあるとするなら、それは冷たく、責めるがごとき、内臓を取り出されてオガクズを詰め込まれたライチョウだかなんだかの目である。

ウィステリア荘の応接間にはそういうケースが三つもあった。そういうわけだから、どこを見ても必ずどいつかと目が合った。うち二つは単身者であったが、三つ目は一家揃っていてお父さんウソ、お母さんウソ、それから坊ちゃんウソより構成されており、それで最後に名を挙げた野郎の顔つきは明らかにチンピラ然としていた。そしてそいつは他の全員を合わせたよりも激しく、僕のジョア・ド・ヴィーヴル、すなわち生きる歓びを打ち挫（くじ）いてくれたのだった。

僕は窓のところに移動して、この生き物の視線を避けんがため葉蘭の鉢を吟味（ぎんみ）していた。と、ドアの開く音がして、振り返ると僕は何者かと対峙（たいじ）している自分に気づいたのだったが、それは娘とはおよそ言い得ないシロモノであったから、おそらくは彼女の叔母であろうと僕は理解した。

「やあ、ヤッホー」僕は言った。「おはよぅございます」

その言葉はだいぶしわがれた声で発声された。というのも、僕はちょっとびっくりしていたからだ。つまりだ、この部屋はこんなに狭く、この人物はこんなにも巨大であり、それで僕は身体が空気を要求する感じを覚えたのだ。そもそも接近して見られることを予定されていないらしき人々というものが存在するが、この叔母さんはその一人であった。大波のうねるがごときカーヴ、と言っておわかりいただければだが。若い時分はきっときれいな娘だったにちがいない。とはいえ当時でも大型な部類ではあったろうが。僕の人生に係わり合いになるまでに、彼女はたっぷりと余剰重量を蓄えたのだ。彼女は一八八〇年代のオペラ歌手の写真みたいに見えた。それでそこにさらにオレンジ色の髪と赤紫色のドレスを足し入れるのだ。

しかしながら、彼女は友好的な魂の持ち主であった。バートラムに会って喜んでいるように見えた。そして鷹揚（おおよう）に微笑（ほほえ）んでよこした。

「やっと来てくださったのね！」彼女は言った。

僕には何のことやらまるでわからなかった。

「はぁ？」

「けれどまだうちの姪（めい）には会わないほうがいいわ。ちょっとうとうと眠っているところなんですの」

「ああ、そういうことでしたら――」

「起こしたら可哀そうじゃありませんか？　ねえ」

「ええ、そうですとも」僕は言った。ほっとしながらだ。

「インフルエンザにかかって、夜は眠れないで、それで朝方ぐっすり眠れたって時には――ねえ、そういうときに起こすのは酷ってものでしょう、そうじゃありません?」

「プラットさんはインフルエンザにかかってらっしゃるんですか?」

「そうだと思うんですの。ですけど、もちろんごお会いいただけばわかりますわ。でもお時間を無駄にはさせませんわよ。せっかく来ていただいたんですから、あたくしのひざを見ていただけるかしら」

「あなたのおひざですか?」

僕は然るべき時、またこう言ってもいいが、然るべき場所にあってはひざをこよなく愛してやまないものである。だが今がそういう時であるとは僕には思えなかった。しかしながら、彼女は方針通りにことを進めた。

「このひざをどう思われます?」彼女は訊ねた。七重の裾を持ち上げながらだ。

うむ、無論、人は礼儀正しくあらねばならない。

「素晴らしい!」僕は言った。

「時々ここがどんなに痛むか、お信じいただけないと思いますわ」

「本当ですか?」

「ズキズキするような痛みなんですの。痛んだかと思うと、また何でもなくなるんですわ。それに、おかしなことがあるんですの」

「何なんです?」僕は言った。おかしな話ならどどんと笑ってやろうと身構えながらだ。

「最近ここの、背骨のおしまいの尾骶骨のところにも同じ痛みを感じるんですの」

「本当ですか！」

「そうなんですの。灼熱の針でキリキリ刺されるみたいにですのよ。ご覧いただきたいわ」

「あなたの背骨をですか？」

「はい」

僕は首を横に振った。僕ほど笑いを愛する者はいないし、また僕はボヘミアンな友愛やらパーティーを盛り上げたりすることやらには大賛成だ。しかし物事には限界線というものがあるし、我々ウースター家の者はどこでその線を引くべきかをわきまえている。

「それはできません」僕は厳粛に言った。「背骨はだめです。ひざはいいでしょう。ですが背骨はいけません」僕は言った。

彼女は驚いたようだった。

「さてとまあ」彼女は言った。「変わったお医者様でいらっしゃること、と申し上げないといけませんわね」

先にも述べたように、僕は頭の回転は速いほうだ。それで僕は何かしら誤解というような性質の事柄が起こったにちがいないと理解し始めたのだった。

「医者ですって？」

「まあ、あなたはご自分をお医者様だっておっしゃらなかった？」

「僕が医者だと思われたんですか？」

「お医者様じゃいらっしゃらないの？」

「いいえ、医者じゃあありません」

僕らはこの点を明確にした。僕らの目からはウロコが落ちた。置かれた状況がようやくわかったわけだ。

この女性は朗らかな人物であろうとは先ほど来僕の感じるところだった。いまや彼女はこの見解を裏書きしてくれた。女性がこれほど心の底から大笑いする声を、僕はこれまで聞いたことがなかったと思う。

「まあまあ、最高だわ！」涙を拭くハンカチを僕に手渡されながら彼女は言った。「こんなことって！だけど、お医者様でないとすると、あなたはどなた？」

「ウースターというのが僕の名前です。プラットさんにお目にかかりに来ました」

「どういうご用件で？」

もちろんこの時こそ、小切手を取り出してここ一番の見せ場をつくるところだ。だが、どういうわけか、僕にはそれができなかった。どういうふうかはおわかりいただけよう。自分の伯父さんを解放してくれるよう金銭の支払いを申し入れるというのは、どんなによく言ったってケチな仕事である。それで然るべき雰囲気でないときにそいつをやるのは、どうしたってよろしくない。

「ええ、ちょっとお目にかかりに来ただけなんです」僕になかなかいい考えが浮かんだ。「プラットさんの気分がすぐれないって伯父が聞いて、それで僕にちょっとのぞいて、様子を聞いてきて欲しいって頼んでよこしたんです」僕は言った。

「伯父さんですって？」

「ヤックスレイ卿です」

「まあ！　あなたヤックスレイ卿の甥御さん？」

「そうなんです。こちらには伯父はよく出入りしてるんですよね、いかがです？」

「いいえ、あたくしは一度もお目にかかったことがありませんのよ」

「お会いになられたことはないんですか？」

「ええ。もちろんローダはあの方の話をよくするけど、でもどういうわけか、あの子はあの方にうちに来てお茶を上がってらしてってお願いしたことがないんですの」

僕にはこのローダ嬢がなかなか仕事の運び方を心得た人物であることがわかってきた。もし僕が女の子で誰かが僕と結婚したがっているとして、自宅にはこの叔母さんみたいなシロモノがのらくらしているとわかっていたら、僕だって式が終わって相手が実際に結婚契約書に署名し終えたその時まで、彼を自宅に招くのには二の足を踏むことだろう。つまり、実に素晴らしい魂の持ち主だし──疑問の余地なく金のハートの持ち主である──だが、機が熟すまでロミオの前に取り出したいようなブツではない。

「この話を聞いた時にはたいそう驚かれたことでしょうねえ？」彼女は言った。

「ええ、驚きました」

「もちろん、まだ何も本当に決まったわけじゃありませんけど」

「そんなことはないでしょう？　僕は──」

「あら、まだですのよ。あの子は考え直しているんですの」

「なるほど」

「もちろん、あの子もそれがたいへんな光栄だとは感じてますのよ。でもそれでもあの方はお年寄りすぎじゃないかって思うんですのね」

「僕のアガサ伯母も同じように考えています」

「もちろん、称号は称号ですわ」

「ええ、そうですよね。ご自身ではどうお考えでおいでなんですか？」

「まあ、あたくしがどう考えるかなんてことは問題じゃありませんわ。今どきの娘たちには何を言ったってしょうがありませんでしょう？」

「そうですね」

「あたくしは、今どきの娘たちはどうなることやらってよく申しますのよ。とはいえ、それはそういうようなわけですから」

「そうですとも」

こんな会話が永遠に続かない理由はあんまりないように思われた。叔母さんは腰を据えて一日話し続けようという女性の気配をみなぎらせていた。しかしここでメイドが入ってきて医者の到着を告げた。

僕は立ち上がった。

「それじゃあ僕は失礼します」

「あらもうお帰りですの？」

「そうしたほうがいいと思います」

「じゃあね、ピッピー」

「プップー」僕は言い、爽やかな外気の中へととび出していったのだった。

我が家で何が僕を待ち受けているかはわかっていたわけだから、僕はクラブに行ってそこで残る一日を過ごしてしまいたいところだった。だが、現実には立ち向かわねばならない。

「それで?」僕が居間にぼちぼち入ってゆくと、アガサ伯母さんが言った。

「えー、イエスとノーです」僕は答えた。

「どういう意味なの? あの女は金を拒んだのかい?」

「必ずしもそうじゃありません」

「受け取ったのかい?」

「えー、それまた必ずしもそういうわけじゃありません」

僕は起こったことを説明した。僕は彼女がものすごく大喜びするだろうとは期待していなかったし、同じく僕もものすごく大喜びはしなかった。なぜならつまり彼女がものすごく大喜びしたりはしなかったからだ。実際、物語の展開につれ、伯母さんのコメントはどんどんどんどん激烈さを増した。そして話し終えたとき、彼女は窓ガラスを粉砕せんばかりの絶叫を放ったのだった。「チーッ!」とかいうような音だった。「チキショウ!」と言いかけて、ようやくそこで自分の旧い家柄を思い出した、とでもいうふうにだ。

「すみません」僕は言った。「だってそれ以上のことが言えると思いますか? 僕は気後れしちゃったんです。僕の気力は突然青ざめちゃったんですよ。誰にでもあることだと思いますが」

「そんな背骨のない意気地なしな話はうまれてこの方聞いたことがないね」

僕はおののき震えた。古傷が痛みだした戦闘士みたいにだ。

「アガサ伯母さん」僕は言った。「背骨って言葉は使わないでいただけると有難いんですが。記憶が呼び覚まされるんです」

ドアが開き、ジーヴスが現れた。

「ご主人様?」

「何だ、ジーヴス?」

「わたくしをお呼びと存じましたもので、ご主人様」

「いいや、ジーヴス」

「かしこまりました、ご主人様」

たとえアガサ伯母さんを目の前にしていたって、僕が毅然たる態度をとれる時はある。そしていまや、ジーヴスが知性の光を身体中からシュワシュワ発散させながらそこに立っているのを見て、傑出した癒しと安らぎの源泉たるこの人物を、たかだかアガサ伯母さんが一族の問題を使用人と話し合うことに偏見を抱いているからというだけの理由で無視することは、どうにもこうにも完全にバカげた話じゃないかと、突然僕は感じたのだった。伯母さんはまた「チーッ!」と言うかもしれない。しかし、僕はそもそも最初からそうすべきだった通りにしようと決心したのだった――この件を彼の手に委ねよう、と。

「ジーヴス」僕は言った。「ジョージ伯父さんの件だが」

「はい、ご主人様」

「事情は承知しているな?」

「はい、ご主人様」

「我々がどうしたいかはわかっているな?」

「はい、ご主人様」

「それなら我々に助言してくれ。てきぱき頼む。すぐ決断してくれ」

僕はアガサ伯母さんが今にも噴火しそうな火山みたいにゴロゴロいう轟音をさせるのを聞いた。だが、僕は負けはしなかった。僕はジーヴスの目のうちに、アイディアが沸き出さんとしていることを示唆するきらめきを認めていたのだ。

「あなた様は娘さんのご自宅をご訪問されていらしたものと存じますが、ご主人様？」

「今戻ったばかりだ」

「すると必ずやあの方の叔母上にお目にかかられておいでございますな？」

「ジーヴス、僕がお目にかかったのはまさしくほかならぬその人物だ」

「それならばわたくしがこれからいたしますご提案は、必ずやあなた様のお気に召すところと確信いたすものでございます。わたくしは閣下にそのご婦人にご対面いただくことをお勧め申し上げます。姪御さんの結婚後も同人とともに住み暮らすことが、つねづねあのご婦人の希望するところでございました。閣下があのご婦人に会われたならば、この点のご省察により閣下はご結婚を躊躇されることとなるやもしれません。お気づきであそばされるところとは存じますが、あのご婦人は心根の優しい女性ではございますものの、いかんせん、何といたしましても庶民でございます」

「ジーヴス、君の言うとおりだ！　他のことはさて措くとしたって、あのオレンジ色の髪だ！」

「おおせのとおりでございます、ご主人様」

「赤紫色のドレスは言うまでもなくだ」

「まさしくさようでございます、ご主人様」

「僕は彼女に明日昼食をいっしょにして、伯父さんに会ってもらうよう頼むことにする。どうです、おわかりでしょう」僕はアガサ伯母さんに言った。彼女は依然後景でブクブク醱酵を続けていた。「箱を開けた瞬間にすぐさま名案が出てくるんです。そうお話ししましたっけ、しませんでしたっけ――」

「それで結構よ、ジーヴス」アガサ伯母さんが言った。

「かしこまりました、奥様」

彼が行ってしまった後数分の間、アガサ伯母さんは論点をいささか離れ、ウースター家の者が召使いふぜいを主人の上に立たすを許して一族の名声を貶めていることに関する所感にその発言の内容を限定した。そしてそれから伯母さんは、いわゆる本題にたち戻ったのだった。

「バーティー」彼女は言った。「お前は明日その娘に会いに行って、今度こそ私が言ったとおりにするんだよ」

「だけど、なんてこったただ! こんなに秀逸な、しっかりと個々人の心理に基づいた代替策があるっていうのに――」

「それは結構よ、バーティー。私の言ったことは聞いたわね。それじゃあ私は帰りますよ。ごきげんよう」

彼女は行ってしまった。バートラムが何からできているかまるで知らぬままにだ［シェークスピア『ヴェニスの商人』一幕一場］。ドアが閉まるかどうかのうちに僕はジーヴスを呼んで叫びたてていた。

「ジーヴス」僕は言った。「今いた伯母上は君のすばらしい代替策のことをまるで買ってないんだ。だがしかし、それでもなお、僕は断然君の計画でいく。僕はそいつのことを火の玉みたいな名案だと思っている。君はあのご婦人に連絡して、明日昼食に来るようにしてもらえるかな?」

「はい、ご主人様」

「よし。それじゃあ僕はジョージ伯父さんに電話をしよう。本意ではないが、アガサ伯母さんに善行を施してやろう。詩人はなんと言っていたかな、ジーヴス？」

「詩人のバーンズでございましょうか、ご主人様？」

「詩人のバーンズではない。別の詩人だ。こっそりと善行を施すことについてだ」

「〈記憶されぬ小さき親切の行為〉［ワーズワース「ティンターン修道院上流数マイルの地で」］でございましょうか、ご主人様？」

「まさしく我が意を得たりだ、ジーヴス」


こっそりと善行を施すことは人に心地よい満足を覚えさせるものだとは思うが、しかしその饗宴（きょうえん）を手放しで楽しみに待ちわびていたものだと僕には言えない。ジョージ伯父さんだけだって昼食の相手としてはじゅうぶん鬱陶（うっとう）しいのだ。伯父さんには話のリードを取っては自分の症状の描写に話題を限定するはなはだ強い傾向がある。一般大衆は彼の胃の粘膜のことを包み隠さず聞きたくてわくわくしているわけではないということが、どうしても信じられない人種の一人なのだ。そこにあの叔母さんを加えてみよ。最も勇敢なる男をも意気消沈させずにはおかないささやかな集（つど）いの席のできあがりである。朝起きた瞬間、僕は迫りくる運命を意識した。そして、こう言っておわかりいただければだが、午前中ずっと、雲はその暗さをいや増すばかりであった。ジーヴスがカクテルを持って入ってくる時まで、僕はすごく陰気な気分でいた。

「今すぐにでも、ジーヴス」僕は言った。「僕はすべてを投げ出してドローンズに逃げ込みたいところなんだ」

「これが何かしら厳しい試練となりますことは、容易に予想されるところでございます、ご主人様」

「君はどうしてこの人たちと知り合いになったんだい、ジーヴス？」

「わたくしの知人の若者を通じてでございます、ご主人様。その者はマナリング＝スミス大佐の紳士お側つき紳士を務めております。その者と当のお若い方との間には当時了解がございました。それゆえその者はわたくしにウィステリア荘に同行し、その方に会うようにと要望いたしたのでございます」

「その二人は婚約してたのか？」

「厳密な意味で婚約しておりましたわけではございません、ご主人様。閣下がそのお若い方にご求婚なされました折には、当然ながらその方は光栄と思われたものの、愛と野心の狭間で心揺らがれたのでございます。しかしながら、今現在なお、その方は当の了解を公式に撤回しておいでではございません」

「すると、君の計画がうまくいってジョージ伯父さんを押しのけたら、君の友達にちょっとはいいことをしてやれるってわけなんだな？」

「はい、ご主人様。スメザースト——その者の名はスメザーストと申すのでございますが——はその婚約の成就を衷心（ちゅうしん）より望まれたるもの［『ハムレット』三幕一場、ハムレットの独白］と考えることでございましょう」

「うまい言い回しだなあ、ジーヴス。君が考えたのか？」

「いいえ、ご主人様。エイヴォンの白鳥でございます」

見えざる手がベルを押した。それで僕はホストの役を演ずるべく気合を入れた。宴（うたげ）は始まった。

「ウィルバーフォース夫人」ジーヴスが宣言した。

「んまあ、あんたが後ろに立って〈奥様、ポテトで誘惑申し上げてもよろしゅうございますか?〉なんて言ったら、どうやって真面目な顔をし続けたらいいのかしらねえ、わかんないわ」颯爽と入ってきながら叔母さんは言った。前以上に巨大化しピンク色化して親愛の度合いをいよいよ増しながらだ。「この人のことはね、知ってるのよ」彼女は言った。ジーヴスを親指で指差しながらだ。「うちに来ていっしょにお茶をいただいたことがあるの」

「そう聞いています」

彼女はもう一度居間をぐるりと見渡した。

「素敵なお住まいね」彼女は言った。「でももっとピンク色が入ってたほうがあたしは好きだけど。気持ちが明るくなるじゃない。あら、何をお持ちでらっしゃるの? カクテルかしら?」

「マティーニにちょっとアブサンを垂らしたものです」僕は言って、注ぎ始めた。

彼女はむすめむすめした悲鳴をあげた。

「そんなシロモノをあたしに飲ませようっていうの! そんなもんに手を触れたら最後、どんなことになるかわかってて? 痛くて痛くてたいへんよ。そういうモノが胃腸の粘膜にどういうことをしでかしてくれると思って!」

「えー、わかりません」

「あたしにはわかるの。あたしくらい長いことバーメイドをやれば、あなたにだってわかるはずだわ」

「えっ――えーと――あなたはバーメイドでいらしたんですか?」

「長いことね。今よりずっと若い頃よ。クリテリオンで働いてたの」

僕はシェーカーを落っことした。

「ほら！」彼女は言った。教訓を指摘しながらだ。「そんなモンを飲んでるとそうなるの。手がぶるぶる震えるようになるんだわ。若い子にあたしはいつもこう言ったものよ。〈飲みたきゃポートになさいな。ポートは健康にいいの。あたしもちょっとはいただくのよ。だけどこういうアメリカからきた今どきのゴタマゼもんはだめ〉って。でも誰も耳をかさなかったわ」

僕は彼女のことを警戒の目で見た。無論、当時クリテリオンにはバーメイドなんてごまんといたことだろうが、それでもそのニュースは僕をちょっとびっくりさせた。ジョージ伯父さんのメザリアンスというか身分違いの結婚騒ぎがあったのは大昔――称号を得るずっと前のことだ――だが、いまだにウースター家の一族はクリテリオンの名を聞くとおののき震えるのである。

「あー――あなたがクリテリオンで働いてらっしゃったとき」僕は言った。「僕と同じ名前の男にお会いになったことはおありじゃありませんか？」

「あなた何てお名前でいらしたかしら？　あたしいつも名前は憶えられなくって」

「ウースターです」

「ウースターですって！　昨日うちにいらしたとき、フォスターっておっしゃったと思ったのよ。ウースターですって！　ウースターって名前の男に会わなかったかですって？　んっまあ！　ジョージ・ウースターとあたしは――ピギーって、あの人のこと呼んでたの――結婚登録所にいっしょに行ったのよ。だのにあの人の一族が聞きつけて邪魔に入ったんだわ。あの人をあきらめろってどっさりお金を積み上げてね。それで、あたしも馬鹿な娘だったのよ。言われるままにしたんだわ。あの人はどうしてるのかしらってあたしが思わなかったとでも思って？　千遍だって思ったわ。あの人あなたのご親戚なの?」

「失礼します」僕は言った。「ちょっとジーヴスと話がしたいもので」

僕は食器室に行った。

「ジーヴス!」

「ご主人様?」

「何が起こったか、君にわかるか?」

「いいえ、ご主人様」

「あのご婦人は――」

「ご主人様?」

「ジョージ伯父さんのバーメイドなんだ!」

「ご主人様?」

「おい、ふざけるんじゃない。ジョージ伯父さんのバーメイドのことは聞いたことがあるはずだ。君は一族の歴史を全部承知してるんじゃないか。ずっと前に、伯父さんが結婚したがったバーメイドのことだ」

「ええ、はい、ご主人様」

「彼女は伯父さんが今まで愛したたったひとりの女性なんだ。伯父さんは僕に百万遍もそう聞かせてよこした。四杯目のウイスキー・アンド・ソーダに手をつける段になると、いつだって伯父さんはその女性のことで感傷的になるんだ。なんてとんでもなく運の悪い話じゃないか! 僕には目に見える。過去の呼び声が伯父さんの胸のうちでこだまするんだ。僕にはわかる、ジーヴス。彼女はまさに伯父さんのタイプなんだ。うちに入ってきて彼女が最初にしたのは、胃の粘膜について話すことだったんだぞ。その悲惨な意味合いが君にわかるか、ジーヴス？　胃の粘膜はジョージ伯父さんのお気に入りの話題なんだ。つまり伯父さんと彼女は同好の士ってことだ。あのご婦人と伯父さんはあれみたいなもんだ――あー」

「深淵は深淵に呼ばわり［『詩篇』四二・八］、でございましょうか、ご主人様」

「そのとおりだ」

「きわめて不快でございます、ご主人様」

「どうしたらいい？」

「わたくしには申し上げかねます、ご主人様」

「僕がこれからどうするかを聞かせてやろう――伯父さんに電話して、昼食はとりやめだって言ってやるんだ」

「もとより不可能でございます、ご主人様。ただいま閣下がドアのところにご到着と拝察いたします」

それでそのとおりだった。ジーヴスが伯父さんを招じ入れ、僕はジーヴスが彼を案内して居間に至る廊下を歩く背後を付き随った。彼が入室したとき、驚愕（きょうがく）のあまりの沈黙が生じ、そして長い別離の末に旧知の親友が再会したときに聞かれる、びっくりした悲鳴が一対、放たれた。

「ピギー！」

「モーディー！」

「まあ、こんなことって！」

「ああ、なんてこった！」

「あなた、いったい！」

「ああ、神の祝福あれ！」

「あなたがヤックスレイ卿だなんて！」

「君と別れてからすぐ称号をもらったんだ」

「ああ考えてもみて！」

「鳥の羽一枚でだってノックアウトされちまうよ！」

僕は背景で所在なくうろうろしていた。こっちの足、そっちの足ほいほいほいだ。二人とも僕のことなどまるで眼中になかったから、これじゃあ僕は故バートラム・ウースターの目に見えぬ亡霊みたいなものだ。

「モーディー、君はまるで齢をとっちゃいないじゃないか、なんてこった！」

「あなただってそうよ、ピギー」

「ずっと元気でいたかい？」

「元気よ。あたしの胃の粘膜がどうも調子がよくないんだけど」

「何だって！　君もそうなのかい？　僕の胃の粘膜の調子もよくないんだ」

「食後に何だか重たい感じがするのよね」

「僕も食後に重たい感じがするんだ。君は何を試してみてるんだい？」

「あたしはパーキンスの消化薬を使ってるんだけど」

「お嬢さん、だめだ！　まるでだめ。何年も試してみたけど何にもならん。何か少しは効きめのあるものを本当に探してるなら——」

僕はそっとその場を辞した。僕が最後に見たジョージ伯父さんの姿は、彼女と長椅子に並んで腰かけ、激しくささやきあっているところだった。

「ジーヴス」食器室にとことこ入っていって僕は言った。

「ご主人様?」

「昼食は二人分でいい。僕の分は用意しないでくれ。もし連中が僕がいないのに気づいたら、緊急の電話連絡があって呼び出されたと言っておいてくれ。この状況はバートラムの手に余る、ジーヴス。僕はドローンズに行っているからな」

「かしこまりました、ご主人様」

その晩遅く、僕が放心状態でビリヤードをやっているとウェイターが近づいてきてアガサ伯母さんから電話だと告げた。

「バーティー!」

「ハロー?」

彼女の声が、事態が良好に進んでいると感じている伯母の声であることに気づき、僕はびっくりした。小鳥の囀り(さえず)のごとき響きが感じられたのだ。

「バーティー、私がお前にあげた小切手だけど、まだ持ってるかい?」

「うん」

「破っておしまいなさい。もういらなくなったから」

「へぇ?」

「もういらなくなったって言ったんだよ。ジョージ伯父さんが電話を掛けてよこしてね。あの娘とは結婚しないそうだよ」

「そうなんですか?」

「そうなんだよ。伯父さんは考え直して似合いの組み合わせじゃないって思い至ったにちがいないね。だけど驚いたのは伯父さんはこれから結婚するってことなんだよ!」

「そうなんですか?」

「そうなんだよ。相手は旧友のウィルバーフォース夫人だそうだよ。伯父さんによれば、分別のある年配のご婦人だということだよ。どこのウィルバーフォース家の方かねえ。ウィルバーフォース一族には大きく分けて二派あるんだよ――エセックスのウィルバーフォース家とカンバーランドのウィルバーフォース家とね。シュロップシャーのどこかにも分家があったはずだよ」

「あと、イースト・ダリッジにも」

「なんだって?」

「なんでもない」僕は言った。「なんでもありませんよ」

僕は受話器を置いた。それから懐かしき我が家に帰り、砂袋でちょっと殴られたみたいな気分でいた。

「あー、ジーヴス」僕は言った。僕の目には非難の輝きが宿っていた。「それじゃあすべてうまいこと収まったんだな?」

「はい、ご主人様。閣下は甘味とチーズのコースの折に、ご婚約を正式にご宣言なさいました」

「そうか、宣言したか?」

「はい、ご主人様」

僕はこの男を厳しくねめつけた。

「君は気がついていないようだが、ジーヴス」僕は言った。冷たく、抑揚のない声でだ。「この騒ぎのせいで、君の株は少なからず値下がりしたんだ。僕はいつだって君のことを、比類なき助言者として尊敬してきた。僕は、いわば、君の唇にすがりついてきたんだ。それでいまや君のしでかしたことを見よだ。みんな君の計画の直接の帰結だ。個々人の心理に基づいたな。僕はわかっているべきだった、ジーヴス。つまり君はあのご婦人を知っていたわけだから――社交の席で、というか君はこう言うかもしれないが、午後のお茶を飲みながら、だ――君は彼女がジョージ伯父さんのバーメイドだって究明してたってよかったはずなんだ」

「わたくしはその点を究明いたしておりました、ご主人様」

「なんと！」

「わたくしは当該事実を認識いたしておりました、ご主人様」

「すると君には彼女が昼食に来て伯父さんに会ったらどうなるか、わかってたってことじゃないか」

「はい、ご主人様」

「うーん、なんてこった！」

「ご説明をお許しいただけましょうか、ご主人様。そのお若い方に激しく心惹かれておりますスメザーストなる青年は、わたくしの親しい友人でございます。その者は少し以前に、お若い方が黄金と閣下のご身分の魅力に幻惑されることなく、己が心情の命令に従うことを確実にいたすことはできはすまいかとの希望をもって、わたくしに相談を持ちかけてまいりました。いまや二人の行方には、何らの障害もございません」

「わかった。〈記憶されぬ小さき親切の行為〉だな、どうだ？」

「おおせのとおりでございます、ご主人様」

「それでジョージ伯父さんはどうするんだ？　君のせいで伯父さんはものすごく困ったことになったんだぞ」

「いいえ、ご主人様。僭越ながらわたくしはあなた様のご見解にくみするものではありません。ウィルバーフォース夫人は閣下の理想的なご伴侶となられようと愚考いたすところでございます。閣下の生活様式に、仮に欠陥があるといたしますならば、それは閣下が食卓のご享楽に過度にご執心あそばされておいでの点であろうかと――」

「ブタみたいにがっつくって言いたいんだな、つまり？」

「わたくしはさようなご表現はあえていたさぬものでございますが、しかしながらそのご表現は事実と整合いたすところであると存じます。また閣下におかれましては医師の是認する以上にご飲酒あそばされる傾向が強うございます。富裕にして職業をお持ちでないご高齢の独身者の方々には、しばしばかような誤りに陥る傾向が強うございます、ご主人様。未来のレディー・ヤックスレイはこの点を抑制なされましょう。実際、わたくしは魚料理をお運び申し上げた際、奥様がかようなご発言をなされるのを耳にいたしております。すなわち、以前お付き合いされていた頃には閣下のご容貌に存在しなかった若干のご膨張につき、奥様は所感をご表明になられ、閣下はご健康に留意されるご必要がおありとのご意見を述べられました。あなた様もこのご結婚をきわめて満足ゆくものとお考えあそばされるものと、思料いたします」

それも——何と言ったか？——それも説得力ある見解ではある、もちろんだ。だがしかし、それでも僕はオツムを横に振った。

「それでもだ、ジーヴス！」

「彼女は、君が以前述べたように、何としたって庶民じゃないか」

「ご主人様？」

彼は僕を非難するごとくに見た。

「健全なロウアー・ミドル・クラスでございます、ご主人様」

「フン！」

「ご主人様？」

「僕は〈フン！〉って言ったんだ、ジーヴス」

「それはともかくも、ご主人様、詩人のテニスンも言っております。〈優しき心は宝冠に勝る〉〔「レディー・クララ」〕と」

「それで君と僕のどっちがアガサ伯母さんにこの話をするんだ？」

「ご提案を申し上げますならば、わたくしはスペンサー・グレッグソン夫人との一切のご交信を絶たれることをお勧めいたします。スーツケースの荷づくりはほぼ完了いたしております。車庫よりお車をまわさせますのはほんの数分の手間でございましょう——」

「そして地平線の彼方（かなた）、人が人たりうる場所へと出発するんだな？」

「まさしくさようでございます、ご主人様」

「ジーヴス」僕は言った。「いまこの時でも、僕は君の最近の所業につき、必ずしも全面的に君と見解を等しくしているわけじゃないんだ。君は自分が隅々まで光と甘美とを振り撒(ま)いたと思っている。僕にはその点確信はない。しかしながら、最後の提案について僕はまさしく君と意を同じくするところだ。それを厳密に精査したが欠陥は見いだせない。すぐに車をまわさせよう」

「かしこまりました、ご主人様」

「詩人のシェークスピアがなんと言ったか憶えているか、ジーヴス?」

「何でございましょうか、ご主人様」

「〈熊に追われ、急ぎ退場〉[『冬の夜語り』三幕三場の有名なト書き]だ。詩人の劇のひとつに出てくる。学校のとき、ページの隅にそいつを落書きしたのを僕は憶えてるんだ」

11. タッピーの試練

「ヤッホー、ジーヴス！」僕は言った。彼がひざの深さまでスーツケースやらシャツやら冬のスーツやらに埋もれながら、岩場の海獣みたいに歩きわたっている部屋の中に入りながらだ。「荷づくり中か？」

「はい、ご主人様」忠実な男が答えた。僕らの間に隠しごとはないからだ。

「荷づくりを続けてくれ！」是認するげに僕は言った。「荷づくりだ、ジーヴス。慎重に荷づくりを頼む。旅人の面前で荷づくりだ［アイザック・ヒル・ブロムリーの詩のもじり。元来は pack（荷づくり）ではなく punch（切符に入鋏すること）］」それで僕はそこに「トゥララ」の語を付け加えたことだったと思う。なぜなら僕は陽気な気分でいたからだ。

毎年、十一月の半ばには始まるのだが、英国中の上流家庭の田舎の邸宅の持ち主の間において、このクリスマス休暇の間バートラム・ウースターの引き立てを勝ち得るのは誰かをめぐってたいへんな心配やら懸念やらが生じるのだ。彼かもしれないし他の誰かかもしれない。ダリア叔母さんがいみじくも語ったように、その打撃が誰のもとに降りかかってこようものか、誰にも知るよしもないのである。

しかしながら、今年は僕の決断は早かった。貧乏くじを引いたのはハンプシャー州アッパー・ブリーチング、ブリーチング・コートのサー・レジナルド・ウィザースプーン、通称バートであることが知られるに及び、一ダースの大邸宅から安堵のため息が洩らされたのは十一月十日より後のことではなかったはずだ。

このウィザースプーンを僕のご愛顧に与からせるという結論に至るについては、いくつかの理由が僕を衝き動かしていた。ダリア叔母さんの夫君の妹のキャサリンと結婚したことにより、彼はある意味僕の叔父さんにあたることになる、という事実を別にしてもだ。まず第一に、このバートはものすごく人を篤くもてなしてくれる。食べる物も飲む物も批判の余地がない。それでまた、彼の厩舎には乗るに値するものがいつも何かしらおり、この点は考慮に値する。そして第三に、アマチュア唱歌隊の一群に引きずり込まれ、雨の中、田舎じゅうをさまよい歩いて『羊飼いらが夕べにその群れを見守るとき』、あるいは『ノエル！　ノエル！』なんぞを歌わされる心配はまったくない。

これらすべて、僕にとっては重要な点である。しかし僕が磁石みたいにブリーチング・コートに引き寄せられたのは、タッピー・グロソップの奴がそこにいると聞き及んだからであった。

この心のどす黒い男については以前にお話しする機会があったはずだ。しかし、記録をはっきりさせるためにもう一度その概要をお話しするとしよう。ご記憶であられるか、こいつは僕との生涯にわたる交友、そしてその間奴が頻繁に僕のうちのパンと塩を口にしてきたという恩義を顧みず、ある晩ドローンズでプール上に渡した吊り輪を僕がつたって渡りきれないほうに賭け、想像を絶するほどの背信でもって最後の輪っかを引っぱり、よって僕を液体中に落下せしめ、もってロンドンじゅうで一番小粋な夜会用の礼装を一着だめにせしめたのである。

以来、この男に正義に適った報復を加えてやろうとの情熱が僕の人生を支配してきた。

「君は念頭に置いているだろうか、ジーヴス」僕は言った。「グロソップ氏がブリーチングに滞在するという事実をだが」

「はい、ご主人様」

「であるならば大型水鉄砲を荷物に入れ忘れてはいないないな？」

「はい、ご主人様」

「発光ウサギも忘れてはいないないな？」

「はい、ご主人様」

「よし！　僕はどちらかというと発光ウサギの方に期待をかけているんだ、ジーヴス。各方面から素晴らしい報告を耳にしている。君はそいつのネジを巻いて、深夜に誰かの部屋に置いておくんだ。するとそいつは暗闇で発光してピョンピョン飛び跳ね、おかしなキーキー音をしばらくたてるんだ。その様を見たら、タッピーの奴は見事びっくり仰天して必ずや衰弱することであろうと僕は想像するものだ」

「その可能性はきわめて高かろうと拝察いたします、ご主人様」

「それが失敗しても、まだまだ大型水鉄砲がある。うまいこと奴を仕留めるためにはありとあらゆる手段を講じなければならない」僕は言った。「ウースター家の名誉がかかってるんだ」

僕はこの主題についてさらに話し続けたいところだったのだが、しかしちょうどその時、玄関のベルが鳴った。

「僕が出よう」僕は言った。「ダリア叔母さんだと思う。今朝うちに寄るって電話があったんだ」

それはダリア叔母さんではなかった。それは電報を持った電報配達の少年だった。僕はそれを開封し、読み、そしてそれを寝室に持っていった。眉間にはたてじわが寄せられていた。

「ジーヴス」僕は言った。「奇妙な通信が到着した。グロソップ氏からだ」

「さようでございますか、ご主人様?」

「読み聞かせてやろう。アッパー・ブリーチングから発信されている。メッセージは以下のとおりだ。

《明日来る時、俺のフットボール・ブーツをもってこい。もし人間業で可能なら、アイリッシュ・ウォーター・スパニエルもだ。緊急。よろしく。タッピー》

君はこれをどう理解する、ジーヴス?」

「わたくしがこの文面を解釈いたします限りでは、グロソップ様はあなた様に、明日おいでの際にはあの方のフットボール・ブーツを持ってきてくださるようご希望でおいでございます。そして、もし人間業をして可能であるならば、アイリッシュ・ウォーター・スパニエルも、と。あの方は本件問題が緊急であると示唆しておいでで、またよろしくとのご挨拶を送っておいでございます」

「そうだ。僕もそのとおりに読んだ。だがどうしてフットボール・ブーツなんだ?」

「おそらくグロソップ様はフットボールをなさりたいのでございましょう、ご主人様」

僕はこの点を考察してみた。

「そうだな」僕は言った。「それが解答かもしれない。しかし、田舎の邸宅に平穏に滞在している男が、なんで突然フットボールをしようだなんて渇望を覚えるんだ?」

「わたくしには申し上げかねます、ご主人様」

「それでどうしてアイリッシュ・ウォーター・スパニエルなんだ？」

「これまた当て推量はいたしかねます、ご主人様」

「アイリッシュ・ウォーター・スパニエルってのは何だ？」

「アイルランド系のウォーター・スパニエル犬の一種でございます、ご主人様」

「君はそう思うのか？」

「はい、ご主人様」

「うむ、おそらく君の言うとおりなんだろう。だがどうして僕が犬——その国籍は何であれだ——を集めてそこいらを汗してまわらなきゃならないんだ。それもタッピーのためにだ。あいつは僕をサンタクロースだとでも思ってるのか？　あのドローンズ・クラブでの一件の後、奴に対する僕の感情がやさしい善意に満ちあふれているとでも思っているのか？　アイリッシュ・ウォーター・スパニエルだって、まったく！　チッ！」

「ご主人様？」

「チッ、だ、ジーヴス」

「かしこまりました」

玄関ドアのベルがふたたび鳴った。

「忙しい朝だな、ジーヴス」

「はい、ご主人様」

今度こそダリア叔母さんだった。彼女は何ごとかを心のうちに抱えている女性の気配を身にまとっていた——実際、ドアマットの上にのっかっているうちから彼女は声高にわめきたてていた。

「バーティー」野太い声で彼女は言った。窓枠にひびを入れ花瓶をひっくり返す、とどろき渡るその大声でだ。「ここにきたのはあの女たらしのグロソップの件でよ」

「大丈夫だよ、ダリア叔母さん」僕はなだめるように応えた。「僕はこの状況をちゃんと掌握してるんだ。大型水鉄砲と発光ウサギを、もう荷物に入れてあるんだよ」

「あんた何を言ってるんだかわけがわかんないわ。またあんたにわかってるとも思わないの」この親類はいささか素っ気なく言った。「だけど、お願いだからわけのわからない話はよしてくれたら、あたしが何の話をしてるのか話してあげる。キャサリンからものすごく不快な手紙をもらったの。この爬虫類男についてのよ。もちろんこんな話はアンジェラには一言だってしてないのよ。あの子、跳びあがって天井にぶつかっちゃうわ」

　このアンジェラというのはダリア叔母さんの娘である。彼女とタッピーはおおよそ婚約していると一般に考えられている。とはいえはっきり『モーニング・ポスト』紙にお知らせが載ったとかどうとかいうことではないのであるが。

「どうして?」僕は言った。

「何がどうしてよ?」

「どうしてアンジェラは天井に頭をぶつけるのさ?」

「だってそうじゃない? もしあんたが人間のかたちをした悪魔とおおよそ婚約しているとして、そいつが田舎に行ってイヌ娘といちゃついてるなんて聞かされたらどうよ?」

「何といちゃついてるだって？　もう一度ごめん」

「イヌ娘よ。ロングブーツに注文仕立てのツイードで身を固めた今どきの屋外派の女の子で、農山村部に出没しては各種犬の群れを従えてそこいらをうろつきまわってるんだわ。あたしも若い頃はそういう娘の一人だったから、ああいう子たちがどんなに危険かはわかるの。その女の名はダルグリーシュ。ダルグリーシュ大佐の娘なの。ブリーチング・コートのそばに暮らしてるのよ」

僕には日の光が見えた。

「それじゃあさっきの電報はそのことだ。あいつはたった今僕に電報を打ってよこして、アイリッシュ・ウォーター・スパニエルを連れて来いって言ってよこしたんだ。間違いなくその娘へのクリスマスプレゼントだな」

「おそらくね。キャサリンはあの男はその女に夢中だって書いてよこしたわ。その娘の飼い犬の仲間みたいに後をついてまわってるんですって。それで飼い猫みたいなザマをして、ヒツジみたいにメーメー鳴いてるそうよ」

「私設動物園みたいだよね、ねえ？」

「バーティー」ダリア叔母さんは言った――それで僕は彼女の寛大な精神が奥底深くまでかき乱されていることを理解したのだった――「そういうつまらない冗談をあと一回でも言ったらね、あんたの叔母さんだってことは忘れて一発お見舞いしてあげるから」

僕はなだめにかかることにした。叔母さんになぐさめを言ってやった。

「僕は心配したりはしないな」僕は言った。「おそらくそんなの根も葉もない話だよ。全部が全部、すごく大げさに言われてるにちがいないさ」

「あらあんたそう思うの？　あの男がどういう男かはわかってるわよね。あの歌うたいの女に言い寄ってたときの騒ぎは憶えてるでしょう」

僕はその事件を思い返してみた。本書のどこかで見つかるはずだ。コーラ・ベリンジャーという名の女性だった。彼女はオペラの勉強をしていて、タッピーの奴は彼女に夢中だったのだ。しかしながら、幸いにも、バーモンジー・イーストにおけるビーフィー・ビンガムの清潔で明るい娯楽のときに彼女は奴の目をぶん殴り、そして愛は終わったのだった。

「それだけじゃないの」ダリア叔母さんは言った。「まだあんたに言ってないことがあるの。あの男がブリーチングに行く直前に、アンジェラとあの男は喧嘩したのよ」

「そうなの？」

「そうよ。今朝アンジェラの口から聞いたの。目もつぶれんばかりに泣いてたわ。可哀そうなエンジェル。あの子の新しい帽子のことでなの。あたしが聞いたかぎりでは、あいつはあの子に、それをかぶるとペキネーズ犬みたいに見えるって言ったんですって。それであの子はあの男に今生でも来世でももう二度と会いたくないって言ったんですって。そしたらあの男は〈よしきた、ホー！〉とか言ってさっさと行っちゃったのよ。何が起きたのかあたしにはわかるわ。その反動を受けてイヌ娘はあの男のことを捕まえたんだわ。早いこと何かしないことには、何が起こったっておかしくないの。だからジーヴスの前に事実を並べて、むこうに着いた瞬間に活動開始するようにって言ってあげるのよ」

僕はいつも少々、ジーヴスの存在がこういう事態において絶対必要不可欠であるとのこの親戚の前提に、こう言っておわかりいただけるかどうか、自尊心を傷つけられている。したがって僕がこれに応えた態度はいくらかきっぱりしたものだった。

「ジーヴスの世話なんかいらないさ」僕は言った。「僕がこの件を仕切る。僕の考えた計画は、タッピーの奴の心を恋愛なんかから引き離すのにじゅうぶんなはずだ。僕は最初の機をとらえて発光ウサギを奴の部屋に置いてやるつもりなんだ。発光ウサギは暗闇で光ってピョンピョン跳ねてまわるんだよ。変なキーキー音をたてながらね。そいつはタッピーには、良心の声みたいに聞こえるはずさ。それで一回そいつをやれば、奴を療養所に何週間かそこらは送りつけてやれると思うんだ。入院期間の満了する頃には、そんな女の子のことはきれいさっぱり忘れてるはずさ」

「バーティー」ダリア叔母さんが言った。凍てついた冷静さでだ。「あんたって人ははかり知れないバカだわ。聞きなさい。あたしがあんたのことを好きで、それでキチガイ検査官の人たちに影響を及ぼしてるから、ひとえにそのおかげであんたは何年も前に保護房に入れられてないで済んでるのよ。この仕事をしくじってご覧なさい。もうかばってあげるのはよしにするわ。この問題はおふざけで済ませるには深刻すぎるってことがあんたにはわからないの？　アンジェラの幸福がかかってるのよ。あたしの言ったとおりになさい。ジーヴスにすべてをまかせるのよ」

「お言葉のままに、ダリア叔母さん」僕はよそよしく言った。

「それならいいわ。じゃあ、今すぐおやんなさい」

僕は寝室に戻った。

「ジーヴス」僕は言った。また僕はわざわざ無念の思いを隠したりはしなかった。「発光ウサギは荷物に入れなくていい」

「かしこまりました、ご主人様」

「大型水鉄砲もだ」

「かしこまりました、ご主人様」

「両者とも壊滅的な批判にさらされたんだ。もはや情熱は去った。ああ、それでだ、ジーヴス」

「ご主人様？」

「トラヴァース夫人が君に、ブリーチング・コートに到着したらすぐグロソップ氏をイヌ娘の魔手から解放してやるようにとご要望だ」

「かしこまりました、ご主人様。そのお仕事にあたらせていただき、ご満足をいただけますよう最善をつくす所存でおります」


ダリア叔母さんがこの事態の危険性を大げさに言っていたのでなかったことは、翌日の午後、僕にも明らかになった。ジーヴスと僕は二人乗りの車でブリーチングに向かったのだが、村と館の真ん中あたりを走っているとき、突如我々の進行方向前方に犬、犬、犬の大海原が広がり、それでそいつの真ん中にはタッピーの奴がいて、穀物をよく食べて大きくなったというふうな大型の娘の周りをはしゃいでまわっていたのだった。奴はいかにも敬虔な風情で彼女のほうにかがみこんでおり、かなり距離があったにもかかわらず、僕には奴の耳がピンク色に変わっているのが見えた。要するに、まごうかたなく、奴の態度は何とか自分を売り込もうと躍起になっている男のそれであった。それで近づいていってその娘が注文仕立てのツイードとロングブーツといういでたちであるのを見るほどに、僕の確信は強まったのだった。

「見たか、ジーヴス？」僕は低い、意味深長な声で言った。

「はい、ご主人様」

「あの娘だ、どうだ?」

「はい、ご主人様」

僕は感じよく警笛を鳴らし、ちょっとヨーデルをやった。彼らは振り向いた——が、タッピーは、あまり喜んでいるふうではなかった。

「ああ、ハロー、バーティー」奴は言った。

「ハロー」僕は言った。

「僕の友人のバーティー・ウースターです」タッピーはその女の子に言った。僕にはいくぶん言い訳がましく見える態度でだ。おわかりいただけよう——僕にはあんまり係わり合いになりたくないというみたいにだ。

「ハロー」その女の子が言った。

「ハロー、ジーヴス」タッピーが言った。

「ハロー」僕は言った。

「こんにちは、グロソップ様」ジーヴスが言った。

いささかぎこちない沈黙があった。

「それじゃあ、じゃあな、バーティー」タッピーの奴は言った。「先を急ぎたいんだろう、なあ」

我々ウースター家の者は誰よりもよくほのめかしを理解することができる。

「後で会おう」僕は言った。

「ああ、そうだな」タッピーが言った。

僕は車をふたたび始動させ、その場を走り去ったのだった。

「ひどいもんだな、ジーヴス」僕は言った。「君は当該主体が剝製(はくせい)のカエルみたいに見えたのに気がついたか?」

「はい、ご主人様」

「僕たちに止まって仲間に入らないかって言うような気配はまったくなかった」

「はい、ご主人様」

「ダリア叔母さんの恐れていたことは正当だったと思う。この問題は深刻だ」

「はい、ご主人様」

「うむ、脳みそをふりしぼるんだ」

「かしこまりました、ご主人様」

ディナーのために着替える時になってようやく、僕はタッピーに再会した。僕がネクタイを結んでいると、奴はゆるゆると部屋に入ってきた。

「ハロー!」僕は言った。

「ハロー!」タッピーが言った。

「あの娘は誰だい?」さりげない、ヘビみたいな言い方でだ——何気ないふう、つまりそうだ。

「ダルグリーシュ嬢だ」タッピーは言った。それで僕は奴がちょっぴり頰を赤らめたのを見逃さなかった。

「ここに泊ってるのかい?」

「ちがう。この館の門のところのちょっと前の家に住んでるんだ。お前、俺のフットボール・ブーツは持ってきてくれたか？」

「ああ。ジーヴスがどこかに入れてくれたはずだ」

「それでウォーター・スパニエルは？」

「すまん。ウォーター・スパニエルはなしだ」

「まったく、不愉快だな。あの人はアイリッシュ・ウォーター・スパニエルにご執心なんだ」

「ふん、なんでお前がそんなことを気にかける？」

「俺はそいつをあの人にやりたかったんだ」

「どうして？」

タッピーはちょいとばかし偉そうに構えた。ひややかな態度。叱責（しっせき）するがごとき目だ。

「ダルグリーシュ大佐夫妻は」奴は言った。「俺がこっちに来てからたいへんご親切にしてくださったんだ。夫妻は俺をもてなしてくださった。ご夫妻のもてなしに対し、俺は当然何らかの返礼をして差し上げたいと思った。俺のことを、新聞で読むような、引っかかるものは何でもわしづかみにして絶対おごり返さないっていう、今どきの無作法な若い男だとは思ってもらいたくないんだ。昼食やらお茶やら何やらをご馳走になったら、ちょっとしたささやかなプレゼントをお返しに差し上げれば向こうは嬉しく思われるだろう」

「うーん、お前のフットボール・ブーツを差し上げろよ。それはそれとして、どうしてこんなシロモンがいるんだ？」

「今度の木曜の試合に出場するんだ」

「ここでか？」

「そうだ。アッパー・ブリーチング対ホックレイ＝カム＝メストンだ。年に一度の大試合なんだ」

「どういうわけでお前が係わり合いになったんだ?」

「たまたま偶然だが話の流れで、ロンドンにいるとき、俺は毎週土曜日にはいつもオールド・オースティニアンズの練習に出てるんだって話したら、ダルグリーシュ嬢が俺に村を助けて欲しいって夢中になってる様子だったんだ」

「どっちの村だ?」

「アッパー・ブリーチングだ、もちろん」

「ははん、それじゃあお前はホックレイ側でプレーするんだな」

「ふざけるのはよせ、バーティー。お前は知らないかもしれんが、俺はフットボール場じゃあ結構ならしてる男なんだ。ああ、ジーヴス」

「はい?」右側中央部に入ってきながらジーヴスが言った。

「ウースター氏によると、君が俺のブーツを持っているそうだが?」

「はい。あなた様のお部屋に置いてございます」

「ありがとう。ジーヴス、君は少しばかり金儲けをしたくはないか?」

「はい」

「それじゃあ来週の木曜日の年に一度のアッパー・ブリーチング対ホックレイ＝カム＝メストン戦ではアッパー・ブリーチングのほうにちょっと賭けることだな」胸を張って退室しながらタッピーは言った。

「グロソップ氏は木曜日の試合に出場するんだ」ドアが閉まると僕は説明した。

「使用人部屋にてさように聞いてまいりました、ご主人様」

「ああそうか？　それでそこの全般的雰囲気はどうだった？」

「わたくしが得てまいった印象では、ご主人様、使用人部屋はグロソップ様は無分別でおいでであられると考えております」

「どうしてだ？」

「わたくしがサー・レジナルドの執事のマルレディー氏より聞いたところでは、この試合はいくつかの点で通常のフットボールゲームとは異なっておるとの由にございます。両村間に少なからぬ敵意が長年つちかわれてきたという事実がため、同試合は友好的な競争意識のもとでふたつのチームが対戦いたす場合よりもいささかゆるやかかつ原始的な線で執り行なわれるとの由にございます。選手たちの第一次的な目的は、わたくしの理解いたしますところ、得点よりもむしろ暴力行為を行なう点に置かれております」

「なんてこった、ジーヴス！」

「さようとの由にございます、ご主人様。同試合は歴史家の興味をおおいに惹くものであろうかと拝察いたします。最初の試合はヘンリー八世治世下に執り行なわれたものでございます。何平方キロかを覆う地域一帯で、正午から日没まで戦われ、その際の死者は七名でございました」

「七人！」

「観客二名は別にいたしましてでございます、ご主人様。しかしながら、近年におきましては負傷は四肢の骨折その他の軽傷にかぎられております。使用人部屋の意見は、グロソップ様におかれましては本件に係わり合いになられぬがご賢明というものでございます」

僕はほとんど愕然としていた。つまりだ、あのドローンズでの一件につきタッピーの奴に仕返ししてやることを、僕は己が人生の使命とするものだが、それでもなお、ある程度の友情と尊敬の念のほのかな痕跡は――もし痕跡という言葉で正しければだが――依然残っている。それに復讐への渇望なんてものにはおのずと限度がある。奴が僕にしてくれた恐るべき非道への憎悪の念は深いものだが、疑いを知らずに奴がとっとこ競技場に向かい、野蛮な村人らに嚙みしだかれる様を見たいだなんて僕は思いやしない。発光ウサギに驚きおびえるタッピーは――イエスだ。素晴らしい手並みだ。実にハッピー・エンディングである。しかし半ダースにバラバラになって担架で担ぎ出されるタッピーは――ノーである。ぜんぜん別の問題だ。まったく間違っている。一瞬だって考慮に値しない。

となると明らかに、まだ時間があるうちに親切な警告の言葉を発してやる必要がある。僕はただちに奴の部屋に向かい、奴が夢見るがごとくフットボール・ブーツをもてあそぶ姿を目にしたのだった。

僕は奴に事実を知らせてやった。

「お前がすべきなのは――それに使用人部屋の意見でもそうなんだが」僕は言った。「試合前夜に足首を捻挫したふりをすることだ」

奴は僕をおかしなふうに見た。

「お前はつまり、ダルグリーシュ嬢が俺を信頼して、俺に頼って、俺が村を助けて勝利に導くのを見るのを熱烈な、娘らしい情熱で楽しみにしているときに、あの人をガーンとがっかりさせるべきだって言ってるのか？」

こいつの明敏な理解を僕は嬉しく思った。

「そのとおりだ」僕は言った。

「けっ！」タッピーは言った――こんな言葉は聞いたことがない。

「どういう意味だ、〈けっ〉っていうのは?」僕は訊いた。

「バーティー」タッピーは言った。「お前の話を聞いたって、俺はますますこの乱闘騒ぎに夢中になるだけだ。熱い試合こそ俺の望むところだ。敵チームのこういうスポーツ精神を俺は歓迎するぜ。それでできようってもんじゃないか。わかってるのか?」タッピーは言った。「俺が本領を遺憾なく発揮して最善をつくすことが、ちょっくら手荒い真似なら楽しませてもらうさ。顔をめちゃくちゃ朱に染めながらだ。「あの人が見てるってことをさ。それが俺をどんな気分にさせるかがお前にわかるか？　俺は貴婦人の御前で馬上槍試合を戦う騎士みたいな気分になるんだ。サー・ランスロットやサー・ギャラハドが、今度の木曜日に試合が予定されているとして、その試合が荒っぽくなりそうだから足首を挫いたふりをするなんてお前は思うのか?」

「わすれるな、ヘンリー八世の治世下において――」

「ヘンリー八世治世下のことはもういい。俺に考えられるのはただ、今年色つきの服を着るのはアッパー・ブリーチングの番だってことだ。だから俺はオールド・オースティニアンのシャツが着られるんだ。ライトブルーだ、バーティー。オレンジ色の太いストライプが入ってる。ちょっとした勇姿のはずだと言っておこう」

「だけどどうする?」

「バーティー」タッピーは言った。いまや完全に狂信的なありさまでだ。「俺はついに恋に落ちたと言っていい。これこそ本当の愛だ。我が伴侶を見つけたんだ。生まれてこの方、ずっと俺は、愛らしい、英国の田舎の栄光のすべてをその目にたたえた屋外派の女の子に出逢うことを夢見てきた。そしてあの人を見つけたんだ。なあ、バーティー、温室育ちで人工的なロンドンの女の子たちとあの人はなんとちがうことか！ 連中が冬の日の午後に泥の中に立ってフットボールの試合を見るか？アルザス犬がひきつけを起こしたときに何をやればいいか知っているか？ 野原を毎日十五キロも歩き回ってペンキみたいに色鮮やかな顔して帰ってこられるか？ ノーだ！」

「うーん、どうしてそんなことをする必要がある？」

「バーティー。俺は木曜日の試合にすべてを賭けてるんだ。今のところ、あの人は俺のことをちょっとひよわな男だと思っていると思う。それもある日の午後、足にマメができてホックレイからバスに乗って帰らなきゃならなかったってだけのせいでだ。だが俺が粗野な敵方の間を猛火のごとく駆け抜ける様を見たら、あの人はちょっとは考え直しやしないか？ それがあの人の目を開かせるんじゃないか？ どうだ？」

「どうだって？」

「俺は〈どうだ？〉って言ったんだ」

「僕もだ」

「俺が言ったのは、そうじゃないか？ って意味だ」

「ああ、そうか」

ここで晩餐（ばんさん）の開始を告げる銅鑼（どら）が鳴った。で、僕にはまだその態勢が整っていなかった。

それから数日間の入念な調査研究により、使用人部屋が以下のような提言、すなわち、大都会の穏健な空気の中で生まれ育ったタッピーの奴は、地元の争いに首を突っ込まず、この争いの場たるフットボール場を回避すべきであるとの提案を行なった際、その言葉は無益に発されたのではなかった、ということを僕は確信するに至った。まごうかたなく二村間の感情は激していた。彼らの言ったとおりだ。

こういう僻地（へきち）の寒村というのがどういうものかはご存じだろう。折に触れ、人々の暮らしはいささか退屈になりがちである。長い冬の夜にはラジオを聴きながら隣人が何たるダニ野郎であることかと思いめぐらす他に、することはたいしてありはしない。あなたは気がつけば農夫のジャイルズがあなたのブタを売るときにどれほど汚い真似をやったかを思い出している。また農夫のジャイルズのほうでは七旬節の二週前の日曜日に彼のウマにレンガをぶつけたのはあなたの息子のアーネストであったことを思い出している。それで以下同様、以下同文である。この確執がいかにして始まったものか、僕は知らない。しかし平和と友好の季節にそいつは今たけなわと全開に花開くのである。アッパー・ブリーチングの会話の話題は木曜日の試合のことだけだった。それで住民たちは、残忍としか言いようのない精神でそいつを楽しみに待ち構えているようだった。そしてまたそれは、ホックレイ＝カム＝メストンにおいても同様であった。

僕は水曜日にホックレイ＝カム＝メストンに出かけてみた。そこの住人をこの目で見て、連中がどれほど恐ろしいものかを確かめずにはいられなかったのだ。当地の男性のほぼ二人に一人は「村の鍛冶屋」［ロングフェローの詩］の兄貴分になれるにちがいないのに気づき、僕はショックを受けた。彼らの筋骨隆々たる腕は明らかに鉄帯くらい強靱だった。それで僕がお忍びでちょっとビールを飲みに立ち寄った緑豚亭の客らが来るべきスポーツ競技について語る様は、その乱闘騒ぎに身を投ずることを画策している友人を持つ者の血を凍らせるにじゅうぶんであった。そいつはアッティラとフン族の仲間たちが、次なる軍事行動の戦略を練りあげているように聞こえた。

僕は決意を固め、ジーヴスの許に戻った。

「ジーヴス」僕は言った。「僕の礼服を乾かしたりアイロンを当てたりする仕事をした君ならば、僕がタッピー・グロソップの手によっていかに苦しんだかを知っていよう。本来ならば、神の怒りがいまやこういう恐ろしいかたちで奴の上に覆いかぶさっているという事実を、僕は歓迎していて然るべきなんだと思う。だが僕の見解では神はやりすぎだと思う。神の考える正当な応報は僕の考えるそれとはちがう。一番どうにもこうにも怒っていたときにだって、僕はあの哀れな悪党が暗殺されることは望まなかった。それでホックレイ＝カム＝メストンのほうの具合ってのは、地元の葬儀屋のために大豊作のクリスマスにしてやる好機が訪れたっていうふうだったんだ。今日の午後、緑豚亭に赤毛の男がいたんだが、そいつの話し方ときたら、その葬儀屋の共同経営者だっていうみたいな勢いだった。我々は行動しなければならない、すみやかにだ、ジーヴス。我々は何か細工を投入して、奴が奴であるにもかかわらずタッピーの奴を救ってやらねばならないんだ」

「いかなる手段をおとりあそばされるご所存であられましょうや、ご主人様?」

「これから説明する。奴が分別を働かせてこっそり逃げるのを拒否するのは、その娘が試合を観戦して、それであの哀れなトカゲ男のほうじゃ、いいところを見せて彼女に感銘を与えてやるんだって妄想にふけってるからだ。だから我々は策略を用いなければならない。君は今日ロンドンに戻るんだ、ジーヴス。それで明朝〈アンジェラ〉って署名した電報を送るんだ。文句はこうだ。書き留めてくれ。用意はいいか？」

「はい、ご主人様」

「本当にごめんなさい――」僕は考え込んだ。「実質上婚約してた男から新しい帽子をかぶるとペキネーズ犬みたいに見えると言われて喧嘩してた女の子は、オリーブの枝を差し伸べて和解を申し入れたいって時には、何て言うもんだろうなあ、ジーヴス？」

「〈おこって本当にごめんなさい〉でございます、ご主人様。これが適当な表現であろうと思料いたします」

「じゅうぶん力強いと君は思うのか？」

「おそらく〈ダーリン〉なる語を追加いたせば、必要な迫真性が付け加わることでございましょう、ご主人様」

「よし。書き留めてくれ。〈おこって本当にごめんなさい、ダーリン……〉だめだ。待つんだ、ジーヴス。そいつは消してくれ。どこで脱線したかわかったぞ。この通信にほんとのタバスコを効かせる機会を僕らがどこで逃しているかがわかった。電報の署名は〈アンジェラ〉じゃなく〈トラヴァース〉にしてくれ」

「かしこまりました、ご主人様」

「あるいはそうじゃなくて〈ダリア・トラヴァース〉の方がいい。それで本文はこうだ。〈今すぐに帰れ〉」

「〈至急〉のほうがより一層経済的と拝察いたします、ご主人様。一語で済みますゆえ。また、力づよい響きがございます」

「そのとおりだ。じゃあ書き留めてくれ。〈至急帰れ。アンジェラがたいへんな具合なのよ〉」

「わたくしは〈重病〉をご提案申し上げます、ご主人様」

「よしわかった。〈重病〉でいこう。〈アンジェラ重病。あなたの名を悲しげに呼び続け、帽子のことを何か言いながらあなたの言うとおりだって言っているわ〉」

「わたくしにご提案をお許しいただきますれば——?」

「ふむ、話してくれ」

「以下の文章でよろしかろうかと拝察いたします。〈至急帰れ。アンジェラ重病。高熱と錯乱状態。貴方の名を悲しげに呼び続け帽子につき何事か貴方の言うとおりだと繰り返すなり。すぐ汽車に乗れ。ダリア・トラヴァース〉、でございます」

「よさそうだな」

「はい、ご主人様」

「君は〈悲しげに〉がいいと思うのか? 〈絶え間なく〉ではなく?」

「はい、ご主人様。〈悲しげに〉がモ・ジュスト、すなわち適語でございます」

「よしわかった。君は何だってわかってるんだ。さてとそれで、そいつを二時半到着に間に合うように発信してくれ」

「はい、ご主人様」

「二時半だ、ジーヴス。この悪魔的なまでの狡猾（こうかつ）さが君にわかるか?」

「いいえ、ご主人様」

「教えてやろう。もし電報がそれより前に届けば、奴は試合前にそれを手にすることになる。しかしながら、二時半には、奴は試合場にでかけているだろう。戦闘の切れ間に、僕はそいつを奴に渡すことにする。そのときまでには、アッパー・ブリーチングとホックレイ＝カム＝メストンの間のフットボール試合がどんなものか奴にもわかり始めていることだろう。そうすりゃそいつは魔法みたいに効くはずだ。僕が昨日見たような暴漢たちとしばらくいっしょに競技した者が、本日はこれにて終了にできるって口実を歓迎しないわけがないんだ。僕の論理を理解してもらえたかな？」

「はい、ご主人様」

「でかした、ジーヴス！」

「かしこまりました、ご主人様」

ジーヴスはいつだって頼りになる。二時半と僕は言った。そしてそれは二時半だった。その電報が到着したのはほぼその時間ぴったりのことだった。その時僕は何かもっと暖かい服に着替えようと思って自室に向かう途中で、そいつを自分で受け取った。それから厚手のツイードに着替え、試合会場に車で向かった。僕が着いたときにはちょうど二チームが整列したところで、三十秒後に笛が鳴り、戦いは始まった。

どういうわけか――そういうものをプレーしない学校で学んだせいとかそういうことだと思うが――僕はラグビー・フットボールというものを細かいところまではっきり理解できていると主張するものではない。もちろん大雑把な、だいたいの原理はわかる。つまり、基本的な構想はグラウンド上でボールをなんとかかんとか移動させて、反対側の線の向こうに置くことである。そしてこの企図を鎮圧せんがため両チームは人間同胞に対する一定量の暴力ないし暴行を投入することが許されており、それはどこか他でやったら罰金刑による代替なしの十四日の拘禁と裁判官席より何らかの強い譴責を結果せずにはおかれないというような性質のものである。しかし、そこまでだ。ラグビーの技術とでも言うべきことはバートラム・ウースターにとっては封印された書物なのである。しかしながら僕が専門家から聞いたところでは、今回の場合には目に見えるような技術はないということだ。

　数日前から大雨が続いたせいで地面はちょっとビチャビチャしていた。実際、僕はこのグラウンドよりももっと乾いた沼沢地をこれまでに見たことがある。僕がパブで見た赤毛の男がバシャバシャと駆け寄ってきて大衆の歓声を浴びながらキックオフを決めた。そしてボールはライトブルーとオレンジのいかした配色のコスチュームに身を包んだタッピーが立っているところに、まっすぐ飛んできた。タッピーはそいつをうまくキャッチし、蹴り返した。そしてこの時、アッパー・ブリーチング対ホックレイ＝カム＝メストンの対戦が、フットボール場で普通には見られない、とある特徴を備えていることを僕は理解したのであった。

　タッピーはというと、これだけのことをやった後、ただそこに奥ゆかしく立っていた。と、雷鳴のごとき足音がとどろき、その赤毛の男が全速力で疾走してきて奴の首許をつかむと地面目がけて叩きつけ、奴の上にのしかかったのだった。僕にはタッピーの顔がちらっと見えたのだが、そいつは恐怖と狼狽、そして事態のなりゆきに対する驚きの不満足の全般的示唆を表明していた。そしてやがて奴の姿は消えた。奴がふたたび浮上してきた時には、向こうの反対側の方で一種の暴徒らによる武力衝突が発生していた。二集団の大地の子らが、頭を下げて互いをひたむきに押しのけあっており、ボールはその真ん中のどこかにあるらしかった。

タッピーはその両眼からかなり大量のハンプシャー州の沃土を拭い落とし、放心状態であたりをじっと見渡すと、大集会を見つけてそこに走り寄っていった。それでちょうど二人の重量級選手が奴を捕獲して、ふたたび泥んこトリートメントを施術してくれるのに間に合ったわけだ。このお陰で奴はまた別の重量級選手がヴァイオリン・ケースみたいなブーツで奴のあばら骨に蹴りを入れるのに最適の位置取りを得た。赤毛の男が次いで奴にのしかかった。これみなさわやかな好プレーであり、ロープのこっち側の僕のところからはたいへん結構に見えた。

いまや僕にはタッピーがどの点で誤りを犯したかがわかっていた。奴はあまりにもお洒落にすぎたのだ。こういう場面では目立たぬようにするのが安全であるし、ブルーとオレンジのシャツはおおいに人目を惹く。地面の色にまぎれる地味なベージュこそ、奴の親友が勧めるべきものであった。また、このコスチュームが注目を集めるという事実に加えて、ホックレイ＝カム＝メストンの男たちは、そもそも奴がこの場にいることに腹を立てていたのだと僕は思う。地元民ではないのだから、奴が私的な喧嘩にでしゃばって口出ししてきたのは余計なおせっかいだというふうに彼らは感じたのだ。

いずれにせよ、彼らが奴に優先的処遇を加えていることは僕の目には明らかだった。先述した押し合いへし合いの集いの後、大伽藍が瓦解して何トンもの人類がジュースの中のぐちゃぐちゃな混沌じゅうをのたうちまわるというとき、最後に発掘されるのは決まってタッピーであるようだった。それで奴がなんとか直立できた稀有な場面では、誰かしら――たいていは赤毛の男だ――が必ず、奴をふたたび放り投げるという楽しい仕事に飛びついてくるのだった。

実際、人命救助のためには電報の到着が遅すぎるように思えてきたところで、試合中断が起こった。乱闘は僕の立っていたすぐそばまで接近しており、そしてお約束の関係者一同の大崩壊があって、これまたいつもどおり山の底にいたのはタッピーだったのだが、今度はみんなが立ち上がって生存者数を数え始めたところ、かつては白いシャツであったものを着たかなり大型の男が地面に横たわったままだったのである。そしてアッパー・ブリーチングが最初の犠牲者をしとめたというニュースが拡がるにつれ、何百もの愛国者の咽喉から心よりの歓声が上がった。

犠牲者は何人かの彼の旧友によって運び出された。そして残る選手たちは座り込んで靴下を引き上げ、人生のことどもをちょっぴり思った。タッピーをこのアバトワールというか屠殺場から救出すべき時のいまやきたれりと僕には思われた。それで僕はロープの向こう側に飛んでゆき、座って鎖骨から泥をこすり落としている奴のところへすたすた歩いていった。奴は搾汁器の中を通り抜けてきた男みたいな風情だった。そして見えるかぎりでは、奴の双眸には、奇妙な、くすぶった輝きがたたえられていた。奴の外皮は沖積堆積物であまりにもぶ厚く覆われていたので、ちょっとやそっとの入浴くらいで成し遂げられることがいかにわずかであろうかと人をして悟らしめずにはおかれないほどであった。ふたたび奴を上流社会にふさわしい人間にするためには、どうしたってクリーニング屋に送ってやらないといけない。実際、奴をこのまま廃棄処分にした方があるいは簡単ではあるまいかという点は、議論の余地ある問題であろう。

「タッピー、なあおい」僕は言った。

「へぇ?」タッピーは言った。

「お前に電報だ」

「へぇ?」

「お前が館を出てから届いた電報を持ってきたんだ」

「へぇ？」

僕はステッキの先で奴をちょっと突っついた。それで奴は息を吹き返したようだった。

「自分が何してるか気をつけろよ、この間抜け」奴は言った。部分的にはだ。「俺は全身打撲傷のかたまりなんだ。お前、何をブツブツ言ってやがるんだ？」

「お前宛に電報が来てる。大事な用件かもしれん」

奴は苦々しげに鼻を鳴らした。

「お前、俺にいま電報を読んでる暇があると思ってるのか？」

「でも、これはものすごく緊急の電報かもしれない」僕は言った。「さあ、これだ」

しかし、ご理解いただけるだろうか、そこにそれはなかったのだった。どういうわけでそういうふうになってしまったものか、僕にはわからない。だが、明らかに、着替えの際、僕はそいつを別の上着に入れてしまっていたのだ。

「なんてこった」僕は言った。「置き忘れてきた」

「構わん」

「だけど構うんだ。あれは多分お前が今すぐ読まなきゃいけないやつだ。大至急だ。と言ってわかればだが。僕がお前なら、殺人部隊の連中にはさよならの言葉を手短かに言って、今すぐ館に戻るんだがな」

奴は眉を上げた。少なくとも、そうしたにちがいないと僕は思う。なぜなら奴のひたいの泥がちょっと揺れたからだ。あたかもその下で何事かが起こっているというふうにだ。

「いったいお前は」奴は言った。「あの人の目の前で俺がコソコソ逃げ出すとでも思ってるのか？　けしからん！　それだけじゃない」奴は静かで瞑想（めいそう）的な声で続けた。「あの赤毛のクソ野郎の内臓を徹底的に抉（えぐ）りだしてやるまで、この世に俺をこのグラウンドから立ち去らせられる力なんて何にもありゃしないんだ。俺がボールを持ってないときにも、あいつが俺にタックルし続けているのにお前、気がついたか？」

「そりゃあ反則じゃないのか？」

「もちろん反則だ。だが心配するな！　峻厳な応報があいつを待ち構えてるんだ。俺はじゅうぶんご馳走になった。これからは俺の人間性を強く主張すべきときだ」

「この娯楽のルールを僕はあんまり知らないんだが」僕は言った。「奴に嚙（か）みついてもいいのか？」

「やってみる。それでどうなるか見るとしよう」タッピーは言った。このアイディアに感嘆し、ちょっと表情を明るくしながらだ。

この時点で棺桶運びたちが戻ってきて、ふたたび前線では戦闘が活発になった。

ちょっぴりの休息といわゆる友人との手の握り合いくらい、くたびれ果てた競技者をいきいきと元気づけるものはない。この短い休息の後に再開された汚れ仕事は、さらなる活力を加えて活動開始し、それは見る者の目に心地よいものであった。そしてこの宴（うたげ）の中心人物はタッピーであった。

おわかりいただけよう。昼食の席や競馬場、あるいは田舎の邸宅でのらくら暮らしている姿を見ただけでは、その人物の隠れた奥行き、と言っておわかりいただければだが、そういうものには接し得ない。この瞬間まで、もし訊かれたなら、僕はタッピー・グロソップとは、だいたいのところ、本質的には平和的な人物で、奴のうちに密林のトラのごときものはほとんど、あるいはまったく存在しないと言ったことだろう。しかしいまここで奴は、鼻孔から炎を吹きだしながら縦横無尽に走り回り、明らかに往来の危険と化していた。

そうだ。そのとおりだ。お互い邪魔せずやっていこうの精神からか、それとも笛に泥が詰まってしまったためか、審判員がこの試合を穏健な無関心でもって眺めやるようになったため、タッピーは実に目をみはるような働きを投入していた。ことのフィネスというか技巧がまるでわからない僕のような者にすら、もしホックレイ＝カム＝メストンがハッピー・エンディングを望むのなら、可能なかぎり早期にタッピーを排除せねばならないことは明白であった。それで彼らのために言っておくなら、彼らは最善をつくしたし、赤毛の男はとりわけ粘り強かった。しかし、タッピーは耐久性素材でできていた。敵側の才能ある人物が奴を泥沼に引きずり込んで奴の頭の上に腰かける度に、奴は己（おの）が亡骸を踏み台に立ち上がった［テニスン「イン・メモリアム」一・一］、と言っておわかりいただければだが。そして最後に敗北を喫したのは赤毛の男の方であった。

それが正確にどういう具合に起こったものか、僕には言えない。というのはこの時までに夜の帳（とばり）がちょいと降りてきていて、ちょっぴり霧も立ち込めていたからだ。しかしある時そいつは疾走していた。どうやら世界中に心配なんかないみたいにだ。そしてそれから突然タッピーがいずこからともなく姿を現し、そいつの首許目がけて大気中を楽々と走行していった。両名は衝突し、滑走した。そしてしばらくの後、赤毛の男はピョコピョコ跳びながら友人らに支えられて行ってしまった。彼の左足首がどうかした様子だった。

その後はもう何でもなかった。アッパー・ブリーチングは、徹底的に狂喜し、これまで以上に騒々しさを増した。グラウンドのホックレイ側の一種の内海においては、相当の真剣勝負が起こっていた。そして一種の高波が線の向こう側に怒濤となって注ぎ込んだ。やがて死体が片づけられ、怒号と絶叫がやんだとき、そこにはボール上に覆いかぶさるタッピーの姿があった。そしてそれが、最後の五分間の騒乱を別にすれば、一連の活動を終結させたのだった。

館まで車を走らせる僕は、いわゆる沈痛な思いでいた。事態がかくのごとき次第で進行したわけだから、真剣に考えねばならないことはずいぶんと多いように思われた。館に着くと玄関ホールに誰かしら使用人がいたので、僕は彼にウイスキー・アンド・ソーダを持ってきてくれるよう頼んだ。我が脳みそは刺激性物質を必要としていると、僕は感じていた。そしておよそ十分後にドアをノックする音がして、入ってきたのはジーヴスだった。トレイと材料を手にしている。

「ハロー、ジーヴス」驚いて僕は言った。「戻ってたのか?」

「はい、ご主人様」

「いつ着いたんだ?」

「いささか前でございます、ご主人様。試合はお楽しみになられましたか?」

「ある意味では、ジーヴス」僕は言った。「イエスだ。ヒューマン・インタレストとかなんとかがどっさり満載だった。と言ってわかってもらえればだが。だが残念ながら、僕の不注意から、最悪の事態が起こったんだ。僕はあの電報を別の上着に入れちゃったんだ。それでタッピーは最後まで試合に参加し続けるハメになった」

「あの方はお怪我をなされたのでございますか、ご主人様?」

「それよりもっと悪いんだ、ジーヴス。奴はあの試合のスター選手になっちゃったんだ。奴に乾杯、って今この村じゅうのどこのパブでもやってるはずだ。奴のプレーはそりゃあ華々しいものだった――実際、思う存分馬上槍試合をやったってもんだ――あの娘が奴に夢中にならないわけがないんだ。僕がひどく間違っているのでなければ、二人が会った瞬間に、彼女は〈わたしの勇者!〉って叫んであいつのクソいまいましい腕の中に崩れ込むことだろう」

「さようでございますか、ご主人様?」

僕はこの男の態度が気に食わなかった。冷静すぎる。感銘を受けていない。あごをだらんと落っことして飛び上がるくらいのことは、僕のせりふから期待されて然るべきだった。それで僕がそう言おうとしたとき、ドアがまた開いてタッピーが足を引きずりながら入ってきた。

奴はフットボールの格好の上にアルスター外套を羽織っていた。それで僕はどうして奴はまっすぐ浴室に向かわず、僕のところに社交的訪問なんかをしてよこしたのだろうかと不思議に思ったのだった。奴は僕のグラスを狼みたいに見た。

「ウイスキーか?」静かな声で奴は言った。

「と、ソーダだ」

「俺にも一杯頼む、ジーヴス」タッピーが言った。「たっぷりだ」

「かしこまりました」

タッピーは窓辺にさまよいゆき、深まる暮色をながめやっていた。それではじめて僕はどういうわけか奴の機嫌が悪いのに気がついたのだった。こういうことは背中を見ればわかる。丸まっている。曲げられている。悲哀の重みにたわんでいる、と言っておわかりいただければだが。

「どうしたんだ?」僕は訊いた。

タッピーは陰気な哄笑を放った。

「ああ、たいしたことじゃない」奴は言った。「俺の、女性への信頼が死んだ。それだけだ」

「死んだのか？」

「賭けてもらったって構わない。女なんてもんはダメだ。あの性に未来はない、バーティー。みんなみんな虫ケラだ」

「あー――イヌ娘でさえもか？」

「あの女の名前は」タッピーはちょっと堅苦しく言った。「ダルグリーシュだ。もしたまたま興味があればだが。それで、その他の点をもし知りたけりゃ言ってやるが、あの女がなかでも最悪だ」

「おい、お前！」

タッピーは振り返った。泥の古層の下、奴の顔がやつれ、約言すれば、蒼白であるのが僕には見てとれた。

「何が起こったかわかるか、バーティー？」

「何だ？」

「あの女はいなかったんだ」

「どこに？」

「あの試合にだ、この間抜け」

「試合にいなかっただって？」

「そうだ」

「つまり、あの熱心な観客の群れの中にいなかったってことか？」

「もちろん観客の群れの中にいなかったってことだ。お前、俺があの女がいっしょにプレーすると期待してたとでも思うのか？」

「だけど、僕が考えてたこの件の基本構想ってのは――」

「俺だってそうだ。コン畜生！」タッピーは言った。今度はうつろな哄笑を放ちながらだ。「俺はあの女のために骨の髄まで汗みどろになったんだ。殺人狂の群れに俺のあばら骨を蹴（け）とばさせて、俺の顔の上を行ったり来たり歩かせたんだ。そしてそれで、俺が死に勝る悲運と勇敢に立ち向かっているときに、まあ、いわゆるだが、ひとえにあの女に喜んでもらうためだけにそうしたっていうのに、あの女はわざわざやって来て試合を見ることすらしなかったんだ。あの女はロンドンの誰かから電話をもらって、それでアイリッシュ・ウォーター・スパニエルを見つけたって言われたんで車に飛び乗って行っちまったんだ。俺をぺしゃんこにしたままさ。俺はたった今あの女の家の前であの女に会ってきた。それであの女が話したんだ。それであの女に考えられることっていったら、わざわざ出かけて行ったのがまったく無駄だったんであの女の心は日焼けした首筋みたいにひりついてるって、そればっかしだ。アイリッシュ・ウォーター・スパニエルじゃ全然なかったんだそうだ。ただの普通のイングリッシュ・ウォーター・スパニエルだった。それでそんな女を愛しているだなんて思い込んでたなんて。まったく最高の人生の伴侶になってくれることだろうよ！〈苦痛と怒りが心痛ませるとき、そなたは天使となる〉［スコットの詩「マーミオン」六・三〇］――俺はそうは思わない。なぜって、そんな女と結婚して、たまたま何か重病にかかったとして、そいつは男の枕をならして冷たい飲み物を彼に飲ませてくれるか？　ありえん！　シベリアン・イール・ハウンドを買いにどっかに出かけちまってることだろうよ。俺は女にはもう懲りごりだ」

昔の恋人のために言葉を挟んでやるべき時は来た、と、僕は見てとった。

「僕の従姉妹のアンジェラはそんなに悪い娘じゃないぞ、タッピー」僕は言った。威厳ある、兄貴めいた言い方でだ。「ぜんぜん悪い子じゃない、アンジェラは。公平に見てやればさ。僕はいつだって彼女とお前がいっしょに……それにダリア叔母さんだっておんなじように思ってるのを僕は知ってるんだ」

タッピーの苦々しい冷笑が表土にひびを入れた。

「アンジェラ！」奴は低いうなり声を発した。「俺に向かってアンジェラの話はするな。アンジェラはボロ切れで骨でひと束の髪の毛で第一級の天災だ。もしお前が知りたきゃ言うがな。彼女は俺を袖にしたんだ。そうだ、彼女がそうしたんだ。ただ単に俺に、彼女が愚かにも買ったあの恐ろしい帽子の件について率直に正々堂々と意見を言うだけの男らしい勇気があったって、それだけのせいでだ。あれをかぶるとペケ犬みたいに見える。それで俺は彼女にそいつをかぶるとペケ犬みたいに見えるって言ってやった。ところが恐れを知らぬ俺の率直さを賞賛する代わりに、彼女は耳をつかんで俺を放り投げたんだ。けっ！」

「彼女はそんなことをしたのか？」僕は言った。

「彼女はまさしくそんなことをしたんだ」タッピーは言った。「十七日、火曜日の午後四時十六分にだ」

「ところで、お前」僕は言った。「僕は例の電報を見つけたんだ」

「何の電報だって？」

「僕が話した電報だ」

「ああ、そのことか？」

「そうだ、そのことだ」

「さてと、じゃあそのいまいましいシロモノを見せてもらおうかな」

僕はそれを手渡した。注意して奴を観察しながらだ。そして突如、読み進むにつれ、僕は奴が震えるのを見た。身体の芯まで動揺していた。明らかにだ。

「何か重要な話なのか？」僕は言った。

「バーティー」強烈な感情に震える声でタッピーは言った。「お前の従姉妹のアンジェラに関する先ほどの発言だが。忘れてくれ。取り消してくれ。言わなかったものと思ってくれ。なあ、バーティー、アンジェラはいい子だ。人間のかたちをした天使だ。それでこれは公式の発言だ。バーティー、俺はロンドンに行かなきゃならない。彼女が病気なんだ」

「病気だって？」

「高熱と錯乱状態だ。この電報はお前の叔母さんから来たんだ。彼女は俺にすぐロンドンに来るように言ってる。お前の車を借りてもいいか？」

「もちろんだ」

「ありがとう」タッピーは言い、駆け去っていった。

奴が去ってから二秒もしないうちに、ジーヴスが気つけの飲み物を持って入ってきた。

「グロソップ氏はいなくなった、ジーヴス」

「さようでございますか、ご主人様」

「ロンドンに行ったんだ」

「さようでございますか、ご主人様」

「僕の車でだ。僕の従姉妹のアンジェラに会いにだ。太陽はふたたび輝きだしたぞ、ジーヴス」

「きわめてよろこばしいことでございます、ご主人様」

僕は彼を見つめた。

「君だな、ジーヴス。何とか言った名前のご令嬢にウォーター・スパニエルらしきものについて電話をしたのは？」

「はい、ご主人様」

「そうだと思っていた」

「さようでございますか、ご主人様？」

「そうだ、ジーヴス。謎めいた声でアイリッシュ・ウォーター・スパニエルの件で電話がかかってきたとグロソップ氏が話したその瞬間に、僕はそう思っていた。君の手口を見てとったんだ。僕には君の動機が開いた書物みたいに読める。君には彼女が行っちまうってことが、わかってたんだ」

「はい、ご主人様」

「それで君にはタッピーがどう反応するかもわかっていた。馬上槍試合をする騎士を怒らせるものがひとつあるとすれば、それは観客が彼を見捨てることだ」

「はい、ご主人様」

「だが、ジーヴス」

「ご主人様？」

「ひとつだけ問題があるんだ。従姉妹のアンジェラが元気一杯で錯乱状態じゃないのを見たら、グロソップ氏は何と言うだろうなあ？」

「その点には配慮済みでございます、ご主人様。勝手ながら、わたくしはトラヴァース夫人にお電話を掛け、事情を説明いたしておきました。グロソップ様ご到着の折にはすべて準備は万端でございましょう」

「ジーヴス」僕は言った。「君は何でも考えてるんだな」

「有難うございます、ご主人様。グロソップ様がおいであそばされないとなりますれば、こちらのウイスキー・アンド・ソーダはあなた様がおあがりでございましょうか？」

僕は首を横に振った。

「いいや、ジーヴス。それを飲むに値する人物は一人しかいない。君だ。爽快（そうかい）な飲み物を勝ち取った者が誰かいるとするなら、それは君だ。注いでくれ、ジーヴス。そして飲み干すんだ」

「たいへん有難うございます、ご主人様」

「チェーリオだ、ジーヴス！」

「チェーリオ、でございます、ご主人様。もしかような表現をお許しいただけますならば」

訳者あとがき

本書『でかした、ジーヴス！』*Very Good, Jeeves!* の刊行は一九三〇年六月であるが、その前年、『ストランド』誌一九二九年一月号にはウッドハウスの愛娘レオノーラによる「家庭のウッドハウス」と題するエッセーが掲載された。娘の目から見た「プラム」あるいは「プラミー」ことP・G・ウッドハウスの肖像とはこんなふうである。

プラムのフルネームはペラム・グレンヴィル・ウッドハウスである。フロックコートを着込んだような仰々しい名前で私の素敵なプラミーにはまるで似つかわしくない。

彼は根っからの働き者である。だが時々、私は作家というのはまったく気楽な職業であるらしいと思う。イアン・ヘイが三、四日我が家に滞在していたとき、彼とプラムがミュージカルの脚本を共同執筆していた書斎からはずっと大きな笑い声がしっぱなしだった。それでいて昼食の時には、午前中の仕事がどんなにたいへんだったかと二人は語り、それから外でゴルフをやって一日の仕事を終えるのだ。プラムが長編小説や短編を書くときの手順もこれとだいたい同じである。彼は午前中に執筆し、午後は「思索」する。その時には何があっても絶対彼の邪魔をしてはならないことになっている。その間彼は深い思索に耽り、偉大な長編小説の構想を練っているはずなのだが、蓋を開けてみれば、実は眠っていたりリンゴを齧(かじ)っていたりエドガー・ウォーレスを読んでいたりしている。お茶の後は、ロンドンにいるときならば長い散歩に出、田舎にいるときにはゴルフをするのが常である。

彼の趣味は非常に単純だ。読書、パイプ、ラグビーの試合——こういうものを皆、彼は深く愛している。苦痛を伴うことは何であれ決して楽しまないから、狩猟や釣りはきらいだ。冷気肌を刺す十一月の朝、一月の午後の暖炉の火とマフィン、着古した服——彼がもっとも愛するのはこういうものである。

彼には金銭感覚というものがない。千ポンドの小切手は彼にとって、よい仕事へのご褒美のしるしという以上の意味をまったく持たないのだ。でももし家内で半クラウンがなくなって大騒ぎになるというとき、舌をもつれさせて顔面蒼白になるのは誰かを、我々は皆心得ている。この私が破産しないでいられるのも実はそのお陰なのだ。彼にはとにかくビジネスとかそういうことがまったくわからない。ドの小切手をいつでも誰にでも現金七シリング六ペンスで売りかねない。この私が破産しないでいられるのも実はそのお陰なのだ。彼にはとにかくビジネスとかそういうことがまったくわからない。マミーが彼のことはすべて面倒を見ているし、そういうことがとても上手だ。プラムが望むのはタバコを買い、本屋の支払いをするための一ポンドをときどきもらうことだけである。どういうふうに暮らそうか、どんなところで暮らそうかということはマミーと私でいつも段どっている。彼は計画を立てるのが嫌いだし、何が起ころうといつだって完璧に幸福でいられるからだ。

しかしながら、二つの事柄に関して彼は驚くほど、また面白いまでに確固たる態度を貫いている

――骨董もののタイプライターへの偏愛とペケ犬の溺愛である。

そのタイプライターは彼が二十歳の時から使っているもので、これを彼は盲愛している。それを製造した会社はもうない。数えきれないほど修理を重ねているからオリジナルの部品などはひとつだって残っていない。それがバラバラにならずにいてくれるのは、ただただプラミーをがっかりさせないためだけだと私は思う。あまり使いすぎると壊れるし、使い方が足りないとキーが固まってしまう。誰もそれに触れることを許されておらず、彼が行くところにはどこにもついていく。必要とあらば、列車の一等座席を占めさせることも辞さない。またポーターには絶対運ばせない。

それからスーザンがいる。

スーザンはうちのペキネーズ犬で、プラムは彼女を溺愛してやまない。極東に向けて大航海に乗り出そうとか、シチリアで気だるい夏を過ごそうとか考えるたびに、我々は彼女が留守番に取り残されなければならないことを思い出し、それで彼女を喜ばせるためにイギリスに留まり、あるいはリレーで世界を回るのだ。彼女はとてもかわいらしくて小さくて、こげ茶色の毛とペキネーズ特有のダンスするような歩き方をしている。彼女が彼にほんのちょっとでも微笑みかけたなら、たとえ誰の相手をしているときでも、話の真っ最中であったとしたって、彼は彼女のご機嫌を取りに駆けつけるのだ。

そうそう、わたしはプラムがどういうふうに仕事をするかを書く約束だった。彼は決して仕事を休まない。彼にとっての休日とは長編小説の代わりに芝居の脚本を書くことであり、ミュージカル・コメディーの代わりに短編を書くことである。彼の文章が読みやすいのは、彼が楽しんで書いているからだと私は思う。私は以前、とあるユーモア作家が、ページの合間合間に見られる小さな点は

「コンマではなく、血の滴だ」と書いているのを読んだことがある。けれどもプラムはまったく違う。いったんプロットをこれと決めた後は、彼はすらすら速く、やすやすと書く。誰にも見られない前に破り捨ててと私がお願いするようなシーンがあるかもしれないし、五ページが書き直されて一パラグラフになることだってある。だが、書くときの彼は苦労していない。

(Frances Donaldson *'PG Wodehouse—A Biography,*〔一九八二〕より抄訳)

私は「愛娘」と書いたが、レオノーラはウッドハウスの実の娘ではなく、妻エセルが最初の結婚でもうけた子供で、つまりは連れ子である。エセルと出会ってわずか二カ月で結婚したウッドハウスは、その後当時十歳だったレオノーラと対面し、瞬く間に意気投合した。間もなく彼は彼女と養子縁組をしている。

レオノーラは稀有なまでの魅力を湛えた少女であったらしい。ウッドハウスの評伝を書いたフランシス・ドナルドソンは女学校時代レオノーラの学友であった。彼女がウッドハウス伝を書くと聞き、レオノーラを知る人たちはこれで彼女のことを記録に留められるとたいそう喜んだというし、また、一面識もない人から、「自分はウッドハウスについては何も情報を提供できないが、彼の娘さんに会ったことがあり、素晴らしくチャーミングな女性だった」という手紙を何通ももらったそうだ。レオノーラは決して美人ではないが、金髪、碧眼、上を向いた鼻、薄い上唇、母親譲りの長い脚の持ち主の、頭がよくて才気煥発で親切で、誰からも愛された特別な存在であったという。ウッドハウスは彼女を愛してやまず、また作品のよき理解者、友人、第一読者、同志として彼女を尊重していた。女子校のエピソード執筆の際、当時女学生であった彼女に、バーティーが女子校に迷い込んだら女の子たちが彼をからかってしそうなことは何か、とか、歓迎の歌があると聞いたがそれはどんなものか、と訊いている手紙がある。ドナルドソンによれば、ウッドハウスの小説のヒロインはみな二十代のレオノーラにそっくりなのだそうだ。

ウッドハウスの結婚生活は、ごくありふれたかたちのものではなかったようだ。妻エセルはウッドハウスより四歳年下だが、二度の結婚歴があり、鉱山技師だった最初の夫は病死、事業に失敗した二番目の夫は自殺、で、二度とも夫と死別している。最初の結婚でもうけたレオノーラをイギリスの寄宿学校に入れ、女優目指してブロードウェー暮らしをしていた時に二人は出逢い、交際二カ月で結婚した。当時、ウッドハウス三十二歳、エセル二十八歳、レオノーラ十歳。ウッドハウスがレオノーラと対面したのは、挙式後半年近く経ってからのことである。にぎやかなパーティーを好み、ギャンブルを愛し華やかでおしゃれで買い物好きの浪費家で、競走馬を買ってみたり株で大損したり、しょっちゅう若い男性を身辺にはべらせていたといわれるエセルは、ありとあらゆる点でウッドハウスと正反対の女性であり、「同じコインの表と裏」であった。結婚後まもなく、執筆に集中するためという理由でウッドハウス夫妻は寝室を別にし、ホテル滞在の際なども違う階にスィートをとったという。とはいえ「人間のかたちをした天使」、妻エセルをウッドハウスは深く愛した。彼は彼女を崇拝し、偶像化し、全面的に頼りきっていたという。またレオノーラの手記にあるように、妻は夫の生活、仕事、金銭関係全般の実務をすべて取りしきっていた。エセルに対して必ずしも好感ばかりを抱いているわけではない印象を与えるウッドハウス伝の著者たちが見解を等しくするらしいのは、彼女が傷つきやすい彼を外部世界から守る遮蔽体の役目をしていたという点である。

時にウッドハウスとエセルの関係は、エムズワース卿と彼の恐るべき妹コンスタンスの関係に比せられる。本書を含め、ウッドハウス作品の端々に伺える、結婚哲学というか達観あるいは諦観というべき境地は、作家の境涯とも多く重なるところであろうと想像される。とまれ、この二人がペキネーズ犬への偏愛と他の犬猫たちへの博愛を共有し、わかちがたく結びついていたことは間違いない。二人はウッドハウスが九十三歳で亡くなるまで、六十年間を共に連れ添った。作家の死の一年半前、五十九回目の結婚記念日にウッドハウスが妻エセルに送った手紙を次に掲げよう。

エセル・ウッドハウスへ

一九七三年九月三十日

僕の大事なエンジェル・バニー、君のことを本当に愛しているよ。

また結婚記念日がきた！　僕らは五十九年も結婚していて今でも変わらず愛し合ってるってのは、本当に素敵なことじゃないかな。僕がタバコを床に落っことした時以外はだけど。それだってもう絶対にしないから。

僕たちがめぐり合ったのは奇跡だ。他の誰といっしょになったってこんなに幸せになれなかったって僕にはわかっている。僕が君に「結婚しよう！」と言って君が承知してくれた日が、どんなに僕のラッキー・デーだったことか！

僕が悲しいのは君の健康のことだけだ。何とかしてあげられたらってどんなにか思ってる。でもすごいのは、君が具合が悪くて眠れなかったって言いながら僕のところにやって来て、それでそんなときでも五十九年前とまったくおんなじくらい君は美しいままだってことだ。でもね、君がぐっすり眠れたらどんなにいいだろうって僕は願っている。言いたいことを全部言えたらいいんだけれど、でも本当のところは一言で言いつくせる。つまりこうだ。I LOVE YOU.

神のご加護のあらんことを
君の　プラミー

(Frances Donaldson ed. *'Yours Plum—The Letters of P. G. Wodehouse'*〔一九九〇〕より)

ところで世は執事ブームだそうである。この春、池袋乙女ロードには「執事喫茶スワロウテイル」が開店し、たいそうな人気であるという(じじつ翻訳者は今六、七月中の予約を試み、あまりの盛況にあえなく敗退の憂き目に遭っている)。またそのお陰か、ジーヴスの認知度も高まってきているようなのは嬉しいかぎりである。『活字倶楽部』誌二〇〇六年春号、執事本の小特集は「今もっとも熱い執事!」としてわれらがジーヴスを、No17まである「執事ファイル」の栄えあるNo1に選出してくださっておられるし、『声に出して読みたい日本語』の斎藤孝教授は『AERA』誌上において、「執事力」と題し、いま一番欲しいものはジーヴスのごとき執事であると明言されておられる。インターネット上では、「執事」とりわけジーヴスに脚光を当てて使用人ワールドに有益な考察を加えるブログサイト、「執事たちの足音」(http://blog.goo.ne.jp/countsheep99)がひときわ輝かしい。

私が自分で数えたわけではないのだが、ウッドハウス研究家のリチャード・アズバーンによれば、ウッドハウスの全作品中には計六十一人の執事が登場するそうである。ウッドハウス自身は、「もし私に作家として欠陥があるとするならば、もっともその点ははなはだ疑わしく思うものだが、それは私が執事という主題にいささか熱中しすぎる傾向のある点であろう」(*Louder and Funnier*〔一九三二〕)と述べている。ジーヴス、そしてエムズワース卿に仕える善良で忠実なるビーチのほかにも、例えば*The Mating Season*（一九四九）に登場する「巨大な禿頭と色の薄いスグリみたいな飛び出た眼をして十九世紀の政治家の鋼版印画みたいに見える」ジーヴスのチャーリー伯父さん、シルヴァースミスその他、短編集*The Man Upstairs and Other Stories*（一九一四）において、ウッドハウスをして「三十歳以下の男で、自分は英国執事など怖くないと言う者は、嘘をついている」（"The Good Angel"）と書かしめた、英国執事の精髄をさらにご紹介したいものである。

さてと、本書の出版に一カ月先立つ一九三〇年五月八日、ウッドハウスはMGM社の招聘を受け、週二千ドル、六カ月の契約でハリウッドの人となった。小ぢんまりした美しい中庭とプールのある女優ノーマ・シアラー所有の邸宅を借り受けた彼が、当初この地に対して抱いた印象は好ましいものであったようだ。デニス・マッケイル宛六月二十六日付書簡でウッドハウスが語ったここでの暮らしぶりはこんなふうである。

「僕の毎日の生活は規則的だ。朝起きると、ひと泳ぎして朝食、二時まで仕事をしてまた泳ぎ、七時まで仕事して三度目にまた泳ぎ、それからディナーを食べたら一日の終わりだ。時々スタジオから呼び出しがあると車ででかけて何時間かして帰宅する。絶え間なく降り注ぐ太陽をそこに付け加えたまえ。実に陽気な暮らしである」

とはいえスタジオでの仕事は「取るに足らない」もので、ほぼ完成済みの脚本を渡されて台詞の手直しをさせられ、普段は家で小説の執筆をしてたまに会議のときにスタジオに行くだけというここでの仕事を、ウッドハウスは「記録に残るかぎり最もなま易しい仕事」だと語って居心地悪く感じていた。六カ月の契約は一年に延長され、その間ロサンゼルス・タイムズ紙に、高級車に乗らずスタジオまで歩いて通うビバリーヒルズ唯一の歩行者として取り上げられたり、妻エセルは頻繁にハリウッド流のビッグなパーティーを開いたりして過ごしたのだが、結局、具体的な成果に結びつく仕事は何もしていない。一年の契約終了後、ウッドハウスは一九三一年六月七日付ロサンゼルス・タイムズ紙のインタヴューに答えて、一種の舌禍事件を起こし、一躍時の人となった。

「スタジオは僕に週二千ドル――年間十万四千ドルだ――を支払ってくれるが、僕には彼らが何のために僕と契約を結んだのかがまったくわからない。彼らは僕にとても親切だが、僕は何だか彼らから金を騙し取っているみたいな気がしている。つまり、僕は映画用の原作ストーリーを書く契約をしているつもりでここにいる。僕は二十作の長編小説と、大成功だった劇をたくさんと、数え切れないくらいの短編を雑誌に書いてきているんだ。ところが明らかに彼らは僕に何をやらせたらいいのか見つけるのに大苦労している。この一年の間に二回、彼らは他人の原作で完成済みのシナリオを僕に渡して台詞をどうこうするよう言ってよこした。十五、六人の人がこいつをいじくり回してきてあって、台詞も本当にちゃんとしていた。僕はほんのここそこを手直ししただけだ。

それから彼らは僕に『ロザリー』の仕事を持ってきた。ミュージカル曲がいくつか入るはずの素敵な小品で、僕はそいつに三カ月かかりきりだった。それでできあがってみれば彼らは僕に丁重に礼を言い、ミュージカルはあまり流行らないからこれは使わないことにするって言ってよこしたんだ。

呼び寄せられて十万四千ドル払ってもらって、僕がしたのはそれだけだ。驚いた話じゃないか？

僕は個人的には礼儀正しい扱いを受けてきた。だけどワーナー・ブラザースで僕の友達のローランド・パーウィーがどんな目に遭ったかを見てもらいたい。彼はマリリン・ミラーのために原作を書いた。連中は彼の肩をポンポン叩いて素晴らしい出来だと言ってよこした。それで翌朝いつもどおりに彼がスタジオに出勤すると入り口の警官に、あなたは解雇されたから中へは入れませんって言われたんだ。

信じられない話じゃないか？」

二日後、このインタヴューはニューヨーク・タイムズ紙とニューヨーク・ヘラルド・トリビューン紙、その他米国全土の地方紙に掲載された。六月十日、トリビューン紙は「P・G・ウッドハウス氏すべてを語る」として「名声は廃棄されるために買い取られ、才能は利用されぬまま放置され、無意味な雇用、理不尽な解雇がまかりとおっている」という趣旨の記事を載せた。彼の発言は、ヨーロッパを大戦に導いた「サラエボの皇太子暗殺事件」くらいのインパクトがあった、と、ウッドハウスは友人たちへの手紙で語っている。これら一連の騒動が東部の銀行家たちを刺激して映画産業の改革を一気に促したということだが、当人にもとより大それた意図があった様子はなく、「皆が言っていることを言っただけなのに、社名人名をあげたのがいけなかったのだろうか」と、タウンエンド宛書簡で当惑して述べている。ウッドハウスは敵意みなぎるハリウッドでの生活を更に半年近く続けた後、十一月にイギリスに帰国している。

本書各所で猛威を振るうロバータ・ウィッカム嬢は「クララ・ボウ寄りの線」の女の子とされるが、燃えるような赤毛でツーシーターを飛ばして男たちを手玉に取る、たしかにジャズエイジのフラッパー、ボウを髣髴とさせるキャラクターである。第八章でブリンクレイ・コートに集った少年たちはボウやガルボら、この時代のハリウッド女優を崇拝すること果てしない。第四章でバーティーとタッピーは『サニーボーイ』を歌うが、この曲をアル・ジョルソンが歌った映画『シンギング・フール』（一九二八）は、その自伝的映画『ジャズ・シンガー』（一九二七）の続編で、後者が映画史上初のトーキー作品であって、そこでジョルソンが言う映画初の台詞が「お楽しみはこれからだ」であったと述べたならば、「ホー!」と思われる向きもあるいはおありではなかろうか。クララ・ボウ主演の映画『つばさ』(一九二八)が第一回アカデミー賞を受賞したのは一九二九年のことである。サイレント時代が終わりを告げ、急速にトーキーに変わろうとしていた時期であった。トーキー移行期のハリウッドを舞台としたミュージカル映画『雨に歌えば』(一九五二)には、トーキーになって悪声がバレ、笑いのめされる大女優がでてくるが、ボウはアヒル声とブルックリンなまりがバレ、良家の不良娘のイメージが崩壊してまさしく現実にそういう目に遭った女優であった。ウッドハウスには一九三〇年代初頭のハリウッドを舞台とした小説 *Laughing Gas* (一九三六)もある。

本書収録作品はいずれも一九二六年から一九三〇年四月のあいだに、英国では『ストランド』誌、米国では『リバティー』誌、『コスモポリタン』誌に掲載された短編である。ちなみに第八章の「愛はこれを浄化す」は一九二九年十一月号の掲載であるから、アンストルーサー老人が懸念を表明している不穏なアメリカ市場の「強い売り崩しの動き」というのは、同年十月のウォール街のブラックサーズデーあるいはその前夜を指すと考えてよさそうだ。第九章ではノーフォーク州の田舎のご領主様に立派に収まっているビンゴの姿が見られるが、この設定はこの後何の説明もなく変更され、この先ビンゴは、ロンドン住まいの幼児雑誌の編集者で、ロージーとの間にはアルジャーノン君という赤ちゃんに恵まれているという設定で、ドローンズ・クラブものの短編に活躍の場を移すことになる。本書収録作の戦後の訳としては、第六章の「ちょっぴりの芸術」が、「ちょっとした芸術」として白水社Uブックス『笑いの散歩道』に高儀進訳で採られており、第一章「ジーヴスと迫りくる運命」、第三章「ジーヴスとクリスマス気分」が、文藝春秋『ジーヴズの事件簿』(岩永正勝・小山太一訳）にそれぞれ「バーティ君と白鳥の湖」、「ジーヴズと降誕祭気分」として収録されている。研究社の『ウッドハウス短編集』宮部菊男解説・注（一九五七）は本書の第八、十、十一章からなる英語教材で、編者による日本語の解説と注が付されているが翻訳ではない。

本書はE・フィリップス・オッペンハイムに捧げられている。オッペンハイムは日本ではほとんど読まれないが、ベール姿の謎の女性が機密文書在中の金庫を物色したりするようなスパイ小説の作者で、ウッドハウスとはよく一緒にゴルフをし、いつも負かしていたらしいし、フレンチ・リヴィエラで自分のヨットにウッドハウスを招待したりと交友があった。また彼の推薦でウッドハウスは文人俳優が集うロンドンの有名な「ギャリック・クラブ」のメンバーになっている。日本語で読めるオッペンハイムの作品としては、いずれも短編だがエラリー・クィーン編『犯罪の中のレディたち（下）』（創元推理文庫）に「姿なき殺人者」が、G・K・チェスタートン編『探偵小説の世紀（上）』（創元推理文庫）に「大強盗団」が入っている。

第六章でルーシャス・ピムが読んでいるエドガー・ウォーレスについても付言しておこう。レオノーラの手記にあるとおり、ウォーレスはウッドハウスが愛読した人気スリラー作家で、現在のわが国では『キング・コング』の原作者としてかろうじて知られるだけだが、一時期のイギリスにおいては書籍売上数の四分の一が彼の著作であったと言われるくらいの人気を誇った。ハリウッド時代にエセルが催したパーティーでウッドハウスの隣席に座った老婦人が、わたくしの息子はあなたの作品を山ほど持ってますの、ほかのものは何にも読みませんのよ、お目にかかれて本当に嬉しいですわ、息子たちに話してやったらどんなにか喜びますかしら、エドガー・ウォーレスさんのお隣に座っただなんて、と言ったというエピソードを、ウッドハウスは好んでよく語った。

今回は巻頭にウッドハウスの手になる『でかした、ジーヴス!』初版への序文を付しておいた。作家の述べるとおり、本書は単独の作品集としても楽しめるが、先行書たる『比類なきジーヴス』、『それゆけ、ジーヴス』を併せ読んだ方が、よくわかってもっと楽しい。また本書はジーヴスもの第三作目の短編集というだけでなく、ジーヴスもの最後の短編集ということにもなる。この名著を最後に、作家は『サンキュー、ジーヴス』、『よしきた、ジーヴス』、そして『ウースター家の掟』と、綺羅星のごとき大長編のつらなる豊饒の大海へと、バーティー主従を出帆させるのである。

当初全三冊の予定で刊行開始し、幸い好評をいただいて二冊の続刊をお届けしてきたこのウッドハウス・コレクションも、本書をもって全五巻のおしまいとなるところであった。しかしなんとも有難いことに、読者の皆様の暖かいお引き立てのお陰様をもち、またもやめでたく続刊が決定したことをこの場を借りてお知らせさせていただきたい。平に伏してお礼を申し上げるものである。次回配本は『サンキュー、ジーヴス』で、更に続けて『ジーヴスと朝のよろこび』をお届けする予定となっている。どちらもジーヴスものの長編で、こうしてどんどんウッドハウス本をお届けしていられることが私は嬉しくてならない。読者の皆様にはご厚情に深く感謝申し上げ、更なるお引き立てを乞うとともに、兎にも角にもご期待を願うものである。またしばしお待ちをいただきたい。

森村たまき

P・G・ウッドハウス（Pelham Grenville Wodehouse）

1881年イギリスに生まれる。1902年の処女作『賞金ハンター』以後、数多くの長篇・短篇ユーモア小説を発表して、幅広い読者に愛読された。ウッドハウスが創造した作中人物の中では、完璧な執事のジーヴス、中年の英国人マリナー氏、遊び人のスミスの三人が名高い。とりわけ、ジーヴスとバーティーの名コンビは、英国にあってはシャーロック・ホームズと並び称されるほど人気があり、テレビドラマ化もされている。第二次世界大戦後、米国に定住し、1955年に帰化。1975年、サーの称号を受け、同年93歳の高齢で死去した。

＊

森村たまき（もりむらたまき）

1964年生まれ。中央大学法学研究科博士後期課程修了。国士舘大学法学部講師。専攻は犯罪学・刑事政策。共訳書に、ウルフ『ノージック』、ロスバート『自由の倫理学』（共に勁草書房）、ウォーカー『民衆司法』（中央大学出版局）などがある。

ウッドハウス・コレクション

でかした、ジーヴス！

2006年7月21日　　初版第1刷発行
2019年5月20日　　初版第4刷発行

著者　P・G・ウッドハウス

訳者　森村たまき

発行者　佐藤今朝夫

発行　株式会社国書刊行会
東京都板橋区志村1-13-15
電話03(5970)7421　FAX03(5970)7427
http://www.kokusho.co.jp

装幀　妹尾浩也

印刷　㈱シーフォース

製本　㈱村上製本所

ISBN978-4-336-04762-5